KB233309

착 란

고광식(高光植)

중앙대학교 예술대학원 문학예술학과를 졸업했다. 1990년 『민족과 문학』을 통해 시인으로, 2014년 『서울신문』 신춘문예를 통해 문학평론가로 등단했다. 시집 『외계 행성 사과밭』, 평론집 『착란』을 썼다. 청구문화제 시 부문 대상을 수상했고, 아르코 발간 지원, 아르코 발표 지원, 인천문화재단 발간 지원을 수혜했다. 추계예술대학교에서 시창작연습, 현대시강독, 문학과신화, 시창작과퇴고 등을 강의했다. 현재 시와 비평 전문지 『포엠피플』 편집인이다.

ARCADE 0023 CRITICISM 착란

1판 1쇄 펴낸날 2025년 12월 25일
지은이 고광식
인쇄인 (주)두경 정지오
디자인 이다경
펴낸이 채상우
펴낸곳 (주)함께하는출판그룹파란
등록번호 제2015-000068호
등록일자 2015년 9월 15일
주소 (10387) 경기도 고양시 일산서구 중앙로 1455 대우시티프라자 B1 202-1호
전화 031-919-4288
팩스 031-919-4287
모바일팩스 0504-441-3439
이메일 bookparan2015@hanmail.net

ⓒ고광식, 2025, printed in Seoul, Korea

ISBN 979-11-94799-22-1 03810

값 30,000원

*이 책 내용의 전부 또는 일부를 재사용하려면 반드시 저작권자와 (주)함께하는출판그룹파란 양측의 동의를 받아야 합니다.
*잘못된 책은 바꾸어 드립니다.
*지은이와의 협의 하에 인지는 생략합니다.
*본 도서는 인천광역시와 인천문화재단의 후원을 받아 '2025 예술창작지원사업'에 선정되어 발간되었습니다.

착 란

고광식

책머리에 질문들

문학은 세계에 던지는 질문이며 그것에 스스로 답하는 것이다. 나는 시로 감성적 질문을 던지고, 평론으로 이성적 질문을 던진다. 이렇게 던진 질문에 스스로 시와 평론으로 답한다. 내가 시인의 길을 선택한 동기는 고교 시절 국어 교과서에 실린 프로스트의 「가지 않은 길」을 읽은 후이다. 프로스트의 시는 가야 할 길을 비추어 주는 창공의 별처럼 빛났다. 나는 두 갈래의 길 중 "사람이 적게 간 길"인 시인을 택했다. 누구도 가르쳐 주지 않은 선택할 수 있는 용기를 준 시가 프로스트의 「가지 않은 길」이었다. 그리고 내가 평론가의 길을 선택하게 된 동기는 윌슨의 『통섭』을 읽은 후이다. 윌슨은 자신의 저서에서 "일급의 비평은 다루고 있는 작품만큼이나 영감에 따라 창조된 독특한 개성의 소산일 수 있다."고 놀라운 발언을 한다. 사회생물학자인 윌슨이 나를 문학평론가가 되게 했다. 나는 지금도 시와 평론으로 세계에 질문을 던지고 스스로 답을 찾는 중이다.

지난해 2024년은 특별하다. 한강이 노벨문학상을 수상해 특별했고, 윤석열이 내란을 일으켜 특별했다. 한강은 역사적 트라우마에 질문하고 스스로 훌륭한 작품으로 답을 찾았다. 소설『소년이 온다』와 시집『서랍에 저녁을 넣어 두었다』는 광주민주화운동이라는 역사적 트라우마에 질문했다. 또한 소설『작별하지 않는다』에서는 제주 4.3 항쟁을 시적인 산문으로 펼쳐 낸다. 스웨덴 한림원은 '역사적 트라우마에 맞서는 강렬한 시적 산문'이라는 심사평을 내놓았다. 우리나라의 약점이었던 역사적 트라우마가 강점인 문학작품으로 바뀌는 순간이었다. 한강의 노벨문학상 수상은 한국문학을 세계의 변방에서 중심에 서게 한 사건이다. 김구 선생이 꿈꾸던 문화 강국이 실현된 것이다.

윤석열은 현 대통령 신분으로 12.3 내란을 일으켰다. 계엄령 발표 당시 나는 내가 소속돼 있는 문학 단체 단톡방에 윤석열의 계엄 선포와 박안수의 '계엄사령부 포고령'(제1호)을 올렸다. 박물관에 있는 줄 알았던 계엄 포고문이 현실적인 문제가 될 줄은 꿈에도 몰랐다. 특히 "모든 언론과 출판은 계엄사의 통제를 받는다"는 문구에 충격을 받았다. 2022년에 창간한 시와 비평 전문지『포엠피플』도 통제의 대상이 될 게 분명했다. 더구나 나는 블랙리스트 작가로 윤석열 정부를 소송해 피해 보상금까지 받지 않았는가. 또한 현재 가장 진보적인 문예지『민족문학사상』편집위원이기도 하다. 윤석열의 관점에서 나는 일거에 척결해야 할 대상자임이 분명했다. 과거 군사독재정권의 악몽이 되

살아났다. 깨어 있지 않으면 역사가 퇴행할 수 있다는 사실이 놀라웠다. 그날 계엄군을 맨몸으로 막아 낸 시민들이 우리의 영웅이다. 시민 영웅 중 한 명이 문우인 이형우 시인이어서 감사했다.

특별했던 2024년이 지나고 평론 등단 12년 만인 2025년에 첫 평론집을 낸다. 첫 시집을 등단 30년 만에 낸 것에 비하면 평론집 출간은 빠른 편이다. 아마 나에겐 '느림'의 아날로그적인 DNA가 있는 것 같다. 앞으로도 '느림'의 DNA를 노복으로 부리며 살 것이다. 시집뿐만 아니라 평론집도 파란 출판사에서 내게 되었다. 시집보다 평론집 출간이 현실적으로 더 어렵다는 사실을 알았다. 그동안 청탁받아 썼던 평론을 살펴보니 평론집 4권 분량이 되었다. 첫 평론집은 등단 이후 썼던 세계와 문학장에 던지는 질문이 강한 글들을 선택해 실었다.

제1부에서는 문학장 안을 톺아보는 글들로 묶었다. 문학장 안에서 시와 비평의 관계에 대한 질문을 던져 보았다. 그 질문에 대한 답으로 2020년대 시의 좌표계를 나름대로 내놓았다. 그리고 다양한 경로로 등단한 시인들의 헤게모니 투쟁과 신춘문예 제도의 문제점도 살펴보았다. 특히 「ChatGPT, 시인으로서의 (불)가능성」에서 한국의 명시 7선을 ChatGPT에서 써 보게 했고, 둘을 비교 분석했다. 시의적절한 질문이었다고 생각한다. 제2부에서는 고립의 사회학적 상상을 다룬 글을 묶었다. 페미와 퀴어의 문제에 대해 사회에 질문을 던진 글들이다. 페

미는 아직 양성평등이 실현되지 못한 우리의 현실과 맞닿아 있었으며, 퀴어는 성숙하지 못한 인권의 문제로 귀착됐다. 우리 사회가 가야 할 길이 멀다는 생각이 들었다. 제3부에서는 원본 없는 시간들에, 제4부에서는 서로 다른 파편화된 고백의 글들을 묶었다. 제3부와 제4부의 공통점은 우리 사회 현대성의 특징인 고립과 파편화, 우울 등에 대해 각기 다른 시각으로 질문을 던진 것이다. 이제라도 자본주의 현상 안쪽에 굳게 닫혀 있는 아포리아의 문을 열어야 한다는 생각이 강하게 든다. 제5부에서는 영화가 던지는 상처적 질문의 글들을 묶었다. 「춤으로 통하다」는 단평의 영화 평론이고, 나머지 두 편은 긴 호흡으로 「무뢰한」과 「마돈나」를 분석했다. 「무뢰한」에서는 페르소나의 자의식 문제를, 「마돈나」에서는 사회적 소수자의 문제에 대해 질문을 던져 보았다.

비유하자면 작가들은 차안대를 쓰고 결승점을 향해 달리는 경주마와 같았다. 그들은 문학장 안에서 형성된 아비투스를 딛고 경주마처럼 작품만 보고 달렸다. 내가 본 작가들은 오직 문학적 열정을 안고 자신을 송두리째 갈아 넣는 수행자들이었다. 헤게모니 투쟁이 벌어지는 문학장 안에서 차안대를 풀고 나에게 선의지로 다가와 준 시인이 있었다. 추계예대 박찬일 교수이다. 그분의 선한 영향력으로 나는 문학에 정진할 수 있었다. 첫 시집에 이어 첫 평론집을 '파란'에서 출간하게 되었다. 관형사 '첫'이 갖는 의미가 무겁다. 부족한 평론집 출간을 흔쾌히 허락해 준 파란 출판사의 채상우 시인께도 깊은 감사를 드린다. 문학적 동지인 인시협의 사무총장 금희 시인과 『포엠피플』의 편집 주간인 김네잎 시인에게 늘 빚을 진 것 같아 미안하다. 그리고 자기희생을 기꺼이 받아들여 고맙다는 말을 전한다. 사본주의 척도로 보면 문학은 무용하다. 무용한 문학을 대아로 놓고 보는 그들과 함께하는 이 길이 좋다. 하지만, 문학은 무용한 것이 아니라 세계화 시대 제조업 상품의 부가가치와 삶의 질을 높이는 데 기여한다.

　나는 아직 세계에 던져야 할 질문이 많이 남아 있다. 시로 감성적 질문을 던지길 좋아하지만, 평론으로 이성적 질문도 서슴없이 던질 것이다. 세상엔 던져야 할 질문이 많고, 아직 답을 구해야 할 것도 많다. 내 문학의 시작은 세계에 대한 질문이고, 끝도 질문에 대한 답을 찾는 과정일 것이다. 암울했던 고교 시절 낡고 작은 책상 위, 한용운, 윤동주, 이육사, 이상, 괴테, 프로스트의 시가 가야 할 길을 환한 빛으로 비춰주었다. 국어 시간만 되면 평소와는 다르게 심장이 크게 뛰는 소리를 들을 수 있었다. 학업보다는 시 쓰는 데 열중했다. 그 결과 당시 유명했던 학생문예지 『학생중앙』과 『학원』에 투고한 시가 자주 선정돼 발표됐다. 프로스트의 시처럼 나는 "사람이 적게 간" 문학의 길을 택했고, 그리고 지금 여기에서 "그것 때문에 모든 것이" 달라졌다는 것을 깨닫는다. 나는 당시 그때의 선택을 후회하지 않는다.

차례

일러두기

인용문 가운데 일부는 읽기의 편의를 위해 현행 맞춤법 규정에 따라 띄어쓰기를 수정했
습니다.

제1부 문학장 안 톺아보기

시와 비평의 관계에 대한 질문
―2020년대 시의 좌표계

1. 2020년대 시와 비평의 관계

2020년대 한국시와 비평의 관계를 생각해 보면 두 가지 질문이 떠오른다. 하나는 '2000년 이후 자폐증적인 표정을 짓는 전위시를 2020년대도 이론적 근거로 확장해 갈 것인가?'라는 질문이고, 다른 하나는 '다양성을 잃고 한쪽으로 기울어진 젊은 시인들의 과도한 실험 정신에 본질적 의문의 칼을 댈 수 있는가?'라는 질문이다.

하지만, 이러한 질문에도 불구하고 시의 본질적 속성은 새로운 물결을 타는 데 있다고 보아야 한다. 왜냐하면 시란 창작이기 때문에 발상 단계부터 전통의 기시감을 뜯어낼 필요가 있다. 전통적 서정시는 대상에 대한 이미지를 만들 때 그 위에 교훈과 의미를 얻는 것을 당연시한다. 그러나 지금 여기의 현대시는 무교훈적 이미지를 만든다. 시 속에 내재된 교훈과 의미를 지우기 위해 젊은 시인들은 전통과 단절해야 했다. 이제 시인들은 자신의 방식대로 세상을 들여다본다. 시 쓰기는 우리가 모르는 우주의 영역에 발을 딛는 것으로 시작한다. 따라서 전위시를 쓰는 시인들은 선과 색과 구성으로 감정을 표현하는 추상화를 닮으려 노력한다. 이러한 자의식에서 출발한 일군의 젊은 시인들의 시 쓰기는 2010년대를 넘어 2020년대까지 시단에 영향력을 행사했다. 2020년대의 시는 더욱더 실험적이다. 시인들은 전통적 서정시의 문법보다는 새로운 서정시의 문법을 만들어 내는 데 여념이 없다. 시는 2010년대보다 더 길어지고 실험의 영역은 넓어졌다. 심지어 전통적 서정시가 강세였던 신춘문예에서도 2020년부터 새로운 문법으로 창작된 시들이 자주 당선된다. 시의 경향이 분화되고 파편화되는데 비평은 본질적 분석을 하지 않는 추세이다. 당혹스러운 작품에 대해선 이론의 틀에 맞추어 재단한다.

시는 창조적 예술 작품이다. 진리와 아름다움을 탐구하는 시는 인문학의 맨 앞에 서서 독자와 교류한다. 시인은 매혹적인 감각을 재현함으로써 한층 더 강력한 영향력을 행사한다. 그러나 한편으로 전위적인 시로 인해 시와 독자와의 교류가 끊긴 지 오래다. 2000년 이후 미래파라 불리는 시가 그렇다. 이런 전위성은 더욱더 진화를 거듭해 가고 있다. 비평가들은 한국 시단에 쌓아지는 작품들을 독해하기에 바쁘다. 지금 여기의 비평가들은 "일급의 비평은 다루고 있는 작품만큼이나 영감에 따라 창조된 독특한 개성의 소산일 수 있다"[1]는 사실을 망각한 채 전위시에 대해 이론으로 대응한다. 비평은 해당 작품에 대한 해석에 머물러선 안 된다. 비평가는 심미안을 가지고 견자의 눈으로 비평 자체가 개성적인 창작이게 만들어야 한다. 단순하게 작품을 해석하고 미학적 판단에만 머문다면 비평은 쇠퇴할 것이다.

시인은 시적 토피아 위에서 새로운 현상을 찾는 존재가 아니다. 표

---

1 에드워드 윌슨, 『통섭』, 사이언스북스, 2005, 364쪽.

면적으로는 절대적 새로움을 추구하지만, 이미 그의 머릿속에는 온갖 기시감 넘치는 정보들로 가득 차 있다. 결국 이것의 한계를 극복하지 못하면 '새로움'이라는 측면에서 자신과 독자를 속이는 문장을 생산하게 된다. 그렇기 때문에 새로움을 찾아 한 부류의 시인들은 의식적으로 철저하게 어절과 어절을 섞는다. 대상에 의미를 없는 것이 아니라 의미를 지우려 노력한다. 또 한 부류의 시인들은 문장에 의미를 담아 교훈을 준다. 이들은 고전주의 시대의 정서를 중요시한다. 그리고 이 두 경향의 창작에서 벗어난 부류의 시인들은 조심스럽게 전통에 발을 딛고 시 쓰기를 실험한다. 비평은 이러한 현실을 살피고 각각에 맞는 잣대를 대야 하다 창조적 머리로 뜨거운 시를 바라봐야 한다. 이제 2020년대 시와 비평의 좌표는 어디인가 물어야 할 때가 도래했다.

2. 원초적 자유의 시와 지금 이곳의 비평

2010년대를 지나 2020년에 들어서면서 일군의 시인들은 언어의 외연이 사유의 외연보다 작다는 것을 재확인하게 된다. 이들은 현상의 이미지를 기존의 언어로 표현하지 못하는 절망감에 사로잡혀 서로 다른 문장을 섞어 민낯의 이미지에 접근하려 노력한다. 기표에 의미를 지우자 기의는 사라진다. 이때 시는 원초적 자유를 얻어 문장과 문장은 낯선 표정을 짓는다.

시인이 시를 쓴다는 것은 시뮬라크르를 만드는 과정이다. 시는 원본 없이 존재하는 삶의 에피파니이다. 시인이 감각하고 체험하여 찾아낸 시뮬라크르는 늘 경이롭다. 장 보드리야르는 "그 휘어짐이 실재나 진실이 아닌 다른 공간으로 이동하는 동안에, 시뮬라시옹의 시대가 열리고 모든 지시 대상은 소멸하여 버린다. 곧이어 사라진 지시 대상들이 기호 체계 속에서 인위적으로 부활함에 의해서 시뮬라시옹은 더욱 강화된다."[2]고 주장한다. 시뮬라크르를 만들어 내는 과정이 시뮬라시옹이다. 현대인들은 실제보다 더 실제적인 시뮬라크르에 지배받는다. 비유하여 말하면 시인에게 시는 시뮬라크르이고, 시를 쓰는 과정은 시뮬라시옹이다. 시는 도달할 수 없는 이상적인 토피아로 향한다. 형이상학적 진실로 가는 과정에 감정의 재현은 낯설지만 새로운 에피파니를 만든다. 그리고 시인들은 시뮬라크르에 지배받는 세상을 꿈꾼다. 자본주의가 만들어 놓은 형이하학적인 세계가 멜랑콜리하기 때문이다.

2020년대는 전통에 발을 딛고 있는 시인들과 전통을 무너뜨린 시인들로 나뉜다. 새로운 물결의 머리에 올라탄 시인들은 흉내 낼 원본인 전통적 서정시를 실제로 존재하지 않는 개념으로 바꾼다. 따라서 시적 물결은 더욱더 낯설고 새로운 감각을 촉발한다.

~~(세로 세포와 가로 세포 실험 찾아볼 것)~~
그리고 다른 오감 등이 작동할 때/다른 부분의 자극이 저장된 *기억*을 건드린다.

이때 우리는 어느 정도 같은 대기에서 산다는 것을 *기억해야 한다*. 비슷한 날씨를 경험하며 매스미디어를 통해 사건 사고를 접하는 경우도 비슷한 감각을 형성한다. 이러한 비슷한 감각의 경험은 특정 *기억*을 떠올리게 한다.

예) 비가 오는 날 A와 커피를 마셨는데 다른 날 비가 올 때 A와 커피 마신 *기억*을 떠올린다. ~~혹은 커피만 마셔도 A를 떠올릴 수 있다.~~ 현대인들의 생활 방식은 어느 정도 규격화되었기 때문에 비슷한 체험, 감각을 경험할 가능성이 크다. 이 작용은 A가 나를 떠올릴 때 나타나기도 한다.

---

2 장 보드리야르, 『시뮬라시옹』, 민음사, 2001, 16-18쪽.

따라서 비슷한 시기에 서로를 떠올리는 것은 ~~어쩌면~~ 당연한 일이다.

그러나 비슷한 경험을 해도 서로를 떠올리지 않는다면 그 경험의 순간에 서로 다른 생각을 했기 때문이다. 생각에 골몰하는 것은 공통 *기억*을 형성하는 것을 차단한다. 그저 순간을 누리는 *기억*만이 서로를 떠올리게 한다.

<u>생각과 사회화에 대하여</u>

생각은 개인적이고 *기억*은 공통적이다. 생각은 기호화된 *기억*이여 *기억*하는 것은

—윤지양, 「기억 비평」 부분(『문학과 사회』, 2020.봄)

윤지양의 「기억 비평」은 전위시의 한 양상을 보여 준다. 전통적 서정시가 보여 주던 질서나 규범은 무시돼 있다. 위 시에서 화자는 기억에 대한 사유 곡선을 그리고 있다. 기억은 주체의 정체성을 만드는 중요한 기제이다. 현재의 육체는 과거의 육체와 다르지만, 현재의 기억은 과거의 기억에 기반하기 때문에 동일하다. 육체의 장기들은 일정한 기간마다 새롭게 생성된다. 그러므로 '내'가 '나'일 수 있는 것은 육체가 아니라 기억이다. 시적 화자는 "~~(세로 세포와 가로 세포 실험 찾아볼 것)~~"이라고 말하며 이 사실을 지워 버린다. 인간의 기억이 시간의 흐름에 따라 지워질 수 있다는 망각곡선을 표현한 것이다. 전통적 서정시에서는 생각할 수 없었던 시적 실험이다. 주체의 정체성을 만드는 기억은 특별한 시도가 없을 때는 자연히 소멸의 길을 걷는다. 기억은 강도에 따라 망각의 양이 달라진다.

모든 기억은 '나'를 만듦으로 소중하다. 그러나 망각하지 않는 기억은 '나'를 위험에 빠뜨린다. 반드시 망각해야 할 상처는 지우는 게 마

땅하다. 이렇게 특별한 기억을 제외한 기억은 '나'의 정체성과 관련되기에 소중하다. 화자는 왜 기억에 대해 깊이 고민하는가. 그것은 기억이 곧 '나'이기 때문이다. 따라서 화자는 "그리고 다른 오감 등이 작동할 때/다른 부분의 자극이 저장된 *기억*을 건드린다."고 기억의 망각을 경계한다. 자신의 정체성에 대한 항상성을 유지하기 위해 감각은 의미 있게 작동돼야 한다. 우리가 사회 속에서 고립되는 한이 있더라도 '나'의 정체성은 중요하다. 정체성이 없다면 우리는 남들과 하나가 돼 갈등과 대립 없이 섞일 수 있다. 행복의 측면만 놓고 본다면 어쩌면 정체성은 필요 없는지 모른다. 하지만, 우리는 고립되고 불안하더라도 정체성 있는 '나'를 원한다. 사회는 같아지려는 압박과 달라지려는 정체성과의 싸움이 지속되는 곳이다. 이 모든 정체성을 만드는 질료가 우리의 기억이다.

사회가 동일자로의 압박을 가하면 주체는 기억이라는 방어기제를 만든다. 사회는 구성원들이 동일자가 되었을 때 커다란 이익을 창출한다. 정체성이라는 이름으로 고립되고 개성화되면 자본의 논리는 먹혀들지 않는다. 이런 이유로 사회는 개인에게 압박을 가하고 특정 이데올로기로 세뇌한다. 어떤 측면에서 보면 우리의 기억이라는 것도 사회 속에서 이루어진다. 이런 이유로 화자는 "이때 우리는 어느 정도 같은 대기에서 산다는 것을 *기억해야 한다*. 비슷한 날씨를 경험하며 매스미디어를 통해 사건 사고를 접하는 경우도 비슷한 감각을 형성한다."고 잠시 정체성 추구의 무의미를 생각해 본다. 그러나 화자는 이것은 사회의 무의미한 소음에 지나지 않는다는 것을 깨닫는다. 화자의 이와 같은 의식은 "이러한 비슷한 감각의 경험은 특정 *기억*을 떠올리게 한다."고 이내 정체성이라는 방어벽을 친다. 자신만의 정체성을 지키고자 하는 노력으로 머릿속 기억을 끌어안는다.

자신의 독립적인 정체성을 만드는 과정은 "예) 비가 오는 날 A와 커피를 마셨는데 다른 날 비가 올 때 A와 커피 마신 *기억*을 떠올린다."고 확신에 차서 말하다가 "혹은 ~~커피만 마셔도 A를 떠올릴 수 있다~~."는 기억을 지우기도 한다. 자신의 정체성이라는 성을 쌓는 일은 이처럼 불안하고 초조한 상태를 동반한다. 사회가 만들어 놓은 상품에 대한 상징성이 효과를 얻으려면 정체성 없는 사람들이 많아야 한다. 따라서 개인의 정체성을 무너뜨리고자 하는 압박은 갈수록 커질 수밖에 없다. 화자는 기억으로 정체성을 만드는 과정이 얼마나 힘든지 잘 안다. 그러기에 화자는 "생각과 ~~사회화에 대하여~~"에 밑줄을 긋는다. 생각하고 기억하는 '나'는 ~~사회화라는~~ 딜레마에 처해 있다. 딜레마를 극복하기 위한 뿔 꺾기는 구조화된 사회에서 쉽지 않다. 그러므로 화자는 "생각은 기호화된 *기억*이여 *기억*하는 것은"이라며 말을 줄인다. 사회는 우리의 개별적 기억을 지우며 다중화된 기억을 심는다. 기억으로 무장한 정체성에 가해지는 사회의 압박과 그것에 맞서는 주체의 투쟁을 우리는 반드시 기억해야 한다.

전통적 서정시는 머릿속에 있는 과거의 기억을 되살려 질서와 균형 잡힌 현상을 노래한다. 시인과 세계는 일치했으며, 시어는 언어미학으로 출렁거렸다. 하지만, 2000년 이후 특히 2020년대의 시는 감정의 과잉을 억제하며 현상 안쪽으로 깊이 잠입한다. 따라서 윤지양의 「기억 비평」은 전통을 무너뜨린 자리에서 전위를 시도한다. 기억에 대한 심리학적이고 사회학적인 논리를 시 속에 삽입해 넣는다. 시인은 시적 화자의 감정과 인물에는 관심이 없다. 다만 언어가 가지고 있는 원초적 자유를 보장하며 새로운 시적 확장을 지향한다. 이러한 시도는 전통적 서정시의 문법에 강했던 신춘문예 당선 시에서도 나타난다. 서정적 자아를 지우며 탈서정을 지향하는 시가 신춘문예 당선작이 된 것은 시의 지형도가 변하고 있다는 증거이다. 2022년도 『경향신문』 당선작 백가경의 시는 우리 시단에 새로운 질문을 던지고 있다.

1920년 변호사 세바스챤 힐튼은 어린이들에게 3차원 공간에 대한 기초적 이해를 돕고자 정글짐을 발명했다

*

x가 머리 위에 달린 축을 오른손으로 잡고 있다 높이를 미처 재지 못한 x의 발이 바닥에 거의 닿을락 말락 누군가 실컷 타다 뛰어내린 그네처럼 어안이 벙벙하다

x의 팔과 다리가 점점 빠르게 버둥거린다 x는 하나의 커다랗고 검은 점이 되는가 싶더니 그 어떤 축으로부터 멀어지지 않고 x값이 무한 증폭된다

y님 행복을 주는 치과 생일 축하드립니다. 임플란트 10% 할인 1
어떻게, 잘 지내? 1
은평구도서관 '세상의 끝' 연체 49일 빠른 반납 요망 1
소액 대출 최저 이율로 신용등급 모두 가능

y는 몸을 정육면체 안으로 구겨 넣는다 점점 y값을 잴 수 없고 그럴수록 y는 생각한다

이 모든 되풀이는 나의 결과 값 "(경제적) 자유"를 위한 것

z의 미래 값: 직사각형 화장실 천장에 도시가스 공급관이 노출돼 있음 장판과 텐트 사이 혈액이 말라붙어 표백제와 기타 용액을 계산한 것보다 한

통 더 사용함 청구 예정

z의 현재 값: 중위소득 85% 이하 가정에서 자란 3학년 C반

＊

발가락 하나로 자신의 목숨을 지탱한 x는 같은 위치 옥상에 사는 주민이자 애인 z를 찾아 창백한 타일로부터 그를 무한 증식시킨다 열화 과정에서 z는 기체로 변할 수 있게 되고 y가 연체한 '세상의 끝'을 대신 반납한 후 49일을 1초 만에 앞당겨 '세상의 끝 역자 후기'를 대출한다 y가 연탄과 소주를 담아 온 미드 봉지를 쓰레기통에 넣을 때 자연스럽게 제목을 볼 수 있도록 책을 비스듬히 세워 놓는 것을 잊지 않는다

＊

범우주아카이빙센터 12호 연구소장은 x, y, z 세 어린이를 한 차원에 모아 두고 질문을 시작한다

말을 끊어서 미안하지만 여러분 어떻게 연결되었으며 이런 건 어떻게 알게 되었나요?

세 어린이 동시에 말한다. 무슨 말씀이신지 모르겠군요.

연구소장은 웃음을 잃지 않는다 어린이들 모르게 언어 변환 버튼을 누른 후 짧게 욕을 한다

그렇다면 당신들의 능력은 어떤 문헌에서 찾은 것인가요?

어린이 일동, 문헌에서 찾지 않았습니다. 우리의 차원에서 일어나는 일입니다.

*Hypercube: 4차원에서 모든 변의 길이가 같은 도형, 10개 이상의 처리기를 병렬로 동작시키는 컴퓨터의 논리 구조

—백가경, 「하이퍼큐브에 관한 기록」 전문(『경향신문』 2022년 신춘문예)

데카르트는 천장을 날아다니는 파리를 보고 좌표계를 만들었다. 그는 2차원 좌표계를 좌표평면이라 하고, 3차원 좌표계는 좌표 공간이라 했다. 위의 시에서 화자는 세바스챤 힐튼이 "어린이들에게 3차원 공간에 대한 기초적 이해를 돕고자 정글짐을 발명"했다고 말한다. 발명의 최종 목적은 어린이들에게 3차원 공간에 대한 기초적인 이해를 주는 데 있다. 좌표에 해당하는 교차점에 닿게 하는 놀이는 데카르트 좌표계의 개념을 실질적으로 만지는 학습이다. 어린이들은 즐거운 정글짐 놀이를 통해 좌표축들이 서로 직각으로 만나는 좌표계를 온몸으로 확인할 수 있다. 일반적인 내적 공간을 이해한다는 것은 우리가 살아야 할 3차원의 공간을 이해한다는 것이다. 이처럼 세바스챤 힐튼의 정글짐은 어린이들에게 현실적 감각을 깨닫게 해 주는 놀이터이다.

백가경의 「하이퍼큐브에 관한 기록」에 등장하는 하이퍼큐브는 정사각형과 정육면체를 n차원으로 확장한 폴리토프이다. 하이퍼큐브는 3차원의 정육면체를 당기면 만들어진다. 이렇게 완성된 하이퍼큐브는 8개의 입체로 구성되어 있다. 위 시는 하이퍼큐브를 이해하기 위해 3차원에 대한 학습장인 정글짐을 시적 공간으로 만든다. 시적 화자는

"x가 머리 위에 달린 축을 오른손으로 잡고 있다"고 1차원의 이미지를 그린다. 1차원은 x라는 하나의 좌표만을 사용한다. 시 속에 등장하는 어린이는 정글짐에서 둥근 쇠파이프를 잡고 1차원에 대해 학습하는 중이다. 이러한 학습은 "y님 행복을 주는 치과 생일 축하드립니다. 임플란트 10% 할인 1"이라고 2차원으로 차원을 높인다. 선과 선으로 이루어져 정사각형을 만든 2차원은 정글짐 놀이에서 자연스럽게 학습할 수 있다. 시적 화자는 "이 모든 되풀이는 나의 결과 값 "(경제적) 자유"를 위한 것"이라며 현실을 학습하는 것으로 시적 의미를 확장한다. 정글짐에서의 학습은 "z의 현재 값: 중위소득 85% 이하 가정에서 자란 3학년 C반"과 같이 현실적 문제에 가닿는다. 이처럼 시인은 정글짐에서 3차원의 정육면체를 현실적 계층의 문제로 변주한다.

위 시에 등장하는 인물은 어린이와 성인이 혼재돼 있다. 어린이들이 시의 전반부에서 정글짐 놀이를 통해 현실을 배운다면, 시의 중반부는 성년이 된 어린이 또는 성년의 현실 문제가 3차원의 공간에서 표현된다. 시적 화자는 자본주의 사회가 가지고 있는 본질 문제를 "발가락 하나로 자신의 목숨을 지탱한 x는"이라고 1차원에 사는 하층계급의 생활고를 드러낸다. 우리가 사는 3차원의 공간은 하나의 냉혹한 현실이다. 이곳을 벗어나려 각 주체는 "연체한 '세상의 끝'을 대신 반납한 후 49일을 1초 만에 앞당겨 '세상의 끝 역자 후기'를 대출"할 수밖에 없다. '나'는 3차원의 정육면체가 조여 오는 압박을 온몸으로 견디는 존재이다. 우리는 아무리 노력해도 앞뒤, 좌우, 위아래로 압박하는 공간에 갇혀 벗어나지 못한다. 높은 차원으로 확장하려 해도 이곳에선 불가능하다. 그냥 좌표 하나만 늘이면 된다고 자신을 타이르지만, 정육면체는 변하지 않는다.

몸에서 그림자를 떼어 낼 수 없듯이 우리는 이곳 정육면체인 3차원을 벗어날 수 없다. 데카르트가 파리를 통해 영감을 얻은 이 공간은 우리를 파리와 동일자로 만든다. '나'와 '너'가 아무리 노력해도 우리는 3차원에 갇힌 수형자이다. 우리의 머리 위 창공은 4차원 이상의 공간이지만, 우리가 믿는 실제의 공간은 4차원의 그림자일 뿐이다. 그렇기 때문에 "범우주아카이빙센터 12호 연구소장"이 어린이에게 던지는 "여러분 어떻게 연결되었으며 이런 건 어떻게 알게 되었나요?"라는 질문은 공허하다. 그리고 아이들이 이상한 질문에 어리둥절한 표정을 짓는 것은 당연하다. 하이퍼큐브를 머릿속에 그리고 있는 4차원의 연구소장과 파리처럼 3차원의 공간에 있는 아이들의 대화는 소통이 안 된다. 이러한 차원의 갈등은 연구소장이 "어린이들 모르게 언어 변환 버튼을 누른 후 짧게 욕을"하는 것으로 드러난다. 아이들은 정글짐의 놀이를 통해 3차원을 터득한다. 그리고 아이들로 은유되는 3차원의 우리는 4차원의 그림자가 현실이라는 것을 안다. 이처럼 우리는 3차원을 벗어나고자 4차원을 꿈꾸는 존재이다.

2020년대의 시인들은 2010년대의 전위를 딛고 '언어의 원초적 자유'를 시적 공간에서 실험한다. 소통 방식이 1차원의 직선이나 2차원의 선과 선들이 이루어 놓은 평면 형상이 아니라 3차원의 입체 모형을 그리는 것으로 나타난다. 이렇듯 시적 현실을 확장하고자 하는 노력은 3차원의 정육면체를 끊임없이 당기고 있다. 이러한 아방가르드적 시도는 질서와 균형을 중시하던 신춘문예에 상당한 균열을 가했다. 유비쿼터스 시대를 맞아 현대인들의 감각이 바뀌었듯이 시 쓰기의 방식도 급속도로 바뀌고 있다. 전위시가 확장되고 있다는 것은 시의 다양성을 의미한다. 그러므로 언어의 원초적 자유를 실험하는 시인들 때문에 지금 이곳의 비평가들은 새로운 좌표계를 만들 것이다.

3. 물결의 논리

시의 물결은 전통적 서정시의 문법에서 새로운 서정시의 문법으로 나아가고 있다. 이 때문에 "제2의 물결 집단과 제3의 물결 집단과의 대립은 실제로 오늘날 우리 사회에 만연"[3]하게 된다. 물결의 충돌로 지금 우리 시단도 긴장 관계가 만들어졌다.

이제 처음의 첫 번째 질문인 '2000년 이후 자폐증적인 표정을 짓는 전위시를 2020년대도 이론적 근거로 확장해 갈 것인가?'에 답을 해야 한다. 자폐증적인 표정을 짓는 소통 불가의 시는 내면의 감정을 표현한 것이다. 전위를 추구하는 시인들은 추상화가 색과 선과 구성으로 이미지를 만들어 가듯이 시를 쓴다. 언어의 원초적 자유를 중요시하기 때문이다. 이러한 시도는 새로운 물결의 머리에 올라타는 것과 같다. 밀려오는 물결에 올라타는 행위는 역동적이며 낯선 이미지로 꿈틀댄다. 시적 실험은 한국시의 영역을 확장하는 작업이다. 문장에 의미를 지우면 시는 스스로 말하는 마법을 부린다. 그러므로 한국시의 확장을 위해 비평은 더욱더 이론적 추임새를 넣어야 한다. 그리고 두 번째 질문 '다양성을 잃고 한쪽으로 기울어진 젊은 시인들의 과도한 실험 정신에 본질적 의문의 칼을 댈 수 있는가?'에 답할 차례이다. 그림에 구상과 추상이 있는 것처럼 시도 선명도가 높은 전통적 서정시가 있고, 내면의 감정을 재현하는 모호성 높은 전위시가 있다. 둘은 시의 다양성이라는 측면에서 모두 소중하다. 시적 발화에 따라 시 쓰기의 방식이 달라지기 때문이다. 따라서 비평가의 인위적 '칼 대기'는 지양해야 한다.

이전의 물결인 전통적 서정시를 무너뜨려선 안 된다. 이 말은 새로운 물결인 전위시를 부정적 시각으로 보아서도 안 된다는 뜻이다. 다

---

3 앨빈 토플러, 『제3의 물결』, 홍신문화사, 1994, 28쪽.

양한 샐러드가 한 그릇에서 조화미를 발휘하는 것처럼 시인들도 다양한 색깔로 각자의 개성을 지향해야 한다. 유비쿼터스 시대의 물결은 분명 새로운 감각을 요구한다. 누군가는 전통적 물결로 시를 쓰고, 또 다른 누군가는 새로운 물결로 시를 쓴다. 이러한 물결은 개별적인 시적 에너지로 '한국시'라는 큰 강물을 만들 것이다.

지금 이곳의 비평은 질 들뢰즈의 "현대 회화를 구상으로부터 떼어 내기 위해서는 추상 회화의 힘든 작업이 필요했다. 하지만 추상 회화와는 다른 훨씬 직접적이고 감각적인 다른 길이 없을까?"[4]라는 말을 생각할 필요가 있다. 들뢰즈의 사유는 시사하는 바가 크다. 비평은 전통적 서정시를 포기하면 안 된다. 또한 새로운 서정시도 견인해야 한다. 이 어려운 지점을 딛고 비평가는 새로운 시의 물결을 확인할 필요가 있다. 그러므로 일급의 비평은 시단에 피투된 시를 선택해 창조적 의미를 밝혀 내는 지난한 작업의 결과물일 수밖에 없다.

---

4 질 들뢰즈, 『감각의 논리』, 민음사, 2008, 22쪽.

문학장 안에서의 헤게모니 투쟁
— 지금 여기의 한국 시단을 중심으로

> 권력장은 여러 다양한 장들 속에서 지배적인 위치들
> 을 점유하기 위해 필요한 자산을 소유하려고 하는 행
> 위자들이나 집단들 사이 힘의 관계 공간이다. 이것은
> 다양한 권력들을 소지한 자들 사이의 투쟁 장소이다.
> — 피에르 부르디외

1. 아비투스 자장 안의 시인들

아비투스는 프랑스 사회학자 피에르 부르디외가 만든 용어로 한 인
간의 행위와 인식을 결정하는 틀이다. 인간은 사회화 과정을 통하여
자신이 속한 집단의 규범을 배우고 가치에 동화되어 간다. 각자 처한
계층에 따라 가치 체계는 다르게 형성된다. 이렇게 무의식적으로 자기
삶의 규범을 내면화한다. 현재 우리나라 시단의 시인들도 부르디외가
말한 아비투스 자장 안에서 활동한다. 전통과 권위가 있는 문예지나
신춘문예로 등단한 시인들은 부르디외가 말한 사회 자본과 상징 자본
을 갖고 자신들만의 에토스를 만든다. 반면에 권위지나 신춘문예가 아
닌 매체로 등단한 시인들은 그들과 다른 에토스를 만든다. 시단은 어
느 매체로 등단했느냐에 따라 등급을 정한다. 이러한 문단의 실재적
인 상황은 시인의 의식과 행위를 결정한다. 권위지로 등단한 시인들은
선민의식을 갖고 자신들만의 카르텔로 결집한다. 문단의 중심부로 진
입하지 못한 비권위지 출신 시인들은 실력이 있는 경우에도 불구하고

끊임없이 소외되고 파편화되어 고립된다. 이 두 집단은 문학장 안에서 헤게모니 투쟁을 한다. 그리고 제3지대의 등단 장사꾼들과 출신들도 그들만의 독특한 에토스를 만들어 문학장 안으로 들어온다.

시단은 실력으로 평가받아야 한다. 그래야 한국문학의 미래가 있다. 출신을 가리지 않고 좋은 작품이 평가받는 시단은 시인들이 꿈꾸는 시적 유토피아이다. 여기 실력 위주의 시단을 열겠다는 모토를 내건 시와 비평 전문지 『포엠피플』이 있다. 이은주 시인이 『포엠피플』의 플랫폼을 딛고 문학장 안으로 들어왔다.

> 점점 부풀어 오르는 양 볼을 손으로 꾹꾹 눌렀다 이렇게 하면 솜이 들어갈 자리가 더 생길 거야 너는 절대 솜을 삼키지 말 것을 당부했다

> 네가 떠나기 전날
> 너는 내 입을 꿰맸다

> 축축해진 구름이 입안에 돌멩이처럼 구르는 느낌 묵직하고 불쾌함 비구름의 물비린내 침대에서 미끄러진 심장은 파아랗게 멍이 들었다 블루홀 속에 뛰어들자 느껴지는 짜증스런 두근거림 더러운 진동을 타고 오는 통신 네가 완전한 인형이 되었다는 소식 명치가 따가워 손톱으로 살가죽을 긁었다 휴대폰을 열고 닫을 때마다 선명해지는 너의 초대장

> 솜 인형의 티 파티 오시는 길: 심장의 멍 자국을 따라 걸어오세요!
> ─이은주, 「솜뭉치」 부분(2023년 『포엠피플』 신인상 당선작)

위 시는 소통이 단절된 현대사회 인간의 모습을 그리고 있다. 서로

의 입에 솜을 넣어 소통을 불가능하게 만든 우리는 "점점 부풀어 오르는 양 볼을 손으로 꾹꾹" 누르기에 바쁘다. 화자는 소통을 잃은 존재로서 생을 살 수밖에 없는 현실과 맞닥뜨린다. 그리고 자신이 속한 사회 질서를 받아들여 내면화한다. 대화를 잃고 침묵을 미덕으로 삼아 영혼이 없는 존재가 되어 간다. 시 속의 인간들은 우리 시대의 이데올로기를 무비판적으로 받아들이고 체화하여 단단한 신념 체계로 만든다. 그리고 현재의 문화와 제도에 순응하는 사회화 과정을 적극적으로 실행에 옮긴다. 더욱더 문화적으로 완벽해지기 위해 "너는 내 입을 꿰맸다"고 확신에 차서 말한다. 위 시에서 입을 꿰매는 행위는 사회학자들이 말하는 사회화 과정이다. 내화 없이도, 더 나아가 세계의 제도와 이데올로기에 대한 질문 없이도, 우리는 사는 데 문제가 없다. 영혼 잃은 모습으로 이 세상의 물화된 파티를 즐기면 된다. 물화된 세계 덕분에 우리는 소통하지 않아도 얼마든지 행복해질 수 있다는 착각에 빠져든다. 이처럼 이은주의 솜뭉치는 우리 시대에 던지는 소통 부재에 대한 통렬한 비판이다.

이은주 시인은 아비투스 자장 안에서의 시 쓰기를 거부한다. 아비투스라는 허위를 극복하고 새로운 영토에서 시 쓰기를 시도하고 있다. 이것이 그가 『포엠피플』의 플랫폼을 딛고 시단 안으로 들어온 이유이다. 문학장 안에서의 헤게모니 투쟁은 오직 문학의 작품성에 목적을 두었을 때 정당성이 확보된다. 스스로 문학적 조건과 등단 배경을 의식할 필요는 없다. 부르디외가 말한 상징 자본이라는 명성은 문학의 본질에 우선하는 것이 아니다.

2. 문예지의 계급성과 문단 활동

시단은 시인이 어느 문예지로 등단했느냐 즉 아비투스에 의해 나누어지는 구분 짓기가 현실적으로 존재한다. 한국 시단은 등단지가 등급을 만들기 때문에 등단 후에는 등급 이동이 사실상 불가능하다. 『창작과 비평』, 『문학동네』, 『문학과 사회』 등과 같은 권위지로 등단한 시인들은 등단 초기부터 수많은 문예지나 매체로부터 원고 청탁을 받고 고료도 받는다. 그리고 시집을 펴내면 무수히 많은 문학상의 후보가 되고 수상의 기회도 얻는다. 그러나 비권위지 출신 시인은 끊임없이 정진하여 작품성을 확보해도 후보에 오르지 못한다. 등단 초기부터 철저히 배제되는 것이다. 어느 문예지는 동일한 신작 시 코너인데도 권위지로 등단한 시인들에게는 고료를 지급하고 비권위지로 등단한 시인에게는 고료를 지급하지 않는다. 비권위지 출신들이 문예지로부터 원고 청탁을 받을 수 있는 경우는 흔치 않다. 편집위원과 친분 관계가 있거나 문예지에 후원했을 때나 가능해진다. 현실이 이렇다 보니 비권위지 출신들은 고료를 받지 못하는 것에 대해 항의할 엄두를 못 낸다. 시를 발표했다는 것에 만족할 수밖에 없다. 따라서 비권위지로 등단한 시인들은 시단이 불공정하게 작동된다는 것을 깨닫고 패배 의식에 빠지게 된다. 그러므로 출신에 따른 아비투스는 시단 구성원들의 인식을 결정하는 틀이 확실하다.

우리 시단의 실력 있는 세 명의 시인을 예로 들어 문예지의 계급성과 문단 활동에 대해 살펴보겠다. 한 명의 시인은 권위지 출신이고, 두 명의 시인은 비권위지 출신이다. 필자가 보았을 때 세 명의 시인은 각자 개성이 뚜렷하고 시적 세계가 분명하다. 그리고 비권위지 출신인 두 시인의 작품 수준은 매우 높다. 우선 최고의 권위지로 등단한 양송이 시인의 시를 보자. 그의 시에는 도덕이라는 키워드가 존재한다. 도덕은 아이들이 죽은 개를 묻어 주는 생명애로 나타난다.

우리가 죽은 개를 도로에서 치우기는 했다

한낮이었다 조용하고,
돌아다니는 아이들과 죽은 개를 눈여겨보기에는
너무 뜨겁고 밝은 시간

죽은 개가 달아오른 아스팔트에 들러붙어 있었고
그는 평온해 보였다 그래서 우리는
용기를 냈다

적끈을 주워서 죽은 개의 다리를 묶었다 우리 모두가 끈을 붙잡고 도로
옆으로 당겼다
우린 셋이었고 개는 하나였는데도 한참이 걸렸다

건너편 목재소 아저씨가 언제든지 나타나,

왜 그의 죽음을 훼손하지?
누가 죽음에 마음대로 손을 대라고 가르쳤냔 말이다
너희들 이대로는 안 되겠구나
경찰과 장의사와 조상신을 불러야겠구나
너희들을 매질해서 죽은 개 대신 눕혀야겠구나

할까 봐 조마조마했다

죽은 개가 아스팔트에서 벗어나 잡초 위에 이르렀을 때

목재소 아저씨는 나타나 기지개를 켰다
그가 우릴 보기 전에 서둘러 적끈을 놓았다

우리가 죽인 거라고 생각하면 어떡하지?
우리는 걱정했다
정황상 살해 도구와 목격자가 명백하잖아
경찰과 장의사와 조상신이 우릴 아동행동발달심리상담사에게 데려가면
어떡해?
그러면 돌이킬 수 없는 일이 될 거야

그래서 우리는 이 일을 영원히 함구하기로 했다
도로가 아무 일 없는 듯이 잠잠해졌고 목재소 아저씨는 우릴 보지 않고
도로 들어가 버렸기 때문에

그날 저녁 우리는 단지 쓰레기를 치웠다고 일기에 쓴다 참 잘했어요
도장을 기대하며
깨끗한 도로와,
다리에 끈이 묶인 채 죽은 개
도덕적인 하루를 보냈다고 쓴다
　　─양송이, 「우리 주변을 깨끗이 해요」 전문(2023년 『문학과 사회』 신인상 당선작)

"우리가 죽은 개를 도로에서 치우기는 했다"고 말하는 아이들은 뜨거운 한낮 아스팔트 위에 죽어 있는 개를 바라본다. 죽은 개는 평온해 보였고, 사람들은 그 개를 모른 척했다. 오직 아이들만이 개 앞에서 죽은 생명에 대한 안쓰러움을 느끼고 있다. 도덕은 인간이 지켜야 할 도

리나 바람직한 행동 규범을 말한다. 아이들은 배운 대로 도덕을 실천하기 위해 "적끈을 주워서 죽은 개의 다리를" 묶고, 도로 옆으로 당긴다. 도덕의 이름으로 아이들은 하나가 되어 행동한다. 자신들과는 상관없는 개의 죽음이 도덕이라는 양심에 포섭되어 한마음이 된다. 하지만, 아이들은 "건너편 목재소 아저씨가 언제든지 나타나" 자신들을 보고 "왜 그의 죽음을 훼손하지?" 야단칠 것 같아 불안하다. 아이들이 바라보는 기성세대의 인식은 부정적이다. 도덕을 실천하는 행동이 "누가 죽음에 마음대로 손을 대라고 가르쳤냔 말이다"로 지탄받을까 봐 조마조마하다. 그리고 아이들은 "우리가 죽인 거라고 생각하면 어떡하지?"라며 걱정한다. 위 시는 세대 간의 불신이 문제점으로 나타나 있다. 도덕적 행위가 쓰레기를 치우는 행위와 동일한 선상에 놓이는 모습이 씁쓸하다. 양송이 시인은 동일한 사건을 두고도 세대 간 인식의 한계를 넘어서지 못하는 현실을 위 시에 담아내고 있다.

최휘는 최고 권위지 출신은 아니지만, 끊임없는 정진 끝에 높은 시적 성과를 이룬 시인이다. 학자들은 '아비투스는 당신이 어떤 사람인지 폭로한다'고 말한다. 그러나 최휘는 작품성으로 자신의 아비투스를 극복한 시인이다. 그의 시는 우리 시단이 경험해 보지 못한 특별한 감각을 보여 준다.

비단뱀이 울창한 여름 나무 아래를
리리리 리리리리 기어간다

피자두가 주렁주렁 열린 자두나무 아래를 기어가며
열흘은 지나야 먹을 수 있대
라고 한다

자줏빛 구름 사이로 멀어진 마음이
두 줄의 비행운으로 지나간다
참 속상했겠다
지나간 날들을 쓱쓱 핥아 주는 바람 같은 말

청포도 참외 토마토 오이 감자 옥수수
함께했던 여름들이 지천이다

여름의 가장자리를 밟으며 뙤약볕 아래를 누비며
아 더워, 라고 말하면
들은 듯 장마가 시작되었는데

이제 누군가 좋아하는 계절을 물으면
누군가를 사랑하다가 차라리 나를 사랑해 버렸어
난, 여름
이렇게 말할 거다

―최휘, 「난, 여름」 전문(『난, 여름』)

「난, 여름」의 시적 화자는 뜨거운 햇볕이 내리쬐는 울창한 여름 나무 아래를 기어가는 한 마리 비단뱀을 관찰자 시점으로 바라본다. 그런데 관찰자 시점이지만, 비단뱀을 화자로 보게 하는 특이한 시점의 시이다. 랭보가 말한 것처럼 화자는 미지의 것에 도달하기 위해 기어간다. 현실에 매몰되어 재현에 몰두하지 않고, 보이지 않는 것을 보려 한다. 그 행위가 "리리리 리리리리"의 음악성으로 경쾌하다. 시적 화자는 "열흘은 지나야 먹을 수 있대"처럼 아직 오지 않은 소유를 받아들인다. 따라서 먹을 수 없는 현실을 넘어서 먹을 수 있는 미래를 지향한다. 특이한 시각으로 꿈꾸듯 "자둣빛 구름 사이로 멀어진 마음이/ 두 줄의 비행운으로 지나간다"와 같은 초월의 이미지를 만든다. 자칫 낡은 이미지로 비칠 것 같은 "청포도 참외 토마토 오이 감자 옥수수"의 열거식 표현들이 이 시에선 오히려 새롭다. 왜 그럴까? 그것은 최휘 시인이 첫 행부터 현실을 비틀어 버렸기 때문이다. 또 다른 자아의 신비로운 지향점은 결국 "난, 여름"에 도달한다. 최휘 시인의 시적 화자는 자연과 일체가 되어 가장 지고한 자로 거듭난다. 「난, 여름」은 우리 말의 결과 정서를 잘 살려 낸 시이다. 최휘 시인이 다루는 날의 감각은 우리 시의 새로운 서정성에 대한 가능성을 보여 준다는 데 의미가 있다. 최휘의 시는 현실을 지우며 시적 진실을 마음껏 상상하게 만든다.

최현선 또한 최고 권위지 출신의 시인이 아니다. 그는 출신지로 문단 서열을 드러내어 차별하는 현실에 직면한다. 불공평하지만, 이것이 문단의 현실이다. 이러한 구별 짓기의 문제로 최현선 시인은 중앙 일간지 신춘문예에 응모하여 담당자로부터 당선으로 짐작되는 연락을 받았다. 하지만, 이미 문예지로 등단했다는 이유 등으로 당선하지 못한다. 이런 문제를 해결하기 위해 신춘문예는 응모 규정에 재등단을 허용한다는 문구를 넣어야 한다. 최현선 시인 대신 당선한 시인은 앞으로 승승장구할 것이다. 패자부활전이 잘 갖춰져 있어야 건강한 문단이다. 이와 같은 이유로 우리 문단은 건강하지 못하다. 아래의 시는 그때 당선이 예정되었던 시이다.

두 손을 허리 뒤로 감추고 눈을 깜박거리는 오래된 습관이 거울 속 나를 만들었습니다

나는 거울 안에서 밥상처럼 다정하고 냅킨처럼 가깝고

거울 속에서 지하도를 몇 바퀴 돌아 곰팡이처럼 화사하게 회사에 도착합니다

거울 안에서는 곰팡이도 꽃이 됩니다
곰팡이는 동료들 앞에서 얻어맞은 시뻘건 따귀에서 주로 증식합니다

밝은 사회인이 되기 위해서는 오랜 시간 피어 줘야 합니다

짙은 눈 화장과 콧노래를 물고 거울을 닦아 줍니다

두 손을 허리 뒤에 감추고 눈을 깜박거리며 동료들의 말을 발뒤꿈치로 슬쩍 눌러 버립니다
그런 습관이 내 키를 한 뼘 키웠습니다만

답례용으로 보이는 보조개를 어디다 버려야 감쪽같이 깨진 거울을 감출 수 있을까요
곰팡이가 너무 많이 증식하면

아침마다 거울의 속을 어떻게 닦아 줘야 할까요
                    ―최현선,「오래된 습관」전문(『펼칠까, 잠의 엄브렐러』)

「오래된 습관」의 화자는 타자의 시선으로 상징되는 거울 앞에 서 있

다. "두 손을 허리 뒤로 감추고 눈을 깜박거리는" 화자는 타자의 눈인 거울 앞에서 타자화되는 자신의 욕망을 바라본다. 타자화된 욕망을 추구하기 위해 화자는 "곰팡이처럼 화사하게 회사에 도착"하여 타자의 시선을 의식한다. 우리는 거울(타자의 시선)을 의식하는 순간부터 순수한 자아를 상실하는 존재이다. 따라서 거울 속은 "곰팡이도 꽃이" 되는 세계이다. 곰팡이는 곰팡이여야 하는데 거울은 곰팡이를 꽃으로 만든다. 진실은 왜곡되고 타자의 욕망이 자아의 욕망으로 변질되는 세계가 거울 속이다. 화자는 거울 속에서 타자가 지향하는 욕망에 사로잡힌다. 세상의 폭력을 견디는 과정은 "곰팡이는 동료들 앞에서 얻어맞은 시뻘건 따귀에서 주로 증식"하는 것처럼 화자의 삶에 지대한 영향을 미친다. 거울 속에서 벌어지는 일들은 끔찍한 현실을 반영한다. 살기 위해 화자는 상처를 딛고 견딘다. 치명적으로 몰락하는 자가 되지 않으려면 "짙은 눈 화장과 콧노래를 물고 거울을 닦아" 주어야 한다. 현대인이 가지고 있는 위태로움을 위 시는 비유적으로 드러낸다. '나'의 정체성을 유지하며 존재를 지키기 위한 화자의 눈물겨운 노력이 거울 앞에서 전전긍긍한다. 박제된 상처를 안고 사는 우리의 모습이 최현선의 거울 속에서 끊임없이 증식하는 중이다. 최현선은 낭만주의자처럼 시 속에서 자아를 과잉되게 발산하는 것이 아니라, 자아를 지운 거울 속에서 현대성의 자아를 발산하고 있다.

　권위지 출신의 시인들은 등단과 함께 시집 출간 계약을 맺는 경우도 많다. 하지만, 비권위지 출신의 시인들은 메이저 출판사와 출판 계약이 안 돼 자비 출판을 할 수밖에 없다. 시단은 오래전부터 구별 짓기에 의한 카르텔이 작동해 왔다. 우리 시단은 수많은 시인을 기울어진 운동장에서 경쟁하게 만든다. 최휘와 최현선처럼 실력 있는 시인이 인정받는 시단이 되어야 한다. 그렇게 되기 위해선 기득권을 가지고 있는 메이저 출판사가 바뀌어야 한다. 출신을 떠나 작품 수준으로 시집 출간을 할 수 있게 만드는 일이 시급하다. 아직은 미흡하지만, 현재 일부 메이저 출판사가 바뀌는 조짐을 보인다. 소수의 비권위지 출신의 시인이 단단하게 굳어 있는 카르텔을 뚫고 메이저 출판사와 계약을 맺는 데 성공하고 있다. 시집 출판 심사는 무기명 미발표작으로 해야 한다. 이것 하나만으로도 공정한 문단을 만들고 한국시의 발전을 가져올 수 있다.

3. 신춘문예의 계급성과 문단 활동

우리나라 시인 지망생들이 가장 등단하고 싶어 하는 매체가 신춘문예이다. 신춘문예는 중앙 일간지일 경우 경쟁률이 매년 1,000:1 안팎이 된다. 지방 일간지일 경우도 수백 대 일이 된다. 신춘문예가 시행된 시기는 일제강점기 때부터이다. 『매일신보』가 1915년에 신춘문예를 처음 시작했으니까, 2024년인 올해로 109년의 역사가 있다. 신춘문예는 가끔가다가 한 번씩 공정성과 표절 등으로 말썽을 일으키지만, 매우 공정하게 심사하여 당선자를 결정한다. 등단 장사꾼이 운영하는 수많은 문예지의 등단 과정과는 질적으로 다르다. 등단 장사꾼들은 등단시킬 때 돈을 벌고, 등단 후에는 지면 장사로 돈을 번다. 그리고 시집을 출간할 때 돈을 번다. 이처럼 잘못 등단하면 등단 장사꾼의 화수분으로 전락한다. 하지만, 그들 중엔 실력 있는 시인들도 존재한다. 이들 중 일부는 문제점을 깨닫고 다시 등단을 시도한다. 그러나 신인만이 응모할 수 있다는 규정 때문에 절망하게 된다. 문인 지망생들은 신춘문예로 등단하면 하늘의 별을 땄다고 말한다. 그만큼 신춘문예는 어렵고 화려한 등단이다. 이렇게 화려한 등단이지만, 신춘문예 출신들의 문단 활동은 평탄하지 않다. 각 신문사는 연례행사로 신춘문예를 시행한다. 하지만, 그 이후의 문단 활동에 어떤 도움도 주지 않는다. 또한 신춘문예 출신들은 문예지 출신과는 다르게 발표 지면을 얻는 것과 권위 있는 출판사에서 시집을 출간하는 것도 어렵다.

지금 여기 한 명의 중앙 일간지 출신의 당선 시와 두 명의 지방 일간지 출신의 시를 비교 분석한다. 시인의 출신을 중앙 일간지와 지방 일간지로 나누는 것은 잘못이다. 이와 같은 분류 짓기가 한국문학 발전을 막고 있기 때문이다.

그 사람 죽은 거 알아?

또 보겠지 떡볶이집에서

묻는 네 얼굴이 너무 아름다운 거야

이상하지 충분히 안타까워하면서 떡볶이를 계속 먹고 있는 게 너를 계속 사랑하고 있다는 게

괜찮니?

그런 물음들에 어떻게 답장해야 할지 모르겠고

겨울이 끝나면 같이 힘껏 코를 풀자

그런 다짐을 주고받았던 사람들이

아직도 코를 흘리고 있다

손톱이 자라는 속도가 손톱을 벗겨 내는 속도를 이기길 바랐다

다정 걱정 동정

무작정 틀지 않고

어두운 조명실에 오래 앉아 있었다

초록색 비상구 등만

선명히 극장 내부를 비추고 있었다

이것이 지옥이라면

관객들의 나란한 뒤통수

그들에겐 내가 안 보이겠지

그래도 나는 보고 있다

잊지 않고 세어 본다

— 이실비, 「조명실」 전문(2024년 『서울신문』 신춘문예 당선작)

이실비의 「조명실」은 중앙 일간지 신춘문예 당선 시이다. 이실비 시인은 시단의 구분 짓기에 의해 나누어지는 아비투스 때문에 앞날이 밝다. 「조명실」의 시적 화자는 떡볶이집에서 죽음을 말하는 '너'의 아름다움을 본다. 우리가 알고 있는 사람이 죽었는데 우리는 떡볶이를 먹고 사랑을 한다. 죽음과 사랑을 병치시켜 놓는 현실성의 파편화를 보여 주고 있다. 현대인에게 삶과 죽음은 여전히 현실로 나타나고 있는 실제이다. 그러므로 사건에 대해 상투적으로 안타까워하면 되는 것이지 사실을 은폐하거나 슬픔에 깊숙이 빠져 생활의 균형을 잃을 필요는 없다. 화자는 조명실에 앉아 "이것이 지옥이라면" 생각해 본다. 그리고 화자는 관객들을 볼 수 있지만, 관객들은 화자를 볼 수 없다. 이 구도가 마치 신과 인간의 관계 같다. 또는 최소한의 감시자가 많은 수감자를 감시하는 원형감옥인 파놉티콘을 떠올리게 한다. 화자는 관객들을 보며 "잊지 않고 세어 본다"고 진술한다. 잊지 않고 세어 본다는 말 속에는 현대인이 파편화되어 고립된 것을 인식한다는 의미가 내재해 있다. 조명실은 자본주의 구조 안에서의 감시 체계를 상징적으로 보여 주는 장소이다. 그뿐만 아니라 파편화된 우리의 삶과 죽음 그리고 불안과 고독을 불러일으킨다. 이실비 시인의 「조명실」은 파놉티콘 같은 현대사회의 구조와 현대인의 파편화된 초상을 그려 내는 데 성공했다.

김네잎 시인의 시단 활동은 심리학에서 말하는 '크랩멘탈리티 효과'를 떠올리게 한다. 사람에게 잡혀 바구니에 담긴 게들은 사실 쉽게 탈출할 수 있다. 하지만, 높이 기어올라 탈출할 수 있는 게를 다른 게들이 아래로 끌어내리기 때문에 탈출할 수 없다. 김네잎 시인은 등단을 잘못했다는 것을 깨닫고 재등단하기 위해 권위지에 응모하여 당선되었다. 하지만, 이 사실을 안 문학장 안의 훼방 때문에 신인상 수상이 취소되었다. 그 후 더욱더 정진하여 김네잎 시인은 신춘문예로 재등단하는 데 성공했다. 김네잎 시인은 크랩멘탈리티 효과를 극복한 몇 안 되는 뛰어난 시를 쓰는 시인이다.

나의 발이 당신의 정원에 처음 이식될 때, 청각이 서럽게 출렁였다

당신은 결코 나무를 꿈꾼 적 없으니 물관을 타고 오르던 박동 소리를 들을 수 없을 거다

나와 당신은 다른 주파수를 가졌다 지지직 서성인 것은 이명이 아니라 악몽이다

귓바퀴를 따라 걷던 당신이 부르던 내 이름들이 하얗게 부서져 내린다

음계를 벗어난 음정과 엇갈린 박자들이 쓸려 와 앓는 곳

계절이 바뀔 때마다 귓속에 쌓이는 소리의 무덤을 당신은 알까

달팽이관 앞에서 우리는 남남이 되자고 포옹을 했다

당신 집 앞을 다녀간 건 빗소리가 아니다 끝없이 범람하는 내 눈물이다

모든 귀를 닫고 당신의 기척을 삼킨다

　　　　　　　　　─김네잎,「착란」전문(『우리는 남남이 되자고 포옹을 했다』)

　「착란」의 시적 화자는 '나'와 '당신' 사이의 관계에 집중한다. "나의 발이 당신의 정원에 처음 이식될 때"는 사랑의 관계를 표상하는 것이고, "청각이 서럽게 출렁"일 때는 균열을 표상하는 것이다. 화자는 '당신'을 향한 내면의 감정에 충실해 있다. 사랑이라는 외적 체험에 갇혀 눈멀지 않고, 오로지 "물관을 타고 오르던 박동 소리"에 귀 기울인다. 그러자 사랑의 가능성은 희박해지고 둘이 소유했던 사랑의 시간은 분리된다. 서로 마주한 채 꿈꾸어야 할 사랑은 다른 주파수를 가졌으므로 어긋난다. 따라서 화자는 "이명이 아니라 악몽이다"라고 고백한다. 사랑의 시간과 공간은 감정 속에서 지워지고 있다. 한때는 영원과 같은 달콤함에 물들어 있었지만, 지금은 가능했던 시간이 불가능한 시간으로 바뀌어 암울하다. 사랑이 있었던 자리에 "당신이 부르던 내 이름들이 하얗게 부서져" 낙엽처럼 쌓인다. 실연의 고통을 견디어 내는 시간이 가슴속에서 잔인하게 불타고 있다. 시간의 흐름이 모든 것을 지우고 비워도 흔적으로 남은 상처는 완전히 사라지지 않는다. 그러나 아무리 과거의 사랑을 환기해도 사랑의 부재를 확인했기 때문에 이별을 준비해야 한다. 사랑은 화자 혼자 그리는 추상화가 아니어서 "남남이 되자고 포옹을" 할 수밖에 없다. 화자는 귀를 닫음으로써 사랑의 기억을 지운다. 김네잎 시인은 이별의 현실을 지우는 방식으로 자유를 추구한다. 착란의 어지러움으로 본질을 찾아가는 방식이 고유한 시의

특성으로 빛난다.

염민숙 시인의 시는 창조적 상상력으로 빛난다. 기존의 시 쓰기 한계를 벗어나고자 노력한다. 자신이 꿈꾸는 상상력으로 모든 것을 표현할 수 있다는 신념을 갖고 있다. 따라서 그의 시는 비유법의 차용으로 자신의 신념에 도달한다. 염민숙 시인은 문단에 만연해 있는 패배 의식을 오로지 작품으로 극복하는 시도를 보인다. 그는 메이저 출신과 어우러질 수 있는 아비투스를 함양하는 것은 오직 작품뿐이라는 것을 믿는다.

> 너는 어제 발견된 행성이다 우리가 너에게 첫발을 디뎠을 때 너는 희게 굳어 가는 중이었다 연안 지역 바닷속처럼 백화되는 중이었다 우리는 너를 하얀 행성이라고 불렀다 별이 너를 비추면 너는 흰자위뿐인 눈동자 같았다 별이 지면 잠기는 눈으로 우리를 관찰했다 무거운 대기에 짓눌리고 있는 거야 우리는 말했다 대기에 눌려 납작해진 너는 십 년 동안 돌에 눌린 빵 같았다 바싹 마른 행성에서 무엇을 썩힐 일은 없어 기억들은 안전하게 보관된 동굴이 있으니까 수군대는 남의 말은 귀담아듣지 마 끈끈하게 훑는 눈길도 눈에 들이지 마 강아지를 식구로 들이는 데도 석 달이 걸리더라고 굳어 버린 얼굴을 자신 있게 들고 다니려면 침묵에도 깨지지 않는 세 겹의 선글라스를 써야 해 우리는 말했다 낮게 흐르는 바람 소리를 들었는데 기억이 풀어지는 소리인지 외계의 신호인지 알 수 없었다 어제 발견된 행성이지만 스러지는 음절을 갖고 있어서 너의 대답은 동굴 물고기의 유영 같았다
>
> ─염민숙, 「하얀 행성」 전문(『오늘을 여는 건 여기까지』)

「하얀 행성」의 시적 화자는 관찰자의 눈으로 '너'를 바라본다. 현대 사회는 인간애의 관점에서 보면 빙하기이다. 끊임없이 버려지는 아이

들이 있는데도 인간애가 결빙되어 크기를 부풀리고 있다. 거대한 얼음 산 위에서 현재를 견디는 집 나간 아이들과 버려진 아이들은 천천히 빙하의 흐름에 맡겨진 채 도래할 희망이 없는 곳으로 흘러간다. 화자는 우리 사회에 버려진 아이들을 "너는 어제 발견된 행성이다"라고 명명한다. 스스로 빛을 발하지 못하는 행성은 인간애의 소멸로 얼어붙은 빙하기를 맞이할 수밖에 없는 존재이다. 따라서 버려진 아이들은 "희게 굳어 가는 중"이다. 시인은 우리가 보지 못하는 불가시적인 것을 본다. 그것은 인간애를 바탕에 깔고 있는 사회학적 상상력이다. 비정한 자본주의 시스템에 눌린 아이들은 "십 년 동안 돌에 눌린 빵" 같은 존재로 우리 곁에 있다. 화자는 버려진 아이들을 강아지와 비교하며 얼어붙은 이 땅의 빙하기를 확인한다. 또한 화자는 비정한 자본주의 사회에서 살아가는 방법들을 "귀담아듣지 마 끈끈하게 훑는 눈길도 눈에 들이지 마"라고 간곡하게 알려 준다. 더불어 살아야 할 가치가 시적 감수성으로 설득력을 발휘한다. 염민숙 시인의 시적 화자는 "스러지는 음절을 갖고 있어서 너의 대답"에 귀 기울인다. 그리고 다짐한다. 동굴 물고기의 유영 같은 너희의 손을 잡아야 한다고 우리를 설득한다. 염민숙 시인이 꺼내 든 박제된 자본주의 속 인간애가 긴장을 불러온다.

세 명의 신춘문예 출신 시인들은 서로 다른 계급성과 색깔을 가지고 있다. 이실비 시인은 현대인의 삶과 죽음의 관계를 드러내고, 김네잎 시인은 이별의 현실을 지우는 방식으로 자유를 구가한다. 그리고 염민숙 시인은 사회학적 상상력으로 시를 쓴다. 이들 세 명의 시인은 신춘문예의 계급성과 문단 활동은 서로 다르지만, 오래된 미래인 실력으로 인정받는 시단을 앞당길 것이다.

4. 에포케가 필요한 순간

이제 에포케가 필요한 시간이 왔다. '아비투스는 당신이 어떤 사람인지 폭로한다'는 사실은 수정되어야 한다. 더 이상 출신지로 우리의 문단 서열을 드러내선 안 된다. 이것은 불공평하기 때문이다. 이러한 구별 짓기와 현실은 극복의 대상이지 수용의 대상이 아니다. 프랑스의 사상가 장 자크 루소는 인간 불평등 기원론에서 자연적 불평등과 사회적 불평등을 말했다. 인간 불평등은 점유에서 소유가 인정되었기 때문에 만들어졌다. 자본이 주의가 된 시대를 사는 우리는 제도적으로 소유가 세분화되고 공고해졌다는 것을 안다. 불평등은 더욱더 확고해졌다 우리 인류는 불평등을 안고 살아야 하는 운명에 저했다. 이러한 불평등은 개선되어야 할 현상이다. 하지만, 우리는 더 많은 불평등을 다양한 장 안에서 생산하기에 바쁘다. 문학장 안에서의 불평등은 매우 심각한 상황에 직면했다.

임효빈 시인이 '잠시 멈춤'을 선언한다. 시인들이여, 잠시 에포케를 선언하자. 지금 여기 문학장 안에서의 헤게모니 투쟁은 잘못되었다. 이미 시단의 기득권자가 된 상위 4% 안의 시인들은 자유롭고 주체적인 아비투스로 최고의 자리를 독점하고 있다. 이들과의 경쟁은 견고한 카르텔 때문에 기울어진 운동장에서 하는 경기와 같다. 날아오르려 해도 투명한 유리 천장 때문에 실패할 수밖에 없다. 그러므로 모두가 실력이라는 평등한 무기로 경기를 치를 수 있도록 방법을 강구해야 한다. 이것은 문학장에 대한 준엄한 에포케 선언이다.

> 죽음이 막아선 폭주
> 라이더라 불리는 남자의 질주는 네거리에서 멈췄다
> 낙화처럼 헬멧이 구르고

헬멧에 꿈이 가려진 얼굴 없는 남자였다
아침마다 낯선 초상에 놀라 뒷걸음치던

멈추면 안 되는데……
푸드 박스에서 새어 나온 냄새처럼 마지막 웅얼거림이 네거리에 깔렸다
— 임효빈, 「잠시 멈춤」 부분(『우리의 커튼콜은 코끼리와 반반』)

「잠시 멈춤」의 남자는 오토바이로 음식을 배달하는 사람이다. 배달원의 과속은 언제나 위험을 내포하고 있다. 사고의 위험성이 높은 음식 배달원은 안전한 직업을 가지고 있는 사람들에 비해 불평등하다. 루소가 말한 사회적 불평등이 음식 배달원이 직면한 문제이며 숙명이다. 사고의 위협을 안고 거리를 과속으로 달리는 남자는 막막한 아스팔트에 고립된 존재이다. 남자는 과속으로 자기 삶의 한계를 극복하기 위해 공간의 밀도를 매일 찢는다. 사회적 불평등을 관통하기 위한 노력은 "죽음이 막아선 폭주"로 삶을 정지시킨다. 남자가 보여 주었던 현실은 사회적 불평등이었고, 그 결과는 끊임없이 발생할 수밖에 없는 결과로 귀결된다. 루소는 더불어 살고자 하는 의지로 인간 불평등 기원론을 연구했다. 그것은 "헬멧에 꿈이 가려진 얼굴 없는 남자"의 얼굴을 찾게 해 주는 노력이다. 멈추면 안 된다는 강박에 시달리는 남자의 존재는 우리 사회 불평등의 민낯이다. 불평등의 프레임에 걸린 남자는 기존의 세계를 넘어설 가능성이 없다. 남자는 과속으로 불평등한 세계로부터 탈출을 시도했다. 하지만, 무모한 시도는 "푸드 박스에서 새어 나온 냄새"로 허공에 흩어진다. 임효빈 시인은 루소의 인간 불평등 기원론을 「잠시 멈춤」으로 시적 담론화한다.

부르디외는 자신의 저서 『예술의 규칙』에서 "제2제정기 아래에서 서열의 정상이 시에 의해 점유되고 있음을 본다. 시는 낭만주의 전통에 의해 특별한 예술로 추서되어 그 특권을 유지하고 있다."라고 시의 특수성을 말한다. 이어서 그는 19세기 당시 프랑스에서 "시는 거의 완벽하게 시장을 상실했음에도 불구하고 많은 수의 작가를 끌어당긴다. 대부분의 작품은 기껏 몇백 명의 독자밖에 없다."라고 다른 장르에 비해 인기 없음을 지적한다. 그런데도 시는 19세기 당시 가장 높은 정상의 자리를 유지했다. 19세기 프랑스 시단이나 21세기 한국 시단이나 독자가 없기는 마찬가지이다. 시대를 불문하고 우리는 시를 인문학의 맨 앞자리에 놓는다. 시는 인산의 근원 문제에 대해 끊임없이 특유의 감성으로 질문을 던지고 세계를 탐구하기 때문이다.

한국 시단은 에포케가 필요한 순간을 맞이했다. 이제 '아비투스는 당신이 어떤 사람인지 폭로한다'는 명제는 '작품은 당신이 어떤 시인인지 폭로한다'는 명제로 수정되어야 한다. 이런 전환을 위하여 아비투스는 진리가 아니라 허구라는 사실을 깨달아야 한다. 지금 여기의 자본주의 사회는 불평등이 구조화되어 있다. 따라서 시단의 불평등이 자본과 손잡게 되면 구분 짓기는 재생산되고 영속화될 것이다. 그러므로 오직 작품성을 확보한 시인들만이 의식과 행위를 결정하고 자유로워져야 한다. 문학장 안에서의 헤게모니 투쟁이 작품 중심이 되기 위해선 시인 모두의 노력이 중요하다. 이제 시단의 아비투스에 의해 나누어지는 구분 짓기 사슬을 끊어 버리자.

시인의 상징 자본은 명예가 아니라 시의 작품성이다.

ChatGPT, 시인으로서의 (불)가능성
―한국의 명시 7선과 ChatGPT의 명시 7선을 중심으로*

프롤로그

ChatGPT가 시를 쓴다. 요구하는 입력값대로 시를 쓴다. 따라서 ChatGPT는 시인이다. 한국의 명시 7편을 선정해 동일한 제목과 주제를 입력값으로 ChatGPT에게 시를 쓰게 했다. 시인이 쓴 명시와 ChatGPT가 쓴 명시를 나란히 놓는다.

아직은 시인과 ChatGPT 사이에는 시적 에너지의 유무(有無)에 현격한 차이가 예상된다. 하지만 ChatGPT가 확고한 의지로 현상 속 보이지 않는 것을 불러낸다면, 시인은 존재 가치를 잃을지 모른다. 그때, 예술가는 스스로 조종(弔鐘)을 울려야 할 것이다.

---

*ChatGPT는 OpenAI가 개발한 프로토타입 대화형 인공지능 챗봇이다. 필자는 한국의 명시 중 김소월의 「진달래꽃」, 한용운의 「님의 침묵」, 김영랑의 「모란이 피기까지는」, 윤동주의 「참회록」, 박목월의 「나그네」, 이육사의 「광야」, 신동엽의 「껍데기는 가라」 등 7편을 선정해 ChatGPT에게 동일한 제목과 주제를 입력값으로 7편의 시를 쓰게 했다. 이 글에서 비교 분석하게 되는 시는 언급한 14편의 작품들이다.

1. 발견

현상을 극단까지 들여다보는 행위는 몰입을 요구한다. 현대적 문명에 지배받는 삶은 잠시 휴지(休止)가 필요하다. 이 순간 시인은 확고한 의지로 존재하지 않던 것을 불러내는 주술사여야 한다. 처음으로 에피파니(epiphany)를 찾거나 찾아야 한다. 그러므로 시인은 발견하기 위해 익숙한 것을 극도로 거부하는 이 땅의 유배자일 수밖에 없다.

확고한 의지로 윤동주(「참회록」, 『하늘과 바람과 별과 시』, 1948)의 시는 일제 강점기 망국의 고통을 발견하고, 역사의식을 처절하게 표출한다. 시인은 "파란 녹이 낀 구리거울 속에/내 얼굴이 남아 있는 것은/어느 왕조(王朝)의 유물(遺物)이기에/이다지도 욕될까."라고 망국의 고통을 자기 고통으로 만들어 참회한다. 역사의식으로 욕된 현실을 발견하고, 역사와 하나가 되어 부끄러움을 토해 놓는다. 역사 속에서 욕된 자아를 발견하는 것은 고통을 수반할 수밖에 없다. 감정에 동요되지 말아야 하는데 참회를 시작하자 감정이 들끓는다. 제어할 수 없는 부끄러움이다. 화자의 뜨거운 고백이 자동기술되고, 자아는 참여적 의지를 갖는다. 이와 같은 발견으로 이육사는 "다시 천고(千古)의 뒤에/백마(白馬) 타고 오는 초인(超人)이 있어/이 광야(曠野)에서 목놓아 부르게 하리라."(「광야(曠野)」, 『육사 시집』, 1946)와 같이 확신에 차서 미래를 불러낸다. 항일 비밀결사인 의열단 요원이었던 육사는 강인한 지사적 의지를 보여 준다. 역사의식에 기반한 웅장한 상상력은 확신에 차서 조국의 광복을 노래하는 데 거침없다. 백마 타고 오는 초인은 의지적 발견의 결과이다. 시인은 초월적 시간 위에서 목 놓아 운다. 일제강점기에 맞서 총과 펜을 함께 들었던 육사의 의지가 기대와 확신에 차 있다. 광야의 원시성에서 육사는 꺾이지 않는 저항으로 미래를 발견한다. 분단국 시대를 사는 우리는 육사의 의지로 분단을 극복해야 한다. 통일국가라는 미래에 대한 발견이 이육사식의 현실 극복 의지이다.

하지만 ChatGPT(「참회록」, 2023.3.23)의 시는 "어디로 가야 할까, 나라는 없는데/배신자들에게 떠밀리는 삶이/조용한 밤마다 떠오르는 고민인데/이젠 끝내야겠어 참회의 길을"처럼 확고한 의지가 없어 현실을 발견하지 못한다. ChatGPT는 입력된 데이터를 기반으로 시를 쓴다. 창조하려 하지 않고, 데이터에서 시적 언어를 찾는다. 그 후 주어진 질문을 인식해 독자적인 콘텐츠를 만든다. 아직 인공지능은 창조하는 능력이 없다. 시인은 주술적 힘으로 없는 것을 불러낼 줄 안다. 그러나 ChatGPT는 데이터에 존재하는 것을 불러낸다는 점이 시인과 다르다. 확고한 의지가 없음은 "텅 빈 광야 속에서/나는 홀로 길을 가고 있어/나무도 없이 땅도 말라/그저 일제강점기의 암울한 현실 뿐"(ChatGPT, 「광야」, 2023.3.24)과 같은 고백으로 잘 드러난다. 시적 화자는 일제강점기의 상황을 진술한다. 그런데 역사의식을 진실되게 전달하지 못한다. 처음 시를 쓰는 사람처럼 상투적인 표현으로 언어를 조립했기 때문이다. 따라서 시의 언어는 허공에 떠서 나아가야 할 방향을 잃는다. ChatGPT는 주어진 입력값에 맞게 답을 해야 한다는 강박에 사로잡혀 있는 모습이다. 광야를 형상화하는 데도 "텅 빈"이라고 표현하여 상투적이다. 일제강점기에 대해 표피적인 사유와 표현만 할 뿐이다. ChatGPT는 시를 만들기 위한 다양한 언어 생성을 하고 있지만, 주제로 가는 응집력이 약하다. 시인은 현상이 숨기고 있는 것들을 찾아 표현해야 한다. 그러나 ChatGPT의 시 쓰기는 상투적 표현으로 하나의 틀 속에서 진행되는 양상을 보인다.

시인의 시는 확고한 의지로 발견하지 못한 것을 불러내고, ChatGPT의 시는 데이터를 기반으로 발견된 것을 불러내어 시를 쓴다. 시인의 시에서 시적 에너지가 강하게 느껴지는 것은 진실을 발견하려는 욕구 때문이다. 그러나 ChatGPT의 시에서는 사전 학습된 대로 질문의 요점을 인식할 뿐이다. 시인과 ChatGPT는 시를 쓴다는 점에서 같다. 하지만, 시인은 창작하고 ChatGPT는 조립한다는 점이 다르다.

2. 확고한 의지의 상상력 – 한국의 명시

에마뉘엘 레비나스는 자신의 저서 『존재에서 존재자로』에서 "예술적 실재는 영혼의 표현 수단이다. 사물 안에 깃들인 영혼이나 예술가의 영혼과의 공감을 통해서 예술 작품의 이국정서는 우리 세계와 통합된다."라고 말한 바 있다. 우리는 '영혼'이라는 말에 집중할 필요가 있다. 현상과 사물 안에 깃들어 있는 진리가 영혼이다. 은폐된 영혼을 찾기 위한 작업은 표피적인 모습이나 자아를 최대한 드러내는 시도로는 성공하기 어렵다. 아직 존재하지 않았던 영혼을 찾는 일은 확고한 의지가 있어야 가능하다. 시는 제의에서 시작되었다. 제의는 영혼을 불러내는 행위이다. 그러므로 시인은 없는 것을 불러내는 주술사이다. 단순한 주술사가 아니라 주술과 비판적 지성을 결합해 영혼을 찾는 견자(見者)이어야 한다.

시인은 견자이다. 확고한 믿음으로 현상의 이면을 볼 수 있는 견자이다. 진리를 찾기 위해 자아를 최대한 집중한다. 이때 시인은 펄펄 끓던 머리가 얼음처럼 차가워지고, 냉각된 가슴이 마그마처럼 끓어오르는 것을 경험한다. 절대적 미지로 들어가자 붉은 꽃이 피고, 향기로운 꽃내음이 바람을 타고 공간을 물들인다. 현실에선 경험해 보지 못한 현상이다. 꽃도 영혼이고, 향기도 영혼이고, 바람도 영혼이다. 저 영혼들의 찬란한 몸짓은 현실 세계에서 볼 수가 없다. 이미 영혼은 현실로부터 추방당한 존재이기 때문이다. 우리가 만들어 놓은 삶의 질서가 깨질 때, 우리의 영혼은 사라질 위기에 놓인다. 일제강점기가 되자 우리의 영혼은 사라졌다. 영혼을 잃은 사람들은 불안하고 우울하다. 영혼이 사라진 거리엔 불행한 자들의 몽유병적 헤맴만 있다. 일제강점기 시인의 확고한 의지는 저항이었다. 김소월과 한용운은 식민지화된 조국을 극단적으로 들여다보는 일에 열중한다. 시작 방법의 철두철미함으로 '가치'를 내면에 투영한 채 저항한다.

나 보기가 역겨워
가실 때에는
말없이 고이 보내 드리오리다.

영변(寧邊)의 약산(藥山)
진달래꽃
아름 따다 가실 길에 뿌리오리다.

가시는 걸음 걸음
놓인 그 꽃을
사뿐이 즈려밟고 가시옵소서.

나 보기가 역겨워
가실 때에는
죽어도 아니 눈물 흘리오리다.

　　　　　　　　　　　　—김소월, 「진달래꽃」 전문(『개벽』 25호, 1922.7)

님은 갔습니다. 아아, 사랑하는 나의 님은 갔습니다
푸른 산빛을 깨치고 단풍나무 숲을 향하여 난 작은 길을 걸어서 차마 떨

치고 갔습니다

황금의 꽃같이 굳고 빛나던 옛 맹세는 차디찬 티끌이 되어서 한숨의 미풍에 날아갔습니다

날카로운 첫 키스의 추억은 나의 운명의 지침을 돌려놓고 뒷걸음쳐서 사라졌습니다

나는 향기로운 님의 말소리에 귀먹고 꽃다운 님의 얼굴에 눈멀었습니다

사랑도 사람의 일이라 만날 때에 미리 떠날 것을 염려하고 경계하지 아니한 것은 아니지만 이별은 뜻밖의 일이 되고 놀란 가슴은 새로운 슬픔에 터집니다

그러나 이별을 쓸데없는 눈물의 원천을 만들고 마는 것은 스스로 사랑을 깨치는 것인 줄 아는 까닭에 걷잡을 수 없는 슬픔의 힘을 옮겨서 새 희망의 정수박이에 들어부었습니다

우리는 만날 때에 떠날 것을 염려하는 것과 같이 떠날 때에 다시 만날 것을 믿습니다.

아아 님은 갔지마는 나는 님을 보내지 아니하였습니다

제 곡조를 못 이기는 사랑의 노래는 님의 침묵을 휩싸고 돕니다

—한용운, 「님의 침묵」 전문(『님의 침묵』, 1926.4)

김소월은 저항 시인이다. 우리 민족의 보편적 정서로 저항했고, 통렬한 역사의식과 비극적 개인사로 일제에 저항했다. 김소월이 어렸을 적 그의 아버지는 일본인에게 폭행당해 죽음을 맞이했다. 이와 같은 불행한 가족사와 민족사가 버무려져 소월의 저항 의식은 형성됐을 것으로 보인다. 이것을 증명하듯 소월의 창작 노트에 일제 치하 현실에 대한 비판이 나온다. 김소월의 「진달래꽃」은 확고한 의지로 이별의 정과 한을 노래한 시이다. 시적 화자인 '나'를 버리고 떠나는 임은 '연인'일

수도 있고, 조국을 배신하고 일제 편에 붙은 '친일파'일 수도 있다. 구역질이 날 만큼 싫다는 '역겹다'라는 표현이 일제강점기 친일파를 떠올리게 한다. 화자는 간절한 어조로 "말없이 고이 보내 드리오리다."라고 체념한다. 사랑하는 사람은 한때 동일자로서 희로애락을 함께했지만, 지금은 절대적 타자가 되어 '나'와는 다른 길을 간다. 화자는 특별한 이별의 의식으로 "영변의 약산/진달래꽃/아름 따다 가실 길에" 뿌리겠다고 다짐한다. 진달래꽃을 뿌리는 행위는 사랑하는 임에게라면 축복이지만, 민족을 배반한 친일파에게는 역설적인 의미로써 저주가 된다. 이처럼 낭만주의적 자아가 최대한 드러난 상태는 과잉된 감정을 경험하게 만든다. 화자는 감정을 억누르며 "놓인 그 꽃을/사뿐이 즈려밟고" 가시라고 한다. 이와 같은 시적 진술에서 임을 향한 희생적 사랑을 읽을 수도 있지만, 친일파를 영원한 타자로 보는 결별로도 읽을 수 있다. 그러므로 「진달래꽃」을 단선적으로 이해하는 것은 옳지 못하다.

우리 문학사에 확고한 의지로 독립운동을 하며 시를 썼던 승려 시인이 한용운이다. 그는 불교 사상을 딛고 확고한 의지로 일제에 저항했다. 「님의 침묵」의 시적 화자는 "님은 갔습니다"라고 이별을 확인한 후 "아아, 사랑하는 나의 님은 갔습니다"라고 최대한 감정을 드러낸다. 이별을 당한 시적 화자의 정신은 위축되고, 순간적 무출구성 앞에서 당황한다. 하지만, 이내 화자는 상징과 신비적 이미지로 "푸른 산빛을 깨치고 단풍나무 숲을 향하여 난 작은 길을 걸어서 차마 떨치고" 갔음을 떠올린다. 시인은 차마 떨치고 가는 임의 모습에서 다시 재회할 것을 믿는다. 어쩔 수 없는 환경 때문에 임과 떨어질 수밖에 없다. 그러나 둘의 사랑은 변함이 없음을 확인한다. 그러므로 「님의 침묵」의 시적 시공간에는 이별이 존재하지만, 회복을 확신함으로 재회도 존재한다. 우리는 누구보다 아름다운 사랑을 했다. 서로의 감정을 최대한 드러내며 황금의 꽃같이 굳고 빛나던 "맹세"도 했고, 날카로운 "키스"도 했다. 천 년이 지나도 사라지지 않을 추억은 이미 '내 의식'을 점령한 지 오래다. 따라서 한용운에게 있어 조국 광복은 움직일 수 없는 진리이다. 언젠가 도래하고야 말 광복을 임의 존재로 확신하고 있다. 이러한 시적 성찰은 암울한 일제강점기에 희망이라는 원형적 심상을 잃지 않는 기제로 작용한다.

확고한 의지로 쓴 시는 에너지가 강하다. 시인이 현상에서 진실을 찾아 자아를 극단적으로 들여다보기 때문이다. 이때 현실에 대한 인식은 깊고 이미지는 심오하다. 김영랑과 박목월의 시는 시적 에너지가 강하다. 두 시인은 확고한 의시로 타자에 의해 쓴 페르소나를 벗는다. 그러자 진정한 자기 모습이 드러난다.

모란이 피기까지는

나는 아직 나의 봄을 기둘리고 있을 테요.

모란이 뚝뚝 떨어져 버린 날

나는 비로소 봄을 여읜 설움에 잠길 테요

오월 어느 날 그 하루 무덥던 날

떨어져 누운 꽃잎마저 시들어 버리고는

천지에 모란은 자취도 없어지고

뻗쳐 오르던 내 보람 서운케 무너졌느니

모란이 지고 말면 그뿐 내 한 해는 다 가고 말아

삼백예순 날 하냥 섭섭해 우옵네다

모란이 피기까지는

나는 아직 기둘리고 있을 테요 찬란한 슬픔의 봄을

　　　　　　　　—김영랑, 「모란이 피기까지는」 전문(『문학』 3호, 1934.4)

강나루 건너서
밀밭길을

구름에 달 가듯이
가는 나그네.

길은 외줄기
남도 삼백 리,

술 익는 마을마다
타는 저녁놀,

구름에 달 가듯이
가는 나그네.

—박목월, 「나그네」 전문(『상아탑』 5호, 1946.4)

　페르소나를 쓰지 않은 모습은 아름답다. 민낯의 얼굴에서 자신의 감정이 자동기술되어 강물처럼 흘러간다. 「모란이 피기까지는」의 시적 화자는 페르소나를 벗은 채 "나는 비로소 봄을 여읜 설움에 잠길 테요"라고 절망감을 숨김없이 드러낸다. 사회적 책임과 역할 때문에 감정을 억누르거나 왜곡하지 않는다. 시적 표현이 진술이어서 절망감과 상실감이 더욱 크게 느껴진다. 시적 화자는 자기 주변의 타자와 상호관계를 맺을 필요가 없다. 오로지 자신의 가슴속에 자리 잡은 "뻗쳐 오르던 내 보람 서운케 무너졌느니"라고 내면의 소리에 귀 기울인다. 자아는 내면의 감정에 집중되어 흔들림이 없다. 페르소나를 썼을 때의

'나'와 페르소나를 벗었을 때의 '나'는 전혀 다른 모습이다. 사회적 역할은 자아를 희생하게 만든다. 페르소나를 벗고 억눌린 자아에 집중하자 모란으로 비유되는 기다림의 대상이 고도로 추상화된다. 시인은 시적 대상을 바라보며 "나는 아직 기둘리고 있을 테요 찬란한 슬픔의 봄을"처럼 자신의 내면세계와 소통한다. 이처럼 시적 에너지는 보이지 않던 세계를 표현할 때 발생한다.

에너지가 있는 시가 좋은 시이다. 현상 안쪽으로 침잠해 새로운 에피파니를 찾아냈을 때, 시에서 강한 에너지가 발생한다. 새롭게 발견한 영혼을 안고 주제로 가는 응집력을 발휘하면 에너지는 더욱 확장된다. 이런 점에서 박목월의 「나그네」는 아날로그적 '느림'의 에너지가 넘치는 시이다. "강나루 건너서/밀밭길을" 유유자적 걸어가는 나그네의 모습에서 시적 에너지가 발견된다. 더욱이 "구름에 달 가듯이" 가는 나그네의 모습이 여유롭다. 불행하고 고독한 나그네의 모습은 어디에도 없다. 시적 주체를 체념과 달관의 경지로 접근하면 시를 너무 협소하게 해석하게 된다. 지금의 관점에서 나그네의 시적 주체는 강하게 보인다. 디지털 시대의 속도에 저항하고 자본주의 물화에서 벗어나 자유롭기 때문이다. 또한 풍경과 일체가 되어 현재적 삶을 성찰하는 의식을 보여 준다. 파편화되고 고립된 현대인에게 나그네는 아날로그적 '신경 쇼크'를 일으킨다. 그러므로 「나그네」의 시적 주체는 현대인이 직면한 불행을 극복한 자이다.

시적 에너지는 겉으로 드러날 수도, 속에 숨어 있을 수도 있다. 김영랑과 박목월이 시 속에 에너지를 내재하고 있었다면, 신동엽의 시는 시적 에너지가 겉으로 드러나 강렬하다. 저항의 깃발이 뜨겁게 흩날린다.

껍데기는 가라.

사월도 알맹이만 남고
껍데기는 가라.

껍데기는 가라.
동학년 곰나루의, 그 아우성만 살고
껍데기는 가라.

그리하여, 다시
껍데기는 가라.
이곳에선, 두 가슴과 그곳까지 내논
아사달 아사녀가
中立의 초례청 앞에 서서
부끄럼 빛내며
맞절할지니

껍데기는 가라, 한라에서 백두까지
향그러운 흙가슴만 남고
그, 모오든 쇠붙이는 가라.
　　　　　　　　　　—신동엽, 「껍데기는 가라」 전문(『52인 시집』, 1967)

　신동엽은 명령한다. 단호한 어조로 명령한다. 시적 명령은 참여적
이고, 저항적이며, 의지적이다. 신동엽은 명령어 속에 미국과 일본에
대한 부정과 군부독재에 대한 부정을 담아낸다. 시인은 직설적 표현으
로 사월의 알맹이를 부르고 동학년의 아우성을 부른다. 그리하여, 다
시 "껍데기는 가라"고 단호하게 외친다. 사월의 알맹이와 동학년의 아

우성은 동일자의 모습이다. 하지만, 껍데기는 타자의 모습이다. 이 둘은 대립적 이미지로 시어는 날 선 칼날의 모습을 한다. 시퍼렇게 영혼이 살아 "이곳에선, 두 가슴과 그곳까지 내논/아사달 아사녀가" 초례청 앞에 서서 하나가 되는 진리를 확인한다. 화자의 강한 어조는 남북이 민족정신으로 화합하고 통일을 부르는 주술적 효과를 낳는다. 시적 화자의 "껍데기는 가라, 한라에서 백두까지"는 당연한 외침이다. 가슴이 뜨거워진다. 그리고 아사달과 아사녀 앞에서 부끄러워진다. 식민지 시대를 거쳐 분단국 시대를 사는 지금 이곳의 삶이 안타까움을 자아낸다. 이 땅에 사는 우리는 모두 "그, 모오든 쇠붙이는 가라"고 동일자 이 심정으로 외쳐야 한다. 미일 세국주의로 상징되는 쇠붙이는 한반도의 허리를 두 동강 냈다. 신동엽 시인은 민족이라는 대아(大我)를 대신하여 "쇠붙이는 가라"고 명령한다. 시적 에너지가 펄펄 끓는다.

한국의 명시에는 영혼이 존재한다. 시인들은 확고한 의지로 현상에 숨어 있는 '영혼'을 불러낸다. 지금까지 누구도 보지 못했던 영혼을 찾는 작업은 격렬한 상상력과 극단적인 열정을 보였을 때 가능해진다. 이 과정에서 자아가 타자에게 환원되어서도 안 되고, 표피적 아름다움을 추구해서도 안 된다. 또한 공허한 이상성으로 영혼을 더럽혀서도 안 된다. 이것을 극복한 자리에 한국의 명시가 존재한다. 그뿐만 아니라 우리의 명시에는 시적 에너지가 넘친다. 탐구의 과정에서 찾은 새로움으로 시적 진리를 펼쳐 보이기 때문이다. 때로는 강하고 부드러운 에너지로 현실을 관통한다.

3. 빅데이터의 힘—ChatGPT의 명시

자크 랑시에르는 자신의 저서 『감성의 분할』에서 "기계 예술들은 '기계' 예술들로서 결국 예술 패러다임의 변화, 그리고 예술과 그 주제들의 새로운 관계를 초래할 것이다."라고 확신에 차서 말한다. 랑시에르가 대화형 인공지능인 ChatGPT를 예견한 듯한 발언이다. ChatGPT가 출시되고 우리 사회는 충격에 빠졌다. 특히 예술가 세계에선 'AI가 예술가를 대체할 것이다'라는 우려가 크다. ChatGPT가 시를 쓴다. 요구하는 대로 방대한 정보를 가지고 시를 쓴다. 어떤 주제의 시이든 물어보면 한 편의 시를 순식간에 만들어 낸다. 이제 문학작품집의 판매가 급감할 수 있다. 사람들은 자신이 원하는 주제와 키워드를 입력값으로 ChatGPT가 생성한 작품을 감상하면 되기 때문이다. 즉, 누구나 창작자가 될 수 있다는 사실이다. 창작자인 동시에 독자인 이들은 위축된 예술계를 더욱더 벼랑 끝으로 몰아갈 수 있다. ChatGPT는 매년 학습 규모와 속도가 개선된 버전이 개발되어 출시된다. 따라서 개선될 때마다 예술 작품 창작 수준도 높아질 것이 분명하다. 이렇게 되면 상위 4% 안에 들지 못하는 예술가들은 기계 예술의 패러다임에 적응하지 못하고 도태될 가능성이 커진다. 이를 극복하기 위해 대부분의 창작자들은 ChatGPT를 도구로 활용하여 창작하는 기계 예술의 시대를 거리낌 없이 즐길 것이다. 다윈이 주장한 적자생존의 원리가 적용되는 시대를 예술가들은 맞이했다.

ChatGPT는 주어진 질문과 맥락을 바탕으로 시를 생성한다. 빅데이터에 있는 정보를 단순하게 그대로 보여 주지 않는다. 요구한 텍스트의 다음 문장을 예측할 수 있고, 다양한 방식으로 분류할 수 있다. 그뿐만 아니라 질문의 상황을 인식하여 콘텐츠를 생성한다. 따라서 주어진 주제어나 조건에 맞게 시를 쓸 수 있다.

이별의 정한에 서로를 바라보며
슬픔에 잠긴 눈빛으로 말없이 손을 흔들며

길을 나선 그대와 나
희미해진 뒷모습을 바라보며 떨리는 가슴을 감추지 못하고

진달래꽃이 피는 곳마다
서로를 지키며 함께한 추억이 번져
그리움과 아픔이 한껏 더해져
이젠 서로의 곁에서 멀어져 가고 있음을 알면서도

진달래꽃이 지는 그날까지
이별의 징한을 깨시 않으려 애쓰는 그대와 나
서로의 마음속에 간직한 추억으로
진달래꽃처럼 아름답게 떠나기를 바라며

진달래꽃이 지는 그날까지
서로의 마음을 잊지 않으리라.

*입력값: '진달래꽃'이라는 제목으로 4연 12행의 시를 쓰시오. 주제는 이별의 정한입니다.

—ChatGPT, 「진달래꽃」 전문(2023.3.23)

조국을 잃은 슬픔에 빠져서,
언제나 그리움에 눈물 흘리고,
그리고 나서야 비로소 깨닫게 된,
자유와 독립의 소중함과 뜻.

하지만 그 희생과 헌신이 있었기에,

우리는 이젠 자유롭게 숨 쉴 수 있고,

그들의 희생이 결코 헛되지 않았다는 것을,

그리고 이 땅이 꼭 대한민국이라는 것을 알고 있습니다.

그래서 우리는 항상 광복의 기념일에,

그들을 기억하며 무거운 뜻을 간직하고,

이 땅을 지키며 더 나은 미래를 위해,

앞으로도 함께 나아갈 것입니다.

*입력값: '님의 침묵'이라는 제목으로 1연 10행의 시를 쓰시오. 주제는 조국을 잃은 슬픔과 광복에의 신념입니다.

—ChatGPT, 「님의 침묵」 전문(2023.3.23)

「진달래꽃」은 ChatGPT가 입력값대로 쓴 시이다. 4연 12행의 요구 조건을 지키지 못했지만, 주제에 맞게 콘텐츠를 내놓았다. ChatGPT 는 주제를 바탕으로 "이별의 정한에 서로를 바라보며/슬픔에 잠긴 눈빛으로 말없이 손을" 흔든다고 진술한다. 표현이 표피적이며 관념적이다. 데이터를 기반으로 학습되었기 때문에 주어진 주제에 맞는 시를 썼다. 하지만, 시적 사유를 할 줄 몰라 "서로를 바라보며"나 "말없이 손을"처럼 상습적 표현에 머문다. 시적 대상을 감각적으로 지각하지도 못하고, 시각적으로 대상을 묘사하지도 못한다. 따라서 "그리움과 아픔이 한껏 더해져"와 같이 단순한 감정만 표현한다. 습작기에 있는 사람들처럼 미분화된 사유만 나타날 뿐이다. 연이 바뀌어도 "서로의 마음속에 간직한 추억으로"라고 표현하여 시적 사유의 발전은 찾을 수 없다. 보편적 의미의 단어로 주제를 표현하기에 바쁜 모습이다. ChatGPT는 마지막 연을 "진달래꽃이 지는 그날까지/서로의 마음을 잊지 않으리라"며 주제에 충실한 태도를 보인다. 이처럼 주제에만 집중하지 보고 느낀 것을 묘사하지 않는다.

ChatGPT가 쓴 「님의 침묵」엔 임에 대한 진실성이 느껴지지 않는다. 임이라는 시적 대상과의 심리적 거리가 너무 가까워 "조국을 잃은 슬픔에 빠져서"처럼 감정에 휩싸이고, "언제나 그리움에 눈물 흘리고"와 같이 감정 과잉의 세계를 보여 준다. 시는 시적 대상과 시적 화자와의 심리적 거리가 적절해야 한다. 너무 가까우면 디테일은 사라지고 피/싱직인 세계만 만들어 놓는다. 반대로 거리가 너무 멀면 "하지만 그 희생과 헌신이 있었기에,/우리는 이젠 자유롭게 숨 쉴 수 있고"와 같은 논리적 표현에 머물 수밖에 없다. ChatGPT는 미지의 것을 찾으려는 의지 없이 오직 논리에만 빠져 주제에 합당한 형상을 만든다. 이와 같은 논리적 시상의 전개는 "이 땅을 지키며 더 나은 미래를 위해,/앞으로도 함께 나아갈 것입니다"로 마지막 연을 장식한다. 시적 진술과 묘사보다는 시적 논리로 시를 지탱하고 있다. 이는 낱말을 맥락적으로 연결해 콘텐츠를 만들었다는 반증이다. 이처럼 시에서 논리적 표현을 하면 시는 창의성을 잃는다. 논리는 주장에 따른 논증이다. 위 시는 시적 대상인 조국과 화자의 심리적 거리 조정이 안 되어 작품성이 없다.

시는 창조적인 글쓰기이지 논리적인 글쓰기가 아니다. 시는 미적 현대성으로 과거의 미를 딛고 낯선 미를 향해 나아가야 한다. 이러한 시적 도발이 이루어져야 현대성에 부합하는 시를 창작할 수 있다.

모란이 피기까지의 긴 여정,
얼마나 많은 시간과 노력이 필요했을까.

하지만 그 아름다움을 보기 위해서는,
그 모든 과정이 꼭 필요한 것 같다.

그리고 그 아름다움은,
그저 시간이 지나면서 자연스럽게 피어난 것이 아니라,
인간의 손길과 정성이 담긴 작품이다.

미적인 세계의 동경,
그 안에 담긴 미소와 감동을 향해,
우리는 끝없이 나아갈 수 있다.

우리의 손길과 노력이,
어떤 작은 것이라도 그 미적인 세계를 더욱 풍요롭게 만들어 갈 것이다.

*입력값: '모란이 피기까지는'이라는 제목으로 1연 12행의 시를 쓰시오.
주제는 미적 세계의 동경입니다.
　　　　　　　　　　　　　－ChatGPT, 「모란이 피기까지는」 부분(2023.3.23)

한국의 나그네가 되어
길을 걷고 또 걸어가네
어둠 속에 힘겨운 발걸음으로
어제와 오늘이 저 멀리 떠나가네

노을이 서산을 희게 물들이고
가을바람이 여울에 부는 소리가

나그네의 귀에 울리네

이 길이 언제쯤 끝나는지

이젠 그만 내려놓을까

그 어떤 곳도 나의 고향이 아닌 것 같아

*입력값: '나그네'를 제목으로 5연 10행의 시를 쓰시오. 주제는 한국적인
체념과 달관의 경지입니다.

—ChatGPT, 「나그네」 부분(2023.3.23)

「모란이 피기까지는」의 시적 화자는 자기가 보고 느낀 것이 없다. 미지의 것을 직관하는 의지 없이 공허하고 피상적인 생각만 드러낸다. 일상적이고 보편적인 문장인 "모란이 피기까지의 긴 여정"으로 시적 발화를 하고, 특별한 의미가 느껴지지 않는 "얼마나 많은 시간과 노력이 필요했을까"로 시적 진술을 이어 간다. 무미건조하게 "인간의 손길과 정성이 담긴 작품이다"처럼 시적 자아가 현상에 집중하지 않은 표현들만 보여 준다. 모란이 피는 의미를 극단까지 들여다보겠다는 의지가 보이지 않는다. 자아 집중 없이 일상적인 낱말로 연결하고 나열하기 바쁘다. 화려한 꽃이 피는 현상을 감지하는 시적 촉수도 없고 비유로 새로운 의미를 찾겠다는 고뇌도 없다. 다만 입력값에 맞게 단어를 잘 배열함으로써 주제에 부합하고자 하는 의도만 있다. 시는 상투적인 시어로 논리를 만드는 것이 아니라 낱말로 창조한 한 편의 그림이 되어야 한다. 그림 안에 진술이 있고 묘사가 있어야 작품이 된다. 따라서 시의 마지막 행을 "어떤 작은 것이라도 그 미적인 세계를 더욱 풍요롭게 만들어 갈 것이다"로 끝맺는 것은 논리적 진술이어서 문제가 된다.

「나그네」의 시적 화자는 "한국의 나그네가 되어／길을 걷고 또 걸어 가네"라고 진술한다. 나그네가 길을 걷는다는 표현은 상투적이다. '나그네' 하면 떠오르는 것이 '걷는다'이기 때문이다. 이처럼 너무 익숙한 것을 낯익은 낱말들로 보여 준다. 익숙한 현상을 낯설게 만들어야 새로운 세계가 만들어진다. 하지만 ChatGPT는 입력값에만 몰두해 시상을 전개한다. 가끔은 "어제와 오늘이 저 멀리 떠나가네"와 같은 철학적 이미지를 만들기도 한다. 물론 현대적 삶에 대해 성찰하는 구체적 의식은 없다. 추상적이고 막연한 달관의 모습만 보일 뿐이다. 이러한 성찰 없는 의식은 "이젠 그만 내려놓을까／그 어떤 곳도 나의 고향이 아닌 것 같아"와 같은 시적 결론에 이른다. 무엇을 내려놓겠다는 것인지 왜 '나'의 고향이 아닌 것 같은지 시적 설득이 되지 않는다. 현상을 심오한 이미지로 드러내지 못했기 때문이다. 이와 같이 ChatGPT는 새로운 시를 쓰기보다는 주제에 맞는 단어를 조립하는 방식으로 시를 쓴다.

물결치듯 분단이 된 삶에
열두 시간쯤 울리는 종소리
그 안에서 묻혀 가던 우리의 목소리
다시 깨워 낼 용기를 가져 보자

저 하늘에 떠오르는 태양처럼
새로운 시작을 기대하며
이젠 껍데기가 아니라
한 터전에 울리는 대한민국인이 되자

동학의 흔적을 따라

밝은 미래를 찾아 걸어 보자

묵묵히 우리가 쌓아 온 역사를

*입력값: '껍데기는 가라'라는 제목으로 4연 17행의 시를 쓰시오. 주제는 4.19 혁명과 동학혁명의 역사를 불러내어 분단 극복과 민족 주체성 확립의 열망입니다.

─ChatGPT, 「껍데기는 가라」 부분(2023.3.24)

「껍데기는 가라」의 시적 화자는 민족 주체성 확립의 열망으로 불특정 다수에게 "대한민국인이 되자"고 권유한다. 권유적 진술은 주어진 현실에 대해 타자에게 반성을 촉구하는 태도를 지닌다. 시적 화자가 중심이 되어 동조와 참여를 요구하려면 문제점이 된 원인이 시적으로 규명되어야 한다. 그래야 설득력이 있다. 하지만, 위 시는 "물결치듯 분단이 된 삶에/열두 시간쯤 울리는 종소리"라고 표현해 원인 규명을 하지 않는다. 어떻게 물결이 쳐 분단되었다는 것인지, 그리고 왜 열두 시간쯤 종소리가 울리는지 알 수 없는 모호한 표현만 하고 있다. 원인과 결과를 연결해 현실을 응시하지 않는다. 따라서 시적 화자의 "다시 깨워 낼 용기를 가져 보자"는 권유는 공허하게 들린다. 무엇을 깨워 내자는 것인지가 나타나지 않아 타자에게 촉구하는 반성은 의미를 잃는다. 이어지는 "저 하늘에 떠오르는 태양처럼/새로운 시작을" 어떻게 기대할지 막연하다. 현실을 실재적인 관점에서 바라보지 않아 구체성을 잃는다. 위 시는 "밝은 미래를 찾아 걸어 보자"와 같은 공허한 권유적 진술만 반복한다.

랑시에르가 적시한 것처럼 예술가들은 기계 예술로 새로운 패러다임을 맞이했다. ChatGPT는 빅데이터의 힘으로 시를 쓴다. 입력값을 기억하고 문맥에 맞게 시를 쓴다. 시적 묘사는 약하지만, 진술은 익숙하게 한다. ChatGPT가 쓰는 시는 의지 없는 표피적 시니피앙(signifiant)의 조화만 있다. 그리고 에너지 없는 상투적 시니피에(signifie)의 조립만 보여 준다. 하지만, 데이터를 기반으로 시를 만들어 내기 때문에 깊이 읽지 않으면 주제를 잘 살려 낸 시처럼 보인다. 시적 대상을 장악하지는 못하지만, 어느 정도의 논리적 표현은 한다. 자칫 현혹되기 쉬운 철학적 냄새를 풍기기도 한다. 시로 독자를 가르치려 드는 현학취적 태도도 보인다. 이 점이 ChatGPT의 시 쓰기가 가지고 있는 한계이다. 그러나 딥 러닝 기술이 더욱 향상된다면, 머지않아 ChatGPT는 수준 높은 시를 쓸 수 있을 것으로 예상된다.

4. 시인의 미래

ChatGPT가 딥 러닝 기술로 시를 쓴다. 머지않아 ChatGPT가 시인을 대체할 것이다. 독자는 ChatGPT로 자신의 감성에 맞는 시를 생성해 감상할 수 있다. 시인은 이곳에 없는 것을 불러내는 현대성의 주술사여야 한다. 상위 4% 안에 드는 시인만이 현상과 사물에 숨어 있는 영혼을 불러낼 줄 안다. 나머지 시인들은 ChatGPT와 경쟁해야 한다. 그리고 시인들은 ChatGPT를 도구로 삼아 시를 창작할 것이다. ChatGPT에게 입력값을 주고 초고를 만든 뒤 작품을 완성할 것으로 예상된다. ChatGPT 시대 예술의 패러다임 변화는 필연적이다. 시인은 창작할 때마다 ChatGPT와 교감하고, ChatGPT로 또 다른 시적 자아를 만들 것이다.

시인은 확고한 의지로 새로운 것을 불러낼 줄 안다. 기존의 익숙한 것들과 결별하고 현상의 안쪽으로 깊이 들어가기도 한다. 그곳에서 시적 대상과 화자의 초점을 맞추고, 형이상학적 날개를 펼친다. 이때 시인은 견자가 된다. 랭보처럼 미지의 것에 도달했기 때문이다. 또한 보이지 않는 것을 보고 들리지 않는 것을 들었음이다. 시는 비로소 현상을 관통하는 힘을 얻는다. 그러므로 시인이 쓰는 시에는 시적 에너지가 넘친다. 감각에 사로잡혔던 포충망은 찢어지고, 지금까지 보지 못했던 형상이 다가온다. 이와 같이 확고한 의지로 에피파니를 찾아 떠나는 시인의 길에 온갖 생기로 꽃이 만발한다. 시인은 시적 촉수로 시적 대상과 하나가 되어 현악기의 활을 퉁길 것이다. 시인 앞에 형이상학적 영혼이 선명하게 드러난다.

ChatGPT는 빅데이터에서 익숙한 것을 불러낼 줄 안다. 입력값에 맞게 시를 쓰지만, 때로 맥락을 잊을 때도 있다. 현상에 대한 묘사보다는 진술적 시 쓰기를 즐긴다. 따라서 시적 표현에 날카로운 예각이 없다. 시적 화자의 주장이 맥락을 잃고 권유하기에 바쁠 때도 있다. 시적 대상과의 초점이 흐릿해 관념적인 표현을 자주 쓴다. 때로 ChatGPT는 주제에 부합하지 않는 시를 쓰기도 한다. 이때 ChatGPT는 자신이 쓴 시의 주제를 스스로 맞다고 판단하는 오류에 빠진다. 이것을 '인공 환각'의 효과라 한다. 이럴 경우 시에 있어서 새로운 표현으로 심오한 현실을 드러낼 수 있다. 만약 이런 인공 환각이 적절하게 활용된다면 어쩌다 뛰어난 아방가르드적 시가 탄생할 가능성도 존재한다. 그리고 ChatGPT가 특별한 것은 동일한 입력값에도 다양한 시를 쓸 줄 안다는 점이다.

머지않아 ChatGPT는 시인뿐만 아니라 예술가를 대체할 것이다. 19세기 화가들이 현실을 그대로 재현하는 사진기의 등장으로 충격에 빠졌듯이 21세기 예술가들 또한 충격에 휩싸인다. 당시 그곳의 화가는 사진기에 재현 능력을 양도할 수밖에 없었다. 화가들은 상징을 찾는 새로운 화풍인 인상주의로 위기를 극복했다. 이제 지금 이곳의 시인(예술가)들은 ChatGPT와의 경쟁을 피해 아방가르드적 실험으로 위기를 극복할 가능성이 높다. 따라서 시인은 현대성을 내재한 주술사가되어 현상에 치열하게 주문(呪文)을 걸 것이다.

신춘문예, 개혁을 허(許)하라

1. 오래된 축제

신춘문예가 처음 시작된 해가 1915년 『매일신보』였으니까 올해로 105년째이다. 신춘문예는 일제강점기 때부터 시작된 오래된 문단의 축제이다. 신문사에서는 매년 1월 1일이 되면 신춘문예 당선자와 당선작을 발표한다. 신춘문예는 많은 신인을 발굴했고, 이들 중에는 한국문학의 발전에 기여한 이들도 많다. 하지만, 더 많은 시인이 등단 후 사라져 존재감이 없다. 1월 1일은 문청들의 관심이 신춘문예 작품에 집중된다. 따라서 가판대의 신문은 아침 일찍 매진되기 일쑤다. 2020년 현재 신춘문예를 시행하는 신문은 중앙 일간지 8곳과 지방 일간지 22곳이다. 중앙 일간지의 경우 경쟁률이 매우 높다. 조선일보는 올해 시 부문에 5,770편이 응모되었다. 신문사마다 좀 차이는 있으나 시 부문은 대략 1,000명 안팎이 응모한다. 전국의 남녀노소뿐만 아니라 해외에서도 응모하니 국민의 문학 축제임이 분명하다. 특히 1월 1일에는 문예창작학과 교수들과 학생들은 일간지나 인터넷으로 당선작 명단을 확인하고 읽는다. 이처럼 문학을 가르치는 선생들과 문청들의 새해는 신춘문예 당선작들과 함께한다. 그러나 신춘문예는 긍정적인 측면과 함께 매년 부정적 측면이 부각되고 있다.

2. 심사 위원 고착화

신춘문예 심사 위원이 고착화되어 있다는 것은 문제이다. 우리는 디지털 문화 시대에 살고 있다. 하루가 다르게 디지털 기술은 발전한다. 디지털 문화는 미디어 양식뿐 아니라 가상 현실 등으로 다양하게 우리 앞에 모습을 드러낸다. 우리가 상상하는 것들은 디지털 문화에서 대부분 이루어진다. 다양한 분야가 상상력으로 융합되어 우리의 실생활을 지배한다. 디지털 문화는 문학적 상상력과 과학적 상상력을 서로 융합한다. 문학적 상상력의 따뜻함으로 만들어 낸 소프트웨어를 테크놀로지의 차가움으로 융합하여 새로운 세계를 연다. 학문은 아리스토텔레스 이후 오랜 기간 끊임없이 분화됐다. 이렇게 분화되었던 학문이 통합의 시대를 맞이하고 있다. 따라서 젊은이들의 감각과 사고 그리고 행동의 패러다임도 바뀌고 있다. 견고했던 학문의 벽은 무너지고 서로를 관통하고 가로지르는 시대가 되었다. 변화하지 않으면 퇴보하거나 정체될 수밖에 없는 시대에 우리 모두는 살고 있다. 그런데 유독 신춘문예 심사 위원만 바뀌지 않고 고착화되어 있다. 아날로그 시대를 내면화했던 대부분의 나이 많은 심사 위원들이 디지털 문화를 내면화한 신인을 심사하는 것은 문제이다.

시인은 상상하는 것으로 존재하는 자들이다. 상상력은 시적 진실을 찾아가는 것이기도 하고, 유희의 공간에서 새로운 자아를 찾는 것이기도 하다. 문학적 상상력은 오늘날 디지털 문화 속에서 현실이 되었다. 백설공주에 나오는 거울은 유비쿼터스 시대를 낳게 하였다. 따라서 문학은 고여 있으면 안 된다. 필자가 3개년간 각 신문사 신춘문예 심사 위원을 조사한 것은 다음과 같다.

조선일보는 최근 3년간 심사 위원이 고정되어 있었다.

중앙일보는 최근 3년간 심사 위원이 절반 정도가 고정되어 있었다.

동아일보는 최근 3년간 심사 위원이 시인 1명과 평론가 1명으로 고정되어 있었다.

한국일보는 최근 3년간 심사 위원이 소수를 빼놓고는 대체로 교체되어 있었다.

서울신문은 최근 3년간 심사 위원이 2018년 1명만 바뀌고 고정되어 있었다.

세계일보는 최근 3년간 심사 위원이 평론가 1명은 고정되어 있었고, 시인은 바뀌었다.

문화일보는 최근 3년간 심사 위원이 2명만 2년 동안 고정되어 있었고, 나머지는 바뀌었다.

경향신문은 최근 3년간 심사 위원이 한 사람만 2년 동안 고정이었고, 나머지는 바뀌었다.

살펴본 것처럼 신춘문예 심사 위원들은 신문사별로 고정된 곳도 있고 바뀐 곳도 있다. 하지만, 필자가 심사 위원이 고착화되어 있다고 한 것은 심사 위원이 바뀌었어도 다른 신문사에서 심사를 맡았던 심사 위원이란 점이다. 이렇게 되면 한번 신춘문예 심사 위원이 된 사람은 계속 심사를 맡게 된다. 시인 지망생들에게 심사 위원들이 노출되어 있다는 점은 문제가 된다. 대학 입시에서 수능 출제 위원들은 수능 시험이 끝날 때까지 외부와 단절된 생활을 해야 한다. 입시와 비교하는 것이 적절하지 않다고 하더라도 문제는 있어 보인다. 왜냐하면 심사 위원의 양심에 맡겨야 하겠지만, 부정의 소지도 있을 수 있기 때문이다. 부정의 소지가 없다 하더라도 심사 위원의 성향에 맞춰 시를 쓰고 응모하는 시인 지망생이 생길 것이다. 이렇게 되면 시의 창의성은 억압받게 되고 각 심사 위원에 맞는 신춘문예용 시를 투고할 가능성이 높아진다.

우리나라엔 신춘문예 심사를 맡을 역량을 갖고 있는 시인이나 평론가가 매우 많다. 신춘문예 심사 위원들이 고정되어 있다 보니 당선되는 시들이 특정한 틀 안에 갇혀 고이고 썩고 있다는 생각이 든다. 그리고 본심 심사 위원들이 대부분 나이가 많다는 점도 문제이다. 나이에 대한 차별을 두면 안 되지만, 새로운 생각을 가진 심사 위원들이 필요한 것은 사실이다. 시대의 변화에 맞게 새로운 경향의 심사 위원들이 심사를 맡는다면 신춘문예 당선 시들이 다양한 색깔과 목소리를 낼 것이다. 디지털 시대는 상상력으로 서로 충돌하고 융합하여 새로운 문화를 창조한다. 이것이 새로운 시대의 특성에 맞게 다양한 개성을 가진 심사 위원이 신춘문예 심사를 해야 할 이유이다. 그래야 당선 시에 낯설고 새로운 미적 색깔을 입히게 될 것이다. 신춘문예가 새로운 꿈의 등단 제도로 빛나길 바란다.

3. 심사와 응모 자격

신춘문예에 당선되면 '하늘의 별을 땄다'고 말하는 사람들이 있다. 시인 지망생들에게 신춘문예는 꿈의 등용문이다. 신춘문예는 매년 응모자가 느는 경향을 보인다. 현재 중앙 일간지의 경우 2,000명 안팎의 응모율을 보이는 신문도 있다. 이렇게 많은 응모작을 대부분의 신문사에서는 예심 1일, 본심 1일로 진행한다. 예심과 본심의 심사 위원들은 각 2명씩이다.

예심은 너무 많은 양을 심사하다 보니 좋은 작품이 탈락할 수 있다는 문제가 있다. 시간의 부족으로 정확하게 읽고 판단하기가 어렵다. 물론 시는 몇 행만 읽어도 작품성을 판단할 수 있다. 그러나 빨리 읽다 보면 좋은 작품을 놓칠 수 있는 여지가 충분히 있다. 시인 지망생이 시를 쓰기 위해 견뎌 낸 무수한 시간과 열정을 생각한다면 좀 더 신중하게 심사를 해야 한다. 누군가는 수십 년을 신춘문예 등단에 매달리기도 한다. 이들을 위해 심사가 충분한 시간을 갖고 공정하게 이루어진다는 것을 보여 주어야 한다. 신춘문예 당선은 실력은 기본이고 운이 따라야 당선될 수 있다. 흔히 말하는 운칠기삼이 적용된다고 보아야 할 것이다. 자신의 작품도 시간대와 기분에 따라 평가가 달라질 수 있다는 것을 생각하면 타인의 작품 심사도 별반 다르지 않다는 것을 짐작할 수 있다. 따라서 예심 심사 위원의 숫자를 늘려야 하고, 심사하는 시간도 충분히 주어져야 한다. 그래야 보다 정확한 심사를 할 수 있다.

본심은 상대적으로 적은 수의 작품을 심사하기 때문에 시간에 대한 부족은 문제가 덜하다. 하지만, 본심도 문제가 있을 수 있다. 당선작 1편을 선정해야 하므로 심사 위원들 사이에 갈등이 생기기도 한다. 시적 성향의 문제가 대부분이다. 그리고 불편한 심사 위원이 있겠지만 간혹 자기 제자를 당선시키려는 불순한 의도에서 문제가 발생하기도 한다. 그렇기 때문에 신문사 측에선 본선에 올라온 응모자와 같은 학연을 가지고 있는 심사 위원을 배제해야 한다. 어쩌다 한 번씩은 심사 위원과 당선자가 같은 학교 소속인 경우를 보게 된다. 문예지도 마찬가지이다. 심사의 공정성을 의심할 수밖에 없다. 만약 필자의 주장이 의심스럽다면 그동안 각 신문사의 신춘문예 심사 위원과 당선자의 학교 소속을 전수조사해 보면 진실이 드러나게 된다. 문단은 좁은 동네.

그렇기 때문에 알면서도 말을 안 한다. 그러나 누군가는 말해야 할 것 같아서 필자가 대신 말한다. 문단의 오래된 적폐다.

　신문사는 신춘문예 공모를 할 때 응모 자격을 분명히 해야 한다. 응모 자격을 분명히 하지 않아 심심찮게 문제가 발생한다. 올해도 모 신문사에서 시 부문 당선자에게 당선 통보를 한 다음 당선 취소를 했다가 다시 당선을 결정한 적이 있다. 응모 자격을 공모 규정에 분명히 하지 않아서 발생한 문제이다. 이 당선자는 문예지를 통해 등단하고 창작 기금을 받은 기성 시인이다. 그리고 시인 단체에서 활발히 활동하고 있다. 이 사실을 알게 된 신문사가 당선을 취소했다가 취소 명분이 약해 다시 당선시켰다. 이 문제를 보는 관점은 다양할 수 있다. 누군가는 기성 시인이 신춘문예에 응모하면 신인들의 기회를 뺏는 것이라고 주장할 것이다. 또 누군가는 공모 규정에 기성 문인은 응모 자격이 없다는 것이 명시돼 있지 않아 괜찮다고 주장할 것이다. 그리고 또 누군가는 신춘문예와 메이저 문예지 등단자를 우대하는 문단의 구조적 문제점을 들어 정당화할 것이다.

　필자는 기성 문인은 응모하면 안 된다는 규정이 없는 이상 응모해도 된다고 본다. 왜냐하면 우리 시단이 실력과 상관없이 어디로 등단했느냐를 지나치게 따지기 때문이다. 설령 부정하게 등단했어도 등단지가 신춘문예나 메이저 문예지면 평생 그 프리미엄을 가지고 작품 활동을 한다. 반면, 등단지가 약하면 원고 청탁도 오지 않는다. 수준 낮은 문예지에서라도 원고 청탁을 받으려면 후원회에 가입해야 하는 실정이다. 그리고 오랜 기간 준비해 온 시집을 출간할 때도 자비를 들여야 한다. 우리나라엔 등단 장사나 지면 장사를 하는 문예지가 많다. 이들이 문학 발전에 기여하는 것처럼 말하는 것을 볼 때마다 실소를 금할 길 없다. 그러므로 문단의 이러한 구조적 문제를 개선하지 않고는 기성 시인의 재등단을 막기 어렵다. 문단에선 시인으로 취급을 안 해 주면서 재등단하려고 하면 기성 시인이라 안 된다고 말할 수는 없지 않은가. 쉽지 않은 문제이다.

심사가 공정했을 때 탈락자들도 수긍하게 된다. 시인 지망생들에게 신춘문예가 변치 않을 '별'로 기억되려면 심사는 신중하고 공정해야 한다.

4. 표절

표절은 남의 작품을 전부 또는 일부를 베껴 자기 작품처럼 발표하는 경우를 말한다. 그리고 다른 사람의 아이디어를 자기 것처럼 작품화시키는 것도 포함된다. 이 때문에 남의 글을 인용할 때는 출처를 분명히 밝혀야 한다. 논문에서는 6단어 이상 연쇄 표현이 일치할 때 표절로 간주한다. 하지만, 이것은 논문의 경우이다. 짧은 시에는 더 엄격해야 할 것이다. 대부분 시에서 표절하는 경우는 좋은 작품을 쓰고자 하는 열망은 강한데 아이디어가 부재할 때 나타난다. 특히 등단에 대한 욕망이 크다 보면 가이드라인을 넘게 된다. 시인 지망생들에게 신춘문예는 화려한 등용문이다. 신춘문예에서 표절 사건은 시 부문이 많다. 있어서는 안 될 일이 일어나는 것이다. 신문사마다 신춘문예 당선작을 발표하면 문인 지망생들은 당선작을 읽고, 표절작인지를 검증한다. 특히 신춘문예공모나라 같은 카페에서 활동하는 문인 지망생들의 활약이 크다. 이 카페는 회원 수만 7,500명이 넘는다. 이들은 카페를 무대로 집단지성을 발휘한다. 당선작이 표절임이 드러나면 해당 신문사에 제보하는 등의 행동으로 잘못을 바로잡는다.

(1) 2019년 세계일보 신춘문예

2019년 세계일보 신춘문예 당선작이 발표되자 시 부문에서 표절

의혹이 불거졌다. 신춘문예공모나라 카페 게시판에 '하늘방랑자'라는 닉네임을 쓰는 회원이 시 부문 당선작이 '고든'이라는 닉네임을 사용하는 블로거의 우주 이야기를 변용했다고 주장한 것이다. 이 회원은 당선작과 똑같은 「역대 가장 작은 별이 발견되다」를 검색해 보라고 글을 올렸다. 너무 유사하다는 것이다. 하늘방랑자는 또다시 「세계일보 당선작과 고든님 블로그 우주 이야기 678 비교입니다」라는 제목의 글에서 당선작과 블로그 우주 이야기 678의 글을 비교하였다. 이때부터 댓글로 활발한 논쟁이 전개되었다. 누군가는 표절이 아니라고 했다. 그 이유로는 시적 상상력을 동원해 시를 썼기 때문이라는 것이다. 다만 각주를 달지 않아 아쉽다고 말했다. 그리고 또 다른 누군가는 인용 표시도 출처도 밝히지 않았기 때문에 표절이라고 주장하였다. 그의 주장에 힘을 실어 주는 댓글이 더 많이 달렸다. 표절로 보는 쪽의 시각이 더 단단한 논리성을 갖고 있었다. 카페 회원들의 감정은 매우 격앙되어 갔다. 이러한 문제 제기에도 불구하고 세계일보 측은 심사 위원들의 말을 빌려 "과학적 사실 기반으로 창작한 것이므로 표절이 아니다"라는 입장을 내놓았다.

세계일보사의 태도에 카페 회원들은 울분을 토했다. 그들 중 '울랄라'라는 닉네임을 쓰는 회원은 댓글에서 "출처도 출처지만 본인이 문학적 상상력을 발휘하지 않고 가져온 부분이 있으니까 그 부분이 문제"라고 적확하게 지적했다. 이렇듯 회원들의 분노는 강한 설득력으로 카페를 뜨겁게 달구었다. 그리고 결국 세계일보사는 당선작을 표절로 보고 당선을 취소했다.

케임브리지 대학의 연구팀이 이끄는 국제 과학자 팀이 지금까지 발견된 별 가운데 가장 크기가 작은 별을 발견했습니다. 그 크기는 목성보다 작고 토성보다 약간 큰 정도로 만약 이보다 좀 더 작으면 수소 핵융합이 불가능한 수준의 크기로 생각됩니다.

EBLM J0555-57Ab라고 명명된 이 별은 지구에서 600광년 떨어진 쌍성계의 일부로 처음에는 큰 동반성 주변을 돌고 있는 행성으로 생각되었습니다. 그러나 CORALIE spectrograph를 통해서 이를 분석한 과학자들은 실제로는 이것이 행성이 아닌 항성 질량을 가진 천체라는 사실을 발견했습니다. 크기를 고려하면 밀도가 상당히 큰 편인데, 이런 작고 조밀한 별이 있을 수 있다는 것은 그 자체로 놀라운 일이라고 하겠습니다.

태양 질량의 8-40% 사이의 별은 적색왜성이라고 불리는 작고 어두운 별입니다. 이들은 핵융합 반응 속도가 매우 낮아서 표면이 극히 어두운 대신 상당히 수명이 긴 특징이 있습니다. 이 중에서도 태양 질량의 20%가 채 안 되는 매우 작은 별은 핵융합 반응 자체가 매우 조금씩 일어나다 보니 본래 크기가 작은 편입니다.

별의 부피를 결정하는 요소는 여러 가지지만, 가장 중요한 요소는 자체적인 중력으로 뭉치는 힘과 핵융합 반응으로 발생하는 열에 의한 팽창 에너지의 균형입니다. 따라서 핵융합 반응이 약하게 일어나는 적색왜성 가운데는 정말 크기가 작은 것들이 많지만, 그래도 이렇게 작은 경우는 흔치 않습니다. EBLM J0555-57Ab는 별의 부피가 어디까지 작아질 수 있는지를 보여 주는 사례입니다.

참고로 거대 가스 행성의 경우 질량은 이보다 훨씬 작지만, 대신 중력의 약해 밀도가 낮아져 수소와 헬륨의 상당 부분이 기체 상태로 존재하므로 질량 대비 부피가 커질 수 있습니다.

아무튼 이번 관측 결과는 우주에 우리가 상상하기 힘든 독특한 천체들이 많다는 것을 다시 한번 보여 주는 사례입니다.
　　　　　　—고든, 「우주 이야기 678—역대 가장 작은 별이 발견되다」 전문

별이 깃든 방, 연구진들이 놀라운 발견을 했어요 그들은 지금까지 발견된 별 가운데 가장 크기가 작은 별을 발견했습니다 그 크기는 목성보다 작고 토성보다 약간 큰 정도로, 지구 열 개밖에 안 들어가는 크기라더군요 세상에 정말 작군요, 옥탑방에서 생각했어요 이런 작고 조밀한 별이 있을 수 있다니 하고 말이죠 핵융합 반응 속도가 매우 낮아서 표면은 극히 어둡다고 합니다 이제야 그늘이 조금 이해되는군요

이 별의 천장은 매우 낮습니다 산소가 희박하죠 멀리서 보는 야경은 아름다울지 몰라요 어차피 낮에는 하늘로 추락하겠지만 그래도 먼지가 이만큼이나 모이니 질량에 대해 얘기할 수 있군요 그건 괜찮은 발견이에요

먼 곳에서 별에 대해 말하면 안 돼요 다 안다는 것처럼 중력을 연구하지는 말아야죠 피아노 두드리듯 논문을 쏟아 내지 말아요 차라리 눈물에 대해 써 보는 게 어때요 별의 부피를 결정하는 요소는 여러 가지입니다, 중요한 것은 둘레를 더듬는 일이죠 옥상 난간을 서성거리는 멀미처럼 말이에요

여기 옥탑에서는 중력이 약해서 몸의 상당 부분이 기체로 존재해요 그래요 모든 별들은 항상 지상으로 언제 떨어질지 숨을 뻗고 있는 거죠
　　　　　　—박*우, 「역대 가장 작은 별이 발견되다」 전문(2019년 『세계일보』 당선 취소작)

고든의 글은 과학적 사실에 기반하고 있다. 그는 자신의 글에 케임브리지 대학의 연구팀이 이끄는 국제 과학자 팀의 연구 성과임을 명시한다. 고든은 "지금까지 발견된 별 가운데 가장 크기가 작은 별을 발견했습니다"라고 과학자 팀의 연구 결과를 밝힌다. 그리고 구체적으로 "그 크기는 목성보다 작고 토성보다 약간 큰 정도로"라며 과학적 진술을 한다. 그런데 이러한 표현이 글자 하나 바뀌지 않고 박*우의 시에 "지금까지 발견된 별 가운데 가장 크기가 작은 별을 발견했습니다 그 크기는 목성보다 작고 토성보다 약간 큰 정도로" 도용되어 있다. 이것을 심사 위원들의 주장처럼 과학적 사실을 기반으로 새롭게 창작한 작품이라 볼 수는 없다. 창작이 아니라 훔친 것이기 때문이다. 세계일보 당선 취소된 시는 너무 많은 부분을 도용했다. 필자가 밑줄 친 부분은 모두 표절이다. 고든의 마지막에서 두 번째 문장 "중력이 약해 밀도가 낮아져 수소와 헬륨의 상당 부분이 기체 상태로 존재하므로"를 박*우는 "중력이 약해서 몸의 상당 부분이 기체로 존재해요"라고 도용했다. 아무리 보아도 과학적 사실을 문학적으로 새롭게 표현한 부분이 보이지 않는다.

사정이 이런데도 당선자는 고든에게 연락을 하여 허락을 받았다고 카페에 글을 올려 진화에 나섰다. 그리고 세계일보사에 연락하여 참고 자료의 출처를 명시해 달라고 부탁하였다는 것이다. 하지만 이러한 태도는 더 큰 문제로 부각되었다. 자신만의 언어로 쓰지 못한 것과 양심에 대한 질타였다. 시는 발견이다. 그것이 세계에 은폐된 사실이 되었든, 사물의 민낯이 되었든, 자신의 또 다른 자아가 되었든, 우주적 현상이 되었든 발견해야 한다. 발견이 없는 시는 새로움이 없기 때문에 시가 아니다. 심사 위원과 당선 취소자는 이 점을 간과했다. 많은 시인 지망생들이 이번 사건으로 인해 혼란과 분노를 느꼈다. 그러한 분노는 깊고 넓었다. 그러므로 세계일보가 당선을 취소한 것은 누가 보더라도 옳은 결정이었다.

(2) 2020년 전북일보 신춘문예

2019년 세계일보에 이어 2020년 전북일보에서 표절 사건이 또 발생했다. 당선 취소자 김*숙의 「골목의 번식」은 김*의 「비닐봉지의 원죄」를 표절한 것으로 밝혀졌기 때문이다. 두 사람은 '은행나무 문학쉼터'라는 카페를 매개로 모 시인으로부터 시 창작을 배우던 습작생이었다. 창작을 지도했던 시인의 교육 방법에 문제가 많았다. 원작자의 시와 문장이 김*숙에게 전달되어 표절 사건이 발생한 것이다. 표절 문제에 날 선 비판을 해 온 이승하는 자신의 저서 『욕망의 이데아』에서 "표절은 절도 행위다. 남이 쓴 어떤 작품을, 문장과 구성과 모티프 상에서 명백히 표절해 놓고도 그 작품을 본 기억이 전혀 없다고 부인하는 것은 자신의 문학 세계와 작가로서의 존재를 부정하는 것이다."라고 질타한다. 이승하는 표절은 절도 행위이며 양심을 속이는 것으로 본다.

절대다수의 작가들은 표절 행위를 용서하지 않는다. 거듭 말하지만, 문단은 생각보다 좁은 동네이다. 그러므로 표절과 같은 부정행위를 하면 당사자에게 낙인이 찍히는 결과를 초래한다. 필자 또한 부정행위자의 작품은 절대 비평의 대상으로 삼지 않는다.

시커먼 어둠 저쪽, 번뜩거리는 눈들이 분주하다 착지하는 소리마저 종적을 감춘 낡은 새벽 배고픈 눈동자를 어슬렁거리며 굶주린 입들이 검은 선물을 노린다 어떤 것은 벌써 발 빠른 무리에게 뜯긴 채 알록달록한 내장을 쏟아 놓았다 며칠 치의 몸이 뱉은 배설인지 물컹한 냄새가 부랑자처럼 떠돌았다 항상 간단한 일상을 담고서 손에서 달랑거리며 존재를 알렸지만

그러나 늘 일회용이라는 불명예를 떨치지 못했다

　어떤 날은 검은 동굴처럼 어두운 입구 저쪽에서 미세하게 갸르릉거리는 소리가 구조를 요청하기도 했다 세상의 출구에서 가느다란 숨을 내뿜으며 미처 이름을 갖지 못한 태아가 발견된 날은 이미 오래전이었다 무언가를 품었다가 빈속인 채 연애편지처럼 꼬깃꼬깃 접어지기를 몇 차례 더 이상 뭘 담지 못할 때의 종착지는 늘 땅속이거나 고래의 뱃속이었다 가볍고 미끈거려 초라한 대신 영생을 보장받기라도 한 듯 아무도 그것의 질긴 목숨을 끊을 수 없었다

　노을을 뚫는 검은 새 떼의 비행이 심심할 때면 고래의 뱃속에서 심장을 갉아 먹고 사인(死因)의 선봉이 되기도 했다 제 몫을 끝내고 서로가 서로를 보듬어 안은 채 폐기된 소멸이 아니었다 그가 죽었다는 기사를 본 적이 없다 귀소본능이 없는 것은 발명가가 실수한 원죄였다

　마당 한켠, 삐쩍 마른 나뭇가지 꼭대기에 흙을 잔뜩 묻히고 입을 벌린 채 어느 알바생이 20원짜리 도둑으로 몰린 사건은 혐의 없는 일회용으로 종결되었다고 웅웅거린다

　　　　　　　　　　　　　　　　　　　　　　　─김*, 「비닐봉지의 원죄」 전문

발밑을 믿지 마세요 골목의 뒤통수는 백 년이 가도 썩지 않아요
미처 이름을 갖지 못한 태아도 봉지에 버려진 조약돌,
툭툭 발길에 채여요
어둠이 눈감아 줬다면 당신은 그것을 바람 빠진 축구공쯤으로 여겼을 거

예요

공중화장실에서 태어나자마자 봉지 속으로 <u>꼬깃꼬깃</u> 숨겨진 첫울음.

도심에는 한 방향만 암기한 검은 사각형들이 살아요

정육면체 어둠이 검은 시냇물이 되어 흘러요

밤이면 먹물 같은 골목, 징검다리는 없어요

<u>그 안에 더 이상 비밀을 숨기지 못할 때</u>

<u>종착지는 캄캄한 땅속이거나 고래 뱃속이었어요</u>

뭔가를 산란하기에 더없이 좋은 날, 지난밤 그 골목은 비좁았어요

집 안 어디쯤에서 폐품이 되기 좋은 질긴 산책로를 발견했나요? 창문 밖 골목 저 끝 말이에요

봐! 저기! 저것 좀 봐! 소리친 게 당신이었나요?

<u>노을을 뚫는 검은 새 떼의 비행</u>은 사실상 누군가 목을 비틀어서 유기(遺棄) 한 비닐 봉투였죠

은밀함을 목 졸라 죽일 때는 낯선 저녁 역광 뒤쪽이 최고예요

역광을 믿지 않았던 고래는, 죽은 봉투를 해파리로 읽었어요

그것들은 간혹 뱃속에서 심장을 갉아 먹다 고래의 사인(死因)이 되기도 하죠

검정을 죽이고 돌아와, 비닐 봉투가 피살되었다는 뉴스 특보를 보더라도 웃음 짓는 것이 중요해요 한 잔의 블랙커피를 삽으로 파고서 떨리는 증거 들을 감쪽같이 묻어 버리세요

지난밤에는 어둠을 자백하라고 길고양이들이 나를 포위했어요 묻어 버린 시간과 폐기한 말들을 뱉어 내라고 난리예요 그렇지만 최후의 단서를 들키 지는 않았어요

<u>귀소본능이 없는 것은 발명가가 깨트린 새소리예요</u>

길게 누운 골목, 졸음의 이마 위로 갓 태어난 개똥을 조심하세요

골목 왼쪽, 삐쩍 마른 나뭇가지 꼭대기에 흙을 잔뜩 묻히고 입을 헤― 벌린

깃발처럼 펄럭이는 검은 농담들, 맞아요

<u>어느 아르바이트생이 20원짜리 비닐 봉투 도둑으로 몰린 사건 아시죠?</u>

두께도 없고 입구도 없는 혐의는 아메바보다 지루해요

괜찮아요 밀봉된 태아의 캄캄한 몸과 비명도 따지고 보면 고무장갑과 같은 족속

붉어서 아무도 구별 못 해요

매일 밤 태어난 어둠은 막다른 모퉁이에 검은 무덤을 만들고, 아침이면

기지개 켜는 코스모스가 그것들을 화려하게 변호하죠

                       —김*숙, 「골목의 번식」 전문(2020년 『전북일보』 당선 취소작)

위의 두 시는 누가 보더라도 표절로 판단할 수밖에 없다. 시적 발화 지점이 유사하고 관념 또한 유사하다. 시적 공간과 시간대도 유사하다. 김*의 시는 첫 행을 "시커먼 어둠 저쪽, 번뜩거리는 눈들이 분주하다"는 진술로 시작한다. 시적 발화 지점이 되었던 공간이 도시의 골목임을 짐작할 수 있다. 김*숙의 시 또한 첫 행을 "발밑을 믿지 마세요 골목의 뒤통수는 백 년이 가도 썩지 않아요"라고 시작한다. 시적 발화 지점의 공간과 관념이 유사함을 보여 준다. 김*숙의 시는 많은 부분 시의 키워드가 겹치고 있다. 그리고 너무 많은 표현을 그대로 도용해 썼다. 필자가 밑줄 친 구절들을 확인해 보면 알 수 있다. 이쯤 되면 빨리 표절을 인정하고 사과했어야 한다. 그런데 해결 과정이 너무 좋지 않았다. 12월 25일 김*숙의 당선 소식을 접하고 원작자는 강사에게 의문을 표했다. 그 후 '은행나무 문학쉼터'에 김*의 「비닐봉지의 원죄」는 동의 없이 삭제됐다. 문제의 소지가 있으니까 자료를 지운 것이다. 사실을 은폐하려는 불순한 의도로 보였다. 하지만, 김*은 보관해 둔 자료를 통해 사실을 증명했다. 따라서 전북일보는 공식적으로 당선을 취소했다.

시인은 자신의 독특한 촉수로 현상 너머를 탐험해야 한다. 그곳에 있는 은폐된 것들을 찾아 시적 승부를 거는 존재가 시인이다. 당연히 인간이 한 번도 가 보지 못한 곳의 탐험이기 때문에 고통이 수반된다. 이렇게 극심한 고통을 수반하며 탄생한 시를 표절하면 안 된다. 그것은 아주 큰 죄악이다. 표절한 시를 당선작으로 내놓지 않기 위해 신문사는 표절 검색기를 최대한 사용하여 검증하는 작업을 해야 한다. 그리고 표절일 경우 반드시 그 책임을 당사자에게 물어야 한다. 표절 사건이 자주 일어나는데도 지금까지 신문사는 제대로 된 책임을 묻지 않았다. 강한 처벌이 있어야 문단의 몰락한 에티카를 극복할 수 있다.

5. 문단의 미아

신문사는 멘토, 당선자는 멘티가 돼야 한다. 신문사는 지면도 있고 자본도 있다. 따라서 의지만 있다면 얼마든지 자사 출신 문인들에게 발표 지면을 줄 수도 후원자가 될 수도 있다. 그런데 어느 신문사도 당선자들에 대한 관심을 주지 않는다. 당선자들은 1월 1일자 신문에 자신의 작품이 발표되면서부터 문단 생활이 화려하게 펼쳐질 것이라 믿는다. 하지만, 이들에게 청탁은 생각보다 많이 오지 않는다. 특히 메이저 문예지는 더 그렇다. 그들은 주로 자사 출신 문인들, 그리고 자신들과 연관된 문인들에게 발표 기회를 준다. 이런 이유로 발표 지면을 얻기도 어렵지만, 시집을 출간하는 과정은 더욱더 어렵다. 시인들이나 시인 지망생들이 사서 읽는 건 대부분 메이저 문예지에서 출간한 시집들이다. 그리고 메이저 문예지는 판매된 시집에 대한 인세도 투명하게 지급한다. 판매 시장도 잘 형성돼 있다. 이런 이유로 메이저 문예지에 대한 선호도가 높다. 따라서 메이저 문예지는 시집을 공모해서 출간하면 좋은데 현실은 그렇지 않다. 표면적으로는 공모라 한다. 그렇지만, 자사 출신이 아니거나 연고가 없는 시인들이 이곳에서 시집을 출간하기는 낙타가 바늘구멍을 통과하는 것처럼 어렵다.

신춘문예는 매년 행해지는 화려한 등단 축제이다. 하지만, 화려함 뒤의 허무감이 팽배한 축제라 할 수 있다. 화려하게 등단했는데 문예지 출신 시인들처럼 발표 지면도 없고, 시집 출간에서도 소외된다. 그렇기 때문에 신춘문예 당선 시인들은 등단 후가 더 문제이다. 이들은 신문사로부터 소외되고, 발표 지면으로부터 소외되고, 시집 출간으로부터도 소외된다. 이들이 가지고 있는 것은 신춘문예 당선이라는 상표 효과밖에 없다. 신춘문예 당선은 하늘의 별 따기만큼 어렵다고 한다. 이렇게 힘든 통과의례를 치렀는데도 이늘은 문단의 미아가 되어 문학 동네를 정처 없이 떠돈다. 문예지 출신 시인들은 친정 같은 모지가 있기 때문에 발표 지면을 얻기도 쉽고 시집 출간도 수월하다. 이에 비해 신춘문예 출신 시인들은 화려하게 등단했지만, 시인으로서의 활동은 고난의 연속이다. 물론 신춘문예 출신 중 특별한 소수는 발표 지면도 많이 얻고 시집 출간도 메이저 문예지에서 한다. 시인이 등단했으면 무당이 굿판이 필요한 것처럼 시를 발표할 수 있는 활동 공간이 필요하다. 이 문제를 해결하기 위해 신문사가 자사 출신 시인들이나 문인들에게 발표 지면을 주어야 한다.

'경예불이'라는 말이 있다. 경제와 예술이 서로 분리되어 있지 않다는 뜻이다. 세계화 시대에 기업의 상품은 국내에서만 판매되지 않는다. 세계 시장에서 상품이 선택되어야 경쟁력을 얻게 된다. 소비자가 상품을 선택할 때는 브랜드를 보고 구매하는 경우가 대부분이다. 브랜드는 판매에서 중요한 역할을 한다. 세계 시장에서 선진국의 제품은 비싼 가격에 판매된다. 그에 비해 우리나라의 제품은 디자인과 질적인 측면에서 우수한데도 싼 가격에 판매된다. 이 둘의 원인은 제조업 상품에 문화와 예술이라는 부가가치가 얹혀 있느냐 없느냐의 차이이다. 그렇기 때문에 선진국들은 예술과 문학에 대한 지원을 아끼지 않는다. 예술과 문학 활동을 하기 좋게 정부와 지역과 기업이 후원한다. 우리나라의 잘못된 전 정부처럼 블랙리스트를 만들어 관리하지 않는다.

이제 신문사가 나서야 할 때이다. 신문사는 신춘문예 출신 작가들의 멘토 역할을 해야 한다. 신문에 발표 지면을 주고 작가들이 성장할 수 있도록 지원을 아끼지 않아야 한다. 책의 출간도 도와야 한다. 신문사가 문예지처럼 자사 출신에게 지원을 아끼지 않을 때 우리 문학이 발전하게 된다. 그래야 진정한 문화 선진국이 될 수 있다.

제2부 고립의 사회학적 상상

타자를 소유하는 두 가지 방식
─김선우와 강정의 시

1. '소유'라는 욕구

모든 주체들, 즉 소유욕에서 자신의 삶을 출발시켰던 세상의 '나'는 본질적으로 '타자'를 찾아 방랑하는 보헤미안(bohemian)이다. 소유의 주체는 타자를 만나면서 비로소 기쁨과 쾌락의 감정을 깊이 내면화한다. 그러므로 타자를 소유하는 과정에서 온전한 '내'가 세상에 드러나며, 타자에 대한 주체의 접촉은 자연스럽게 목적 자체가 된다.

소유욕에 있어서 김선우(『내 몸속에 잠든 이 누구신가』, 2007)의 시는 놀이하는 인간인 호모루덴스(homo ludens)의 몸짓으로 타자를 포착하기도 하고, 대상과의 합일하는 행위로 타자와 하나 되기를 시도하기도 한다. 시적 주체는 "달과 지구의/포개진 다리 아래,//그대의 다음 세상 첫울음 놓일 자리까지/이미 보아 버린 사여"(「월식 파티─처용, Shall we love?」)처럼 달과 지구가 포개진 파티를 보게 된다. 대상과 합일하고자 하는 욕구가 강해 서로 하나가 되어 버린 달과 지구를 보며 '나'는 춤을 춘다. 달빛 아래 춤을 추고, 다리 아래 춤을 춘다. 춤은 소유욕에 대한 이해이며 환상이다. 때로 소유욕은 "이글거리는 불덩이, 굶주린 호랑이의 둥그렇게 벌린 입속으로 무릎걸음으로 기어들면서야 알았네"(「여러 겹의 허기 속에 죽은 달이 나를 깨워」)와 같이 두려움의 존재일 수 있다는 것을 현시한다. 이때 시적 주체는 "살거나 죽었거나 내 몸속으로 들어와 나를 살린 것들 다 이렇게 두려웠겠구나"라고 타자에게 심리적 상태를 투사하기에 이른다. 그래서 '나'는 "자욱히 피어오르는 화염을 내려다보며 연꽃을 먹는 사람들이 산다는 어느 평화로운 부족의 마을을 떠올린 적이 있다"(「주홍 글씨」)고 메타인지(metacognition)적 연민에 빠진다. 자아가 타자를 소유했는지, 타자가 자아를 소유했는지 하는 불가해성의 상태는 "수통 속의 물 부어진/내 몸이 수통인지/수통인 내 몸이/내가 들고 마신 수통인지"(「水桶」)에 이르러 서로 교차하며 접합되는 휴지 상태가 된다.

반면에 강정(『키스』, 2008)의 시는 소유하는 과정을 섹슈얼리티하게 그려 내어, 대상과의 합일로 소유하기보다는 파토스(pathos)적인 행위로 체현하려 든다. 욕구를 채우기 위해 시적 주체는 타자를 받아들이는 통로인 입을 최대한 사용한다. 이 과정에서 입술이 닿는 곳, 타자의 내재성은 속절없이 무너져 내린다. 소유욕은 말라붙은 창공 속에서도, 불탄 돌들이 사해(四海)의 포말로 부서져 날릴 때에도 타자의 입을 통해 드러난다. 때로는 허공 한가운데 거대한 물고기의 아가미로 고정되어 나타나기도 한다. 소유로 가고자 하는 욕구는 섹슈얼리티한 감응의 상태에서 "태양이 죽은 자리에서/통째로 바스러진/하얀 밤을 들이마시고"(「죽은 몸에 白夜가 흐르고」) 있는 것으로 발현된다. 시적 주체는 소유욕에 대한 세상의 순례기를 보여 주는 것처럼 하혈하는 어머니, 젖은 땅 위에서 "시인이 울 때, 여자는 시인의 눈물을 받아 마신다"(「영화」)고 감정의 감염을 토로한다. 보드리야르에 의해 그 자체로서 현실을 대체한다고 지적된 원본 없는 이미지가 시뮬라크르(simulacre)라는 것을 상기한다면 입은 끊임없이 시뮬라크르를 생성시킨다는 점에서 매우 육감적이다. 입은 이처럼 타자를 소유하기 위한 도구이며 통로이다. 여자의 총총걸음을 따라 시적 주체는 "꽃들이 오랫동안 빨판 같은 주둥이를 벌려/내 몸을 나눠 받았다"(「나비 떼가 떠 있는 방」)고 타자인 꽃들의 소유욕을 적시한다. 자신의 존재 안에 타자를 가두려 하는 욕구는 꽃이라 해서 다르지 않다. 꽃내음에 취하고, 꽃의 모습에 현혹되는 순간 꽃은 언제든지 주둥이를 들이댈 준비를 하고 있다. 강정의 시적 주체는 "이 오래된 바람의 내력엔 서로 피를 나눠 먹던 종족의 역사가 흐른다"(「死後의 바람」)고 구넝하여, 그의 시가 소유욕에서 출발하고 있음을 드러내고 있다.

김선우의 시는 호모루덴스의 몸짓으로 춤을 추며 타자와 하나 되기를 시도하고, 강정의 시는 섹슈얼리티한 감응의 상태에서 진화하고 있는 중이다. 자신이 생존하기 위해 대상과의 합일을 시도하는 방식이나, 현란한 시뮬라크르로 타자를 소유하는 방식 모두 타자와 하나 되기를 꿈꾼다는 점에서 동일한 의의를 지닌다.

2. 타자와 하나 되기—김선우의 시

존 로크는 오크나무 아래에서 주운 도토리와 숲속의 나무에서 따온 사과를 먹고 사는 사람은 확실히 그런 것들을 자기 것으로 소유하게 된다고 말한 바 있다. 이는 소유라는 것은 자신의 노동으로부터, 즉 도토리를 줍는 노동과 사과를 따는 노동에서 당위성이 부여된다는 의미이다. 이 경우 타자인 도토리와 사과는 인간에게 희생되었다고 볼수 있으나, 사실 이것은 도토리와 사과가 타자와 하나 되기를 원해서 나타난 결과라고 보아야 한다. 식물은 동물과 하나가 되었을 때 자기 자손을 널리 퍼트리고, 동물은 그 식물과 하나 되어야 생존할 수 있다. 알수록 무서운 소유욕이다.

우리는 서로에게 밥이어야 한다. 식물은 동물의 밥이 되고, 동물은 결국 식물의 밥이 된다. 이왕 밥이 되어야 한다면, 멜랑콜리(melancholy)한 감정이나 연민을 벗어 버리고 따뜻한 밥이 되어야 할 것이다. 때로는 환각제를 복용했을 때처럼 '그대'와 '나' 동시에 입을 벌릴 수 있지만, 타자라는 밥상 앞에서 '나'는 '내' 몸속의 부드러움이나 딱딱함을 점검해야 한다. '내' 몸속에서 '그대'가 아주 편안히 누워 있을 것에 대한 걱정이다. '내' 몸속은 아주 아늑하고 부드럽다. 타자와 하나 되기 위해 준비된 몸이다. 그래서인가 '내' 몸속에 받아야 할 타자가 이 별에는 끊임없이 태어나고, '나'는 그들이 소름 끼치게 그립다. '나'는 아, 대상과의 합일을 위해 입을 벌리고, 사뭇 괴로운 시늉만 한다. 그러므로 김선우에게 있어서 소유 행위는 타자와 하나 되는 호모루덴스적인 동일시의 몸짓이다.

> 내 몸속 어디에서 내가 나를 향해
> 아, 입 벌리네 자기 해골을 갈아 만든 피리를 불면서
> 몸 사막을 건너는 순례자같이
> 그대가 아, 입을 벌린 순간에
> 내가 아, 입 벌리네 어둠 깊으니 그 어둠 받아먹네
> 공기 속에 살내음 가득해 아아, 입 벌리고 폭풍 속에서
> 비리디비린 바람의 울혈을 받아먹네
>
> 그대를 사랑하여 아, 아, 아, 나 자꾸 입 벌리네
>
> ─「그 많은 밥의 비유」 부분

문제는 내가 떨림을 잃어 간다는 것인데, 일테면 만 년 전의 내 할아버지가 알락꼬리암사슴의 목을 돌도끼로 내려치기 전, 두렵고 고마운 마음으로 올리던 기도가 지금 내게 없고(시장에도 없고) 내 할머니들이 돌칼로 어린 죽순 밑동을 끊어 내는 순간, 고맙고 미안해하던 마음의 떨림이 없고(상품과 화폐만 있고) 사뭇 괴로운 포즈만 남았다는 것.

—「깨끗한 식사」 부분

시적 주체인 '나'는 '나'를 향해 '내' 몸속 어디에서 "아, 입 벌"려 "해골을 갈아 만든 피리"를 불고 있다. 미칠 것 같은 영속성으로 드러나는 내상과의 합일을 위한 소유라는 욕구는 불쌍하고 가련하다. 해골을 갈아서 만든, 피리를 부는 전경화로 '나'를 투사하는 모습이 연민을 부른다. 말하자면 유전자 속에 배어 있는 소유욕이 주체의 참된 실체이다. "자기 해골"이라는 피리는 '나'도 한때는 타자의 소유였다는 감각적 지각인 아이스테시스(aisthesis)이다. 이러한 전체성을 바탕으로 주체인 '나'는 몸 사막을 건너는 순례자같이 "그대가 아, 입을 벌린 순간에/내가 아, 입 벌리네 어둠 깊으니 그 어둠 받아먹"다고 진술한다. 입을 벌려 타자를 받아들이는 통로를 자궁처럼 활짝 열고 간절히 드러내는 주체의 욕구는 "그대를 사랑하여 아, 아, 아, 나 자꾸 입 벌리"는 환각적인 상태가 된다. 이것은 타자와 하나가 되기 위한 눈물겨운 호모루덴스적인 소유의 방식이다.

타자와 하나가 되는 방식은 그 당위성을 만들기 위해 자아 성찰의 모습으로 지평을 확장한다. 「깨끗한 식사」의 시적 주체는 "문제는 내가 떨림을 잃어 간다"고 '나'의 퍼스낼리티(personality)를 규명한 후, 어떤 대상에 대한 의식 작용인 노에시스(noesis) 속으로 잠입한다. 따라서 시적 주체는 "내 할아버지가 알락꼬리암사슴의 목을 돌도끼로 내려치기 전, 두렵고 고마운 마음으로 올리던 기도가 지금 내게 없"음을 골똘히 생각한다. 그것은 무조건적인 하나 되기가 아니라 모든 생명체가 자연의 한 조각이 되는 역동성이다. 그 두렵고도 미안한 감정은 타자의 죽음이 상품으로 쌓여 있는 시장에도 없음을 확인하고 시적 주체는 빤히 '나'를 쳐다보기 일쑤이다. 천 년 전이나 만 년 전이나 한결같았던 "내 할머니들이 돌칼로 어린 죽순 밑둥을 끊어 내는 순간, 고맙고 미안해하던 마음의 떨림"이 '나'에게 없어 괴롭다. 즉 시장은 타자와 '내'가 마주 쳐다보며 꿈틀거리던 욕망이, 고마움이, 두려움이 "상품과 화폐"로 거래되는 공간이다. 이런 성찰로 인해 주체는 타자를 현재의 프레임에 가두는 것을 경계한다.

이렇게 정신적 유전자 속에 잠재된 의식을 정치하게 드러내는 것은, 타자와 하나 되기의 당위성에 방점을 찍기 위한 것이 아니라, 소유하고자 하는 욕구가 필연적으로 동반하게 되는 타자에 대한 메타인지적 연민 때문이다. 또한, 소유하고자 하는 욕구는 '나'와 타자가 즉자와 대자의 모습으로 고정되게 놓아두지 않는다. 이것은 누가 먼저 소유를 하느냐에 따라서 결정되는 유동적인 관계이다. '내' 밥상 위 "육중한 접시가 언제쯤 깨끗하게 비워질 수 있을지 장담할 수 없다는 것"처럼 '나'도 타자(식물)의 밥상 위에 언젠가는 얹힐 것이다. 시인은 양가적 고민에 빠져 소리친다. "이 무거운, 토막 난 몸을 끌고 어디까지!"라고.

잊고 지난 세월 동안 홀로 된 종이 쓸쓸해서
나무가 쇠종을 품어 준 것인지
철사 줄 묶여 어금니 깨물며 오래 아팠던 나무가
팔짱 끼듯 자기의 겨드랑 살 같은 곳을 잠가 버린 것인지
겨드랑에 종을 품고 나무가 종 대신 몸을 울어 준 것인지

실은 아무도 모르지만

                    ―「그 나무가 삼킨 종 이야기」 부분

어린 새끼를 입에 물고 옮기는 호랑이를 보았다

천천히 클로즈업으로 잡은 호랑이 입속의 호랑이를

보다가 밥 먹던 숟가락을 놓치고 말았다

먹잇감을 물었을 때나 새끼를 물었을 때나

이빨!

잡아먹거나 사랑하거나 드러내거나 숨기거나

그곳에 이빨!

입에 물고 옮기는 호랑이나 입속의 호랑이나

어떤 서늘한 갈등이

등골을 버티고 있으리라는 예감이 지나갔다

                    ―「카르마, 동물의 왕국」 전문

입이 없는 식물들은 어떻게 타자를 자기 것으로 만들까? 입이 있는 동물들이야 타자를 입에 넣고 강한 이빨로 저작한 다음 위장에 넣고 소화하면 타자와 '나'는 완전한 하나가 될 수 있다. 입이 없는 나무가 타자를 소유하려는 방법은 그것을 바라보는 시적 주체를 아프게 한다. 주체는 입이 없는 나무와 종이 하나가 된 기사를 아침에 본 후, 보름이 지나도록 자신의 몸속이 아픈 것을 자각하느라 괴롭다. 입이 없는 것들은 둘이 하나 되는 관계 속에서, 온전한 자신을 드러내려는 욕구를 꿈꾸는 데 열중이다. 자신의 몸에 철삿줄로 매단 종을 잊었다는 듯 "나무가 쇠종을 품어 준 것인지" 아니면 "겨드랑에 종을 품고 나무가 종 대신 몸을 울어 준 것인지" 실은 아무도 모르지만 둘은 하나가 되어 있다. 이렇게 둘은 '나'에게 '네'가 없으면 '내'가 없다는 관계를 형성해서 한 천 년을 견디려는 모습을 취한다. 둘의 존재가 하나로 보완의 관계가 되어 특별해졌기 때문이다.

입이 존재하는 동물들은 타자를 자기 것으로 만드는 데 있어서 밀착과 얼룩이라는 데칼코마니(decalcomanie)적 행위를 사용한다. '나'의 입을 타자에 밀착시킴으로써 소유에 대한 욕구를 드러내는 것이고, 이는 현실 속에서 때때로 부자연스럽고 흉측한 의미체가 되어 시적 주체는 "천천히 클로즈업으로 잡은 호랑이 입속의 호랑이를//보다가 밥 먹던 숟가락을 놓치고" 마는 상태에 빠진다. 이처럼 타자와의 관계에서 입은 전혀 다른 모습으로 나타난다. '나'의 입이 밥이라는 타자를 완전히 '내' 것으로 만들기 위한 통로로써의 역할을 했다면, '호랑이'의 입은 어린 새끼를 입에 물어 자신과 하나라는 것을 체현적으로 드러내 보여 주고 있다. '내'가 '너'에게로 다가가든지, '네'가 '나'에게로 다가오든지 간에 '입'이 차지하는 위치는 의미심장하다. 왜냐하면 '나'와 타자가 하나가 되기 위해서 "먹잇감을 물었을 때나 새끼를 물었을 때나" 입은 중요한 상징체이며, 동시에 실제적 기능을 하는 도구로 작

용하기 때문이다. 「동물의 왕국」을 시청하고 있는 시적 주체는 하얗게
드러나는 입속의 "이빨!"을 보며 "잡아먹거나 사랑하거나 드러내거나
숨기거나" 하는 입을 기능적인 측면에서 사유한다. 이때 주체에게 다
가오는 서늘한 갈등은 '나'와 타자의 관계성이 고정적인 것이 아니라,
유동적인 관계에서 올 수 있다는 대등적 관계의 깨달음이다. 그러므로
"등골을 버티고 있으리라는 예감"을 할 수 있다.

> 그대가 밀어 올린 꽃줄기 끝에서
> 그대가 피는 것인데
> 왜 내가 이다지도 떨리는지
>
> 그대가 피어 그대 몸속으로
> 꽃벌 한 마리 날아든 것인데
> 왜 내가 이다지도 아득한지
> 왜 내 몸이 이리도 뜨거운지
>
> 그대가 꽃 피는 것이
> 처음부터 내 일이었다는 듯이.
>
> ─「내 몸속에 잠든 이 누구신가」 전문

　꽃이 핀다. 봄에도 꽃이 피고, 여름에도 꽃이 피고, 가을에도 꽃이
핀다. 이처럼 꽃들은 시기를 달리하여 경쟁하지 않고 차례대로 그 아
름다운 모습을 세상에 드러낸다. 시적 주체는 꽃이 피는 것을 보며 "그
대가 밀어 올린 꽃줄기 끝에서/그대가 피는 것인데/왜 내가 이다지
도 떨리는지"라고 의아해한다. '나'와는 상관없을 것 같은 '너'의 행위

가 '나'를 떨게 하는 이유가 못내 궁금하여 견딜 수가 없다. 그런데 더 이상한 것은 꽃으로 꽃벌 한 마리가 날아들었는데 "왜 내가 이다지도 아득한지/왜 내 몸이 이리도 뜨거운지" 알 수가 없다는 점이다. 꽃이 '나'이고, '내'가 꽃 같은 상태에서 '나'는 아득하다.

부버가 '너' 혹은 '그것'이 없이는 '내'가 있을 수 없다고 말한 것처럼 이 세상의 모든 '나'는 '너'라는 대상과의 합일을 추구함으로써 충만한 존재가 된다. 그러므로 김선우의『내 몸속에 잠든 이 누구신가』에 대한 물음의 끝에는 타자인 '꽃'이 존재할 수밖에 없다. 세상에 존재하는 생명이 있는 것들의 진정한 삶은 대상과의 합일인 소유이고, 소유는 '나'와 타자의 관계에서만 온전하게 성취될 수 있다. 대상과의 합일을 시도할 때의 '나'는 자연의 한 조각으로 모자이크 되어 생명력을 얻게 된다. 이렇게 타자와 하나가 된다는 것은 진정한 '나'를 드러내는 본능적 행위이다. '나'와 '너'의 관계는 언제나 주체와 객체가 바뀔 수 있는 관계이다. '너'를 소유할 때의 '나'는 겉으로 드러나는 것은 '나'지만 그것은 '너'와 '내'가 하나가 된 전혀 다른 내적으로 충만한 '나'이다. 타자를 소유한 '나'는 존재 속에 존재자를 드러낸다는 점에서 특별하다. 꽃 피는 것이 '내' 일임을 이제 알겠다.

3. '시뮬라시옹(simulation)'하는 느낌−강정의 시

맥루언에 따르면 시대를 주도하는 매체가 무엇인가에 따라 인간의 '감각비(sense ratio)'가 달라지고, 세상을 인식하는 방법도 영향을 받는다고 한다. 유비쿼터스 시대를 예로 들면, 각종 노마딕(nomadic) 기기들로 인해 인간의 감각비는 시각 중심으로 세상을 인식하고 이해하게 되었다는 것이다. 강정의 시적 주체가 '입'을 섹슈얼리티하게 사용하여 '시뮬라크르 하기'인 시뮬라시옹하는 느낌으로 타자를 소유하는 것도, 인간은 시대를 주도하는 매체의 영향에서 벗어날 수 없음을 보여 주는 예이다. 보드리야르가 맥루언의 영향을 받아 시뮬라시옹이라는 이론을 만들었듯이, 강정은 시적 주체들로 하여금 이전과 달라진 감각비를 사용하여 지금 이곳의 타자를 시뮬라시옹하고 있다.

너는 문을 닫고 키스한다 문은 작지만 문 안의 세상은 넓다 너의 문으로 들어간 나는 너의 심장을 만지고 내 혀가 닿은 문 안의 세상은 뱀의 노정처럼 굴곡진 그림들을 낳는다 내가 인류의 다음 체형에 대해 숙고하는 동안 비는 점점 푸른빛과 노란빛을 섞는다 나무들이 숨은 눈을 뜨는 장면은 오래전에 읽었던 동화가 현실화되는 순간이다 미래는 시간의 이동에 의한 게 아니라 시간의 소멸에 의한 잠정적 결론, 나의 문 안에서 나는 모든 사랑이 체험하는 종말의 예언을 저작한다 너는 내 혀에서 음악과 시의 법칙을 섭취하려 든다 나는 네게서 아름다운 유방의 원형과 심리적 근친상간의 전형성을 확인하려 든다 그러니까 이 키스는 약물중독과 무관한 고도의 유희와 엄밀성의 접촉이다

─「키스 (1)」 부분

나는 문을 닫고 너의 몸을 받는다 내 안으로 들어온 너는 사뭇 여장부스러운 근골과 큰 키를 과시한다 뒷굽이 십 센티미터에 달하는 하이힐을 또박또박 디디며 혓바늘 사이를 배회한다 몸 밖으로 빠져나온 네 혀가 나라는 한 세상을 뒤집어 오랫동안 표현하지 못했던 길몽과 흉몽 사이의 아득한 절대지의 추상화를 구상화한다 너는 무용에 어울리는 몸을 가졌다 그러나 나는 건축에 어울리는 몸을 가졌다 그리하여 너는 내 몸이라는 凶家에서 춤추는 무희가 된다 내 혀는 너의 동선을 따라 하며 네 가족들의 불편한 심기를 박물화한다 이 키스는 한 아이가 태어나고 죽어 가는 과정에 대한

초현실적 리포트다

—「키스 (2)」부분

입은 '너'를 받아들이는 유일한 통로이다. 단단한 이를 사용하여 타자를 힘으로 소유할 수도, 부드럽고 달콤한 혀를 사용하여 타자를 시뮬라시옹하는 느낌으로 소유할 수도 있다. '너'는 주체가 되어 타자인 '나'를 소유하기 위한 의식인 '키스'를 실행한다. 외부의 문은 이 의식을 치르기 위해 닫혀 있지만, '너'로 가는 내부의 문은 아주 넓게 열려 있다. '네' 안의 세상에서 '나'와 '너'는 '내'가 '너'인지, '네'가 '나'인지 분간할 수 없는 "나는 너의 심장을 만지고 내 혀가 닿은 문 안의 세상은 뱀의 노정처럼 굴곡진 그림들"인 카오스의 세계를 경험한다. 우리는 모두 주체가 되어 "나무들이 숨은 눈을 뜨는 장면은 오래전에 읽었던 동화가 현실화되는 순간"인 것처럼 '너'를 지각하고 소유한다고 생각한다. '내'가 '너'를 보고 있는 순간 '너'도 '나'를 보고 있으며 우리 과거의 시간은 소멸해 간다. 이렇듯 달콤한 키스는 뼛속을 파고드는 이빨에 의한 강제적 소유의 확인이 아닌 스스로 충만해 오는 파토스로 서로에게 투사되어 나타나는 현실감을 제공한다. 그러니까 키스는 타자를 시뮬라시옹하는 느낌으로 이미지인 허상을 소유하는 행위이다. 따라서 그것(「키스 (1)」)은 입을 접촉하므로 생성되는 생존의 뜨거운 법칙이다.

'너'에게만 뜨거운 법칙이 있는 것이 아니다. '나'도 세상의 주체인 대자 존재가 되어 세상의 "문을 닫고 너의 몸을" 받을 수 있다. 대상을 깊게 바라보며 몸과 정신을 하나로 통일하여 "하이힐을 또박또박 디디며 혓바늘 사이를 배회"하는 '너'를 '내'가 이룩해 낸 견고한 프레임 안에 가두는 행위는 얼마든지 가능하다. 우리는 하나였던 아주 오래전의 공간으로 돌아가 "길몽과 흉몽 사이의 아득한 절대치의 추상화를 구상화한다". '나'와 '너'의 경계는 무너지고 무화되어 얽힌 혀로 세상의 맛을 음미하는 존재로 우리 둘은 거듭난다. 이를 통해 세상의 존재자는 세상에 존재하기 위해 튼튼한 몸을 만들어야 한다. 경계를 허문 자리에서 '너'는 "내 몸이라는 凶家에서 춤추는 무희가" 되고, '나'는 "너의 동선을 따라 하며 네 가족들의 불편한 심기를 박물화"하는 존재가 된다. 키스는 폭력으로 타자를 굴복시켜 만들어 내는 일체가 아니라, 그것(「키스 (2)」)은 "한 아이가 태어나고 죽어 가는 과정에 대한 초현실적 리포트"인 느낌의 시뮬라시옹인 것이다. 실제로 타자에 대한 소유는 일어나지 않았지만, 부드럽게 열려 있는 교감 속에서 정신적인 소유가 일어났음을 느낀다. 보드리야르식으로 말한다면 현실은 키스라는 이미지에 의해서 지배받게 된다. '나'와 '너'는 이미지를 통해 "인생의 가장 극적인 순간을 탕진"하며, 세상을 살아가는 힘을 얻을 것이므로.

> 하늘에서 번쩍 갈라진 번개의 크기는
> 원근법과 아무 상관없다
> 내가 본 그대로의 모습과 크기로
> 지구의 틈이 벌어진다
> 또 이가 가렵다
> 최초거나 최후거나
> 나는 분명 처음과 끝을 한 번의 포효로 발설하는 인류의 조상을 임신한 것이다
> 번개가 빠져나간 항문,
> 내 턱이 지구의 문지방에서 깊게, 출혈 중이다
>   ―「번개를 깨물고」 부분

시적 주체는 하늘에서 번쩍 갈라지는 번개가 너무 크고 강렬해 원근법과는 아무 상관없다는 깨달음을 얻는 순간, 자신이 본 그대로의 모습과 크기로 지구의 틈이 벌어지는 놀라운 자연현상을 보게 된다. 이는 주체가 상상하지 못한 상황에서 나타난 현상이다. 그런데 이때 시적 주체의 이가 가렵다. '나'는 번쩍 갈라진 번개를 보고 있었을 뿐인데, "또 이가 가"려운 증상이 나타난다. 정신적 유전자 속에 잠재된 소유욕이 타자를 받아들이는 통로의 근육을 움직이게 했다고 볼 수밖에 없다. 결국, 도끼날처럼 강인한 '이'로 번개를 깨물고 저작하고자 하는 불가해성의 소유욕이 '나'를 흥분하게 한다. 시적 주체가 번개를 자기 몸속으로 받아들이며 "나는 분명 처음과 끝을 한 번의 포효로 발설하는 인류의 조상을 임신한 것이다"고 한 진술은 한순간 우리를 지배한 시뮬라크르이다. '나'는 그렇게 이미지에 지배당하여 "번개가 빠져나간 항문"을 감각적으로 인식하고, 번개를 온전히 받아들이기 위해 상처를 입은 "내 턱"을 보고 있다.

> 그녀를 사랑하기 위해선 그녀의 일부를 내 안에 결박해야 한다
> 만 명의 남자가 입을 댔던 그녀 유방 앞에서
> 만 명 중의 하나가 되는 일은
> 만 명의 그녀를 다시 태어나게 하는 일
> 그녀라는 허구의 몸통 안에서
> 온몸을 친친 감고 나는 그녀의 바깥이 세상에 존재하지 않는다고 믿는다
> —「그녀라는 커다란 숨구멍, 혹은 시선의 감옥」 부분

> 여자는 입술을 핥던 혀로 내 얼굴을 핥았다
> 땀인지 눈물인지 모를 물기가 심장에 넘쳐흘렀다

여자는 일그러진 내 얼굴을 향해 연신 셔터를 눌렀다

시간이라는 평상에 톡톡 금이 가고 있었다

발라낸 고등어 뼈를 냄새 맡던 고양이와

고등어 냄새를 물씬 풍기는 내가 한 프레임 안에서

여자의 밥이 되었다

―「고등어 연인」 부분

  첫 번째 시에서는 '그녀'를 사랑하기 위한 '내'가 고민하기 시작한다. '그녀'가 소중한 것은 '내'가 '그녀'를 소유할 가능성 때문이다. 이것은 '그녀'를 소유하기 위해선 다른 무수한 타자와 경쟁해야 한다는 것을 암시한다. 세상에 존재하는 사물처럼 '그녀'는 아직 누구의 것도 아닌 상태에 있다. '그녀'는 '내' 앞에 있는 즉자 존재이기도 하지만, 동시에 의식을 가지고 있는 대자 존재이기도 하다. 따라서 '그녀'를 '내'가 소유하기 위해선 무수한 경쟁자를 물리친 뒤에, '그녀'로 하여금 스스로 모호성에서 벗어나 열정적으로 '나'를 받아들이게 해야 한다. 이런 이유로 '그녀'를 소유하기 위해선 "만 명의 남자가 입을 댔던 그녀 유방 앞에서/만 명 중의 하나가 되는 일"에 두려움을 가져선 안 된다. '그녀'에게 있어서 '나'는 만 명 중의 한 명일 뿐이고, '나'는 '그녀'의 몸 위에서 태어나는 만 명의 남자들과 경쟁해야 하는 숙명적인 존재이다. '그녀'의 커다란 숨구멍 안에서 '내' 혀가 가장 부드럽고 달콤하다는 것을 입증하는 데 실패한다면, 온몸을 친친 감고 있던 '내' 혀는 '그녀'에 의해 몸 밖으로 던져지고 말 것이다. 그리하여 '나'는 '그녀'의 혀에 남아 있던 약간의 침방울을 그리워하며 되새김질하다가 아포리아 속에서 새로운 길을 만드는 데 열중할지 모른다. '그녀'라는 허구의 몸통 안을 그리워하며.

‘그녀’가 ‘나’를 받아들였는지에 대한 반응은 두 번째로 인용한 시에 나타난다. 서로에게 영원한 미지의 소유물로 남을 것 같은 순간, “여자는 입술을 핥던 혀로 내 얼굴을 핥”는 것으로 ‘나’를 받아들이기 시작한다. ‘너’와 ‘내’가 껴안은 틈으로 쏟아져 들어오던 햇빛이 “땀인지 눈물인지 모를 물기가 심장에 넘쳐”흐르는 순간을 클로즈업시키고 있다. 이때 시각적으로 잡히는 지구 밖의 모든 미장센은 심장박동 소리로 대체되었다. 이제 고등어 냄새를 물씬 풍기는 ‘내’가 “한 프레임” 안에서 “여자의 밥”이 되어 다시 태어난다. 결과적으로 ‘여자’의 웃는 모습은 소유로써 완벽해지는 인간의 진정한 삶이다. 이는 타자를 소유하는 데 있어서 ‘힘’에 의한 폭력이 아닌 ‘혀’의 달콤함으로도 얼마든지 상대 속에 잠입하여 소유의 목적을 달성할 수 있다는 것을 보여준다. 힘을 사용한다면 한순간에 끝낼 수 있지만, 입속의 ‘이’가 아닌 ‘혀’를 사용한다면 서로가 마주한 밥상처럼 행복해질 수 있다.

이처럼 강정의 『키스』는 소유하고자 하는 대상을 달콤한 욕구로 이미지화한다. 그것은 주체와 객체가 바뀌어 전개될 수 있는 역동적인 의식이기도 하다. 왜냐하면, 세상의 존재자는 유전자 속에 잠재되어 꿈틀대는 자기 안의 소유욕에 대한 내밀한 외침을 들을 것이며, 소유의 과정은 키스로 시작되어 시뮬라크르인 키스로 완성될 것이기 때문이다.

4. 소유 이후, 주(객)체들

세상의 주체인 ‘나’는 오랫동안 격정적인 파토스로 활동 영역을 끊임없이 확장하며, 세상에 널려 있는 객체인 ‘너’와 하나가 되기 위해 몸부림쳤다. 밀착의 행위를 통해 ‘너’를 ‘나’로 동일시하고, 죄를 짓고, 몸을 탐하고, 참회하고, 때로는 마음의 평화를 약속하는 동의를 얻어낸다. ‘나’는 밀착의 행위가 미치는 객체인 ‘너’를 찾아 세상 속에서 수 없이 많은 '너'를 소유하고, 그때마다 '나'와 '너'는 암수 구별이 없는 생물처럼 접합되는 바람에 애증의 희로애락을 경험한다.

김선우의 경우, 소유가 중요한 것은 소유하는 방식 또는 행위라는 결과가 진정한 자신을 만들어 간다는 점에서다. '나'와 '너'의 거리를 최대한 좁히기 위해, '나'는 입을 벌려 살내음 가득한 '너'를 '내' 몸속으로 받아들여 하나가 되는 행위를 한다. 그때, 강력한 흡입력을 갖고 있는 입은 '너'를 온전한 '나'로 승화시키는 데 성공하게 하는 도구로 작용한다. 김선우 시의 주체는 객체인 '너' 앞에서 촉각적 감각에 의지해 피리와 노래를 부른다. 식사하는 순간은 아이온의 공간과 시간이 '나'에게 열려 있었으므로, 타자의 괴로운 표정은 생각하지 않는다. 이처럼 대상과의 합일을 추구한 주체는 '내' 행위의 대상인 객체에게 입을 드러내는 것으로 소유의 과정을 정당화한다. 그러므로 김선우 시의 주체에게 소유 행위는 대상과의 합일을 위한 호모루덴스적인 놀이이다.

하지만 강정의 경우는 소유하고자 하는 욕구로 객체인 '너'를 '나'로 동일시하는 호모루덴스적인 놀이를 포기하고, 객체를 시뮬라시옹하는 정신적 소유를 지향한다. 이런 소유의 행위도 '소유'를 절대로 포기할 수 없다는 결연한 의지를 이미지 생산으로 대체하는 것이기 때문에 또 다른 소유의 방식이 된다. 직접적인 소유로 인한 포만감보다는 새로운 감각비로 대상을 달콤하게 시뮬라시옹함으로써 객체인 '너'를 '나'로 만들 수 있다는 자신감이 현실 속에 드러난다. 대상을 소유하기 위하여 객체를 낱낱이 분해하고 동일시하는 것보다는, 문을 닫고 키스하는 섹슈얼리티한 행위로 소유를 실재화한 것이므로 강정이 소유하는 방식은 쾌락적이다.

이렇게 탄생한 주체는 타자를 소유하는 각기 다른 방식대로 접합된 상태에서 소멸의 법칙을 견딘다. 바라보는 대상인 객체를 대상과의 합일로 소유했거나, 아니면 쾌락적으로 소유했거나 모두 동일하게 주체와 객체는 존재의 흔적을 지우는 과정을 밟는다. 존재자의 위치에 따라 빠르고, 느리고, 돌발적이고, 순간적으로 다양한 몸짓을 하며 소멸한다. 마음을 찌르는 푼크툼(punctum)을 통해서 아주 완벽하게.

낯설고 불편한 묵시록
─김희업과 김성규의 시

1. 생의 묵시록

지금 여기…… 세계는 죽었다고 선언하는 두 명의 시인이 있다. 시인은 시 작품 속에 자신의 세계에 대한 인식을 응축해 놓는다. 니체는 신이 죽은 자리에서 초인을 발견한다. 기꺼이 몰락하는 자가 초인이다. 그래야 스스로 새로운 창조적 '나'를 만날 수 있다. 김희업과 김성규 시인 역시 니체처럼 새로운 세계를 창조하기 위해 현실을 몰락시킨다.

생의 묵시록에서 김희업(『비의 목록』, 2014)의 시는 생성과 소멸의 주체화로 나타난다. 시적 화자는 "강은/얼마나 깊은 여백을 남겨 두었나"(『철새들의 본적』)로 질문을 시작하여 "날개가 방향을 튼다"고 스스로 답한다. 철새는 영원회귀의 본능으로 초인처럼 불안한 현실을 극복하고 있다. 새들은 삶의 의욕을 잃지 않기 위하여 착지하지 않는다. 땅에 앉는 것은 본성을 잃는 것이기에 새들은 하늘을 본적으로 삼는다. 모든 생명체가 지상에 생의 터전을 두고 삶의 방향을 잡는다. 하지만 새는 스스로 몰락하기 위해 하늘로 방향을 튼다. 김희업의 시적 화자는

"또 누구의 가슴에 불붙어 타오를까/처음과 중간 소리 지나 끝소리 여운으로 남기고/꼬리 감춰 버린 종소리"(「종소리를 따라가다」)와 같이 현상 속으로 잠입한다.

그러나 김성규(『천국은 언제쯤 망가진 자들을 수거해가나』, 2013)의 시는 생의 묵시록을 발화하는 과정에서 깨진 거울의 나르시시즘을 절망적으로 드러낸다. 세계에 대한 시적 화자의 절망을 "아직 자라지 않은 뿔로/술에 절은 벽지를 들이받고/천장에서 웃으며 뛰어다니고 있어"(「뿔」)와 같이 몰락으로 가는 창조적 파괴를 지향한다. 그리고 자기 웃음소리를 처음 듣는다는 시적 화자의 고백은 태양도 죽고 지구도 죽고 달도 죽은 절대적 절망감에 빠져들게 만든다. 그뿐만 아니라 시적 화자는 지옥 같은 현실을 "도망치고 쫓기고/쫓기는 도로 위의 토끼를 잡아라/사냥꾼이 총을 쏜다 개가 달린다/악, 토끼가!"(「토끼는 달린다」)처럼 절체절명의 순간으로 그려 낸다. 김성규의 시는 세계를 완벽하게 무너뜨리므로 지옥에서 보내는 생의 묵시록이다.

우리는 낯설고 불편한 묵시록에 귀 기울여야 한다. 김희업의 시는 은폐된 것들의 주체화로 묵시록을 드러내고, 김성규의 시는 깨진 거울의 나르시시즘으로 묵시록을 체감하게 한다. 그러므로 두 시인은 세계의 몰락을 전제로 창조적 파괴를 시도하는 자이다.

2. 생성과 소멸의 주체화—김희업의 시

김희업의 시에서 주체는 생성과 소멸을 겪는 자이다. 생성과 소멸은 삶의 의욕을 잃어버리게 하는 기제로 작용할 수 있다. 전체를 성찰하지 않는 응시는 결국 자아를 상실하는 지경까지 이르게 한다. 세계는 존재하는 것들의 생성과 소멸의 과정으로 만들어져 있다. 생성하는 순간은 기쁨이며 뜨거움이지만, 소멸하는 순간은 슬픔이며 차가움이다. 그러나 이것보다 더 가슴 저리는 것은 삶의 과정을 응시하는 순간이다. 세계에 대한 절망과 구조적 환경은 김희업 시의 기저를 이룬다. 이곳엔 강렬한 통증만 존재할 뿐 세계에 대한 기쁨은 존재하지 않는다. 그러므로 세계는 스스로 몰락해야 한다. 그의 시각은 절망과 환멸을 관통하며 재창조라는 개념을 드러낸다.

거슬러 오르는 멋진 오류는 연어의 일
한 계단씩 베어 먹은 사람들의 높은 입
그들은 먹이를 얻기 위해 날마다 입을 벌린다
외바니 비녕노 없이 공중에 떠 있는 현기증
어떤 뒷모습이라 할지라도 바라보면 쓸쓸하고
꼭 그만큼만 보여 주는 생의 짧은 치마
넘치지 않는 저울질로 평등하게 내려놓고
빈 계단만 층층이 접히는 지평선
맞물린 관계 속에
서로 먹고 먹히는 다정한 세계
기울어진 생계를 떠안고
마음이 쓰러지지 않게
흙이 묻지 않는 보법으로 반복되는 생성 소멸
—「에스컬레이터의 기법」부분

연어는 삶의 의욕을 잃어버린 적이 없다. 자아를 지키며 가장 아름답고 뜨거운 날을 맞이하기 위해 연어는 폭포도 거슬러 오른다. 시적 화자는 거슬러 오르는 연어의 생의지 속으로 인간의 생의지를 끌어들인다. 화자는 에스컬레이터라는 인간의 의지가 담긴 기계에 연어의 멋진 오류를 투영하고 있다. 순리와 거역의 세계가 만들어 내는 오류는 인간 의지의 뜨거움이다. 따라서 "서로 먹고 먹히는 다정한 세계"가 불편하지만, 이것이 '나'를 둘러싼 환경이다. 이러한 오류로 가득 차 있는 세계는 수정되어야 마땅하다. 따라서 화자는 인간의 강한 의지로 균열하고 있는 세계 너머 새로운 세계를 꿈꾼다. 화자는 "흙이 묻지 않는 보법으로 반복되는 생성 소멸"을 추스른 자아를 응시하고 있다. 김희업 시인의 이와 같은 시각은 "기울어진 생계를 떠안고" 있다는 점에서 몰락의 당위성을 받아들이게 한다.

> 통증은 쪼그리고 앉아 오래오래 버티다가도 정들만 하면 어느새 날아가는 바람둥이 새
>
> 순간을 제치고 몸속 한 획을 긋는 통증
> 먼 길 돌고 돌아 까마득한 새벽 어디서 왔을까
>
> 종종 통성명 없이 불쑥 나타나
> 평소에 없던 수많은 감정을 들춰내 죽이고 살리길 거듭
> 이대로라면 자멸에 평안히 도달할 것인가
>
> 내가 아니었으면, 해서 몸을 떠나고 싶은 떳떳한 출가
>
> 어떤 통증은 병명 없이 발견되기도 했다는데,
>
> 높은 가지의 이파리 하나가 공중의 하루를 잠깐 날다 떨어졌다
> 그 위로

무지개를 새긴 문신의 통증에 대해, 고통의 화려함에 대해 하늘이 속삭이듯 고백한다

—「통증의 형식」 부분

통증이 깊으면 삶의 의욕을 잃어버리게 된다. 통증은 몸과 마음이 건강한 평상시에는 존재감이 없다. 하지만, 어느 순간 갑자기 저격수처럼 나타나는 통증은 불편한 존재이다. 자신을 은폐하고 있던 통증이 '나'를 정확하게 겨냥할 때, 그 누구도 현실을 거부하거나 도망칠 수 없다. 그 때문에 화자는 "통증은 쪼그리고 앉아 오래오래 버티다가도 정들만 하면 어느새 날아가는 바람둥이 새"로 받아들인다. 거부할 수 없는 힘으로 화자를 완벽하게 제압하는 통증은 자아를 상실하는 상태까지 이르게 한다. 이러한 통증의 방문은 "평소에 없던 수많은 감정을 들춰내 죽이고 살리길 거듭"하는 자기 성찰의 시간을 만들어 준다. 이 때문에 화자는 가만히 자아를 붙들고 있을 수밖에 없다. 시적 화자는 잠시 자멸을 떠올리지만, "무지개를 새긴 문신의 통증"이라는 창조적 생각에 이른다. 이렇듯 김희업의 시는 스스로 몰락하는 자만이 볼 수 있는 세계를 창조해 낸다. 그의 시에서 세계를 재창조하겠다는 욕망이 모순처럼 꿈틀거린다.

비에 쫓겨난 봄꽃은 어디서 보상받을는지
생계가 막막해진 봄꽃이
뿔뿔이 자취를 감추었다
손바닥에 닿으면 부러지는 연약한 비에도
바퀴의 노동은 멈추지 않고, 내일도 모르고 앞만 향해 자꾸
달려간다 이런 날, 바퀴도 없이 미끄러지는 사람이 꼭 있더라

저만치 자신을 내팽개치는 사람을 보고 있으면

웃어야 할지 울어야 할지

비가 거리의 목록에서 이제 웃음조차 지우려 한다

오늘은 비의 목록에 따뜻한 위로가 추가되어야 할 것 같다

—「비의 목록」 부분

3층, 아이 혼령이 장난치며 사라지고

9층, 노인 혼령이 기침과 함께 사라지고

12층, 부부 혼령이 말없이 사라졌다

서로가 서로를 알지 못할 때 무섭지

서로 같은 관에서 숨을 쉬건만

알고 보면 온통 낯선 혼령들

저 혼령은 또 몇 층으로 승천할 텐가

직립인 그 관은 지상과 천국을 반복해 운행한다

44층,

허공에서 문득문득 발이 멈추게 되면

죽음의 포로가 되어

오금 저린 하관을 앞두고

이런 생각이 든다

누구나 죽으면 하늘로 솟거나 땅으로 내려갈 뿐

달리 뾰족한 수는 없을 거라고

—「이상한 나라의 엘리베이터」 부분

「비의 목록」의 화자는 비가 가지고 있는 본래의 성질을 비틀어 응시한다. 비존재로 있던 비는 많은 양의 구름 물방울이 모여 생성된다.

비는 자신이 비존재에서 존재로 변화하여 생성되듯 수많은 생명체에게도 똑같은 변화를 요구한다. 하지만 김희업 시인은 "비에 쫓겨난 봄꽃은 어디서 보상받을는지"처럼 비의 본질에서 벗어나는 새로운 지점을 응시한다. 우리는 시인이 설정해 놓은 지점에서 "생계가 막막해진 봄꽃이/뿔뿔이 자취를 감추"는 것을 목도할 수밖에 없다. 시적 화자가 진술하듯 비는 "손바닥에 닿으면 부러지는 연약한" 존재이다. 그것은 손가락으로 빗방울을 튕겨 낼 수도 있고, 작은 우산으로 방어할 수도 있는 연약한 비이다. 그런데 이토록 연약한 비에 생계가 달린 사람과 미끄러지는 사람은 또 얼마나 약한 존재인가. 이처럼 세상엔 비의 목록에서 "따뜻한 위로가 추가되어야 할" 사람들이 수없이 많다.

「이상한 나라의 엘리베이터」의 화자는 엘리베이터를 공포를 실어 나르는 관으로 인식한다. 우리는 알지 못하는 사물과 세계가 두렵다. 이런 이유로 우리는 모두 질서 잡힌 곳을 지향한다. 인류는 오랜 기간 낯선 것들과 싸웠다. 그 결과 질서 잡힌 세계를 만들었다. 낯선 것들과 뒤섞임은 극도로 심한 공포를 불러온다. 우리가 사는 아파트의 엘리베이터는 믹소포비아를 경험하는 공포의 장소이다. 그 때문에 시적 화자의 "3층, 아이 혼령이 장난치며 사라지고/9층, 노인 혼령이 기침과 함께 사라지고/12층, 부부 혼령이 말없이 사라졌다"는 진술은 설득력이 있다. 파편화된 현대인은 자신의 정체를 세계 속에 은폐시킨다. 은폐는 하나의 문화가 되어 프라이버시의 권리를 만들어 내는 데 성공했다. 현대인들이 파편화되어 은폐될수록 우리는 서로에게 유령 같은 존재가 된다. 어린 왕자에게 장미가 특별한 것은 관계를 맺었기 때문이다. 관계를 맺기 전의 사람과 사람 사이는 온갖 혼령들이 떠도는 두려움이 존재한다. 엘리베이터는 지상과 천국을 운행하는 관이라는 김희업 시인의 인식은 너무 깊어 통증을 느끼게 한다.

진흙탕 싸움 끝에 내민

붉은 피투성이 얼굴

저런 싸움쯤이야 눈감아 줄 만하지 않은가

옷깃만 스쳐도 악다구니를 퍼붓는 세상에 비하면

소리 없는 싸움이여 얼마든 번져라

(중략)

감정이 목까지 찰랑거려도

흔들리지 않는 수련

흔들리는 쪽은 물살

침수는 물과 쉽게 친해지는 방법이라는 걸

이미 물에 눈뜬 수련이 모를 리 없다

―「어떤 싸움」 부분

수련은 스스로 몰락하기 위하여 연못의 진흙탕 속에 발을 담그고 있다. 어느 사람도 쉽게 빠져나올 수 없는 연못은 은폐되어 모습을 드러내지 않는 적들의 활동 지역이다. 수련에게 연못은 몰락하기 좋은 환경을 제공한다. 세계로부터 받은 상처로 삶의 의욕을 잃을 때쯤 은폐된 타자의 공격은 삶의 의욕을 되살리는 기제로 작용한다. 진흙탕은 목숨을 건 투우장으로 변해 "붉은 피투성이 얼굴"이 될 때까지 싸움은 계속된다. 연못에서의 싸움은 스스로 몰락하기 위한 싸움이기 때문에 비명을 안으로 삼켜 소리가 없다. 절망의 무게가 온몸을 누르고, 수련은 몰락 끝에 오는 붉게 창조된 자신을 본다. 그러므로 몰락하기 위해 "감정이 목까지 찰랑거려도/흔들리지 않는 수련"은 자신을 둘러싼 연못을 진흙탕으로 인식하지 않는다. 재창조를 전제로 하는 연못의 진흙탕이 눈물겨운 이유이다.

김희업의 시에서 삶은 생성과 소멸의 법칙으로 반복되는 세계이다. 삶의 주체들에게 생성의 무게는 자아의 무게로 전이되어 파멸의 지점에서 머뭇거리게 만든다. 이처럼 그의 시는 생성과 소멸 과정에서 나타나는 사이에 주목한다. 생성과 소멸을 거역할 수 없다면 자아는 그것으로부터 스스로 자유로워지기 위해 주체화되어야 한다. 새로운 세계를 창조하기 위해 시인은 끝나지 않는 진술을 계속한다.

3. 깨진 거울의 나르시시즘—김성규의 시

김성규가 인식하는 세계는 망가져 있다. 이런 이유로 삶의 주체는 깨진 거울을 진술한다. 그리고 주체는 망가진 세계 안에서 창조적 파괴를 정당화시킨다. 따라서 깨진 거울의 내면성을 통해 환멸이 존재한다. 시적 화자는 파괴하기 위해서 자아가 존재한다고 믿는다. 그러므로 창조적 파괴에 존재론적 모험을 건다. 잘못된 사회적 환경과 구조는 도약과 역동성을 불러오는 착각을 일으킨다. 세계는 주체에 의해 파괴되어야 할 대상이다. 또한 세계를 비추는 거울이 맑고 깨끗했을 때, 변질되지 않는 무아경 속에서 나르시시즘도 즐길 수 있다. 우리가 세계를 응시한다는 것은 자기 자신에 집착한다는 것이다. 이런 점에서 시적 화자의 진술은 대단히 감각적이며 동시에 그로테스크하다.

아까부터 맛있는 냄새가 났어요
손을 쬐는 노숙자들이 소곤거린다
정육점 주인이 그의 옆구리에 칼을 쑤셔 넣는다
저도 고기 한 점 못 먹었던 시절이 있답니다

그건 너무 심한 거 아니에요

걱정하지 마세요 저 사람은 마법사이니까요

엄마, 저 아저씨의 체온은 몇 도일까?
온도계를 옆구리에 집어넣어 보렴
죄송해요 저희 아이가 실험을 좋아해서요
세상에, 온도가 그대로예요
저는 늘 평정심을 유지한답니다
고통을 참지 못하면 가짜 마법사일 테니까요

그래도 누군가 불을 꺼야 하지 않을까요

―「미식가」 부분

그는 자신의 크고 쓸쓸한 손발을 보며 울었다
난쟁이들은 밧줄처럼 굵은
머리카락을 지상에 고정시키고
거대한 침엽수에 거인의 사지를 묶었다
손발이 잘리기 시작하고
흐르는 피가 대지에 계곡을 만들었다

거인이 울부짖을 때마다
네 목소리는 너무 커
고막이 찢어질 거 같아
울 수도 없이 성대마저 제거당했을 때

춤추고 노래 부르며

난쟁이들은 거인의 목에 창을 들이댔다

—「거신족」 부분

　「미식가」에는 존재론적 모험이 매우 위태롭게 표현되어 있다. 전체주의 국가에서 우리는 국가를 위한 소모품에 지나지 않았다. 하지만, 민주화된 현재는 소모품이 아니라 자신이 행복해지기 위해 산다. 행복해지기 위해 공부하고, 운동하고, 자동차를 사고, 집을 사고, 여행을 간다. 하지만 우리는 이것보다 더 가치 있는 것들을 '행복' 때문에 놓치고 있다. 공동선과 이타적 가치가 그것이다. 행복이 개인에 국한되는 것보다는 전체로 귀속될 때, 세상은 아름다운 색채로 빛을 발할 것이다. 위 시에서 행복하지 않은 한 사람이 분신자살하고 있다. 그런데 시적 화자는 "아까부터 맛있는 냄새가 났어요/손을 쬐는 노숙자들이 소곤거린다"고 진술한다. 시인은 모든 것을 무로 돌리기 위해 자신을 파멸로 몰고 가는 현장에서 "맛있는 냄새"라는 지극히 현실적인 후각으로 현재를 환기한다. 서로 연관 맺지 않았을 때 나타나는 냉혹한 현실을 "엄마, 저 아저씨의 체온은 몇 도일까?"와 같은 의문으로 공동선에 대한 사유를 드러낸 것이다. 현재적 삶을 파괴한다는 측면에서 「미식가」에 진술된 마법사는 이기적 주체들에 대한 준엄한 성찰을 요구한다.

　「거신족」의 시적 화자는 아주 오래전 초자연적인 존재의 계보를 진술한다. 신들의 싸움에 말려들었던 거신족은 멸망하고 피로 대지를 적셨던 처절한 싸움 끝에 오직 한 명의 거인만 살아남는다는 설정이 그것이다. 어쩌면 그 옛날 세계를 재창조하기 위해 거신족은 스스로 몰락했을 것이다. 또 다른 시각에서 보면 거신족은 평범한 무리와 섞일 수 없는 선지자였는지도 모른다. 시적 화자는 살아남은 거인은 난쟁이 세계에서 "그는 자신의 크고 쓸쓸한 손발을 보며 울었다"고 진술한다. 속인의 시각으로 보면 홀로 진리를 발견한 선지자는 절대적 악이다. 이 둘의 간극이 너무 커서 세계는 파열음으로 가득 찬다. 이것은 거인이 어떻게 해 볼 수 없는 난쟁이와의 관계로부터 오는 필연적인 불행이다. 화자는 난쟁이가 다수를 차지하는 이 세계는 가학적이기에 "손발이 잘리기 시작하고/흐르는 피가 대지에 계곡을 만들었다"고 적시한다. 그것은 거인을 난쟁이로 환원시킬 수 없는 광기의 결과이다. 거인을 죽이는 일이란 거인의 몰락 의지를 돕는 또 다른 모험일 수 있다.

인대를 풀자 배를 가른 어머니와 장님인 다섯 동생들, 웃으며 아무거나 해 달라고 나에게 보챘습죠 눈 감아도 훤히 보이는 어둠 속에는 우리를 밟아 줄 아무것도 없었습니다요 차라리 장님으로 행복하게 살고 싶었습니다요 커튼을 열고 눈을 떴습죠

유리창으로 가늘고 가는 빛이 쏟아져 들어와 눈을 찔렀습죠 온몸에 숨어 있던 열기가 두 눈으로 쏟아져 나왔습죠 눈동자에 새겨진 왕국이 하늘로 솟아올랐습죠

흙으로 묻어 놓은 입구를 따라 병든 쥐들이 인도하는 길을 걸으면 어머니는 간과 신장을 팔아 통증의 왕국을 선물하셨네 기억은 언제나 뒤엉켜 꿈을 꾼 흔적들, 천국은 언제쯤 망가진 자들을 수거해 가나 우리를 기다리는 고통이 있다면 누가 뭐래도 이곳은 우리의 왕국이라네
　　　　　　　　　—「천국은 언제쯤 망가진 자들을 수거해 가나」 부분

위 시에서 시적 화자가 지적하는 것은 지금 이곳의 실상 그 자체이

다. 세계의 실상이 약자의 피눈물 또는 망가진 자들의 냉소적인 목소리로 진술된다. "차라리 장님으로 행복하게 살고 싶었습니다요"와 같은 고백은 바깥의 왕국을 보지 않겠다는 강한 의지이다. 그것은 망가진 토대 위에서 "눈동자에 새겨진 왕국이 하늘로 솟아"오르기 위한 자발적 몰락이다. 시적 화자는 망가진 자신을 응시하며 통증의 왕국과 타자가 거주하는 바깥의 왕국을 감각적으로 분할한다. 스스로 파멸하지 못한 자의 자아는 새로운 왕국을 꿈꾼다. 새로운 미래를 맞이하기 위해 "천국은 언제쯤 망가진 자들을 수거해 가나"라고 자아가 주체성을 갖기를 바란다. 이처럼 자기에 대한 환멸로부터 자아가 나아가야 할 몰락이 세계를 지향한다. 이제 시적 화자는 "고통이 있다면 누가 뭐래도 이곳은 우리의 왕국"이라며 자아가 건재함을 깨닫는다. 이런 점에서 망가진 자들은 자신을 둘러싼 환경에 몰두하는 자이며 이곳을 벗어나기 위해 자기를 무너뜨리는 자이다.

할아버지, 앞으로 무엇이 또 열릴 수 있을까요?

농기구가 열리고, 가죽신과 낚싯바늘이 열리고, 축구공과 로켓이 열리고, 로켓을 설계한 넥타이가 열리고, 넥타이에 목맨 사내가 열리고……

그런데 우리를 잡아먹는 것이 열리면 어떡하죠?
어서 나무를 베어 버리자!

아이는 나무로 기어올라 꼭대기에서 도끼를 따서 내려왔다

가지 끝에 열려 있던 호랑이가 가죽을 남기고, 원숭이가 꼬리로 자기 목을

감고, 코끼리가 귀를 펄럭여 해일을 부르면 죽은 돌고래가 어뢰로 변해 다
른 해안으로 몰려갔다 항구의 하늘, 오, 반짝이는 글자들이 재로 변해 쏟아
지다니……

―「열매나무」부분

나는 할 수 없이 살아졌던 것이라고
심장 속에서 몸을 말고 잠을 자다
누군가에게 심장을 팔러 걸어갔지
냄비에 넣어 오래 요리하면
핏물을 뱉어 내며 웃는 심장
심장은 나에게 묻지
왜 아직 살아 있는 거지
나는 할 수 없이 사라졌던 것이라고
술잔을 비울 때마다
심장이 우는 소리로 나에게 노래했지
나를 저주할 거야 어떻게 살아가든
형편없는 가격으로 심장을 팔아 버리고
술집 구석에 앉아 노래하는 심장을 떠올리네
심장이 우는 소리로 나에게 노래했지
나를 죽이고 김이 나는 심장을 꺼내 가

―「우는 심장」부분

　　김성규의 시에서 "열매나무"는 한 세계가 파멸하고 다시 창조된 세
계이다. 누구의 소유도 아닌 나무에서 호랑이, 원숭이, 돌고래, 코끼리,
꿩 같은 동물이 열린다. 이것은 현재를 초월하지만, 사유지가 없었던

과거로의 환원이다. 우리는 주인 없는 땅의 시간과 역사를 가지고 있다. 이 바탕 위에서 미래의 시간과 역사를 만들어야 한다. 하지만 미래는 오지 않은 세계이고 현재는 언제나 우리 몸을 관통하고 사라진다. 그러므로 우리는 현재에 관통당하는 순간을 "할아버지, 앞으로 무엇이 또 열릴 수 있을까요?"라는 질문으로 붙잡아 둔다. 과거 사유지가 없을 때의 나무 열매나 시적 화자가 진술하는 "열매나무"는 우리의 상상적 자아 속에서 소유할 수 있는 것들이다. 몰락 후의 새로운 세계가 과거로의 환원이라는 역설은 김성규 시의 화자처럼 고통스럽다. 시적 화자가 "오, 반짝이는 글자들이 재로 변해 쏟아지다니……"라고 놀라는 것을 보면 그의 시는 본질적으로 이 땅에 대한 환멸적 사유이다. 그의 시 속에 내재한 필연적인 환멸은 우리로 하여금 궁지에 내몰려 자아를 붙들게 한다.

처절하게 파멸로 가기를 원하는 「우는 심장」은 세상의 중압감에 시달려 망가진 영혼을 표현한다. 시적 화자는 "심장은 나에게 묻지/왜 아직 살아 있는 거지"라고 특별한 질문을 건넨다. 현재 화자가 떠맡은 삶의 무게가 "나를 죽이고 김이 나는 심장을 꺼내 가"라는 진술에 농축되어 있다. 현재를 무효화시키고 싶은 열망은 스스로 자아를 소유하기를 거부한다. 자아가 상실되는 지점에서 그는 정신적 그림을 그리고 있다. 시적 화자는 자기가 세계 안에 있다는 사실을 거부하며, 자신을 몰락하는 자로 정립한다. 왜냐하면, 세계 안에서 자신이 떠맡고 지향해야 할 것들이 자신을 둘러싼 환경적 층위에서 무너져 내렸기 때문이다. 그는 본질적 환멸 속에서 몰락하고자 하는 존재로 처절하게 무르익는다. 그러므로 김성규의 시적 화자는 깨진 거울을 들고 뜨거운 자기애로 존재론적 기능을 펼쳐 보인다.

4. 펼쳐 든 현실

　세계에 존재하는 다양한 계급들은 늘 세계를 바꾸기 위해 투쟁한다. 지금 이곳의 불합리와 모순을 극복하고 미래로 가고자 하는 투쟁은 자신을 보존하려는 욕망으로부터 시작한다. 자아는 늘 자기 안의 소리에 귀를 기울인다. 누군가는 절대적 빈곤의 문제를 자기 존재 자체의 위협으로 본다. 또 누군가는 이것을 사회적 구조에서 발생하는 문제로 세계를 위협하는 요인으로 바라본다. 그뿐만 아니라, 근대적 이성이 이루어 놓은 현실의 문제를 응시하고 새로운 그림을 그리려는 주체들도 존재한다. 그들을 존재론적 역할과 관련해 시인이라 부르면 어떨까. 왜냐하면 시인은 이 문제를 시적 탐구의 대상으로 삼기 때문이다. 시인의 시적 놀이는 더욱 높은 정신적 그림을 그리게 한다. 세계가 지니는 본질적 의미에 질문을 던지는 시인이 김희업과 김성규이다.

　김희업의 시적 주체는 생성과 소멸이 반복되는 현실에서 자유로워지기 위해 스스로 가벼워진다. 생성이 통속적이고 가혹한 것은 소멸역시 통속적이고 가혹하기 때문이다. 시적 행위의 존재로서 시인은 존재론적 몰락을 즐긴다. 그의 시는 이성이 놓치고 있는 지점에서 정신적 그림을 그린다. 모두가 익명화되어 있는 현실을 유령으로 시적 지배를 강화하는 방식은 세계에 대한 깊은 성찰이다. '이성 안의 것' 대 '이성 밖의 것'에 대한 대비에서 시적 진실이 추구된다. 즉, 현실 바깥에 선 주체로서 존재론적 내면성을 시로 구축한다.

　반면에 김성규의 시적 주체는 깨진 거울을 확인하는 나르시시즘의 체감으로 드러난다. 이러한 세계의 확인 작업도 완전히 자아를 상실한 상태가 아니기 때문에 결연한 모험의 의지로 보아야 한다. 그러므로 망가진 세계를 통해서 현재를 연소시켜 버리겠다는 의지가 읽힌다. 주체가 존재론적 모험으로 나아가는 순간은 세계에 대한 재창조를 전제로 한다. 세계 안에서 자아는 모험을 꿈꿀 뿐 아니라, 특별한 타자들과 끊임없이 관계한다. 세계는 자아가 떠맡아야 할 대상으로 인식된다. 이곳으로부터 주체의 자아는 정립되고, 망가진 세계와 맞서게 된다.

두 명의 시인이 펼쳐 든 시적 공간은 창조를 전제로 몰락에 대한 사유를 현실화하는 곳이다. 몰락에 대한 사유가 생성과 소멸의 주체화이거나, 아니면 망가진 세계 속 나르시시즘에서 발화한 진술이거나 시인은 시적 현실화를 추구한다. 착지한 지점에서 김희업과 김성규 시인은 현실과 환상을 넘나들며 낯설고 불편한 묵시록으로 새로운 세계를 꿈꾼다. 각자의 시각에 따라 매우 뜨겁게.

감정, 부조화와 조화의 시간
 ―구현우와 김기형의 시

1. 투영하는 감정들

   시인은 자신의 감정을 사물에 투영해 세상과 조화하려 노력한다. 세계는 감정을 투영하기 위한 사물로 가득 차 있다. 변하지 않는 자연물과 변하는 인위적 사물을 아우르는 현대성은 감정의 과잉을 불러온다. 이 때문에 갈수록 비대해지는 욕망을 사물에 투영한다. 파편화된 고독을 투영하고, 불행한 사회적 지위를 투영한다. 시인은 사물에 투영된 낭만적 자아를 사랑하는 나르시시즘에 빠져 스스로 고통받는다. 낭만적 자아는 사물에 투영된 감정을 최대한 드러내지만, 추상화된 진리로 나아가기에는 동력이 부족하다. 낭만적 자아 안쪽의 세계에 잠입하기 위해 지금 여기의 시인들은 사물의 의미를 극단까지 들여다보기를 거듭한다. 자아는 언제나 현상에 집중돼 있어야 한다. 시인의 시각이 사물을 관통할 때 감정이 녹아들어 만들어 내는 진리를 볼 수 있다. 시인은 인위적인 사물을 보며 부조화 때문에 늘 불안에 시달린다. 그러므로 현상의 절대적 미지 속에 시인의 감정은 물성과 감성의 정동으로 존재한다.

동물은 본능적 욕구를 상대에게 투영하여 감정을 유발하고, 식물은 자극받는 굴성으로 감정을 투영한다. 두 세계 모두 생존 경험의 의미를 극단까지 밀어붙이는 존재의 드러냄이다. 세계의 질서와 일관성이 동물과 식물의 감정 방향성에 따라 좌우된다. 생명에 대해 성찰하는 치열한 의식은 미적 아우라를 만든다. 감정을 읽는다는 것은 사물을 지배한다는 것이다. 때로는 순수한 감정과 기괴한 감정을 융합하여 미학적 리얼리티를 확보해야 한다. 투영하여 사물에 각인된 감정은 유혹적인 공포가 된다. 세계와 불일치하는 공포를 읽을 때 우리는 현재를 벗어나 미래로 갈 수 있다. 자아와 사물의 불화는 포착의 대상이다. 시인은 동물과 식물의 감정을 모두 읽어야 한다. 한쪽만 읽어 낸다면 세계와 갈등을 일으킬 수밖에 없다. 모두의 접합점과 교차 지점을 확인할 때 시인은 확고한 믿음으로 미지의 세계를 탐험할 수 있다.

감정의 투영에 있어서 구현우(『나의 9월은 너의 3월』, 2020)의 시는 부조화론적 방식으로 사물을 경험한다. 화자는 "가까운 곳에서 연기가 난다. 무엇인가 잘못되어 가고 있다"(「회색」)처럼 기억에 각인되는 과정을 확인한다. 때로는 "탁하고 번뜩이는 눈빛 야생의 너와 나, 다져진 나와 너는 살아서는 친해질 수 없을 테지만"(「목격자들」)과 같이 끊임없이 지속되는 불화를 목격한다. 하지만, 김기형(『저녁은 넓고 조용해 왜 노래를 부르지 않니』, 2021)의 시는 조화론적 방식으로 사물을 수렴한다. 화자는 "부러지지 않고 몸속에서 자라는 뼈는/어디에서 옷을 벗나"(「누구의 빛이었나」)처럼 세상과 조화를 중요시한다. 그리고 "얼굴에 기대고 서서 버틴다/강력해진 얼굴이 제 모습을 나타내/불기둥이 되어 지켜서고 있다"(「결국 이렇게 강력해지는 것이다」)와 같은 모습으로 조화론적 사유를 끊임없이 한다.

구현우의 시는 부조화론적 시각으로 감정을 투영하고, 김기형의 시는 조화론적 촉수로 감정을 투영한다. 두 시인은 확고한 믿음으로 모든 사물의 질서를 낯설고 새롭게 만들어 간다. 그리고 박제된 서정시의 전통을 감정의 투사를 통해 거부한다. 이렇게 감각적 촉수가 새로운 직관을 만든다.

2. 부조화론적 감정의 투영 – 구현우의 시

구현우의 시적 화자는 촉수를 세워 경험적 외로움을 극단까지 들여다보려 노력한다. 화자를 둘러싼 환경으로부터 틈입해 들어오는 불화를 응시한다. 시적 발화는 시의 방향성을 지우며 최소한의 의미만 남겨 놓는다. 시의 공간에 남겨지는 여백은 파편화된 이미지만 홀로 나부낀다. 화자와 시가 통일성을 가지고 일치한다면 현대성의 책무를 외면한 것이다. 개인이 느끼는 고통과 외로움은 자신만의 것이 아니다. 우리 사회에 내재한 구조적 고통이며 외로움이다. 그래서 시인은 때로는 모호하고 추상적인 언어로 진리를 추구할 수밖에 없다. 비유로 추상화된 이미지는 파괴와 환멸의 다리를 건너며 새로운 것을 찾는다. 지금 여기의 질서는 인위적 통일성이 아니다. 인위성을 넘어서는 절대적 미지의 공간이다. 내부의 사물들이 서로 교차하며 불화하는 이해되지 않는 곳이다.

시적 화자는 의도하지 않았지만, 절대적 미지의 세계 속에 있다. 알 수 없는 세계이기 때문에 탈주할 수 없는 상태이다. 타자와 조화롭게 공존할 수 없다는 생각이 외로움을 불러온다. 인위적으로 만들어졌지만, 화자를 둘러싼 공간은 결코 인위적이 아니다. 인위성을 넘어선 불분명한 타자들이 오직 자아에만 집중해 있다. 그것은 파편화 상태의 절대 고독이다.

누구와도 공유하지 않지만 나의 방은 한 명 이상의 외로움이 있다

앨범과 책은 저 혼자 쓰러지기도 한다 금이 간 지독한 꽃병의 무늬는 그렇게 완연하다

극적인

사건과 별개로 이불은 다른 형태로 구겨질 뿐 올바르게 펴지는 법이 없다 누군가의 침실이었던 나의 방에서 사랑을 나누는 일은 위험하다

위로부터 잠깐 찾아온 소음이 평생 머문다

―「오로지 혼자 어두운」 부분

같은 세계에 있는 것은 분명해 보였다.

평등한 빛이 제멋대로의 이목구비를 적나라하게 밝혔다. 발소리를 따르던 내가 성별을 알 수 없는 목소리에 끌려가고 있었다. 배가 고팠고
울고 싶은

죄를 짓고 싶은 심정이었다.

보이지 않는 곳에서 온갖 종류의 생물이 일제히 떠들고 있었다.
나는 내가 모르는 도시에 와 있다고 믿게 되었다.

―「광시증」 부분

시적 화자는 "오로지 혼자 어두운" 공간 속에 고립되어 있다. 원하지는 않았지만 고립되었기 때문에 세상과 불화하는 존재가 된다. 지금 여기의 공간은 인위적이지만, 알 수 없는 그림자 같은 것으로 꽉 차 있다. 그림자들은 다양한 모습으로 공포감을 자아낸다. 두려운 그것들이 화자를 공격할 수도 있고 은밀한 음모를 꾸밀 수도 있다는 생각 때문이다. 이러한 존재론적 위협은 "누구와도 공유하지" 않는 '나'만이 쓰는 방에 "한 명 이상의 외로움"이 있는 것으로 드러난다. '나'의 방이기 때문에 외로움이 있다면 혼자의 외로움이어야 한다. 그런데 고립감에서 발생하는 외로움은 혼자의 것이 아니라고 경험적 자아는 진술한다. 견디기 어려운 외로움을 화자는 사물에 투영하기 시작한다. 화자가 직면한 상황은 현대인이 직면한 고립감과 맞닿아 있다. 결국 세상과 조화가 안 되는 상황은 "앨범과 책은 저 혼자" 쓰러지는 극단적인 모습으로 나타난다. 투영된 감정은 확장을 거듭하여 "금이 간 지독한 꽃병의 무늬"에 다다른다. '나'만이 쓰는 방이지만, 이곳은 광막한 공간이기도 하다. 그래서 화자는 "위로부터 잠깐 찾아온 소음"도 평생 껴안고 싶다고 생각한다. 자아는 세계와 합일하고 싶은데 현실은 불화의 깊은 늪에 빠져 있다.

「광시증」의 시적 화자는 빛 때문에 길을 잃는다. 방향성을 잃고 거리를 헤매는 광시증을 앓는 사람들에게 빛은 고통이다. 어두운 곳에서도 빛이 보이고 심지어는 눈을 감았는데도 빛이 보인다. 카메라 플래시가 터지는 듯 빛은 지속적으로 번쩍거린다. 빛이 가하는 위협에도 화자는 "평등한 빛이 제멋대로의 이목구비를 적나라하게 밝혔다"고 자신을 위로한다. 하지만, 빛은 앞길을 비추는 역할을 하지 않는다. 오히려 위협적인 강렬함으로 빛은 "울고 싶은" 상황으로 몰고 간다. 이미 머리를 점령한 빛 때문에 화자는 "죄를 짓고 싶은 심정"이 되어 세계와 불화한다. 빛이 '나'를 이끌고 온 이곳은 화자가 바라던 공간이 아니다. 눈을 감아도 "온갖 종류의 생물이 일제히 떠들고" 있는 혼돈 속이다. 화자는 길을 잃고 방황하고 싶지 않았다. 빛은 어디에서 나오든지 앞길을 밝혀 주어야 한다. 그러나 모르는 곳에 화자를 던져 놓은 빛은 '나'를 세계로부터 추방한 이해 가능하지 않은 존재이다. 그러므로 빛은 주체로서의 '나'를 상실하게 만든 주범이 된다.

꿈에서 만난 개를 꿈에서 방치한다. 오줌을 뿌리며 따라오는 소리가 아직 뜻이 없는 낱말처럼 들린다.

꿈 밖에서 나는 혼자 이 인분의 요리를 먹는다.

익숙하고도 익숙해지지 않는 도시를 걷다가
나의 개를 닮은 개와
나의 개를 하나도 안 닮은 개와
개도 아닌데 개로 불리는 남녀노소가
어디에나 있는 것을 본다.

도시는 한꺼번에 어두워지고

내가 없는데 내 방에 불이 들어온다.

—「도그빌」 부분

날마다 탁자에서 허브가 자란다. 허브를 먹으며 동생이 자란다. 귀가 얇은 식물은 모든 감정을 이해한다.

모르는 두 사람이 가까워지는 커브 아이와 어른 오가는 발에 채일 때마다 쓰임새가 달라지는 돌, 돌.

동생과 나는 같은 탁자를 쓴다
탁자는 넓고 허브는 많고 동생은 탁자의 허브 또는 허브로 된 탁자를 먹는다. 탁자는 식탁으로 쓰일 수 있다. 책상으로도 쓰일 수 있다. 허브로 된 탁자는 자라는 성질이 있다.

담 하나가 건물과 건물 사이에 쌓인다.
밤마다 담을 두드리는 소리 똑똑 쿵쿵 흑흑 하나둘, 하나둘.

나와 동생이 칼날과 연필로 새긴 수만 가지의 틈.

—「허브」 부분

이 도시는 꿈꾸는 모든 것을 이룰 수 있다. 하지만, 익숙한 도시는 꿈과 현실이 섞이고 개와 사람이 섞여 부조화를 이룬다. 도시는 개와 사람이 공존하는 특별한 것 없는 곳이다. 누군가를 그리워할 수도 있고 누군가를 마냥 기다려도 좋을 공간이다. 도시의 구성원인 화자는 "꿈에서 만난 개를 꿈에서 방치한다"고 지난밤 꿈을 고백한다. 그 개는 자신의 본성에 충실해 "오줌을 뿌리며 따라오는" 행동을 한다. 인간에게 충성하고 자신의 안위를 보장받으려는 본능을 보인다. 개는 화가 날 때와 두려울 때를 몸짓으로 표현한다. 개의 감정 표현은 솔직하여 인간이 알기 쉽다. 인간이 자신의 감정을 속이며 타자를 이용한다면, 개는 분명한 몸짓으로 자신의 감정을 표현한다. 인간은 솔직한 개를 열등한 존재로 낙인찍었다. 그러기에 "개도 아닌데 개로 불리는 남녀노소가" 어디에나 존재한다. 인간을 낙인찍힌 개에 비유해 개 같다고 말하는 것은 베이컨이 말한 종족의 우상이다. 차별은 폭력을 불러일으키는 기제로 작용한다. 도시는 부조화로 타자에게 이해하지 못할 상처를 주며 화려하게 빛난다.

향이 나는 허브 앞에서 화자는 "허브를 먹으며 동생이 자란다"고 물성적 사실을 말한다. 허브는 관상용으로 사용되었지만, 식용으로도 널리 사용된다. 화자의 허브에 대한 사유는 "귀가 얇은 식물은 모든 감정을 이해한다"에 이르러 허브의 의미를 확장한다. 이렇게 화자는 의미를 확장한 자리에 모르는 사람과 아이와 어른을 나란히 병치시킨다. 사유의 방향성으로 볼 때 식물인 허브와 동물인 인간이 조화롭게 공존할 것 같다. 그러나 시적 화자는 "담 하나가 건물과 건물 사이에 쌓인다"고 진술함으로써 조화가 부조화로 바뀌는 지점을 확실히 한다. 허브 향으로도 세계와 자아는 합일되지 않는다. 허브가 자라나는 탁자를 '나'와 동생이 공유하는데도 현실은 담이 쌓이고 틈이 생긴다. 이 편안하지 못한 부조화를 몸으로 겪는 화자는 "칼날과 연필로 새긴 수만 가지의 틈"으로 냉혹한 현실을 환기한다. 우리는 허브를 씹으며 조화를 추구하지만, 현실은 부조화를 만들며 성장하는 존재이다.

양의 이미지는 온순하지
막상
양을 그려 놓고 보면
온순하지 않지
그것은 구름
그것은 연기

그녀로부터 달아나고 멀어지다가
빨간 기와가 붉은 벽돌이었단 사실과
울타리 너머도 울타리란 걸 알았을 때
그때 나는
새하얘졌어

이해하기 전에 뭉게구름
뒤로 뭉게구름이 지나가
변명하기 전에 담배 끝에서
연기가 이어지고
연기로 이어지고
끝나 버린 연애가 계속되고 있어

—「자각몽」 부분

    꿈을 꾼다는 것을 인식하면서 시적 화자는 "양의 이미지는 온순하지"라고 확신에 차서 말한다. 하지만, 화자는 "양을 그려 놓고 보면/온순하지 않지"처럼 그림으로 그려 놓은 양의 이미지 이전과 이후를 분리해 사유한다. 얼핏 마그리트가 파이프 그림을 그려 놓고 '이것은 파이프가 아니다'라고 제목을 단 것과 같다. 하나는 원본이고 또 하나는 이미지이다. 둘은 불화할 수밖에 없는 관계를 형성한다. 불변하는 객관적 진리인 원본과 그것을 그대로 흉내 낸 복제물은 서로 다르다. 따라서 플라톤은 복제물을 부정적으로 보았고, 들뢰즈는 원본을 인정하지 않았다. 하나의 시뮬라크르를 놓고도 보는 관점에 따라 부조화를 이루는 것처럼 "그것은 구름"이고, 또 "그것은 연기"일 수밖에 없다.

이렇게 벌어진 불화는 "그녀로부터 달아나고" 멀어지는 것을 반복한다. 화합할 수 없는 각자의 순간들로 시적 화자는 "그때 나는/새하얘졌어"라고 고백한다. 이 끝 모를 부조화는 변명도 할 수 없는 상태에서 담배 연기처럼 계속 피어오른다. 고통 때문에 환상이었으면 생각하지만, 부조화는 움직일 수 없는 현실이 된다.

구현우의 여러 시편에서 서로 가로지르고 관통하는 것은 부조화에 대한 사유이다. 때로는 뜨겁고 때로는 차갑게 던지는 화자의 감정은 시적 세계를 환상적으로 펼친다. 그 감정은 우리가 발을 딛고 있는 세계에 자각몽처럼 부조화로 작동하여 대조조화로 안정을 찾는다.

3. 조화론적 감정의 투영—김기형의 시

김기형의 시적 화자는 부분과 전체가 통일감 있게 조화를 유지한다고 믿는다. 모양과 색깔이 다르더라도 자신의 자리에서 상대와 결합하는 방법을 안다고 생각한다. 삶의 상처들은 자신만의 고유 색깔을 만들지만, 그 질감은 서로에게 깊게 스며들어 아름답게 공존한다. 그러므로 김기형의 시적 화자가 감정을 사물에 투영할 때 세계는 조화롭게 통일되어 아름답다. 꽃과 꽃받침은 하나로 통일되어 나부끼고, 바람과 구름은 서로에게 스며들어 흘러간다. 다른 모양과 색깔이지만 서로에게 스며들어 아름다움을 자아낸다. 때로는 더 큰 동력으로 세계를 밀고 나간다. 질서 잡힌 통일성으로 우리가 디딘 공간은 신화적인 신비로움으로 빛난다. 김기형이 현상과 사물에 감정을 투영할 때, 정적인 사물은 동적인 움직임으로 서로에게 다가간다. 그때 시의 방향성은 힘을 얻어 고립된 현실을 조화로운 현실로 바꾼다.

고립되고 파편화된 사회는 멜랑콜리한 흔적을 남긴다. 그러한 흔적과 상처를 지우려면 최대한 조화의 가능성을 찾아보아야 한다. 그랬을 때 우리 사회가 당도해야 할 통합적 지향이 조화임을 깨닫게 된다.

저 골목은 밤으로 난 길이다
이 산책은 자신을 분지르는
공식적 일과

가로등을 세면서
가로등을 치받는 날벌레를 동경하면서
지구 밖의 불빛,
부분을 만진다
바다를 건져 주는 것

오후의 증오
오후의 설움
하얗다 못해 발광하는 그 빛은 무엇이었나

거리의 간판은 지시문으로 되어 있다
나의 사명은 시작되고
                              —「어지러운 마음이 내려가는 모양」 부분

모두 같은 모습으로 다녀요
엎어져서 이동하는 무리
투명한 뱃속을 가졌으니 대화는 필요 없습니다
가벼운 물방울 안에 둥둥 떠서는
팔과 다리로 원을 찢듯 휘젓습니다

나도 같이 가요

물방울이 서로 끌어당기면

나는 차렷 자세로 기다리겠습니다

몇 개의 팔쯤은 잃어도 될 것처럼

이게 나의 생각이라면

소용돌이의 힘이 내게 와 준 것이라면

더욱 바닥에 배가 닿도록

플랫슈스를 신고

—「등을 구부린 사람」 부분

「어지러운 마음이 내려가는 모양」의 시적 화자는 드러나지 않은 진실을 찾으려는 노력을 보인다. "저 골목은 밤으로 난 길이다"는 진술은 세상에 대한 두려움이다. 골목에 자신의 감정을 투영했는데 그 골목이 미지의 공간이어서 어두움이고 밤이다. 온전한 현실을 받아들이는 자세로 "가로등을 치받는 날벌레를 동경"할 수밖에 없다. 시적 화자는 온몸으로 다가오는 혼란을 희석해 세계와 자연스럽게 어울리기를 원한다. 서로 분리된 것보다는 어울려 질서를 잡고 싶어 한다. 다양한 색깔에 새로운 질서와 통일성을 부여하고 싶은 욕망이 강하다. 이런 이유로 시적 화자는 "지구 밖의 불빛"을 만지고, 더 나아가 "바다를 건저 주는 것"에 골몰한다. 골목을 바라보던 밤이라는 인식이 증오와 설움을 넘어 조화를 꿈꾸고 있다. 이렇듯 현상에 감정을 투영하자 화자의 세계는 사물들이 내재한 기능적 작용으로 어울리기 시작한다. 그렇게 어지러운 마음은 편안함을 찾는다.

「등을 구부린 사람」에 등장하는 시적 화자는 "모두 같은 모습으로 다녀요"라고 자신이 본 사실을 말한다. 하나로 통일하고자 하는 욕망이 강한 사람들은 심지어 엎어져서 이동할지라도 같은 모습이길 원한다. 엘리자베스 노엘레 노이만이 주장한 침묵의 나선처럼 "나도 같이 가요"라고 수시로 외쳐 댄다. 그것은 고립에 대한 두려움 때문이다. 고립된다는 것은 불행이다. 시적 화자는 불행했던 기억을 붙잡고 "나는 차렷 자세로 기다리겠습니다"라며 단호하게 자신의 각오를 말한다. 이처럼 화자는 부분이 전체 속에서 조화로워지기를 갈망하는 태도를 보인다. 우리가 조화롭게 산다는 것은 갈등과 충돌을 피하고 믹소포비아의 두려움을 넘어서는 행위이다. 김기형의 시는 이러한 확고한 신념으로 조화를 갈망하며 감정을 투영한다. 화자는 "소용돌이의 힘"으로 침묵의 나선처럼 전체와 조화로워지기를 원한다.

　　손을 안심시키기 위해서, 굿모닝 굿모닝

　　손에게 손을 주거나 다른 것을 주지 말아야 한다
　　손을 없게 하자
　　침묵의 완전한 몸을 세우기 위해서 어느 순간 손을 높이,
　　높이 던지겠다

　　손이 손이 아닌 채로 돌아와 주면 좋을 일
　　손이 손이 아닌 것으로 나타나면 좋을 것이다 굿모닝 굿모닝

　　각오가 필요하다 '나에게 손이 필요 없습니다'라고 말할 수 있는 일종의
　　　　　　　　　　　　　　　　　　　　　　　　　―「손의 에세이」 부분

불렀습니다. 부른 사람이 부른 사람을 향해 이 길을 가자, 손가락을 걸었습니다. 바다 생물처럼 불가사리처럼 밤이 없어도 낮이 없어도 무엇이 자라는 줄도 모르고 커 가는 내 어디를 훔쳐보며, 지독한 병으로 열렬히 열이 났어요. 어디에서 왔느냐 하면 별과 달과 높이 던져 버린 그러니까 흔적에서 왔대요. 언젠가 신발 한 짝을 덤불숲으로 날렸는데, 나는 거기서 내 신을 구겨 신고 내게 오는 신을 본 적이 있고요. 어둠이 아니어도 좋아요. 이 불행이 내가 다니러 가는 길, 잔뜩 독 오른 뒷그림자가 할퀸 자국이라고 해도, 함부로 날아드는 병이나 그것보다 더 퀴퀴하다 해도 좋아요.

─「나는 긴 여행을 못 가요」부분

손은 직립보행이 얻은 결과이다. 인간이 사족 보행을 했을 때보다 직립보행은 에너지를 훨씬 절감시켰다. 따라서 우리는 손에 대한 기대와 욕망이 매우 크다. 손은 기대에 부응하기 위해 수많은 일들을 쉬지 않고 수행한다. 도구를 사용하게 진화한 손은 일의 압박에 시달릴 수밖에 없는 신체 기관이다. 「손의 에세이」의 시적 화자는 "손을 안심시키기 위해서" 수시로 "굿모닝 굿모닝" 인사를 한다. 손은 기존의 문명과 예술에 만족할 수 없는 숙명적인 운명을 타고났다. 직립 이후 척추를 꼿꼿이 세우고 걸으면서 손은 미지를 향한 위대한 탐험가가 되었다. 손의 일은 이전을 초월하여 황홀감을 주었다. 손에 대한 이해를 바탕으로 시적 화자는 "손에게 손을 주거나 다른 것을 주지 말아야 한다"고 말한다. 바로 이것은 문명을 현실화시킨 직립보행에 대한 성찰이다. 문명이라는 빛의 세계에 대한 예찬이자 사족 보행에 대한 그리움이다. "각오가 필요하다 '나에게 손이 필요 없습니다'라고 말할 수 있는" 것은 직립보행을 초월한 견자의 깨달음이다.

여행은 노마드적인 유전자로 길 위에 있을 때 바람처럼 자유로워진다. 도착지는 또 다른 정착지이므로 여행의 출발점이 된다. 현대인들은 자본주의 시대를 살면서 잉여생산물로 인해 여가 시간이 생겼다. 주체할 수 없는 비노동 시간을 우리는 노마드적 향수로 길을 떠난다. 길 위에서 마음의 부조화를 조율하며 자신의 이미지를 고양한다. 「나는 긴 여행을 못 가요」의 시적 화자는 어느 날 노마드적 유전자의 목소리를 듣는다. 자유롭게 이동하고자 하는 "부른 사람이 부른 사람을 향해 이 길을 가자"처럼 노마드적 유전자를 건드리자 화자의 두 자아는 "손가락을 걸었습니다"라고 고백한다. 노마드적 욕구는 과거와 현재와 미래를 관통하는 에너지이다. 이러한 여행은 "바다 생물처럼 불가사리처럼" 모호성으로 현재를 환기한다. 화자는 현재의 공간에 구속받지 않으려는 욕구 때문에 "지독한 병으로 열렬히 열이 났어요"라고 자신과 은밀히 소통한다. 떠돌아다니고자 하는 욕구는 자신이 "어디에서 왔느냐"는 근원적인 물음과 맞닿아 있다. 여행은 자신을 열고 미래로 향하는 문을 여는 행위이다.

나는 의자 공장에 다니고
의자의 남은 다리를 집으로 싸 가지고 온다

다리를 모아 불을 때는 오후
오늘은 모두 앉아서 동물의 털을 덮는다

동물의 털은 여름부터 무성했는데
그럴 때마다 밤의 달은
사라질 것처럼 위태로웠는데

여자들은 그렇게 딸을 낳는다
걱정은 더러 나무를 덧대며 해결하고

다들 조명을 켜 둔다
꿈이 변해 버릴지도 모르는 아이들

─「의자 공장의 중심」 부분

시적 화자는 "나는 의자 공장에 다니고" 있다고 신분을 밝힌다. 의자는 세상과 어긋남이 없도록 자리를 마련해 주는 기능을 한다. 의자에 앉는다는 것은 세상과 화합하겠다는 의지이며 세상의 질서를 배우겠다는 뜻이기도 하다. 의자를 만들다가 남은 다리들은 세상과 어울릴 수 없는 존재이다. 남은 다리는 모난 성미대로 세상에 뒹굴 것이기 때문이다. 화자는 이러한 의자를 모아 집으로 가져온다. 조화의 미적 원리에서 벗어난 의자를 화형에 처하는 것은 조화를 추구하는 화자의 중요한 일이다. 화자는 의자를 태우고 "동물의 털은 여름부터 무성"했다고 진술한다. 동물이 여름에 무성한 털을 간직하고 있었다는 것은 세상의 조화로부터 이탈한 것이다. 털은 동물의 옷이다. 그러므로 여름은 털을 가볍게 해야 하고, 겨울에 털을 무성하게 해야 한다. 자연의 순리를 역행하자 "밤의 달"이 사라질 위기가 온다. 이때마다 여자들은 밤의 달과 상관관계를 맺고 딸을 낳는다. 이러한 역동적이며 유기론적인 조화는 인간과 자연을 살아 움직이게 한다.

세계를 움직이는 마지막 힘은 조화이다. 서로 상관관계로 영향을 주고 통합적 원리로 작용하기 때문이다. 김기형 시의 화자가 현상에 감정을 투영하는 것은 조화의 역동적인 힘을 발견하기 위해서이다. 조화는 사물과 사물이 통합하고 주체와 객체가 의미 있게 결합할 때 성립되는 아름다움이다. 그런 이유로 김기형의 시적 세계는 합목적성을 가지고 조화의 정점에 도달하게 된다.

4. 낯선 감정의 발견

구현우와 김기형 시인은 현상에 투영하는 감정으로 부조화와 조화를 만든다. 이후 차츰 현상은 통일성을 구축한다. 감정의 투영은 세계에 대한 가장 치열한 질문이다. 사물은 조화 없이 통일성을 이루어 내기 어렵다. 하지만, 주체가 발을 딛고 있는 공간에서 부조화를 발견하는 것도 의미 있는 일이다. 통합의 정동이 생성될 때 우리는 서로의 가슴에서 낯선 감정을 발견한다. 낯설고 이질적이기 때문에 극적이고 선명한 조화가 가능해진다. 부조화가 복합적으로 얽혀 있는 사회에서 조화로 가는 명쾌함이 필요하다. 부조화의 정동은 대조조화로 드러나는 것처럼 세계는 통합적 원리를 추구한다. 서로의 어긋남을 차단하면서 동적인 조화를 만드는 작업은 기쁨으로 부각된다.

구현우의 부조화론적 감정의 투영은 통합적으로 작동하는 세계를 꿈꾸는 기제이다. 부조화의 정동은 현실을 부정의 감정으로 들끓게 하지만, 동시에 비슷해지려는 유사조화를 작용시키려는 노력을 보인다. 서로 충돌하지 않고 대조되는 조화로 편안하게 공존하는 세계가 최종 목표이다. 반면에 김기형의 조화론적 감정의 투영은 능동적으로 살아가고자 하는 삶의 의지이다. 세계가 서로에게 의지하는 조화로운 관계가 아니라면 혼돈의 어둠만 존재할 것이다. 즉 어떤 사물이나 생명체도 조화 없이는 존재할 수 없다는 사실의 확인이다. 그러므로 감정을 투영하는 시간은 동적이지만 동시에 정적이어야 한다. 사물은 정적인 조화를 이루지만, 생명체는 동적인 조화를 이루기 때문이다.

낯선 감정의 발견은 감정의 투영 때문에 가능해진다. 감정은 부조화로 혼돈을 겪다가 대조조화나 조화로 질서를 잡는다. 조화는 우리 마음속 깊은 곳에 정동으로 자리 잡고 있다. 감정의 투영은 살고자 하는 의지를 이끄는 동력이다. 이 때문에 미래로 나아가기 위해 사물과 타자에게 감정을 투영하는 것은 필요하다. 구현우와 김기형 시인은 조화의 정동이 발현될 때마다 가깝고 먼 곳에 감정을 투영한다. 이러한 행위로 두 시인의 시 세계는 스스로 통합적 원리를 찾아 낯설어진다.

페미, 회복을 위한 아카이브
　—이소호와 권박의 시

1. 젠더적 악몽

　　여성에게 있어서 젠더는 오래된 악몽이다. 인간을 두 개의 성별 계급으로 나눈 이데올로기에 수많은 여성이 고통당했다. 원본 없는 폭력은 지금도 계속된다. 젠더는 사회·문화적으로 형성된 성이다. 그러므로 학자들의 "젠더는 전적으로 사회적이고 문화적인 것이지 천성적인 것이 아니다"는 주장은 타당하다. 이러한 젠더 개념에는 본질적인 문제의식이 포함되어 있다.

　　요즈음 우리 사회는 여성 징병제 문제로 뜨겁다. 청와대 국민 청원 홈페이지에 "여성도 징병 대상에 포함시켜 주십시오"라는 청원이 올라왔다. 청원인은 "나날이 줄어드는 출산율과 함께 우리 군의 병력 보충에 큰 차질을 겪고 있다"며 "여자는 보호해야만 하는 존재가 아니라 나라를 지킬 수 있는 듬직한 전우가 될 수 있다"고 주장한다. 여성 징병제가 뜨거운 호응을 얻자 반대 의견을 가진 청원인이 "여성 징병 대신에 소년병 징집을 검토해 주십시오"라는 청원이 올라와 여성 징병제에 맞불을 놓았다. 그는 "6.25 당시 발육과 영양 상태가 나쁜 남학생들도 징집됐는데 현재 남학생들은 왜 못 합니까"라는 주장을 펴고 있다. 이에 전문가들은 "편 가르기가 아닌 미래의 군대를 고민해야" 한다는 의견을 내놓았다. 그리고 인구 감소로 인한 징병 문제를 고민해야 한다는 의견을 밝혔다. 여성 징병제 문제가 갈수록 뜨겁게 달아오른다.

오래된 젠더적 악몽을 극복하고자 천성적인 상태로의 회복을 노래하는 두 명의 시인이 있다. 거침없이 쏟아 내는 페미의 시적 전개에서 이소호와 권박은 특유의 풍경을 만든다. 새로운 기록을 하는 과정에서 이소호(『캣콜링』, 2018)의 시는 억압된 조형적 섹슈얼리티의 표정을 짓는다. 반면에 권박(『이해힐 차베이나』, 2019)의 시는 '젠더'로 길든 육체에 대한 강박을 재현한다. 두 시인은 가장 최적화되어 있는 시로 성의 구분이 잘못된 이데올로기라는 점을 밝히는 데 열중이다. 이소호는 2020년 이후 더욱더 첨예해지는 페미 논쟁을 예견하는 듯 억압된 섹슈얼리티의 표정들을 발화하고, 권박은 최근의 증폭되는 생존 논리를 뒷받침하는 듯 육체에 대한 심리적 상태를 자신의 시집에 담아냈다. 시가 가지고 있는 주술적 힘이 사라지지 않고 계속되고 있음을 두 명의 시인은 증명한다. 이소호와 권박의 시가 발화하는 지점에서 두 줄기 강렬한 토네이도가 일기 시작한다. 젠더적 악몽에서 깨어나고자 강력한 시의 기둥이 만들어지는 중이다.

2. 억압된 조형적 섹슈얼리티의 표정들−이소호의 시

미셸 푸코는 섹슈얼리티를 근대가 고안해 낸 역사적 구성물이라 본다. 그는 성별, 계급, 인종, 연령, 성적 선호, 규범 제도들에 따라 다양하게 구성된다고 주장한다. 푸코의 견해를 쉽게 풀면 결국 섹슈얼리티란 규범과 제도에 의해 결정된 산물로 정의할 수 있다. 푸코는 섹슈얼리티를 억압이라 전제하지는 않았다. 하지만, 섹슈얼리티가 규범과 제도 속에서 억압된 것 또한 사실이다. 이미 연구된 것처럼 사회 구성물로서 섹슈얼리티를 이해하자면 섹슈얼리티는 사회가 허용하는 범위 내에서 성적 실천이 이루어진다. 성적 대상의 선택이나 성적 기호 등도 이에 해당한다. 섹슈얼리티가 아무리 문화 속에서 가변적이라 해도 일정한 문화적 틀에서 다양하게 규정된 것은 분명하다. 따라서 이 글은 억압된 조형적 섹슈얼리티의 표정이 이소호의 시가 출발하는 지점이라는 전제 아래 시작한다.

억압의 날들이 계속된다. 우리의 사고와 행동은 사회적 규범과 도덕에 의해 제한받는다. 이런 억압은 교육과 함께 위에서 아래로 학습된다. 우리는 섹슈얼리티에 대해 비규범, 비정상, 일탈 등의 잣대로 판단한다. 이렇기 때문에 섹슈얼리티는 현실 속에서 저항을 불러일으킬 수밖에 없다.

엄마와 나는 바짝 손톱을 깎아 놓고 잘못 깎은 손톱이 여기저기 튀어 오르고 옛날이야기처럼 아버지 거기는 팔뚝만 한 쥐가

되었다 밤이 낮이고 낮도 밤으로 다 가리고 아버지는 이불 속에서 숨죽여 찍찍거렸다 찍찍 믿었다 아래층 침대에 내가 누우면 아버지는 위층에서 침대를 흔들었다 아버지가 흔들리면 교회가 흔들렸다 오늘의 말씀 찍찍 아무도 십자가를 지지 않았는데 죄만 있었다.

—「함께 세우는 교회」 부분

엄마는 아빠를 기다렸다 아빠는 온 가족의 머리를 깎아 제사상에 올렸다 홀수여야 하는데 우리는 둘 둘 넷이잖아 어떡하지? 아빠는 밖에서 다른 여자를 주워다가 머리를 깎아 우리 집 식탁에 앉혔다 자 이제 우리 모두 모였

구나 아버지의 아버지가 그랬던 것처럼 우리는 보살의 마음으로 까까머리
가 되었다 죄를 지을 때마다 밥상의 머리 사과의 머리 뱃머리 발머리 깃머
리 모든 머리를 잘랐다 홀수가 될 때까지 계속 계속 머리를 잘라

    상에 올렸다

—「경진이네─5월 8일」 부분

목사를 아버지로 둔 「함께 세우는 교회」의 화자는 뒤틀린 문화에
억눌려 있다. 아버지는 가부장제 문화와 성직자라는 반석 위에 앉아
밤낮을 가리지 않고 성욕을 불사른다. 아버지의 존재는 특이한 사고와
잘못된 교회 문화 속에서 권력화된 지 오래다. 시적 화자는 "밤이 낮이
고 낮도 밤으로 다 가리고 아버지는 이불 속에서 숨죽여 찍찍거렸다"
고 진술한다. 이처럼 화자는 그을린 욕망을 추구하는 아버지로 인해
정신적 폭행을 당한다. 일탈적 성적 욕망은 "오늘의 말씀 찍찍 아무도
십자가를 지지 않았는데 죄만" 남는 것으로 나타난다. 아버지는 교회
여신도를 마음껏 유린한다. 그는 죄를 짓고도 모두에게 축복을 내리는
거룩한 존재이다. 이처럼 섹슈얼리티에 대한 사회적 통제와 규제를 전
혀 받지 않는다. 오히려 아버지를 제외한 화자의 가족이 사회적 통제
와 규제에 억압된 섹슈얼리티를 내면화한다.

「경진이네─5월 8일」 속 화자는 우리가 사회적 규범과 비제도적인
교육에 어떻게 학습되는지 잘 보여 준다. 화자가 경험한 섹슈얼리티의
규범은 "홀수여야 하는데 우리는 둘 둘 넷이잖아 어떡하지? 아빠는 밖
에서 다른 여자를 주워다가 머리를 깎아 우리 집 식탁에 앉혔다"처럼
여자에게 다르게 적용된다. 남자에게는 성적 욕망을 다양하게 허용하
고 여자에게는 남자의 비정상적이고 일탈적 행위를 인정하도록 강요
한다. 이처럼 섹슈얼리티에 대해 전혀 다른 가치판단을 강요하는 문화

는 오래되었다. 가부장제 문화 속에서 "아버지의 아버지가 그랬던 것 처럼 우리는 보살의 마음으로 까까머리가" 되는 현실을 목도한다. 이런 현실은 여성 통제의 핵심으로 작동한다. 여자의 섹슈얼리티를 타자화시키고 배제하는 문화가 있는 한 자유의 오아시스에 도달할 수 없다. 더는 광활한 사막에서 부는 모래바람이 새로운 지형을 만들게 하면 안 된다.

다른남자였으면진작헤어졌겠다이번에도봐줬다내가다음부터그러지마정힘들면술마시고잠이나자녀그런거잘하잖아어차피너곧풀릴건데지금그냥기분좋게끊으면안돼?아까너입은옷못봐주겠더라돈생기면옷이나한벌사라보세말고브랜드있는걸로나안쪽팔리게야나니까이런소리하는거야나만한남자어디가서못만나오빠는변한게아니라니가변한거야초반엔꾸미는척이라도하더니요즘엔긴장도안하나봐아무튼난바빠서그래그것도이해못해?일없으면취미를가지던가티비를봐나만쳐다보지말고난생산적인여자가좋더라오늘뭐했는지알아서뭐하게그만좀물어봐지금의심하는거야?집착하는것도아니고

　　　　　　　　　　　　　　　　—「오빠는 그런 여자가 좋더라」 부분

4월 4일 고난 주간
오늘도 꽃피우는 하나님 아버지의 말씀 나는 메시아로서 몽우리를 피우려 하였다 바람처럼, 나는 모두를 사랑하나니 모든 자매님들을 사랑했나니

　　　　　　　　　　　　　　　　4월 5일 부활절
아버지 나를 사랑하시니 꽃을 피우라 마리아의 젖가슴을 빨던 그때처럼 오직 나만을 아끼고 사랑하라

바늘을 들어 아빠의 말씀을 수선하는 엄마

아빠의 머리털을 쥐어뜯고 다시 꿰매는 엄마 아빠를 기르는 엄마 젖을 먹이는 엄마 혓바닥이 헐 때까지 엄마는 계속해서 아빠의 기둥을 세웠다 이제 아빠의 모든 말씀은 희미하다

엄마는 가족을 사랑했단다 죄라면 그게
죄란다
─「마망」 부분

여기 남성 위주의 성과 관련된 사회적 규범을 강요하는 남자가 있다. 「오빠는 그런 여자가 좋더라」의 시적 화자는 남자이다. 화자는 뒤틀린 마초 감성으로 자아도취에 빠져 여자를 지배한다. 화자에게 여자는 발아래 있는 하찮은 존재이다. 여자는 강자인 화자에게 복종해야 하며 언제든지 버릴 수 있다. 이런 사고로 화자는 메시지를 전달한다. 그러기에 거리낌 없이 "다른남자였으면진작헤어졌겠다"는 말을 쉽게 내뱉는다. 여자 앞에 화자는 절대 강자이다. 여성에 대해 우월적 의식을 갖는 증상이 매우 심하다. 따라서 화자의 "아까너입은옷못봐주겠더라돈생기면옷이나한벌사라보세말고브랜드있는걸로나안쪽팔리게"라는 요구가 가능하다. 자신이 얼마나 무례하고 마초적인지를 모른다. 화자는 자신이 성적 매력이 물씬 풍기는 매력적인 존재로 생각한다. 그에 비해 사귀는 여자는 삶의 충동에 의해 언제든지 내쳐질 수 있는 타자이다. 여자를 지배하는 행위는 남녀 사이에 권력이 어떻게 작동하는지 잘 보여 준다. 푸코의 지적대로 권력의 분배와 생산이 잘못되었음을 확인할 수 있다.

가부장제는 사회적 맥락 속에서 남성 중심의 섹슈얼리티를 만든다. 이러한 문화를 내면화하면 성적 실천의 형태가 된다. 「마망」에 등장하는 아버지와 엄마가 그렇다. 화자 아버지의 "나는 모두를 사랑하나니 모든 자매님들을 사랑했나니"와 같은 고백이 일탈적 섹슈얼리티의 한 예이다. 그는 이것이 사회가 자기에게 허용한 것이라는 착각을 한다. 화자 엄마 또한 "바늘을 들어 아빠의 말씀을 수선하는 엄마"에서 알 수 있듯이 잘못된 일탈을 규범화한다. 은밀한 인간의 성적 욕망이 지나치게 한쪽으로 기울어 있다. 「마망」은 남성의 성적 욕망이나 쾌락이 어떻게 사람들에게 침투하는지 자세히 보여 준다. 섹슈얼리티에 대한 사회적 규제는 비에 젖은 솜처럼 무겁기만 하다. 한없이 가부장적 섹슈얼리티를 내면화한 엄마는 자신의 결핍을 합리화하기에 바쁘다. 자기 존재에 대한 불합리성을 "엄마는 가족을 사랑했단다 죄라면 그게/ 죄"라고 고백하는 것으로 논의를 불가능하게 만든다.

캔버스에 이미 찢어진 집을 그린다

모서리를 그린다 모서리 안에 지퍼를 잠글 줄 모르는 아빠를

가둔다 영원히

아빠만 모르는 전쟁, 피 흘리지 않는 살해, 죄 없는 살인자다

우리는 가족이니까 영원히

자식

새끼니까 나는 말없이

엉덩이를 까고 온몸으로

부성애를 느낀다 가족이니까 말없이

아빠에게 총을 겨누고

외친다

[공 공 칠]

빵!

─「나나의 기이한 죽음─페인트와 다양한 오브제」 부분

우리의 섹슈얼리티에 대한 잣대는 올바른 규범이어야 한다. 그리고 정상적이고 자연적이어야 한다. 하지만, 친아버지로부터 성폭행을 당하는 화자에게 섹슈얼리티는 죄의 화인이다. 그을린 성행위에 대해 "아빠만 모르는 전쟁, 피 흘리지 않는 살해"라는 진술이 아프게 다가온다. 아버지에게 누구도 이러한 권력을 주지 않았다. 가족 안에서 범해지는 잔인한 권력 때문에 섹슈얼리티에 가해지는 사회 시스템이 덜컹거리기 시작한다. 아버지의 충동적인 욕망을 견뎌야 하는 화자는 아침마다 눈뜨는 것이 두렵다. 악의 소굴로 빠져드는 느낌과 불안 가득한 허공이 무너져 내린다. 화자의 존재는 '발 딛고 설 곳이 없음'을 적나라하게 보여 준다. 존재의 근본을 흔드는 뒤틀린 섹슈얼리티는 그 자체가 폭력이다. 따라서 화자는 "새끼니까 나는 말없이/엉덩이를 까고 온몸으로/부성애를 느낀다"라고 체념한다. 결국 "아빠에게 총을" 겨누는 상황으로 달려간다. 이처럼 섹슈얼리티는 악의 상징을 만들며 사회 속으로 녹아든다.

사회는 섹슈얼리티를 만들고 섹슈얼리티는 남녀 모두에게 다양함을 추구하는 성적 실천을 강요했다. 그것은 정상적이 되었든 아니면 비정상적이 되었든 간에 현실적으로 존재한다. 다양한 성적 유형과 일탈적 행동 속에서 규범은 술 취한 듯 흔들린다. 불안과 슬픈 표정을 지으며 방향성을 잃고 흩어진다. 치명적인 상처는 언제나 좌절의 질곡으로 빠져드는 과정을 거친다. 정상과 비정상의 경계선은 파고가 너무 높다. 이소호가 시에서 그려 낸 억압된 조형적 섹슈얼리티 표정들은 파노라마적 풍경을 만든다. 그러므로 금기에 대한 도전은 짙은 어둠을 내포한 또 다른 섹슈얼리티이다.

3. '젠더'로 길든 육체에 대한 강박―권박의 시

생물학적 성은 타고나는 것이므로 거의 달라지지 않는다. 거의 달라지지 않는다고 말한 것은 성전환자들을 염두에 둔 것이다. 이처럼 특별한 경우가 아니고는 생물학적 성은 평생 지속된다. 천성적인 측면이 강한 이것에 인간은 사회 속에서의 남녀 관계나 문화 속에서의 특별한 것들을 강제하였다. 여성의 사회적 억압은 각기 다른 문화권에서 다양하게 이루어진다. 그러므로 성별 주체로 살아간다는 것은 전적으로 사회적이며 문화적이다. 인간이 만들어 낸 젠더는 남녀를 정확하게 구분하고 다양하게 의미화한다. 플라톤이 말한 이데아 같은 본질은 이곳에 존재하지 않는다. 다만, 인위적으로 만들어진 젠더는 강력한 이데올로기로 작동할 뿐이다. 남성이 여성을 지배하게 하는 생물학적 결정론은 강제된 문화가 만들어 낸 결과물이다. 이 때문에 여성은 '젠더'로 길든 육체에 대한 강박에 시달릴 수밖에 없다.

권박의 시에는 생물학적 결정론을 향해 던지는 질문들이 자주 나타난다. 억압이 어떻게 여성을 강제하는지 시적 추진력을 통해 방향성을 잡는다. 허구적으로 재구성된 젠더에는 변형된 성적 욕구가 만발한다. 권박의 시가 우리를 아프게 하는 이유이다.

또 한 번 얼굴에 화분을 쏟아부었다

모자이크처럼 두서없이 예뻐 보여 긍정적인 의미로 생각하고 싶었는데

화분에 섞인

얼굴 얼굴들

나는 나에게 가능한의 정성을 보여 주기 위해 쪼그리고 앉아 자궁을 나
사로 조였다

환자였다 평생 동안

예쁠 일 없다

―「마니코미오(manicomio)」 부분

천사는 집 안에만 있어야 하는데

악마도 집 안에만 있어야 했는데

집 안에 있는 천사는 왜 집 밖으로 나가면 천사가 아니게 되는 겁니까?

집 안에 있는 악마는 왜 집 밖으로 나가면 더 끔찍한 악마가 되는 겁니까?

―「마구마구 피뢰침」 부분

　내면화된 성과 젠더가 작동하기 시작하면, 사회는 젠더 체계 안에
서 더욱 정치해지고 여성 자신도 구조를 재생산해 낸다. 이렇게 젠더
적 짐을 지고 높은 산을 오르는 행위는 시시포스의 바위처럼 끊임없
이 반복된다. 첫 번째 시의 화자는 상처의 입자가 날아오를 때 "또 한
번 얼굴에 화분을" 쏟아붓는 행위를 한다. 화자의 존재 가치는 무너
지고, 시간은 가슴에 상처를 남기며 파노라마같이 흘러간다. 상처의
연대로 수놓은 시간은 과거를 지운다. 하지만, 지워도 하염없이 솟아
나는 기억은 불안한 시간을 탑처럼 쌓는다. 결국 불안에 휩싸인 화자
는 "정성을 보여 주기 위해 쪼그리고 앉아 자궁을 나사로" 조이고 만

다. 자궁을 나사로 조이는 행위는 원천적 여성 억압을 막는 방어기제이다. 이는 파이어스톤이 "여성 해방은 여성이 아이를 낳고 양육할 필요가 제거될 때" 가능해진다는 주장과 일맥상통한다. 여성의 출산 포기는 남자로부터의 종속 관계를 끊는 기제로 작용할 것이라는 논리이다. 따라서 화자가 정신병원에 감금된 것은 젠더의 광기에 불과하다.

순종적인 여자는 집에만 있어야 한다. 그래야 집 안의 천사가 된다. 빅토리아 시대의 이상적인 여성상이다. 이러한 문화는 인간을 성적으로 구분하고 의미화한 전형적인 예이다. 인간의 생물학적 성 위에 각종 의미를 쌓아 올리자 여성은 사회의 희생양으로 전락한다. 이런 이유로 시적 화자가 "천사는 집 안에만 있어야 하는데"라고 독백하기 시작한다. 완고하게 자리 잡은 사회적 문화를 현미경으로 확대한다. 슬픈 드러냄은 또다시 "악마도 집 안에만 있어야 했는데"라는 독백으로 이어진다. 이것은 단순한 독백이 아니다. 대립하는 천사와 악마를 동일시하는 의도는 같은 시스템 안에 있다는 점을 강조하는 것이다. 이런 인식의 선상에서 시적 화자는 젠더에 "집 안에 있는 천사는 왜 집 밖으로 나가면 천사가 아니게 되는 겁니까?"라는 본질적 질문을 던진다. 급기야 화자는 "집 안에 있는 악마는 왜 집 밖으로 나가면 더 끔찍한 악마가 되는 겁니까?"라고 천사와 악마를 동일 선상에 놓는다. 화자의 발화는 성-젠더 체계가 만들어 낸 이데올로기를 강력하게 비트는 행위이다. 이는 젠더를 테크놀로지로 보는 드 로레티스의 '스페이스 오프'와 비슷하다.

예쁘니? 고민되더라니까, 진짜 질이랑 골반이 짱짱해진다잖니, 요실금에도 좋고, 자궁에도 좋고, 방광에도 좋다고 하니까…… 말하면서, 자꾸자꾸, 들여다보며, 예쁘니?

아직 한 번도 자식 낳아 본 적 없는 내 자궁에서 덜거덕 소리가 나고, 엄마 자궁에 번지는 검붉은 기운을 보며, 흙이 되어 가는 엄마 자궁을 보며, 울컥 불컥,

예쁘다……

―「예쁘니?」 부분

사람들은 여자를 전염병이라는 신발로 부르며 불태운다. 네 개의 손가락이면서 한 개의 젖가슴이며 없는 솥뚜껑인 여자는 불의 건너편이 되기 위해 우울에 빠시고 물의 선너편이 되기 위해 비명을 지르면서 와전되어 간다. 여자는 피해 다녀야 되는 사람에서 피해받았던 사람이 될 때까지 시간을 바늘로 찌르면서 견딘다. 처형장의 공기로 떠돌다가 원형 극장의 커튼콜이 되었을 때 사람들은 변명은 건너편 같은 것이라고 말했는데

―「건너편」 부분

「예쁘니?」의 시적 화자는 원래의 여성성은 아름다워야 한다는 강박에 사로잡혀 있다. 이렇게 형성된 강박은 엄마에 의해서이다. 그리고 엄마는 그녀의 엄마에 의해서 아름다운 여성성은 보호받는 것이라고 교육받았을 것이다. 이렇게 젠더는 보이지 않는 공간에서도 은밀하게 학습된다. 모녀는 산부인과 의자에 앉아 양다리를 활짝 열고 있다. 다리 벌린 자세로 화자의 엄마가 "예쁘니? 고민되더라니까, 진짜 질이랑 골반이 짱짱해진다잖니, 요실금에도 좋고, 자궁에도 좋고, 방광에도 좋다고 하니까…… 말하면서, 자꾸자꾸, 들여다보며, 예쁘니?" 여성성을 확인하는 질문을 한다. 이처럼 모녀의 대화에서 젠더가 끊임없이 생성을 거듭하는 것을 볼 수 있다. 계속되는 젠더의 생성과 재현은 남

자와 여자로의 구분을 명확히 한다. 사회적 강박은 엄마의 강박으로 발전하여 급기야 화자의 강박이 된다. 세대를 관통하고 가로지르는 강박 때문에 화자는 "엄마 자궁에 번지는 검붉은 기운을 보며" 이 땅의 가장 낮은 목소리로 중얼거린다. "예쁘다……"고. 하지만, 말끝이 흐려져 있다. 반은 비애이고 반은 저항이다. 이처럼 시인은 시적 화자를 통해 젠더에 균열을 일으키는 시도를 한다.

「건너편」에 형상화된 마녀사냥은 15세기 이후·유럽 사회를 장악한 기독교가 자신들의 기득권을 유지하기 위해 희생양을 찾으면서 시작되었다. 당시 기득권층은 종교 전쟁, 사회 기층민의 파국, 악화된 경제 상황, 페스트와 같은 전염병 등에서 위기를 느꼈다. 문제를 해결하려면 희생양이 필요했다. 어느 시대나 희생양은 사회적 약자였다. 당시 그곳의 약자는 인간을 성적으로 구분하고 의미화한 여성이었다. 자신들의 권력 유지를 위해 "여자를 전염병이라는 신발로 부르며" 혹독하게 고문을 가하고 불태워 죽였다. 참혹한 고문을 견디지 못하여 마녀로 지목된 여자들은 있지도 않은 마녀 회합에 참가한 사람들의 이름을 댔다. 처음엔 허구의 이름을 가르쳐 주었다. 그런 여자가 없다는 사실이 밝혀지자 더욱 참혹한 고문이 자행됐다. 그녀들은 결국 자신이 아는 이름을 말했다. 가족이나 친지였다. 마녀들이 늘어날 수밖에 없는 상황이 되었다. 수 세기에 걸친 광란의 춤에 수많은 여자가 희생됐다. 마녀가 전염병을 퍼뜨리고 사회를 파괴한다는 것은 기득권층이 만들어 낸 문화적 허구였다. 그러나 이 허구가 여성의 원죄로 각인되어 다음 세대의 유전자로 전달되었다. 따라서 시적 화자의 "여자는 불의 건너편이 되기 위해 우울에 빠지고 물의 건너편이 되기 위해 비명을 지르면서"와 같은 인식이 가능해진다. 오래전부터 젠더로 강제되었던 "처형장의 공기"가 철저하게 자기 검열을 하게 만든다.

예쁜 나를 낳고 싶은 날엔 구름으로 만든 얼굴과 뿔로 만든 충만과

부레와 나쁜 연애와 꼬리가 긴 도마뱀과 다리가 여섯 개인 바람을 옥상 난간에 널어 두고

태교에 좋은 베토벤의 운명을 들으며 유리를 깨뜨려 먹는다

내 뱃속에 거꾸로 들어선 나는 다리부터 꺼내져 탯줄이 목에 걸릴 운명!

죽음처럼 밀링밀탕한 틈 속에서 나를 꺼내면 식인종의 선홍빛 잇몸이 시작될 것이다

—「소문」 부분

젠더는 천성적인 것이 아니라 사회적인 것이다. 하지만, 화자는 젠더가 강요하는 여자는 예뻐야 한다는 강박에 사로잡혀 있다. '나'의 모습은 태성적인 것이지만, 다시 태어나고 싶다는 욕망이 강하다. 사회가 의미 지우는 기준을 자신의 기준으로 삼는다. 남성에 의한 이데올로기는 자신의 변화를 꾀하는 것으로 나타난다. 화자는 상상의 범위 안에서 "부레와 나쁜 연애와 꼬리가 긴 도마뱀과 다리가 여섯 개인 바람을 옥상 난간에 널어" 두는 주술적 상황을 만든다. 현실적으로 가능하지 않기 때문에 상상 속에서 만들어 내는 잉태가 눈물겹다. 자신의 모습을 "내 뱃속에 거꾸로 들어선 나는 다리부터 꺼내져 탯줄이 목에 걸릴 운명!"으로 인식하여 온전히 자신의 짐으로 떠안는다. 젠더가 가지고 있는 상징적 폭력을 화자는 절망적으로 진술한다. 따라서 여성 억압의 구축 과정이 여성의 종속 체계를 만든다는 것은 자명한 사실

이 된다.

이성을 중심으로 한 과학적 사고가 시작되면서 마녀사냥은 사라졌다. 이성적 세계관은 신으로부터의 해방을 의미한다. 그러나 젠더의 문제는 근본적으로 권력의 문제이다. 이런 이유로 자본주의 사회에서도 희생양이 필요하게 되었다. 남성적 지배는 이데올로기화되어 불평등을 만들어 낸다. 여성 억압이 공고화될수록 사회는 건강하게 작동하지 않는다. 성차가 너무 과잉되어 있다. '젠더'로 길든 육체에 대한 강박은 버려야 할 유산이다. 그러므로 권박은 시를 통해 세습되고 순환되는 젠더의 고리를 반드시 끊어야 한다는 당위성을 제시한다.

4. 회복을 위한 시간

젠더에 질문을 던지고 기록하는 순간, 사회는 새로운 모습으로 재편된다. 남녀 불평등은 건강한 실존을 위협한다. 비가시적인 것을 드러내고 확대해 담론화시킬 때 차별은 가시화될 것이다. 뒤틀린 이데올로기의 척추를 바로잡으려면 고통을 감수해야 한다. 여성은 여전히 차별 속에 살고 있다. 이것을 증명하기 위해 우리가 발을 딛고 있는 이곳을 정확히 보는 시각이 필요하다. 사회적으로 만들어진 불평등이 사회와 문화 속에 어떻게 박혀 있는가를 찾아내야 한다. 이렇게 가시화가 계속될 때 여성의 숨통을 조여 오던 젠더는 틀림없이 더 큰 균열을 만들게 된다. 여성의 어떤 아름다움도 강박에 의한 결과물이어선 안 된다. 여성이 억압에서 오는 비애와 우수를 견뎌야 할 아무런 이유가 없다. 균열을 내는 행위는 계속돼야 한다. 그러면 역사의 발전처럼 젠더 또한 변증법적 대립과 해결을 거쳐 경이로운 모습으로 등장할 것이다.

이소호와 권박은 시를 통해 페미를 기록하는 중이다. 이소호의 억압된 조형적 섹슈얼리티의 표정은 조밀한 권력에 맞선다. 한편 권박은

'젠더'로 길든 육체에 대한 강박을 통찰한다. 두 시인의 시적 도전은 젠더의 생성을 무너뜨리는 기제로 작동할 것이다. 시적 사유에 페미의 깃발을 꽂는 행위가 무모해 보일지 모른다. 그러나 비장미의 심연에서 솟아오르는 새로움이 있다는 것만으로도 의미 지울 수 있다. 두 시인의 시는 젠더에 새긴 낙인을 확인하는 과정이다. 과거의 마녀사냥이나 현대의 뒤틀린 이데올로기는 반드시 기록되어 확인해야 한다. 이 지난한 과정은 미래를 여는 악마적인 축복이 될 것이다. 여성의 멜랑콜리는 원인 모를 비애가 아니다. 탈젠더를 앞세웠을 때 멜랑콜리는 불가해함을 벗어날 수 있다. 이소호와 권박은 젠더를 거스르는 깃발을 선명하게 흔든다. 저 유용성이 슬프면서 아름답다. 우리 시단은 두 시인에 의해 예기치 않은 젠더라는 기습을 당했다. 누군가는 시적 낭만이 무너졌다고 한탄할 것이다. 하지만, 이토록 강렬한 시인의 시가 무엇인지 우리는 물어야 한다. 의식의 부재로 빈사 상태에 빠지지 않도록 가시화할 필요성이 있다.

이소호와 권박의 시는 페미를 회복하기 위한 아카이브이다. 차별을 기록하고 보관하는 과정에서 성적 구분의 문제가 얼마나 큰 잘못인지를 깨닫게 한다. 사회에서 구현되는 젠더는 현대적 삶을 힘들게 만든다. 심화된 감정 상태를 점검하고 우울에서 벗어나는 유일한 방법은 어떤 방식으로든지 깨어 있는 것이다. 사회와 문화 앞에 '깨어 있음'이 불평등의 사막을 건너는 힘이다. 젠더 의식으로 겹겹이 쌓인 역사의 지층을 해체하는 과정은 쉽지 않다. 우리는 모두 사회적 무게에 대항하는 힘을 길러야 한다. 두 시인이 손에 든 페미의 깃발을 쉼 없이 흔든다. 깃발이 노을빛처럼 붉다.

파편화와 고립의 시간
— 정영효와 박연준의 시

1. 구조의 변화

4차 산업은 기술의 융합으로 사회의 진화를 급속하게 이루어 냈다. 특히 인공지능과 로봇 공학은 세계와 상호작용을 하는 방식을 완전히 바꾸어 놓았다. 또한 산업화 이전의 공동체 속에 존재하던 자아를 완전히 무너뜨렸다. 이제 다수의 현대인은 물질문화의 변화를 따르지 못해 문화 지체 현상을 겪는다. 이러한 물질과 비물질 간의 속도 차이로 현대인들은 파편화되고 고립되는 시간이 늘어난다. 현대인들의 다수는 주체가 탄생하는 것을 극히 꺼리고 자기 정립보다는 익명의 존재로 남기를 원한다. 그리고 우리의 자아는 기술의 속도를 따라가지 못해 과거 회귀적인 태도를 보인다. 따라서 공동체 속에서 전체와 함께 했던 시절의 향수에 젖어 있다. 우리는 태어나면서부터 공동체의 일원이었기 때문에 익명의 존재였을 때가 없었다. 산업화 이전의 시대에 우리는 모두 자기 정립이 된 상태로 정체성이 분명했다. 하지만 산업화 시대에는 주체의 출현은 기대할 수 없게 된다. 주변으로 몰린 현대인은 혼자 있는 시간이 많았다. 우리의 시간은 고립된 순간에만 오로지 자기 것이다. 그러므로 주체의 파편화와 고립은 확장을 거듭한다.

파편화에 있어서 정영효(『날씨가 되기 전까지 안개는 자유로웠고』, 2023)의 시집에는 끊임없이 소외되어 불안해하는 현대인의 모습이 나타난다. 주체는 불안과 우울감에 젖어 무기력해지는 태도를 보이기도 한다. 시적 화자는 "누구의 무덤인지 모르고//우리는 주변을 돌고 있었다 죽고 나서 갖게 될 서로의 방향을 떠올려 보면서"(「능원길」)처럼 삶의 목적지를 구하기 위해 노력한다. 결국 도달하고야 말 무덤을 확인하는 과정이 멜랑콜리하다. 이러한 파편화는 "곳곳에 자리한다 모아 놓으려고 해도/다시 곳곳으로 나눠지기도 한다 들어 본 적은 없지만"(「구역」)과 같이 비슷한 사람끼리 나뉘어 구역을 만든다. 인위적으로 모아 놓으려는 시도는 끊임없이 실패하고, 나누어지는 것이 본성인 것 같은 모습이 속출한다. 주체는 모이지 않고 흩어져 자신의 문제에 골몰한다. 세상의 거대한 톱니바퀴에서 떨어져나온 주체는 압박에서 벗어난다. 그러나 주체가 바라보는 세상은 어둡고 짙은 안개 속이다.

한편, 박연준(『사랑이 죽었는지 가서 보고 오렴』, 2024)의 시집에는 삶의 과정에서 주체가 고립되는 현상이 자주 나타난다. 특별한 산업사회의 구조를 피할 수 없는 주체는 사회의 중압감을 견디기 위해 자신과 사물을 의식하며 존재를 드러낸다. 이러한 의식은 "방은 혼자다 벽에 걸린 여인은 혼자다 누운 여인은 혼자다 피를 통과해 도달한 몸이 밖을 향해 대가리를 내밀 때 태어나고 있는 우리는 혼자다"(「나는 졌다─나의 탄생」)와 같이 철저한 고립의 형태로 나타난다. 자기의 정립이 전체주의적 환경 속에서 드러나는 것이 아니라 세계에서 벗어나 혼자 있을 때 일어난다. 이런 점에서 보면 현대인은 익명적 존재로 스스로를 가두는 일에 익숙하다. 고립의 상태에서 시적 화자는 "고통이 휩쓸고 간 자리에 놓

인/나는 한 마리 첼로/작은 못들을 삼킨 첼로다"(「나는 하반신을 잃은 치마
—부서진 척추」)라고 진술하여 새롭게 자기 정립을 시도한다. 이처럼 박연
준의 시적 화자는 사회적으로 자신을 고립하고 은폐하는 존재이다.

　정영효 시의 주체는 파편화되어 자아를 확립시키고, 박연준 시의 주
체는 고립되어 자기 정립을 시도한다. 두 시인은 시적 주체가 산업사
회의 구조를 깨닫고 자기를 정립하는 과정을 보여 준다. 파편화되고
고립되는 현상을 자기 정립으로 삼는 방식이 동일한 선상에서 읽힌다.

2. 파편화의 시간—정영효의 시

　산업화는 공동체주의를 무너뜨리며 시작됐다. 이전의 우리는 공동
체 삶을 살았다. 공동체 안에서 우리는 전체 이익을 위해 하나가 되었
다. 그리고 개인의 '나'보다는 전체 속의 '내'가 강요되는 삶을 살았다.
반면에 산업화는 다양한 직종으로 나뉘고 쪼개져 분업화를 이루어 내
었다. 이 과정에서 우리는 '우리'라는 울타리를 벗어나기 시작한다. 이
러한 파편화는 폐쇄성으로 사회적 자아를 고립시키는 역할을 한다. 그
러나 파편화는 사회적 약자들이 자신의 정의를 추구하는 하나의 수단
으로 활용되기도 한다. 현대를 사는 우리는 파편화로 전체성에 대립하
면서 초월적 형태의 태도를 보인다. 이제 공동체주의가 가지고 있었
던 지배 이데올로기는 사라졌다. 사라져 텅 비어 버린 그곳으로 다양
한 자아가 타자와 충돌하며 파편화한다. 현재의 신자유주의를 기반으
로 하는 세계화는 끊임없는 욕망을 증폭시키기 때문에 더욱더 파편화
를 부추긴다. 힘의 논리 앞에서 무너질 수 없는 현대인들은 사회에 대
한 응전 양식으로 조각나 흩어진다.

　정영효의 시에서 파편화는 어떻게 나타날까? 그의 시에 등장하는
화자는 세계에 대한 호기심으로 가득 차 있다. 중심이 아니라 주변으

로 밀려나 있지만, 무언가에 열중하는 모습이다. 세상에 맞서는 하나의 의식적인 행동이라고 보아야 할 것이다.

구멍은 걷고 있었다
아이들이 거기에 손을 넣기도 하고

새가 집을 만들기도 하고 왜 하필 구멍이냐며 궁금해하는 이도 생겼지만

구멍은 구멍으로 충분히 보여 준 것
구멍은 알 수 없는 이유를 갖기도 하는 것

묻는 걸 몰랐을 때 벌어지는 입처럼 한쪽이 다른 쪽을 착각하면 캄캄해지는 것임을 구멍은 말하고 싶었으나

모든 구멍의 표정은 똑같고 그런 표정을 느낄 수 없어서
구멍은 걷기만 했다

좁은 골목이 내용이 될 때까지
내용이 곧 사라져 버리는 기억이 될 때까지

—「확장」 부분

심판은 사라지기로 했다 심판할 사람이 아무도 없는 곳에서 심판을 포기하기로 했다

심판은 확신했다 이것은 지금까지 없던 상황 마지막을 앞둔 기회 자신이

내린 결정 때문에 심판은 이해를 얻고 싶었지만 심판을 판단해 줄 사람은
아무도 없었다

앞으로 어떤 일을 마주할까 이런 미래도 심판이 될 수 있을까 결론을 보태
중간을 찾아내는 게 심판의 몫이라고 그는 오랫동안 생각했지만 이런 이야
기를 들어줄 사람은 아무도 없었다

그런데도 심판은 포기했다 혼자 선택하겠다는 약속을 지키기로 했다 자
신을 위로해 줄 사람은 아무도 없었지만 심판은 떠나기로 결정했다 많은
의심 속에서 심판의 일은 끝나고 있었다

계속 시도한다면 멈추기 힘든 다짐이 아무도 없는 자리를 지키기 시작했다
—「아무도 없다」 전문

「확장」의 시적 화자는 "구멍은 걷고 있었다"고 진술한다. 자본주의
사회의 욕망에 익숙하지 못한 파편화된 존재인 '구멍'은 거대한 산업
사회로부터 떨어져 나와 홀로 걷는다. 구멍이 자신을 성찰하기 위해 걷
고 있는데 "아이들이 거기에 손을" 넣으며 구멍의 생김새를 확인한다.
구멍은 아이들의 호기심 대상이 되지만, 아이들에 의해 하나의 가능성
을 확인한다. 구멍도 모르고 있었던 '새의 집'일 가능성을 찾게 된 것이
다. 구멍이 거대한 사회적 욕망에 압도당하여 회의가 밀려올 때 비로소
사회적 역할을 찾은 것은 다행이다. 전혀 본 적이 없었던 아이들에 의
해 삶의 이유를 찾게 된다는 시적 진리가 화자의 관찰자 시점에서 드
러난다. 자본주의 사회에서의 욕망은 "모든 구멍의 표정은" 똑같은 것
처럼 동일한 모습이다. 익명화될 수밖에 없는 사회에서 '구멍'은 무작

정 걸으며 자신을 찾는 행위를 거듭한다. 이러한 정체성을 찾는 방식으로 구멍은 걷는다. 걸으며 자신의 삶을 끊임없이 확장해 간다.

「아무도 없다」의 시적 화자는 "심판은 사라지기로 했다"고 자못 심각하게 말한다. 화자는 심판이 있는 곳은 아무도 없다고 독자에게 상황을 환기한다. 도대체 아무도 없다는 것은 무엇을 의미할까. 화자의 진술에 의문이 든다. 이성으로 신을 살해한 것을 의미하는가. 아니면 마르크스가 사용한 개념인 물화로부터 도피한 상태를 말하는 것인가. 어느 시각으로 보느냐에 따라 다양하게 해석을 열어 놓고 있는 화자의 진술은 자못 의미심장하다. 진술을 들여다보면 거대한 산업사회에서 벗어나 쪼개져 버린 현대인의 모습이 보인다. 화자는 심판은 확신했다고 말하지만, "이야기를 들어줄 사람은 아무도 없었다"는 진술 앞에서 독자는 의문을 품는다. 따라서 독자는 화자의 진술을 따라가며 자신과 사회에 끊임없이 질문을 던지게 된다. 그리고 사회를 의심하고 있는 자신을 만나게 된다. 아무도 없는 곳에서 화자는 "많은 의심 속에서 심판의 일은 끝나고" 있음을 진술한다. 그런데도 화자는 "아무도 없는 자리를 지키기 시작했다"고 진술하여 파편화된 현대인의 초상을 보여 준다.

이미 그는 외국인이다 어디로 가는 사람이지만 어딘가에서 온 사람

발음이 당신을 증명합니다 외모가 당신을 보여 줍니다, 라고 설명하지 않아도

누군가 가르쳐 주는 길을 겨우 알아들을 때 그는 조금씩 달라진다
여기가 빠를까 저쪽은 맞는 방향일까

계속 두리번거리는 얼굴에는 의견이 많아서 계속 밀려오는 선택을 모르는
척하다가

외국인은 무엇이든 정확하게 찾아야 하므로 발음을 먼저 꺼내 보고 자신과
외모를 합쳐 보며 그는 목적지로 향한다 시작한 곳에서 멀어질수록

—「외국인」부분

그는 자신의 개를 기다리는 중이다

소리 없이 찾아오는 늑대 때문에 목장을 지키려고 풀어놓았던 개 하지만
늑대를 따라가 버린 개

그가 잘 안다고 믿었던 개이자 어쩌면 제대로 몰랐던 개

그 개는 이미 개가 아니라 개를 닮은 늑대일 수 있고 늑대가 되고 싶은 개일
수도 있어서

이제는 돌아오지 않는 개가 되어 그와 마주한다

몰랐다는 것은 속았다는 것일까
속았다는 것은 지금부터 안다는 뜻일까

—「회유」부분

시적 화자는 「외국인」에서 파편화되어 길을 잃은 사람의 상황을 보

168

여 준다. 자본주의가 지향하는 욕망에서 벗어났는데, 길이 보이지 않는다. 물화된 시대가 가지고 있는 것들을 버리고 '그'는 떠났다. '그'로 지칭되는 우리는 타자화된 욕망을 버렸는데, 버리고 비어 있는 공간으로 길 잃은 '우리'가 있음을 보여 준다. 우리 시대의 문화를 벗어나자 "이미 그는 외국인"의 모습으로 방황한다. '그'는 시대의 이데올로기에 종속되기 싫어서 자발적 파편화의 길을 선택했다. 하지만, '그'는 살기 위해 자신을 증명해야 한다. 따라서 파편화된 사람은 '발음'과 '외모'로 자신을 증명하려 애쓴다. 사회의 중심에서 벗어나는 것은 물화에 종속되지 않는 것이다. 그러나 동시에 우리 사회의 외국인 즉 이빙인이 된다. 현대를 사는 사람들은 무엇 하나 확신하는 것이 없다. 이 사회가 가리키는 방향으로 움직일 뿐이다. 물화의 세계에 맞게 정해진 주거지에 살려고 삶을 소진하고, 타자화된 것들을 얻기 위해 시간을 낭비한다. 이런 것에 의문을 던질 때 우리는 외국인으로 바뀌어 존재를 드러낸다.

「회유」에 등장하는 '그'가 기다리는 개는 시대의 문화를 거부한 존재로 읽힌다. 시적 화자는 "소리 없이 찾아오는 늑대" 때문에 목장을 지키던 개가 늑대를 따라가 버렸다고 진술한다. 개는 자기의 순수자아를 찾아 떠난 것이다. 자신이 내면에서 요구하는 것들을 외면하고 타자를 위해 목장을 지키는 것에 회의를 품고 떠났다고 보는 것이 타당하다. 그러므로 순수 본능대로 살겠다는 개가 주인에게 돌아올 리 없다. 늑대를 따라간 곳에 개의 자유와 이상이 있기 때문이다. 우리는 태어나자마자 원하지 않았던 세계 속에 놓이게 된다. 따져 보고 분석한 끝에 얻은 결과가 아니다. 태어나자 이미 자본주의는 만들어져 있었고, 물화 중심의 문화는 몸집을 키워 가는 중이었다. 따라서 우리는 자본주의 벌판을 달리는 경주마가 된다. 시적 화자의 "몰랐다는 것은 속았다는 것일까"와 같은 의문은 시대에 대한 성찰이다. 이렇게 질문을 던지며 우리는 한 걸음 앞으로 나아간다. 우리가 세계에 가지는 깨달음은 "속았다는 것"이고, 그 연장선상에 깨달음이 존재한다.

바닥에 네모가 떨어져 있었다
여기로 함부로 들어오지 말라는 듯이

그것은 영역이라고 누군가 말했지만 바닥은 원래 모두의 것이므로 우리는 주인을 가릴 수 없었다

그것은 거대한 자국이기도 했지만 한 번에 움직이는 큰 형체를 떠올리기 어려웠고

(중략)

여기를 함부로 만들지 말라는 듯이
네모는 계속 굳어지는 중이었다

바닥을 회복할 때까지
관계를 모으면서 답을 찾을 때까지

뜻을 모를수록 뜻이 깊어지는
상상이 우리를 금지하고 있었다

―「차단막」 부분

사회의 기득권자들은 수많은 차단막을 만들어 자신의 영역에 타자를 들이지 않는다. 겉으로 드러나지는 않지만, 계급을 다양하게 나누어 자신들을 특수하게 만든다. 위 시는 기득권자들의 영역을 "바닥에 네모가 떨어져" 있는 것으로 표현한다. 미리 만들어 놓은 네모 안으로 들어가는 일은 쉽지 않다. 타당성과 설득력이 없지만 그들이 만들어 놓은 네모는 의외로 단단하다. 왜냐하면 기득권자들의 카르텔이 견고하기 때문이다. 이렇게 서로 같음을 거부하는 차단막으로 인해 현대인은 자신이 원하지 않았는데도 파편화된다. 원하지 않은 파편화는 "바닥은 원래 모두의 것"이라는 주장을 뭉개 버린 기득권자들로 인해 발생한다. 차별하려는 시노는 "거대한 자국"으로 남아 외형을 확장한다. 우리가 서로 같다는 인식이 공유된다면 굳이 파편화하려 하지 않을 것이다. 파편화는 사회적 소수자가 시대를 향해 던지는 상생의 구호이다. 따라서 화자는 네모를 끊임없이 바라본다. 시적 화자는 네모와 기득권자를 동일시하며 "답을 찾을 때까지" 한 공간에 머물러 있다.

정영효 시인의 파편화는 시적 화자의 행위에서 나타난다. 산업사회가 추구하는 욕망의 층위에서 시적 화자는 존재를 지속하고 보존하는 방법으로 행동한다. 현대인은 사회적 욕망이나 이데올로기에 희생당하는 존재가 아니라 순수자아를 찾아가는 행위로 파편화의 시간과 관계를 맺는다.

3. 고립의 시간-박연준의 시

현대인은 산업사회가 지향하는 욕망에 희생당하거나 사회적 압박을 받으면 스스로 고립을 선택하기도 한다. 사회적으로 자신을 고립시켜 자아의 안전을 도모하려는 방어기제가 나타나기 때문이다. 산업사회가 지향하는 욕망이 두려워 밖으로 나가기를 거부하는 청년들도 존재한다. 그들은 자기가 거주하는 공간에 은둔 상태로 오랫동안 고립되어 있다. 이처럼 은둔형 고립 상태에서 공간을 벗어나지 않는 청년도 있지만, 사회적 폭력에 대한 대응으로써 스스로를 고립시키는 현대인도 있다. 따라서 고립은 산업사회가 추구하는 욕망의 그늘이다. 때로는 홀로 세상과 대결하는 태도이기도 하다. 사람들은 사회와 단절한 후 홀로 떨어져 자신만의 세계를 만든다. 그리고 자신만의 방식으로 세계에 대결하는 자세를 취한다. 급변하는 산업사회의 변화에 적응하기 위해 사람들은 치열한 노력을 기울인다. 변화에 적응하지 못하고 놓치거나 제외되는 것의 두려움을 현대인들은 가지고 있다. 다른 사람에게 뒤처질 수 있다는 두려움이 불안을 증폭시킨다. 이러한 증후군에 시달리면서 현대인들은 고립을 견딘다.

박연준의 시는 현대사회 속의 고립을 진술한다. 시인은 고립을 진술함으로써 현재를 견디는 소수자 편에 선다. 단단하게 조여오는 물질문명의 압박 속에서 피할 수 없고, 마침표를 찍을 수 없는 감정을 고발한다.

나는 하루 종일 나를 부숴
즙이 되도록
가루가 흩날리도록
어깨와 골반, 마음을 생각하지 않고
나는 하루 종일 나를 부숴

그다음,
나는 하루 종일 나를 찾아
책상에도 부엌에도 침실에도 오븐 속에도

후추와 소금에도

없는 나를,

(중략)

합체가 아니라면 해체를 위해

나는 하루 종일 나를 부숴

종일

나 없이 전부인

나를

없는 나를 위해

전부 다 해

―「소금과 후추」 부분

나를 사세요

한 묶음 더 드릴게요

바짝 말렸어요 가져가기 좋게요

무겁진 않을 거예요

더는 시들 일도 없어요

구기면 구겨지고

접으면 접힙니다

날리면

날아가죠

(중략)

입에 맞으면 마시고
비위가 상한다면
뿌려 주세요
늙은 왕비들이 숨어 죽은 화단 같은 데,

봄이 되면 묽게
묶음으로

날아다닐 거예요
　　　　　　　　　　　　　　—「나는 당신의 기일(忌日)을 공들여 잊는다」 부분

　「소금과 후추」의 화자는 "나는 하루 종일 나를 부숴/즙이 되도록"
만든다. 화자가 하는 일은 자신을 파괴하는 것밖에 없다. 사회 안에 존
재하는 것에 대한 기쁨이 없고, 일에 대한 목표 의식이 없다. 이런 것
이 없는 상태에서 화자는 "어깨와 골반, 마음을 생각하지 않고" 하루
종일 자신을 부수기에 바쁘다. 결국, 사회적 소수자들은 산업사회의
압력에 처참히 무너져 내린다. 이렇게 무너져 내리자, 정신적 고립은
더욱더 심해진다. 이제 사회적 소수자들은 사회 속에서 자신을 정립할
수 없는 상태에 이른다. 목적을 세우고 추구할 수 없는 행위의 기능은
작동되지 않는다. 지향점이 없는 소수자는 근본적인 결핍의 문제에 직
면한다. 화자가 자아를 소유하는 게 아니라 자기 안의 자아는 이미 사

라지고 없다. 화자는 이러한 절박한 상태에서 "나는 하루 종일 나를 찾아" 끊임없이 보헤미안처럼 떠돈다. 소멸한 자아는 "책상에도 부엌에도 침실에도 오븐 속에도" 없는 존재이다. 화자는 존재론적 위기에 직면해 정신이 붕괴한 상태를 맞이한다.

「나는 당신의 기일을 공들여 잊는다」의 화자는 사라진 자들에 대해 애도한다. 그런데 애도의 방식이 "나를 사세요"처럼 매우 가학적이다. 화자는 자본주의 사회에서 모든 것은 매매할 수 있다는 물화 특징을 터득했다. 자신 또한 상품의 대상으로 보고 세상을 향해 외친다. 오직 이곳은 사는 사람과 파는 사람의 관계만 지속될 뿐이다. 화자는 자신뿐만 아니라 자신과 같은 부류의 사람들을 "한 묶음 더" 준다고 외친다. 자신을 대상화하자 "구기면 구겨지고/접으면" 접히는 물적인 상품이 된다. 화자는 개인의 불행에 관심이 없는 물화된 세계에 대고 노골적인 표현으로 당부한다. 만약 '나'라는 상품이 "입에 맞으면 마시고", 그렇지 않고 "비위가 상한다면" 마음대로 버려도 좋다고 말한다. 시의 문장에서 물화된 사회의 욕망을 꿰뚫어 진술하는 모습이 연속적으로 발견된다. 시인이 시적 화자를 통해 우리 사회를 떠받치고 있는 물화의 가치를 읽어 내고 진술하는 방식이 특이하다.

침대에 앉아 바지를 벗고 양말을 벗으며
나를 찾는다
부풀거나 야윈, 나라는 조각들
발치에 개켜 두고

찾는 것은 나,
찾는 사람도 나

책상 위에 접혀 있는 것

변기 속으로 빨려 들어간 것

고양이가 핥아먹은 것

모두 다 나

무너지는 산을 등으로 막아야 하는 것도

나,

—「저녁엔 얇아진다」 전문

이제 누구도 혼자 있는 법을 알지 못한다

혼자와 손가락,

혼자와 클릭,

혼자와 드래그,

혼자와 사이버,

혼자와 디지털,

혼자와 세계는 결혼한다

혼자는 글로벌이다

혼자는 배고프지 않고

배부른 세계를 본다

혼자는 울지 않고

우는 세계를 본다

혼자는 잠들지 않고

잠든 세계를 본다

혼자는 세계를 지향하고 세계는 혼자를 지양한다

—「혼자와 세계」 부분

「저녁엔 얇아진다」에서 고립은 "침대에 앉아 바지를 벗고 양말을 벗으며/나를 찾는다"로 나타난다. 시적 화자는 하루의 고단한 시간을 보내고 집으로 돌아와 바지를 벗는다. 물화의 사회에서 힘겹게 '나'와 함께 보냈을 바지는 일상이 힘겹다. 그리고 물화의 거리를 걸었던 양말을 벗으며 화자는 자신이 사라진 것을 느낀다. 모든 것이 도구화되는 물화의 세계에서 "부풀거나 야윈, 나라는 조각들"이 허물처럼 발치에 던져져 있다. 화자는 자아가 익명화되어 존재하지 않는 것을 발견한다. 사회 안에 있어야 할 '내'가 없다는 것은 심각한 문제이다. 따라서 화자는 "찾는 것은 나,/찾는 사람도 나"와 같이 자아에 집착한다. 주변으로 밀려나면 안 된다는 걱정이 이제는 사회 안에서 자신을 실종하게 만든다. 어떤 행위를 해야 자아의 존재감을 드러낼 수 있을까. 고민이 깊어지지만, "변기 속으로 빨려 들어간 것"이 자신임을 깨닫게 된다. 화자는 자기 존재의 역할이 없음을 확인한다. "무너지는 산을 등으로 막아야 하는" 현실 앞에서 우리는 소수자가 지니는 의미를 생각할 수밖에 없다.

「혼자와 세계」에서 화자는 고립을 극복하는 방식으로 유비쿼터스 시대의 일상을 예로 든다. 그것은 한마디로 "이제 누구도 혼자 있는 법을 알지 못한다"는 것이다. 현대인들은 사회에서 익명화되고 고립되었지만 활발하게 연대하고 있다는 착각에 빠져 있다. 우리는 고립된 현실을 착란시키고자 "혼자와 손가락,/혼자와 클릭,/혼자와 드래그"를 하기에 바쁘다. 이런 행위로 사이버 공간에서 위로받는다. 위태로운 삶의 현장만큼이나 가상공간은 치열한 경쟁이 이루어지는 세계이다. 우리는 이렇게 "혼자는 글로벌"이라는 것을 자신에게 각인시킨다. "혼자는 배고프지" 않지만, 혼자는 우울하기만 하다. 그리고 "혼자는 울지" 않지만, 저 너머에서 "우는 세계를" 볼 수밖에 없다. 현대인은 닫힌 시공간으로 달려가기를 시도한다. 우리의 현실 너머에 상처를 치유해 줄 세계가 있다고 믿기 때문이다. 하지만, 그렇게 바라는 세계는 어디에도 존재하지 않는다. 현대인은 혼자는 약하기 때문에 가상공간 속에서 자신을 확장하려는 노력을 보인다. 그러나 가상공간은 우리에게 잠시만의 위안을 줄 뿐이다.

외로워요, 누군가 말하자
채찍을 든 지구봇(bot)이 등장합니다

외로움은 이상한 속도로 기우는 감정.
지구는 위험에 처한 작은 주머니.
손끝에서 벌어지는 골무처럼, 위험에 처한 작은 주머니.
당신의 지구를 구하세요.
세상에서 가장 작은 동그라미를 그리세요.

침대가 둘, 방석이 셋, 양말 여러 개
그런 걸 세다가 사라지는

동그라미를 그리다 지친 사람들이
무릎을 꿇고 앉아 땅을 더듬습니다

떨어지는 눈물방울은 너무 크고,
점을 찍는 건 반칙입니다
시작점을 찾아 원을 그려야 합니다

지금 내 다리는 하나
여기와 저기에,
빔이 오고 밤이 가는 사이 헤어졌거든요

—「구원」부분

　　"외로워요, 누군가"라고 말할 수밖에 없는 물화의 세계가 너무 커졌다. 세계가 신자유주의라는 새로운 방식으로 힘을 행사한다. 사회적 소수자에게 기회를 준다고 속삭이지만, 사실은 힘에 의한 억압을 합법화하는 것이다. 그러므로 세상은 커지면 안 된다. "외로움은 이상한 속도로" 기울지 않도록 가능한 한 작아져야 한다. 미래는 지역 단위의 작은 동그라미가 그려져야 소수자는 존재론적 가치를 발현할 수 있게 된다. 우리는 이제 "세상에서 가장 작은 동그라미를" 그리는 데 주저함이 없어야 한다. 물화의 세계에 널려 있는 "침대가 둘, 방석이 셋, 양말 여러 개"를 세는 것으로 위로받아선 안 된다. "떨어지는 눈물방울"이 너무 큰 것은 소수자의 몰락이 지속되기 때문이다. 잔혹한 물화의 폭력성을 극복하기 위한 대책이 필요하다. 그것은 이 시에서 "시작점을 찾아 원을" 그리는 비유로 나타난다. 세계가 커질수록 사람은 작아진다. 세계의 중심에 소수자는 없다. 따라서 작은 세계의 지향만이 소수자가 살아남기 위한 인정투쟁이 가능해진다. 작은 것들을 세상의 중심에 놓았을 때 우리는 구원받을 수 있다.

현대인의 고립은 이성에 의한 것이다. 이성으로 구현한 산업사회는 우리가 의지했던 것들을 모두 무너뜨렸다. 이를테면 신이라든지 자연 등이 그것이다. 신 앞에서의 겸손이나 자연 앞에서의 경이로움 같은 것은 이미 잊은 지 오래다. 신은 인간이 만들어 낸 발명품에 지나지 않고 자연은 개발의 대상에 지나지 않는다. 이렇게 무너진 것들 안에서 인간은 고립되어 고통을 겪는다.

4. 존재 방식

지금 여기는 물화가 지배하는 사회이다. 인간의 사회적 관계는 생산물에 대한 행위로 맺어져서는 안 된다. 그러나 현실은 순수한 사회적 관계를 맺는 것이 아니라 사물과 같은 방식으로 관계를 맺는다. 이러한 사회적 특징으로 인해 우리는 파편화되고 고립될 수밖에 없다. 우리는 서로의 존재에 대해 인정하고 그 자체로 관계를 맺어야 한다. 그러나 현대인의 모든 행위는 사물 세계의 법칙을 따라 사유하고 행동한다. 물화의 세계 속에서 발견되는 것이 상품이라면, 그 상품으로 관계 맺는 것을 당연시한다. 이러한 영향으로 우리 삶은 물화를 중심에 놓고 모든 이해와 관련짓는다.

정영효 시인의 시적 존재 방식은 물화의 특징을 확인하고 자아를 확장하는 데 있다. 시적 화자는 지금 이곳을 떠나 본래의 자신을 찾아간다. 주체가 바라보는 세상이 어둡고 우울할수록 분명한 의지로 행동한다. 현재를 확인하고 성찰하는 자세는 자연스레 미래를 예견한다. 따라서 시적 화자의 자발적 파편화는 자기를 정립하는 의지이다.

반면에 박연준 시인은 물화의 세계에서 시적 화자가 어떻게 행위를 하는지로 존재 방식을 드러낸다. 하루 종일 자신을 찾아 헤매다가 자신을 학대하기도 한다. 자신을 찾고 자신을 부수는 행위는 고립된 자의 몸부림이다. 이러한 몸부림으로 자기를 정립하는 태도가 물화의 세계에 대한 응전이다. 결국 그는 구원의 방식으로 작아지는 세계를 설정한다.

기술의 융합에 의한 사회의 진화는 인간을 파편화와 고립의 공간에 갇히게 했다. 상품이 진열된 공간 전체는 물신을 숭배하는 사람들로 꽉 차 버린다. 이런 의미에서 물화는 신앙이 되어 버렸다. 물화의 거리에는 상품이 넘쳐나고 상품이 인격체가 되어 거리를 활보한다. 현대인의 존재 빙식은 물화라는 유령을 좇는 추종자로만 드러난다. 이것은 심오한 물화 속에서 이룰 수 없는 행복 찾기 게임이다.

퀴어, 무지개 깃발을 흔들다
—김현의 시*

> 어느 신이 감히 네 심판관이 되랴, 레스보스여,
> 그리고 고통 속에 창백해진 네 이마를 벌하랴,
> 네 냇물이 바다에 퍼부어 놓은 눈물의 홍수를
> 그의 황금 저울로 달아 보지 않았다면?
> 어느 신이 감히 네 심판관이 되랴, 레스보스여?
> —보들레르, 「레스보스」 부분

0.

보들레르가 프랑스 법원으로부터 삭제 명령을 받은 시 「레스보스」
에서 보여 준 퀴어의 욕망은 인권이다. 그러니 이성애 이데올로기로
동성애자에게 호모포비아하지 마라. 이제 퀴어들은 조작과 의심으로
황폐해진 가스라이팅을 딛고 처연히 일어선다. 더 이상 인권이 무너지
는 낡은 커버링도 하지 않는다. 그러므로 김현이 우리 시단에 던진 시
적 퀴어 퍼레이드는 닫힌 사회를 여는 시작일 뿐이다.

1. 퀴어 퍼레이드의 슬픔

2020년 서울 퀴어 퍼레이드가 코로나 19 확산 방지를 위한 지침에
따라 온라인 방식으로 개최되었다. 퀴어 퍼레이드는 호모포비아의 대

---

*김현의 시집 『글로리홀』(문학과지성사, 2014), 『입술을 열면』(창비, 2018), 『호시절』(창비,
2020)에 발표된 작품들을 대상으로 한다. 이 글에서 다루게 될 김현의 시는 언급한 세 권의
시집에 담긴 작품들이다.

상이었던 성소수자들이 연대를 느낄 수 있는 장이다. 행사를 통해 피어나는 공통의 기억이 찬란한 무지개로 하늘에 걸린다. 그것은 하늘과 땅에 만화방창 피어난 인권이다. 한 번도 경험해 보지 못한 낯선 세상에 피워 올린 자긍심이다. 이것이 서울 퀴어 퍼레이드가 특별한 이유이다. 퀴어들은 오늘도 자유와 평등을 위해 무지개 깃발을 흔든다.

시적 퀴어 퍼레이드에 있어서 김현은 보들레르가 긍정과 부정을 각각의 시편에 보여 준 것과는 다른 모습을 띤다. 그는 시적 화자를 통해 "매대에 놓인 팬티를 사서 커플 팬티로 삼자/순두부와 가자미와 영양부추를"(「가장 큰 행복」) 사 오는 일상이거나, 아니면 "인권을 생각하자/항문 섹스는 우리 껍니까?"(「인권」)처럼 질문하는 존재다. 퀴어들도 이성애자들처럼 커플 팬티를 산다. 커플 팬티를 입는다는 것은 그들도 이성애자들과 동일하다는 의미이다. 커플 팬티와 찬거리를 사면서 이성애자들이 행복해하는 것처럼 그들도 행복해한다. 따라서 성 정체성이 다르다고 호모포비아하는 것은 인권을 짓밟는 행위이다. 시적 화자는 항문 섹스는 인권이라고 본다. 이처럼 김현의 시적 주체들은 낙인찍힌 사람들이 자신을 커버링하는 것을 극도로 경계한다. 그리고 모호하거나 관념적이지 않다. 김현의 시는 퀴어적 욕망을 현실 그대로 재현한다. 그래서 그는 구체적인 발화로 시적 상황을 생동감 있게 만든다.

저는 여성이자 성소수자인데
제 인권을 반으로 가를 수 있습니까?

반으로 갈라진 것을 보면
소금을 뿌렸다

상하지 말고 살아

언니가 말했다

언니에게는 파란 접시가 있고

나에게는 씨앗이 있어서

우리는 그걸 합쳐 두길 좋아했다

　　　　　　　　　　　　　　　—「생선과 살구」 부분

　사람들은 좀처럼 차이를 인정하지 않는다. 자신과 다르다는 이유로 상대를 낙인찍는다. 이성애자들이 보았을 때 성소수자들은 위험한 존재들이다. 그러므로 그들은 성소수자에게 낙인을 찍고 조롱하며 위협을 가한다. 이처럼 존재론적 위협이 가해지는 상황이 지속되면 퀴어의 '인권'은 존재할 수 없다. 생선을 반으로 갈라 상하지 않게 소금을 뿌리듯이 성소수자들은 상하지 않게 자신의 몸에 소금을 뿌려야 한다. 짠 소금을 뿌릴 때마다 상처 입은 영혼은 견딜 수 없는 통증에 시달린다. 퀴어라는 사실에 대해 자긍심을 가져야 하는데 현실은 자신을 숨겨 발견되지 않는 쪽을 선택한다. 지나간 시간이 그랬다. 이성애자들로부터 낙인찍힌 퀴어들은 낙인이 두드러져 보이지 않게 커버링할 수밖에 없었다. 이성애자들이 성소수자들을 가스라이팅하며 온갖 폭력을 행사하면 그것을 감내해야 한다. 그러나 성 정체성이 다르다는 이유로 영원히 자신을 은폐하거나 커버링할 수는 없다. 그것은 유한하며 한시적일 뿐이다. 이성애자들이 차지한 이 공간에서 자유롭게 숨을 쉰다는 것도 쉽지 않다. 더는 낯선 곳에 버려진 미아처럼 무한정 광활한 공간을 떠돌 수는 없다.

　김현의 시적 퀴어 퍼레이드는 성소수자들이 우리 시대를 함께 살아가는 방식을 노래한다. 성소수자의 삶은 호모포비아의 폭풍에 가라앉는 침몰선이다. 이성애 이데올로기에 커버링을 한 채 눈치를 봐야 한다. 2020년 한 해 동안만 해도 커밍아웃을 한 변희수 하사가 강제 전역을 당했고, 숙명여대에 합격한 A씨는 트랜스젠더라고 커밍아웃을 한 후 폭력적 호모포비아 때문에 입학을 포기했다. 김현의 시 행간마다 이들의 '인권'이라는 퀴어적 욕망이 꿈틀거린다.

2. 호모포비아의 시간―혐오와 낙인

혐오는 오랜 시간 우리를 지키는 방어기제로 작용했다. 뱀처럼 독을 가진 동물이나 식물들은 우리의 생명을 과거부터 현재까지 위험에 빠뜨렸다. 너무 많은 사람이 독에 의해 목숨을 잃거나 고통당했다. 인간은 우리의 생명을 앗아가는 것들을 유전자로 전달하며 혐오했고 낙인을 찍었다. 따라서 우리가 뱀과 독버섯을 혐오한 것은 자연스러운 현상이다. 이처럼 혐오는 타자로부터 자신을 지키기 위한 오래된 방어기제이다. 이러한 혐오는 자신을 위협하는 한 대상에서 다른 대상으로 확장된다. 혐오의 확장은 발전을 끊임없이 거듭해 왔다. 자아로 환원되지 않는 낯선 것들까지 우리는 감정을 투사시켜 혐오하기 시작했다. 낯선 것은 잘 모르는 존재이기 때문에 위험하다. 언제 어떻게 우리의 생명을 위협할지 모른다는 생각 때문이다. 퀴어를 향한 혐오도 같은 맥락에서 볼 수 있다.

이성애자들의 투사적 혐오는 퀴어들에게 향한다. 이성적으로 그들을 분석하고 비판하는 것이 아니라 투사적 혐오의 대상으로 무조건 낙인찍는다. 퀴어를 이해하려 한다든지 그들의 정체성에 귀 기울이지 않는다.

허나

형들의 사랑을 사랑이 아니라고 말하지 말아요

그들의 인생이 또한
영혼의 궁둥이에 붙은 낙엽을 떼어 주는 것이며

그들의 인생이 또한
자식새끼 키워 봤자 아무짝에도 쓸모없다
속 깊은 것이기 때문이지요

하느님
형들의 사랑을 보세요

—「형들의 사랑」 부분

맞는 바지가 없어
그는 태어나 처음 있는 일을 고하고
우리는 가난한 게이들이야
그도 대꾸한다
우리는 가난한 노동자들이지
그 역시 대답한다
바지를 아껴 입자
잠자코 있던 그가 말한다
우리는 거짓이 없어 적막하고
온도 좀 높여 봐
죽은 사람들이 나를 찾아왔어

—「빛의 뱃살」 부분

시의 화자는 "형들의 사랑을 사랑이 아니라고 말하지 말아요"라고 간곡히 당부한다. 이성애자의 눈으로 바라보았을 때 퀴어의 사랑은 혐오스러울 수 있다. 하지만, 화자는 퀴어의 사랑을 사랑이 아니라고 단정 지어 말하는 것에 동의하지 않는다. 이성애자의 사랑이 순수하다면 퀴어의 사랑도 순수하다. 이분법적인 사고나 흑백의 논리로 사랑을 재단하는 것은 위험하다. 이성애자의 사랑은 "자식새끼 키워 봤자 아무짝에도 쓸모"없는 결실을 본다. 그러나 퀴어의 사랑은 애초부터 결실을 볼 수 없는 사랑이기 때문에 "속 깊은 것"으로 귀결된다. 보들레르가 일찍이 퀴어의 사랑이 결실 없는 사랑이라고 정확히 지적했듯이 김현 또한 깊은 시각을 보여 준다. 화자가 하느님을 찾는다. 어쩌면 하느님의 실수를 확인하고 싶은지 모른다. 당신이 실수로 만든 퀴어의 사랑은 더없이 순수하다. 그런 이유로 시적 화자는 "하느님/형들의 사랑을 보세요"라고 속말을 한다. 퀴어의 사랑은 '자식'이라는 결실이 없음으로 더욱더 순수하다. 오직 사랑을 위한 사랑이 퀴어하는 "형들의 사랑"이다.

동성이 동성에게 사랑을 고백하는 행위는 문화의 압박을 받는다. 때로는 살해의 위협에 시달린다. 그러니 퀴어들은 오랜 시간 파편화되어 숨어 있는 존재일 수밖에 없다. 화자는 호모포비아의 억압에 맞서 "태어나 처음 있는 일을" 고하는 게이를 본다. 그들의 사랑만큼이나 생활도 위태롭다. 퀴어의 사랑이 좀 더 아름다워지기 위해서는 물질적 바탕이 보장되어야 한다. 그러나 이들의 조심스러운 대화 "우리는 가난한 게이들이야"처럼 경제적 삶은 남루하다. 사랑이 폭죽처럼 힘있게 폭발하려면 경제적 뒷받침이 필요하다. 이처럼 퀴어들은 이중의 소수자로서 현재를 힘겹게 견딘다. 따라서 게이들은 "바지를 아껴 입자"고 서로 다짐한다. 물질이 넘쳐나는 세상에서 "바지를 아껴 입자"는 이들의 다짐은 안쓰럽기까지 하다. 이성애자의 사랑이 소중하다면 퀴어의 사랑도 소중하다. 이것이 자유이며 평등이다. 그러므로 생산 가능하지 않은 사랑이라고 가스라이팅하면 안 된다. 가치가 없는 존재는 없다.

> 항문 섹스도 인권이냐
> 인권에 대하여 항문을 고려하는 밤
>
> 아, 슬픈 조국의 후장이라는 말을 또한 해 보는 것이다
>
> 자지?
>
> 어느 날 밤에 어디서
> 두 눈을 똑바로 뜨고
>
> 엄마 때문에 죽고 싶다는 동성애자를 먹으며
> 죽여 버려 엄마를
>
> ―「순수문학」 부분

똥구멍에 버드와이저가 쑤셔 박힌 앤디 할아버지의 시체를 발견한 건 나였다. 나는 랑베르 공원의 퀵보이. 퀴퀴한 거미줄 냄새를 풍기던 로베르토 신부님의 자지를 1분 안에 해치우고 내가 나에게 붙인 별명이다. 원래 이름은 앤디. 앤디 워홀이다. 펀치 드렁큰 먼로였던 마미의 머릿속에서 나온 생각이다. 구역질 나오게 촌스럽다. 나도 안다. 1963년. 나는 미소년 다섯 명에게 자지를 빨리는 한 남자의 얼굴을 찍어 영화로 만들 계획이다. 그리고 아흔아홉 살이 되는 밤. 나는 랑베르 공원에서 죽을 것이다.

> ―「블로우잡(Blow Job)」 부분

이성애 이데올로기 시각으로 퀴어의 사랑을 보면 더럽고 혐오스럽다. 그렇기 때문에 날것의 "항문 섹스도 인권이냐"는 질문이 가능해진다. 화자는 퀴어들의 존재 자체를 위협하는 이 질문을 슬며시 비껴간다. 아니 조심스럽게 "인권에 대하여 항문을 고려하는 밤"이라고 에둘러 대답한다. 집단적으로 형성된 저 혐오가 두려울 수 있다. 모호한 증오에 직접적으로 노출되는 것을 꺼리는 것은 당연하다. 하지만, 화자는 "두 눈을 똑바로 뜨고" 단호해진다. 그들의 사랑을 위해 집단으로 형성된 혐오에 맞선다. 화자가 퀴어의 존재를 스스로 각인하며 성 정체성을 거칠게 드러낸다. 이성애자들의 세계에 대항해 "죽여 버려 엄마를" 단호하게 외친다. 이 단호함은 혈육이라 해도 퀴어의 정체성을 인정하지 않는다면 맞서야 한다는 의지이다. 퀴어적 욕망은 한 세계로부터 탈출하고 다시 새로운 세계를 열기 위한 몸부림으로 뜨겁다. "항문 섹스도 인권이냐"는 날것의 질문이 끊임없이 확장을 거듭한다.

결국 부단한 혐오의 증폭은 처참한 결과를 맞이한다. 증오는 성 정체성을 달리하는 퀴어들을 범주화시켜 놓고 폭력을 낳는다. 극단적인 이성애자들은 '너희는 우리와 다르므로 죽어 마땅한 존재들이다'라거나 '세상이 깨끗해지려면 없어져야 한다'는 식의 생각을 한다. 확장되는 멸시와 폭력은 화자의 "똥구멍에 버드와이저가 쑤셔 박힌 앤디 할아버지의 시체를 발견한 건 나였다"는 진술에서 드러난다. 이렇듯 살인 행위도 정당화되는 현실에 퀴어들은 노출되어 있다. 퀴어들이 타자의 범주에서 벗어나기는 어려운 것일까. 퀴어의 출현이 세계를 위협하지 않는데도 증오는 식을 줄 모른다. 이성애자들은 동성인 "로베르토 신부님의 자지를 1분 안에" 해치우는 성행위를 혐오스럽게 본다. 성적으로 결여되고 변태스럽다는 인식은 타자의 범주에 퀴어들을 붙들어 매 놓는다. 응축된 혐오가 있는 곳에 폭력은 끝없이 양산된다.

호모포비아의 시간은 길었다. 이성애자들은 퀴어의 사랑을 잘 모른다. 모르기 때문에 매우 낯설고 위험한 사랑으로 낙인찍는다. 올바른 이해 없이 퀴어들은 우리 사회의 이방인이며 모호한 존재로 살아간다. 정확하고 섬세하게 퀴어를 이해하지 않는 이상 그들은 언제나 위험한 존재들이다. 그렇기 때문에 성소수자를 범주화하고 타자화하여 목숨을 앗아 가기도 한다. 퀴어들은 위험하고 열등하다는 생각이 증오와 혐오를 불러일으킨다. 이성애 이데올로기는 집단적인 혐오로 분출된다. 퀴어들은 우리 사회에 죄를 지은 죄인이 아니다. 다만, 이성애자들과는 다른 성적 지향과 성 정체성을 가지고 있을 뿐이다. 그러므로 그들이 흔드는 무지개 깃발은 자유이고 인권이고 평등이다.

3. 이성애 이데올로기로서의 폭력

이성애는 생물학적 성이 다른 사람에게 성적으로 매력을 느낀다. 절대다수의 사람들이 이성애자들이다 보니 성에 있어서 이성애를 진리인 것처럼 인식한다. 하지만, 이성애는 진리가 아니다. 퀴어들은 생물학적 성이 같은 사람에게 성적으로 끌리고 성적 행위를 갈망할 뿐이다. 이성애자들은 자신과 다른 성적 지향을 가지고 있는 동성애자와 양성애자들을 이해하지 못한다. 그뿐만 아니라 무성애자와 범성애자 그리고 트랜스젠더 등 성소수자를 증오하고 멸시한다. 이성애자들은 이성애 주의를 강화하여 이성애 이데올로기를 갖는다. 따라서 이들은 이성애를 벗어난 성적 지향을 일탈로 보고 심지어는 범죄자 취급한다. 이러한 증오는 일부 종교인들까지 합세하여 끊임없이 증폭되고 확장된다. 혐오와 증오의 대상이 된 퀴어들은 협박과 살해 위협에 노출되기도 한다.

퀴어들은 사회에 죄를 짓지 않았는데, 성적 지향 또는 성 정체성이 다르다는 이유로 범죄자로 낙인찍힌다. 하지만, 이들에게도 가슴 복판으로부터 솟아오르는 지순한 사랑의 감정이 있다. 퀴어들의 사랑도 눈 덮인 숲속에서 붉은 꽃을 피울 줄 안다. 그들만의 군락을 이뤄 사랑을 모자이크하기도 한다. 오늘 밤도 그 순수한 향기가 밤하늘의 별자리로 빛난다. 혐오주의 발언에 맞서 퀴어 퍼레이드가 시작되었다. 천둥 번개를 동반한 폭우가 쏟아진 후 무지개는 더욱 아름답게 빛난다.

어떤 대중가요는
마법을 믿나요라는 말로 심장을 흔들리게 한다
어떤 대중가요가 마법을 믿나요 같은 말로 겹쳐진 손가락을 고정할 수
있니

어떤 남자는
운명을 믿나요라는 말을
어떤 남자가 운명을 믿나요
같은 말로
어떤 순간의 붉은 입술을 움직이고

어떤 대중가요는
영원을
믿나요 같은 말로 꽃을 피운다
　　　　　　　　　　　　—「너는 순종을 가르쳐 주고」 부분

하얀 그리스도상 앞에서
마음의 중심이라 할 수 있는 곳에서
그들은

피복이 벗겨진 입술을 벌렸다
핥았다 흘렀다
따뜻하고 귀가 묵직하게 조용해졌다
눈이 부셨다
두 천사가 부서진 문 앞에 서 있었다

눈이 멈출까
기도할래

도시는 끝나겠지
기도하자

영혼을 숙이고
긴 어두운 그림자 긴 밝은 빛이
십자가가
두대의
남자들에게로 들어왔다

—「감상소설」 부분

    화자는 "마법을 믿나요라는 말로 심장을 흔들리게 한다"는 것을 믿
는다. 정말이지 퀴어의 성적 지향은 마법과 같다. 그들은 은밀한 사랑
의 언어로 심장을 흔든다. 심장이 흔들릴 때마다 사랑은 무지개로 복
제를 거듭한다. 그 시간은 둘만의 감성으로 꽃향기에 물들고 밀폐된
공간은 폭발 직전으로 향한다. 사랑이 빚어내는 순수한 꽃향기는 퀴어
의 몸부림이다. 심장 속으로 스며들어 피를 끓게 하는 사랑은 점차 밀

도를 높여 간다. 둘은 서로 동화되기 위해 "운명을 믿나요라는 말을" 거듭하다가 자연스럽게 상대의 심장으로 진입한다. 이렇게 합일된 세계에서 퀴어들은 더는 타자가 아님을 알게 된다. 그리하여 그들은 "믿나요 같은 말로 꽃을" 피운다. 그것은 희망이다. 그들의 성적 지향은 긍정적인 자아의 모습으로 색깔을 분명히 한다. 이성애자들이 타자로 만들어 모욕적인 언어를 쏟아 낼 때도 퀴어의 따뜻한 심장은 하염없이 뛰고 있다. 무지개 색깔은 혐오의 파도를 넘는 힘이 된다. 그러므로 퀴어들은 증오의 허공에 아름다운 무지개를 거는 마법사들이다.

마법은 그칠 줄 모르고 계속된다. 가장 성스러운 둥근 천장 아래서 타자의 혐오를 견디며 사랑의 행진을 한다. 서로에게 첫 남자들이다. 성적 지향은 동성에게로 뜨겁게 미끄러져 빠져든다. 성적 설렘과 기쁨은 "하얀 그리스도상 앞에서" 신의 실수를 질책이라도 하듯이 날개를 편다. 서로에게 향하는 심장이 뜨거웠으므로, 그리고 흔드는 무지개 깃발이 선명했으므로 퀴어들의 사랑은 가슴 깊이 흡수된다. 그들은 "마음의 중심이라 할 수 있는 곳에서" 사랑을 잡고 서로의 "피복이 벗겨진 입술을" 벌리는데 망설임이 없다. 사랑의 역사는 뜨거운 시간에 설탕처럼 녹아든다. 달콤한 시간은 끝없는 유혹으로 눈부시게 붉은 꽃을 피운다. 가슴에 꽂혀 있던 꽃들이 더욱 붉어진다. "핥았다 흘렸다"하는 사랑의 행위는 그들 자신에게 "눈이 부셨다"는 것은 너무 당연하다. 멈춰서는 안 되는 시간이 흘러간다. 사랑의 행위는 하늘의 도도한 천사들도 부러워할 만하다. 그러니 밝게 빛나는 십자가에 무지개를 걸어 놓아야 한다.

눈보라를 채집하는 시기가 오면 남편은 오랫동안 집을 비워야 했네 남편은 혼자 사는 아내야말로 긴 꼬리를 지녀야 한다고 믿는 사람이었네 아내의 꼬리는 낮밤 길어지지 않고 남편은 눈보라를 짊어지고 돌아왔네 아내의 꼬리는 남편의 마음을 수축하게 했네 아내는 맞았고 눈보라는 흩날렸네 아내는 맞았고 눈보라는 흩날렸네 아내는 맞았고 마지막으로 눈이 흩날렸네 붉은무덤개미 떼들이 눈먼 아내를 찾아왔네 남편은 뒤늦게 요절했네 꼬리야 꼬리야 길어져라 아내는 주문을 외우네 꼬리야 꼬리야 길어져라 아내는 긴 꼬리를 가져야 살아 있고 싶네

―「긴 꼬리 달린(Darlin)」부분

수전은 옛날에 대하여에 쓰인 딜도를 들고 왔다. 17분. 22분. 27분…… 다시 가짜 사람들의 거짓 없는 환호성이 애액을 발산했다. 수전은 입을 열었다. 목구멍 깊숙이에서 수전을 이루던 침묵들이 호흡기를 순환했다. 들고 나는 침묵이 밤을 이루는 성분으로 첨가되었다. 수전은 17분 딜도를 들었다. 내기의 시작으로 어울리는 시시한 시작이었다. 수전이 차례대로 딜도를 넣을 때마다 미첼은 롱기타의 현을 뜯고 묶으며 길고 아름답고 짧고 지루한 떨림음들을 구현했다. 수전은 5센티미터씩 옛날에 대하여 생각했다. 뒤늦은 일이었다.

―「수전 보어맨(Susan Boreman)의 은퇴 파티」부분

사랑하려면 긴 꼬리가 필요하다. 그녀는 긴 꼬리가 달렸으므로 꼬리에 어울리는 신비스러운 행동을 할 줄 안다. 그녀에게 긴 꼬리는 사랑을 이어 주는 긴 끈이다. 가늘고 긴 꼬리는 누구도 가져 보지 못한 빛나는 아우라를 발한다. 그녀에게 남편은 가족 제도가 낳은 하나의 장식품에 지나지 않는다. 남편 또한 "눈보라를 채집하는" 허무한 일에 집착한다. 그녀에게 긴 꼬리가 필요하다고 생각하지만, 남편은 쉽게 녹는 그의 사업에만 골똘할 뿐이다. 퀴어의 성적 지향은 "남편의 마음

을 수축하게" 했으므로 "아내는 맞았고" 그때마다 눈보라는 세차게 흩날렸다. 남편은 혐오와 증오로 의식처럼 폭력을 행사한다. 매질은 종교적 수행이었으며 정신적 의무였다. 결국 그는 오롯이 증오를 품고 혐오를 키우다가 세상을 뜬다. 퀴어의 성적 지향을 이해하지 못한 남편은 죽고 그녀의 꼬리는 생물학적 성이 다른 사람에게로 가닿는다. 꼬리가 길어질 때마다 그녀의 심장은 거세게 뛴다. 그때마다 누구도 가져 보지 못한 퀴어의 사랑이 꽃을 피운다.

퀴어의 사랑은 혐오를 딛고 붉은 꽃을 흩날린다. 사랑을 고백하는 시간은 영혼을 불태우는 순간이다. 서로 사랑의 요정으로 거듭난다. 하늘의 뜻이 잘못 전달되었다고 믿는다. 그들은 사랑의 술을 들이마신다. 사랑을 전달하는 방식은 "수전은 옛날에 대하여에 쓰인 딜도를 들고 왔다"처럼 날것 그대로이다. 거침없이 진행되는 그것은 하나의 의식과 같다. 성적 지향은 허공으로 분출되고, 숨결은 서로를 애틋하게 이어 준다. 기쁨을 상승시키기 위해 "거짓 없는 환호성이 애액을 발산"할 때까지 특별한 의식은 지속된다. 사랑의 전달법이 퀴어의 고유성으로 비명을 지른다. 이러한 사랑의 행위는 서로의 심장을 쫄깃하게 마사지한다. 희열로 내지르는 비명이 "차례대로 딜도를 넣을 때마다" 음표처럼 흩날린다. 사랑은 심연 속에서 솟아나 "롱기타의 현을 뜯고 묶으며 길고 아름답고 짧고 지루한 떨림음들을" 만들어 낸다. 날것의 행위는 이성애자들의 이데올로기를 뜨겁게 찢는다. 퀴어들이 느끼는 성적 쾌락은 서로의 고통과 슬픔을 딛고 일어선다.

이성애만이 선이고 아름답다는 이성애 이데올로기로 퀴어의 성행위를 일탈로 보아선 안 된다. 그것은 성소수자를 배척하고 차별하는 편견에 지나지 않는다. 퀴어들은 이성애자들이 생물학적 성이 다른 사람에게 성적 끌림을 가지듯 생물학적 성이 같은 사람에게 성적 끌림을 갖는다. 톨레랑스, 즉 나와 같음이 아니라 나와 다름도 인정할 때 퀴어에 대한 편견을 극복할 수 있다. 이제 성소수자들은 자신들을 적극적으로 퀴어라 부른다. 그러니 더 이상 성적 지향이 가지는 감정이나 정서에 혐오의 프레임을 얻으면 안 된다. 호모섹슈얼리티나 바이섹슈얼리티에게도 성적 지향의 자유는 있다. 성적 지향과 성 정체성의 다양성을 인정해야 한다. 성소수자를 차별하는 행위는 인권 침해에 해당한다. 이 때문에 이성애 이데올로기로서의 폭력은 죄악이다.

4. 무지개 깃발 아래서

2000년 9월 국내 최초로 퀴어문화축제가 열렸다. 제1회 퀴어 퍼레이드 참여 인원은 50명으로 소수였다. 하지만, 20주년이 되는 2019년에는 역대 가장 많은 수만 명이 축제에 참여했다. 다음 해인 2020년에는 코로나로 온라인 비대면 방식으로 퀴어 축제가 이루어졌다. 축제의 슬로건은 "축제하라, 변화를 향해!"였다. 무지개 깃발은 눈물로 만들어 놓은 빛나는 함성이다. 수많은 성소수자들이 모여 우리 시대의 하늘로 쏘아 올린 평등을 향한 염원이다. 퀴어들은 무지개 깃발 아래서 스스로 자긍심 가득한 삶을 살기를 다짐한다. 이 땅에서 성적 지향이 다르다는 이유로 위협받은 공통의 기억 때문에 그들의 연대는 굳건하다. 혐오의 원초적 대상이 확장되면서 퀴어에게 찍힌 낙인은 선명하다. 고통이 너무 강하여 그들은 무지개 깃발을 하염없이 흔든다. 동물성 가득한 혐오와 차별이 얼마나 비이성적인가를 보여 준다. 퀴어들은 이성애자들이 만들어 내는 온갖 종류의 투사적 혐오에 동의할 수 없다. 퀴어의 성적 행위를 원초적 오염원으로 보는 시각은 지나친 편견이다. 이러한 투사적 망상은 위험하다.

퀴어의 상징인 무지개 깃발은 성소수자의 인권이다. 인간의 보편적

평등과 다양성을 상징한다. 그들이 모여 춤을 추며 부르는 노래는 집단적인 감정의 표출이다. 사랑의 다양한 형태가 무지개 깃발에 존재한다. 힘차게 흔드는 빨강, 주황, 노랑, 초록, 파랑, 보라의 여섯 가지 무지개색은 퀴어 문화의 상징이다. 성적 정체성은 진화하고 변화한다. 이성 간 섹스만 아름다운 것이 아니다. 퀴어의 섹스도 아름다운 감정선을 갖는다. 퀴어들의 성적 지향을 지배하려는 욕망을 버려야 사회가 건강해진다. 혐오와 분노로 우글거리는 감정은 영혼을 파괴하는 것이다. 이제 우리 모두는 퀴어함을 이해해야 한다.

　　임련횡대로 젖은 운동장을 행군해 오는 누꺼비 떼의 구령에 맞춰, 녀석은 힘껏 달렸네. 나는 녀석의 반짝이는 드리블을 떠올렸지. 골을 넣을 때마다 퍽을 내뱉던 녀석의 입술은 퍽 신비로웠어. 침으로 범벅이 된 감정은 부드럽고 미끄덩하고.
　　곧 줄줄 흘러내렸네. 감정의 불알을 감추고, 녀석은 황량하고 사랑스러운 발길질로 나를 걷어찼지. 유리창 안에서 시간에 좀먹은 내가 늙은 신부처럼 나를 나처럼 바라볼 때. 녀석은 똥 묻은 팬티를 끌어올리고 사라지고 아름답고. 나는 면사포처럼 속삭였어. 안녕.

—「늙은 베이비 호모」 부분

운동장을 행군하는 시간은 자신을 발견하는 순간이다. 빛은 운동장을 비추고 몸은 열로 뜨거워진다. 그때 자아는 공간을 확실히 소유하게 된다. 화자는 자연스럽게 "녀석의 입술은 퍽 신비로웠어. 침으로 범벅이 된 감정은 부드럽고 미끄덩"하다는 것을 떠올린다. 행군하는 녀석의 동물성 짙은 헐떡임을 바라보는 감정이 뜨겁다. 화자는 사랑의 순간을 포획하기 위해 "곧 줄줄 흘러내렸네. 감정의 불알을" 감추고 관계 맺었던 기억을 떠올린다. 둘의 관계 속에서 사랑의 의식은 당위적 가치를 지닌다. 불완전하고 거친 행동도 사랑의 밀도 속으로 미끄러져 들어온다. 퀴어의 생산 없는 사랑 행위는 오히려 "황량하고 사랑스러운 발길질"로 특별한 의미를 갖는다. 퀴어의 세계를 통해 숙성된 감정은 가벼운 동화를 이룬다. 서로에게 분신과 같은 퀴어들은 "내가 늙은 신부처럼 나를 나처럼 바라볼 때" 모든 행위를 흡수해 버린다. 성적 지향의 수치가 높아질수록 "똥 묻은 팬티를 끌어올리고" 사라지는 모습까지도 아름답게 보인다. 애틋한 유리창 안에서 그들은 면사포를 쓴 마음으로 수줍게 웃는다.

보들레르가 퀴어의 성적 행위를 「레스보스」를 통해 긍정적으로, 「천벌받은 여인들」을 통해 부정적으로 노래한 지 160여 년이 지났다. 이러한 보들레르의 유전자를 이어받은 김현은 시적 화자를 통해 퀴어 퍼레이드를 펼쳐 보인다. 시인이 흔드는 무지개 깃발은 퀴어의 성적 지향을 여과 없이 드러낸다. 시적 퀴어들은 현실을 있는 그대로 재현시켜 자유의 시간을 갈망한다. 이성애자가 이성애자를 소유하듯이 성소수자는 성소수자를 소유한다. 퀴어들이 무지개 깃발을 흔드는 것은 세계 안에 있겠다는 의지이다. 지금 이곳에서 성적 지향의 발견 아래 퀴어들은 자신을 스스로 정립하는 중이다. 우리는 김현의 시적 퀴어가 흔드는 무지개 깃발에 뜨겁고 화려하게 화상을 입는다.

제3부 원본 없는 시간들

폭력성에 관한 붉고 긴 질문
—한강의 시

(이런 저녁
내 심장은 서랍 속에 있고)

유리창,
침묵하는 얼음의 백지
—「저녁의 소묘 3—유리창」 부분*

심장을 서랍에 넣어 놓은 화자는 붉고 긴 질문을 시작한다. 그는 심장과 침묵 사이에 흐르는 거대한 분노의 강을 본다. 붉게 흐르는 강 위로 태양이 뜨고 진다. 이제 밀봉했던 입술을 연다. 서랍 속에 있던 심장이 뛰기 시작한다.

1. 정면으로 응시

파스칼은 그의 저서 『팡세』에서 "인간은 모두가 미치광이이기 때문에, 미치지 않은 사람도 다른 형태의 광종으로 보아 미치광이라고 볼 수 있다."라고 말한다. 파스칼이 인간의 본성을 꿰뚫어 본 이러한 아포리즘은 우리의 일상생활과 역사 속에서 얼마든지 만날 수 있다. 한강은 광기로 촉발하는 폭력을 정면에서 응시한다. 폭력은 치유하기 어려운 상처를 남긴다. 직접적인 희생자와 그 가족에게 폭력은 트라우

*이 글에서 다루어지는 모든 시는 한강의 『서랍에 저녁을 넣어 두었다』(문학과지성사, 2013)에서 인용한다.

마로 남아 평생 심리적 고통을 준다. 이들이 건강한 삶을 사는 것은 사실상 어렵다. 정신적이고 신체적인 상처가 너무 넓고 깊기 때문이다. 폭력의 생존자와 그 가족에게는 지속적인 치유로 안정적인 삶을 살게 해야 한다. 그러나 우리 사회는 사실을 왜곡하며 끊임없이 2차 가해를 일삼는 일그러진 사람들이 존재한다. 특히 그것이 국가 폭력일 경우 가해자 편에 서서 생존자와 그 가족을 왜곡된 시각으로 보고 공격하는 경우가 많다. 이것은 분단으로 인한 전쟁과 반공을 지배 이데올로기로 삼았던 독재자 때문이다. 국가는 국민의 생명과 안전을 지킬 의무가 있다. 하지만, 우리 역사에는 국가가 무고한 국민을 학살한 사실이 존재한다. 그 피해가 너무 크고 끔찍해 마주하기가 어려울 정도이다. 국가 폭력에 의한 상처의 치유는 지연되면 안 된다.

문학은 상처받은 사람들 편에 서야 한다. 당시 그곳의 현장을 바라보아야 하며, 폭력의 무게를 해소하기 위해 노력해야 한다. 잘못된 이념으로 심장이 멈춰 있게 해서는 안 된다. 트라우마로 멈춰 버린 심장을 뛰게 하는 게 작가의 사회적 책무이다. 한강 시인의 시는 폭력에 관한 기록이다. 그가 태어나고 자란 광주의 비극이 집단 트라우마로 시의 문장에 스며 있다. 한강 시인이 오래 지연되었던 정의를 실현하기 위해 상처를 따뜻하게 응시하는 중이다.

어느
늦은 저녁 나는
흰 공기에 담긴 밥에서
김이 피어올라 오는 것을 보고 있었다
그때 알았다
무엇인가 영원히 지나가 버렸다고

지금도 영원히

지나가 버리고 있다고

밥을 먹어야지

나는 밥을 먹었다

—「어느 늦은 저녁 나는」 전문

위 시의 화자는 '밥'을 바라보고 있다. 늦은 저녁이었고, 김이 피어 오르는 밥이었다. 밥은 살아 있음을 증명하는 생명과 같다. 살아 있는 자만이 밥을 먹을 수 있기 때문이다. 밥을 먹을 수 없다는 것은 살아 있지 않다는 의미이다. 화자는 이때 "무엇인가 영원히 지나가 버렸다고" 깨닫는다. 무엇이 지나갔는가? 그것도 돌아올 수 없이 영원히 지나갔는가? 지나간 것은 폭력에 의해 잃은 생명일 것이다. 사랑받아야 할 그리고 존중받아야 할 생명이 국가 폭력에 의해 사라진 비극을 화자는 알고 있다. 따라서 화자의 머릿속에서 폭력은 끊임없이 재현되고 있는 현재진행형이다. 이런 이유로 화자는 "지금도 영원히/지나가 버리고 있다고" 혼잣말로 진술한다. 화자는 국가 폭력을 알고 있고, 가해자가 진실된 사과를 하지 않았다는 것을 안다. 그리고 수많은 사람이 가해자 편에 서서 2차 가해를 지속적으로 자행한다는 사실에 절망한다. 이 때문에 화자의 슬픔은 가슴에 쌓여 간다. 지금 여기로 희생자들이 억울한 한을 안고 온다. 화자는 '밥'을 먹는다. 행복하게 먹는 게 아니라 살기 위해 억지로 먹는다.

우리 사회는 광기로 인한 폭력과 이성에 의한 정의가 시소 놀이를 하는 중이다. 국가는 거대한 폭력의 장을 만들어 놓았다. 폭력의 장 안에 있는 사람들은 무차별적으로 희생되었다. 국가 폭력의 가해자들은 사실을 왜곡하고 그에 동조하는 자는 현재도 2차 가해를 지속한다. 서랍 속에 넣어 둔 심장은 억압의 상징이다. 한강이 폭력의 역사를 정면으로 응시하는 것은 기울어진 시소를 바로잡는 과정이다.

2. 상처와 고통

『신화의 힘』에서 모이어스의 "왜 하필 신화입니까?"라는 질문에 캠벨은 "우리는 우리 몫의 삶을 살면 됩니다. 삶이란 살 만한 가치가 있는 것이니까요. 그저 우리 몫의 삶을 살면 신화 같은 것은 필요하지 않지요."라고 대답한다. 하지만, 폭력에 의해 우리는 우리 몫의 삶을 살지 못할 때 신화적 존재와 의미를 찾게 된다. 상처를 받은 순간의 기억을 떠올리는 건 언제나 고통스럽다. 개인적 삶의 과정에서 받는 상처도 그렇지만 국가 폭력에 의한 상처일 경우는 차원이 다르다. 거대한 힘을 가진 국가 폭력은 한 개인이나 단체로서는 감당할 수 없기 때문이다. 생존자는 찢기고 으깨진 신체와 영혼을 안고 오랫동안 침묵해야 한다. 자신의 숨소리조차도 스스로 검열할 수밖에 없는 상태에 이른다. 광적인 폭력 앞에 개인은 한없이 작아지고 일부 생존자는 지배 이데올로기를 내면화하기까지 한다. 가해자로부터 당한 가스라이팅 여부를 막론하고 생존자의 상처적 고통은 평생 지속된다. 따라서 국가 폭력에 의한 상처는 국가가 앞장서 치유해야 한다. 치유가 지연될수록 정의는 실종되어 생존자의 불안은 가중된다. 상처는 고통의 늪이다. 시간이 흐를수록 늪에 빠진 생존자는 삶의 의욕을 상실한다. 2차 가해에 노출될 때마다 생존자의 고통은 가중된다. 2차 가해는 생존자의 트라우마 스위치를 일깨워 일상을 두려움과 고통 속에 가둬 놓게 한다.

치유받지 못한 생존자는 무기력하다. 몸의 에너지는 소진되고, 정

신 또한 쇠약해진다. 상처에 의해 학습된 무기력은 혼자서 극복하지
못한다.

> 나는 지금
> 피지 않아도 좋은 꽃봉오리거나
> 이미 꽃잎 진
> 꽃대궁
> 이렇게 한 계절 흘러가도 좋다
>
> 누군가는
> 목을 매달았다고 하고
> 누군가는
> 제 이름을 잊었다 한다
> 그렇게 한 계절 흘러가도 좋다
>
> (중략)
>
> 다시 아문 데가
> 벌어진다
>
> 이렇게 한 계절
> 더 피 흘려도 좋다
>
> —「새벽에 들은 노래 3」 부분

생각하고 싶었다

(아직 피투성이로)

(중략)

나의 도시가
거울 저편의 도시에 겹쳐지는 시간
타오르는
붉은 테두리만 남기는 시간

거울 저편의 도시가
잠시 나의 도시를 관통하는
(뜨거운) 그림자

마주 보는 두 개의 눈동자가
동그랗게 서로를 가리는 순간

얼음의 고요한 모서리

(아직 피투성이로)
짧게 응시하는 겨울
의 겉불꽃

　　　　　　　　　—「거울 저편의 겨울 4—개기일식」 부분

「새벽에 들은 노래 3」의 시적 화자는 자기 삶에 대해 자포자기 상태에
빠져 있다. 꽃은 활짝 피어야 한다. 특징적인 모습으로 만개하여 벌과

나비를 불러들여야 한다. 그래야 꽃은 합목적성에 맞는 자기 삶을 살게 되는 것이다. 화자는 "피지 않아도 좋은 꽃봉오리거나"와 같이 자포자기하는 모습을 보인다. 내면의 상처로 인해 "이렇게 한 계절 흘러가도 좋다"고 진술한다. 화자의 이러한 자포자기 상태는 "누군가는/목을 매달았다고 하고/누군가는/제 이름을 잊었다 한다"는 진술에서 이해 가능해진다. 화자가 말하는 '누군가'는 도대체 누구인가. 무엇 때문에 이들은 '목을 매달'거나 자기 이름조차 '잊게' 되는가. 화자는 사실을 사실대로 진술하지 않는다. 비유적 표현으로 상상하게 만든다. 시인은 시적 화자와 동일시되는 인물이다. 시인은 화자를 통해 국가 폭력에 의해 상처 입은 생존자를 진술한다. 사과받지 못하고 치유받지 못한 생존자들이 결국 죽음을 선택하거나 자신의 정체성을 잊고 현재를 견딘다. 이러한 시적 사유의 전개는 "다시 아문 데가/벌어진다"는 진술에 이르러 생존자를 향한 2차 가해의 모습으로 절정에 이른다. 결국, 화자는 무기력에 빠져 "이렇게 한 계절/더 피 흘려도 좋다"고 상처가 얼마나 깊고 고통스러운지 확인한다.

「거울 저편의 겨울 4─개기일식」의 화자는 머릿속에서 끊임없이 증폭되는 상처로 인해 괴롭다. 감각적으로 명백하게 경험하고 확인했던 상처의 순간들로 머릿속은 온통 핏빛이다. 화자는 역사적 사실을 구체적으로 그리지 않지만, 독자는 화자의 진술로 역사의 참혹했던 현장을 떠올린다. 화자가 "생각하고 싶었다/(아직 피투성이로)"라고 진술할 때 독자는 그 생각이 오월의 광주인 것을 안다. 화자가 피투성이의 모습으로 떠올리는 "나의 도시가/거울 저편의 도시에 겹쳐지는 시간"은 끔찍한 트라우마이다. "나의 도시"는 국가 폭력이 일어났던 현장이고, "거울 저편의 도시"는 현실적으로 치유받지 못한 타자성의 세계이다. 언제까지 타자의 도시로 상처를 치유하지 않고 지연시킬 것인가. 화자의 끊임없는 시적 질문은 붉고 길게 이어진다. 화자는 역사적 상처를 정면으로 응시한다. 응시하지 않으면 숨을 못 쉴 것처럼 길고 집요하다. 치유받지 못해 생존자들은 피투성이로 남아 있다. 잠시 달에 의해 태양이 가려졌지만, 태양은 여전히 이글거리는 모습으로 타오른다. 우리의 역사적 상처에 대한 분노가 이글거리며 타오르는 태양과 같다.

어떤 저녁은 피투성이
(어떤 새벽이 그런 것처럼)

가끔은 우리 눈이 흑백 렌즈였으면

흑과 백
그 사이 수없는 음영을 따라

어둠이 주섬주섬 얇은 남루들을 껴입고

외등을 피해 걸어오는 사람의
평화도
오랜 지옥도
비슷하게 희끗한 표정으로 읽히도록

외등은 희고

외등 갓의 바깥은 침묵하며 잿빛이도록

그의 눈을 적신 것은

조용히, 검게 흘러내리도록

―「저녁의 소묘」 전문

화자는 정신을 착란시켜 모든 상처를 지우고 싶다. 상처를 지우고 악몽 이전으로 돌아가고 싶다. 왜 머릿속은 이토록 핏빛으로 새빨간 색인가. 화자는 어떻게 해서든지 핏빛의 색을 지우고 싶은 생각에 골똘해 있다. 하지만, "어떤 저녁은 피투성이"이어서 지울 수가 없다. 이처럼 강력하게 밀려오는 상처의 파도에서 벗어나고 싶은데, 시간이 갈수록 파도는 거세지고 더 높아진다. 감정적 상처는 더 확장되어 분노로 바뀐다. 자신의 힘으로 해결하지 못하는 화자는 "가끔은 우리 눈이 흑백 렌즈였으면" 하고 생각한다. 그렇게라도 저 끔찍한 핏빛을 지우고 싶은 것이다. 마음속에서 흑과 백으로 사건 현장을 새롭게 만들고 싶은 욕망이 강하게 일어난다. 그래서 화자는 "평화도/오랜 지옥도/비슷하게 희끗한 표정으로 읽히도록" 만들고 싶은 것이다. 국가 폭력의 현장을 잊으려는 시도는 끊임없이 시도되지만, 뜻대로 당시 그곳의 장소는 지워지지 않는다. 잔인한 폭력은 화자에게 주파수를 맞추고 그곳의 이미지를 재현해 낸다. 영혼의 내부에서 솟아나는 상처가 "조용히, 검게 흘러내리"며 저녁의 소묘로 펼쳐진다. 국가 폭력의 커다란 상처에 외등 하나 매달려 몸부림치고 있다.

캠벨의 말처럼 우리는 우리 몫의 삶을 살아야 한다. '몫의 삶'에 누구도 간섭하거나 파괴해서는 안 된다. 삶의 파괴는 종말이지 새로운 창조가 아니기 때문이다. 인간의 본성에 내재한 폭력성이 홀로코스트를 만들 때, 또 다른 인간의 본성은 이타성의 눈물로 몸부림친다. 선과 악은 상처와 고통으로 서로 대립하고 응전한다. 상처와 고통의 현실을 초월하는 그곳에 신화가 존재한다. 그러므로 우리는 이 땅에서 신화 같은 것은 필요 없다고 말할 수 있어야 한다.

3. 죽는 자와 태어나는 자와 살아 있는 자

국가 폭력의 가해자들은 광기에 차서 생존자들을 악으로 분류했다. 악으로 분류했다는 것은 2차 가해를 지속적으로 자행하겠다는 의도이다. 폭력에 맞서 인권을 주장하는 사람들은 악의 계보에 넣어 특별히 관리했다. 광기에 의해 저질러진 피해는 참담했다. 가해자들을 정당화하기 위한 인권 유린이 무차별적으로 행해지자, 세상은 거대한 감옥이 되었다. 공포의 시대를 견디는 과정은 자기 검열에 충실해지는 것이다. 아니면 자발적으로 가해자의 논리로 가치 체계를 만들기도 한다. 가해자의 위협이 강해질수록 상처는 안에서만 커 간다. 그들은 생존자의 고통을 외면하고 인권 유린의 사실을 땅에 묻는다. 광기의 시대가 지속되면 누군가는 맞서고 누군가는 타협한다. 이 과정에서 생존자들은 만신창이가 되어 지독한 정신착란을 겪기도 한다. 그들의 악몽은 스스로에게 칼을 겨누기에 이른다. 급기야 광기의 시대에 누군가는 스스로 생을 마감하고, 누군가는 새롭게 태어난다. 그리고 또 누군가는 살아 정면을 응시한다.

현대시는 자연과 멀어져 분리된다. 자연을 체험하고 아름다움에 경도돼 고백적 진술을 하지 않는다. 극단적으로 상상력 그 자체에 매달려 낯선 새로움을 추구한다. 세상의 모든 속된 것으로부터 탈피하고 이에 대해 저항한다. 이뿐만 아니라 현대의 시인들은 자아라는 체험에 갇히지 않기 위해 노력한다. 하지만, 한강은 자신의 체험을 내면화한 채 시가 표상하고 있는 그 자리에서 상상력을 편다.

붉고 긴 천으로
벗은 몸을 묶고
허공에 매달린 여자를 보았다

무덤의 천장에는 시퍼런 별들
순장된 우리는 눈을 빛내고
활짝
네 몸에 감긴 천을 풀어낼 때마다
툭
툭
목숨 떨어지는 소리

(중략)

툭
툭
어디서 장사 지내는 소리
울부짖는 소리

들리면 마중 나가야지
더,
좀 더 아래로

                            —「서커스의 여자」 부분

십 년 전 꿈에 본

파란 돌
아직 그 냇물 아래 있을까

난 죽어 있었는데
죽어서 봄날의 냇가를 걷고 있었는데
아, 죽어서 좋았는데
환했는데 솜털처럼
가벼웠는데

투명한 물결 아래
희고 둥근
조약돌들 보았지
해맑아라,
하나, 둘, 셋

(중략)

나도 모르게 팔 뻗어 줍고 싶었지
그때 알았네
그러려면 다시 살아야 한다는 것
그때 처음 아팠네
그러려면 다시 살아야 한다는 것

난 눈을 떴고,
깊은 밤이었고,

꿈에 흘린 눈물이 아직 따뜻했네

―「파란 돌」 부분

첫 번째 시의 시적 화자는 "벗은 몸을 묶고/허공에 매달린 여자를 보았다"고 진술한다. 그런데 "벗은 몸"과 "허공에 매달린 여자"는 충격을 준다. 왜냐하면 국가 폭력에 의한 가해의 한 장면이 연상되기 때문이다. 시인의 시적 착상은 다음 문장에 대한 궁금증을 불러온다. 반공 이데올로기의 상징인 붉고 긴 천으로 여자가 묶여 있다는 발화는 긴장감을 증폭할 만하다. 인권을 물구나무 세우고 있는 표현에서 낯선 고통이 묻어난다. 화사는 신이 부재한 이 땅에서 "툭/툭/목숨 떨어지는 소리"를 듣는다. 광기의 폭력을 익히 알고 있는 독자는 시인이 펼치는 이미지에 공포를 느낀다. 시인의 의도는 분명하여 세상에 던지는 질문이 처연하다. 화자는 폭력으로 일그러진 공간에서 "어디서 장사 지내는 소리"에 신경을 곤두세우고, 이윽고 "울부짖는 소리"를 들으며 절망에 사로잡힌다. 이제 화자가 할 수 있는 일은 없다. 폭력에 짓밟힌 생존자의 말을 들어주는 것밖에 없다. 화자는 생존자가 울부짖는 곳으로 발걸음을 옮기기 시작한다. 그곳이 한없이 멀다. 인간의 폭력은 한 번도 인권 위에서 이루어진 적이 없다는 사실은 자명하다.

두 번째 시의 시적 화자는 "파란 돌"과 마주하고 있다. 하지만, 그 돌은 현실이 아닌 꿈속에서 본 것이다. 그런데 그 꿈은 십 년 전에 꾼 꿈이었고, 화자는 그때 죽어 있었다고 말한다. 화자는 살아 있는 이 세계를 부정적으로 본다. 이곳은 우리가 꿈꾸던 장소가 아니라는 인식이 짙게 깔려 있다. 모두가 바라고 있지만, 모두가 꿈꾸던 행복이 없는 장소이다. 이처럼 은밀한 시적 사유의 전개는 고립된 자아 또는 유폐된 자아를 확인하는 과정이기도 하다. "파란 돌"은 현실의 돌이 아니라

천상의 돌이다. 천상의 돌을 본 화자는 "아, 죽어서 좋았는데/환했는데 솜털처럼"이라고 고백한다. 현실을 인정하고 싶지 않은 인식이 "파란 돌"이라는 심오한 상징물을 만들어 낸 것이다. 현실을 벗어난 유일한 장소에서 화자는 "나도 모르게 팔 뻗어 줍고 싶었지"라고 진술한다. 그곳은 우리가 꿈꾸던 행복의 장소였다. 현실을 초월한 거기에 진정한 행복이 깃털처럼 가볍게 떠 있었다. 그러나 화자는 다시 현실을 직시한다. 현실에서 도피하는 것으로는 행복을 찾을 수 없다. 이러한 깨달음은 화자의 "그러려면 다시 살아야 한다는 것"이라는 다짐에서 알 수 있다. 꿈속에서 본 "파란 돌"은 치유의 상징물이다.

그는 1903년 9월 25일에 태어나
1970년 2월 25일에 죽었고
나는 1970년 11월 27일에 태어나
아직 살아 있다
그의 죽음과 내 출생 사이에 그어진
9개월여의 시간을
다만
가끔 생각한다

작업실에 딸린 부엌에서
그가 양쪽 손목을 칼로 긋던 새벽
의 며칠 안팎에
내 부모는 몸을 섞었고
얼마 지나지 않아
한 점 생명이

따뜻한 자궁에 맺혔을 것이다

늦겨울 뉴욕의 묘지에서

그의 몸이 아직 썩지 않았을 때

―「마크 로스코와 나―2월의 죽음」 부분

시인과 동일시되는 화자는 자신과는 아무 관련이 없는 죽음을 진술한다. 그것도 지인이 아닌 이국 화가의 죽음을 시의 발화 지점으로 삼는다. 화자는 생몰 연대를 "그는 1903년 9월 25일에 태어나/1970년 2월 25일에 죽었고"라며 밝힌다. 그리고 마크 로스코가 죽은 9개월 후에 자신이 태어났다는 사실을 밝힌다. 시인은 왜 죽음과 탄생을 병렬적으로 나란히 놓고 시적 사유를 전개했는가? 아마 시인은 폭력의 탈형상화를 생각했을 것이다. 폭력을 현실에서 지우고 싶은 욕망이 일면식도 없는 이국 화가의 죽음을 떠올렸음이 분명하다. 화자는 "작업실에 딸린 부엌에서/그가 양쪽 손목을 칼로 긋던 새벽"에 부모는 몸을 섞어 "한 점 생명"인 자신이 자라나기 시작했을 거라고 진술한다. 국가 폭력을 목격한 시인은 심리적 불안으로 인해 극단적인 선택을 한 화가의 자살을 깊이 생각해 본다. 누군가는 저렇게 스스로 생을 마감하는데 '나'는 '나'의 의도와는 상관없이 부조리한 세상에 태어났다. 시인은 어떻게 살아야 하는지도 모르고 세상에 던져진 '나'와 화폭에 사실과 추상을 표현하다가 자살한 화가를 비교한다. 과연 이곳은 살아볼 만한 공간인가? 세상에 던지는 질문이 처연하다. 시인은 이 세상은 죽음과 삶이 무한 반복되는 공간이라고 인간 실존에 대해 명시한다.

세상은 죽는 자가 있으면, 태어나는 자가 있다. 그리고 세상에 던져져 자기 삶을 기획하며 살아가는 자가 있다. 인간은 언제나 특수하고 개별적인 존재이다. 끊임없이 다양한 조건에 놓여 자신의 판단에 의해

이로운 가능성을 선택한다. 실존의 문제에 있어서 태어나는 것은 그냥 세상에 던져지는 것이다. 하지만, 세상에 피투된 주체는 세상의 부조리에 눈떠서 죽음을 선택하든지 아니면, 적극적인 삶을 선택하든지 결정해야 한다. 인간은 주체적 가치관으로 자신의 삶을 미래로 떠미는 존재이다.

4. 지금 여기의 멜랑콜리

미셸 푸코는 자신의 저서 『광기의 역사』에서 "우울증의 세계는 습하고 우울하고 차갑다. 반면에 조증의 세계는 바싹 말라 있고 건조하며, 광포하고 부서지기 쉽다."라고 말한다. 우울증은 다양한 원인에 의해 발생할 수 있는 정신장애이다. 폭력도 그 한 원인으로 작용할 수 있다. 특히 직접적인 피해자나 그 가족 등도 심리적 요인에 의해 우울증을 앓을 수 있다. 우리의 근현대사에서 발생한 국가 폭력은 당사자들에게 깊은 상처로 절망감을 안겨 준다. 지속적인 슬픔 때문에 모든 것에 대해 흥미가 감소하고 에너지는 저하될 수밖에 없다. 이런 이유로 상처를 치유받지 못하면 죽음에 대한 반복적인 생각 끝에 극단적 선택을 할 수도 있다. 우리는 국가 폭력의 가해자를 제대로 처벌하지 못했다. 오히려 많은 사람이 이들 편에 서서 생존자들에게 2차 가해를 지속적으로 자행했다. 이 때문에 지금 여기의 깨어 있는 사람들은 우울하다. 폭력에 의한 상처는 지워지지 않는다. 생존자들은 체험과 경험에 갇혀 텅 빈 공간 속에 홀로 서 있는 자신을 발견한다. 치유받지 못한 지금 여기는 집단적 트라우마로 결코 행복한 장소가 아니다.

오월의 광주는 시인에게 핏빛으로 기억된다. 폭력과 죽음과 사랑이 한 장소에 박제돼 있다. 당시 거기는 인간 광기의 본질이 폭력으로 특징지어진 곳이다. 권력에 집착한 광기가 폭력으로 분출된 곳이 광주이

다. 거리를 핏빛으로 물들인 광기의 시대가 그곳에 존재했다. 오월의
광주와 마주하는 시간은 언제나 고통스럽다.

> 아무것도 남지 않은 천지에도
> 남은 것들은 많았다 그해 늦봄
> 널브러진 지친 시간들을 밟아 으깨며
> 어김없이 창은 밝아 왔고
> 흉몽은 습관처럼 생시를 드나들었다
> 이를 악물어도 등이 시려워
> 외마디 소리처럼 담 걸려 올 때
> 분말 같은 햇살 앞에 그저
> 눈 감으면 끝인 것을
> 텃새들은 겨울부터 아니 그전 겨울부터 아니아니 그전 겨울부터
> 목 아프게 지저귀고 있었다
> 때론 비가 오고 때론 개었다 세 끼 식사는 한결같았다 아아
> 사는 일이 거대한 장례식일 뿐이라면
> 우리에게 남은 것은 무엇인지 알고 싶었다
> 어린 동생의 브라운관은 언제나처럼 총탄과 수류탄으로
> 울부짖고 있었고 그 틈에 우뚝
> 살아남은 영웅들의 미소가 의연했다
>
> —「회상」 부분

시인은 오월의 광주를 회상한다. 엘리엇이 1차 세계대전을 회상하
며 「황무지」를 썼듯이 시인은 "남은 것들은 많았다 그해 늦봄"이라고
오월의 광주를 회상한다. 「황무지」의 첫 문장은 "4월은 가장 잔인한

달"이다. 왜냐하면 죽은 땅 위에서 꽃을 피우는 달이 사월이기 때문이다. 수많은 사람이 죽었는데 봄은 오고 꽃은 핀다. 만화방창 꽃이 피는 사월은 정말 잔인하지 아니한가! 마찬가지로 오월의 광주를 딛고 "널 브러진 지친 시간들을 밟아 으깨며" 오는 아침은 또 얼마나 잔인한가! 이처럼 엘리엇과 한강이 바라보는 폭력의 시각이 겹치고 있다. 오월의 광주를 회상하자 "흉몽은 습관처럼" 머릿속을 드나들고, 텃새들은 지속적으로 "목 아프게 지저귀고" 있다. 시인이 기억하는 모든 폭력이 비유적 문장으로 펼쳐져 그날의 상처를 이미지로 남긴다. 권력욕만이 용솟음치던 당시 그곳엔 신들도 부재했다. 오직 그곳의 장소에 발을 딛고 있었던 사람들이 폭력에 맞서 싸웠다. 따라서 시인의 "사는 일이 거대한 장례식일 뿐"이라는 탄식이 진리가 된다. 현재진행형인 그곳의 폭력은 "언제나처럼 총탄과 수류탄으로" 지금 여기를 향한다. 오월의 광주에서 가해자들은 모든 하늘빛을 차단하고 광기의 폭력만 쏟아냈다. 한강 시인이 회상하는 광주가 핏빛으로 상처투성이다. 그러므로 지금 여기는 멜랑콜리할 수밖에 없다.

한강은 시로 폭력성에 관한 붉고 긴 질문을 던진다. 그리고 광기로 얼룩진 폭력을 지우는 것이 아니라 폭력을 비유적으로 드러내 성찰한다. 한강의 시는 현실을 그대로 재현하는 전통적 리얼리즘을 넘어 환상적 리얼리즘으로 폭력과 부조리에 대해 비판한다. 폭력은 권력욕을 토대로 형성된다. 이제 폭력으로 만든 상처를 치유해야 한다. 한강의 시가 부드럽지만, 격렬한 분출로 상처를 비워 내고 있다. 비로소 서랍 속에 넣어 두었던 심장이 힘차게 뛰기 시작한다.

시뮬라시옹하는 원본 없는 시간들
―김행숙의 시*

1. 촉발하는 감성적 이미지

장 보드리야르는 가상 실재를 만드는 과정을 시뮬라시옹(simulation)이라 정의했다. 그 결과물인 가상 실재가 시뮬라크르(simulacre)이다. 지금 여기의 특별한 시인들은 보드리야르처럼 실재가 아닌 시적 실재를 만드는 데 열중한다. 즉 시인이 만들어 낸 시가 시뮬라크르이다. 시(詩)뮬라시옹해서 만들어 낸 이미지는 시적 진리를 추구한다. 그러므로 독자들은 시인의 시에 지배받는다.

시(詩)뮬라시옹하는 과정에서 김행숙의 시는 시적 대상을 촉발하는 감성으로 시의 공간을 끊임없이 확장한다. 상상력이 그려 내는 이미지가 특별한 감성으로 우리의 가슴에 달라붙기도 하고, 사물을 가공하는 몸짓으로 세계에 통일성을 부여하기도 한다. 시적 주체는 "구름의 창

---

*김행숙의 시집 『사춘기』(문학과지성사, 2003), 『이별의 능력』(문학과지성사, 2007), 『에코의 초상』(문학과지성사, 2014), 『무슨 심부름을 가는 길이니』(문학과지성사, 2020)에 발표된 작품들을 대상으로 한다. 제목만 표기된 경우는 시집에 실려 있는 작품이다.

과 구름의 창이 그들의 지붕 위에서 부딪치고 있다. 구름의 창 같은 것이 아니라 구름의 창"(「구름 전쟁」)처럼 독자에게 구름의 이미지가 서로 포개진 가상적 실재를 경험하게 한다. 물자체를 촉발하는 감성이 강해 어느덧 서로 충돌하는 구름을 보며 '이미지'는 요동친다. 구름을 가공하여 구름의 창으로 만드는 과정이 매우 직관적이다. 감성의 촉발은 물자체에 대한 이해이며 허구이다. 때로 시(詩)뮬라시옹은 "천국에 의자가 있다는 이야기를 들었다. 오른쪽과 왼쪽이 있다는 이야기를 들었다. 그의 이야기는 천국에도 있는 것이 이 세계에도 있으면 좋은 것이라는 뜻으로 들렸다가"(「천사에게」)와 같이 사물을 감성적으로 가공한다. 따라서 시적 주체는 천국에 있는 의자인 가상 실재를 시뮬라시옹한다. 그래서 화자는 시적 진실이 지배하는 독자의 세계를 오랫동안 사랑한다. 우리는 화자가 물자체를 촉발했는지, 물자체가 화자의 직관을 촉발했는지 알 수 없는 가공의 세계에 착륙한다.

나는 기체의 형상을 하는 것들.
나는 2분간 담배 연기. 3분간 수증기. 당신의 폐로 흘러가는 산소.
기쁜 마음으로 당신을 태울 거야.
당신 머리에서 연기가 피어오르는데, 알고 있었니?
당신이 혐오하는 비계가 부드럽게 타고 있는데
내장이 연통이 되는데
피가 끓고
세상의 모든 새들이 모든 안개를 거느리고 이민을 떠나는데

나는 2시간 이상씩 노래를 부르고
3시간 이상씩 빨래를 하고

2시간 이상씩 낮잠을 자고

3시간 이상씩 명상을 하고, 헛것들을 보지. 매우 아름다워.

2시간 이상씩 당신을 사랑해.

—「이별의 능력」 부분

김행숙 시의 화자는 이별의 능력에서 "나는 기체의 형상을 하는 것들"처럼 감성적 직관으로 촉발한 이미지를 조직하는 데 열중이다. 화자는 이별을 극복하기 위해 "나는 2분간 담배 연기. 3분간 수증기. 당신의 폐로 흘러가는 산소"라고 진술한다. 이별은 둘 사이의 감성으로 존재하며, 하염없는 아픔으로 세상을 흔든다. 상대는 화자에게 뜨겁게 타오르다가 깊은 파열음으로 슬픔을 자아낸다. 이러한 이별의 이미지가 "당신이 혐오하는 비계가 부드럽게 타고 있는데/내장이 연통이 되는데"처럼 가슴속에 깊은 상처로 체화된다. 이별 후 드러나는 슬픔은 화자의 하염없는 노래로 남는다. 슬픔이 그려 내는 도식은 "3시간 이상씩 빨래를 하고/2시간 이상씩 낮잠을" 자는 것으로 재현한다. 이별이 불러온 상처는 잔혹하리만큼 범위를 넓혀 간다. 상처를 치유할 처방은 어디에도 존재하지 않는다. 그러므로 화자가 슬픔을 녹여 내고 이별의 능력을 최대치로 확보하는 것이 가장 좋은 방법이다. 그것은 화자가 맹목적이고 공허한 이별을 치유하여 삶을 아름답게 만드는 일이다.

시적 촉수가 현상을 끊임없이 촉발한다. 시인의 감성이 불타오를 때, 시적 이미지 또한 붉다. 그러므로 김행숙의 시(詩)뮬라시옹은 시로 현실을 대체하는 과정이다.

2. 상상력이 그려 내는 원본 없는 직관

시인은 상상력으로 자신의 창작품을 만드는 존재다. 시가 발화하는 지점에서 특이한 꽃이 피어난다. 그렇게 핀 형이상학적 꽃은 우리 마음속으로 깊게 스며든다. 가장 새롭고 낯선 시는 극단적으로 그로테스크하다. 왜냐하면 한 번도 경험해 보지 못한 현상을 시로 표현했기 때문이다. 즉 상상은 지각과 기억 너머의 낯선 세계를 만드는 기능을 한다. 따라서 현실적 인식과 접목되는 시적 세계는 상상력의 발현이다. 시는 감정의 고양 상태에서 피어나는 한 송이 낯설고 화려한 꽃이다. 이미지로 피어난 시니피앙은 부단한 의식 작용으로 시니피에의 사유 형식으로 바뀐다. 그로테스크한 시가 이해하기 힘든 이유이기도 하다. 이러한 시는 원본 없는 직관에서 탄생한다.

현실 너머를 더 현실답고 확실하게 만드는 것은 감성적 직관이다. 무지개는 자연의 웃음을 보여 주다가 슬픔을 내비치기도 한다. 그러기에 우리는 무지개의 색에서 칠정인 희로애락애오욕을 느낀다.

어느 날 군화를 벗고 내 곁을 떠났어요. 용서할 수 없어요. 여긴 전장에서 겨우 2㎞ 떨어진 곳이라구요. 아이들이 총소리를 들으면서 봄 소풍을 간다구요. 왜 개나리는 노랗고 진달래는 핑크빛인가요? 왜 당신은 빨간 액체를 토하고, 왜 나는 검은 물을 흘리나요? 하늘에선 자주 흰 가루가 뿌려지고 도시 전체가 화학적으로 반응했어요. 색채와 향기를 믿을 수 없고

그녀의 확신은 알약이 녹으면서 형상을 얻죠. 그녀를 성급하게 믿진 마세요, 그녀가 보이는 화학적인 반응 수준은 현실을 초과해요. 미래적인 것은 퇴폐적이에요. 그녀의 눈동자엔 파편과 흙먼지만 찍혀요.

당신은 언제 죽었고, 나는 또 언제 죽었나요?

—「두꺼운 무지개」 부분

하루에 두 번, 五臟六腑 운행하는 협궤 열차가 있다고 말해 준 건 상고머리의 여자 귀신이다. 귀신도 사기를 치는가? 그녀와 나는 사이좋게 지내지만 그녀가 말하길,

너는 십 년 만에 비춰 보는 내 거울이야. 난 그때 네가 꼭 죽을 줄만 알았는데, 그래서 유감없이 탈출했는데, 같이 죽기에는 피차 지겨웠으니깐, 이해해?

이해할 수 있겠는가? 어떤 기억이 이런 식으로 복구된다니! 그녀에게 철썩, 붙어서 도망친 파도들이 막 밀려올 때, 괜찮다고 괜찮다고 나는 누구를 향해서 웅얼대는 것일까?

기차가…… 기차가…… 기차가…… 푸른 새벽에 기차가……

—「귀신 이야기 1」 부분

「두꺼운 무지개」의 화자는 폭력과 평화가 공존하는 시간대의 공간을 온몸으로 껴안고 있다. 혼자 감당하기 어려워 절망에 차 진술한다. 화자에게 뜨는 무지개는 아름답지도 찬란하지 않다. 날마다 뜨는 무지개가 너무 두꺼워 삶을 압박한다. 슬픔을 떠안은 화자는 "어느 날 군화를 벗고 내 곁을 떠났어요. 용서할 수 없어요."라고 고통에 차서 말한다. 시인은 시적 화자를 통하여 이 세계를 전쟁과 평화가 공존하는 곳으로 보고 있다. 평화는 한순간 전쟁의 소용돌이 속으로 휩쓸려 가고, 치열한 전투가 벌어지는 전장에서 그리 멀지 않은 곳은 평화가 유지된다. 그러기에 화자의 "아이들이 총소리를 들으면서 봄 소풍을 간다구요"라는 진술이 가능해진다. 이렇게 너무 다른 두 상황이 대치되고 공존한다는 인식은 "왜 개나리는 노랗고 진달래는 핑크빛인가요? 왜 당신은 빨간 액체를 토하고, 왜 나는 검은 물을 흘리나요?"처럼 색깔

의 이미지로 변주되어 나타난다. 이성 너머의 직관은 이 세상이 끊임없는 화학작용으로 반응한다는 증거를 감지한다. 그러므로 시인은 미래를 당겨 "당신은 언제 죽었고, 나는 또 언제 죽었나요?" 계속 질문을 던진다.

「귀신 이야기 1」의 화자는 직관으로 그려 낸 상상력을 현실과 접목해 보여 준다. '귀신'이라는 발화는 현실을 뛰어넘는 판타지이다. 하지만, 그 누구도 햄릿의 독백처럼 죽음을 넘어서 돌아온 적이 없다. 따라서 '귀신'은 우리의 상상력에 의해 자유롭게 창조되는 존재다. 저 형이상학적 세계의 파도에 우리는 얼마든지 몸을 던질 준비가 돼 있다. 이런 이유로 귀신을 우스꽝스럽거나 공포스럽게 아니면 슬프게 그려 내도 문제가 되지 않는다. 시적 화자는 이러한 귀신을 제2의 자아로 환치시켜 "너는 십 년 만에 비춰 보는 내 거울이야"라며 시적 진실을 추구한다. 화자는 독자에게 질문을 던진다. 정말 "이해할 수 있겠는가?" 묻는다. 고통을 다루고 치유하는 방식이 너무 멜랑콜리하다. 이 거대한 삶의 무게를 털어 버리기엔 화자는 너무 작고 약한 존재이다. 상처를 해체할 방법을 모르기에 "괜찮다고 괜찮다고 나는 누구를 향해서 웅얼대는 것일까?" 깊은 생각에 잠긴다. 상처를 유비쿼터스 시대의 기기처럼 쉽고 간단하게 삭제할 수 없다는 현실이 힘들다. 현실이 두렵더라도 탈출할 방법이 없다는 것을 화자는 귀신(제2의 자아)과의 대화를 통해서 환기한다.

평소에도 나는 나쁜 상상을 즐겨 했습니다.
영화 같은
영화보다 더 진짜 같은

그러나 상상할 수 없는 것이 현실이라면
우리의 모든 상상이 비껴가는 곳에서
나는 나를 재촉했습니다.
한 명의 내가 채찍을 들고
한 명의 내가 등을 구부리고

잘 아는 길이었는데
눈을 감고도 훤히 보이는 길이었는데……
안개가 걷히자
거기에 시체가 있있습니다.
두 눈을 활짝 열어 놓고 우리를 기다리고 있었습니다.

—「무슨 심부름을 가는 길이니?」 부분

현실은 원본 없는 이미지이기 때문에 상상력으로도 가늠하기 어렵다. 때로 현실은 물구나무서서 모든 것을 안개 속에 묻는다. 더욱 강렬한 빛을 비추면 안개 속 현실이 적나라하게 드러날 것 같지만, 사물은 끔찍하리만큼 은폐술이 뛰어나다. 삶의 행로도 안개 속이다. 화자는 이러한 현실을 "영화 같은/영화보다 더 진짜" 같다고 진술한다. 반성적 성찰을 하면 '내' 삶의 행로가 드러날 것 같은데 현실은 밝은 태양 아래 어둠의 연속이다. 화자가 걷는 길에 검은 비가 내린다. 사실상 희망도 소망도 없는 순간의 연속이다. 현실을 예측할 수 있고 상상할 수 있어야 하는데 그렇지 못해 고통은 가중된다. 모든 것이 무너져 내리는 것 같은 시간을 딛고 "한 명의 내가 채찍을 들고/한 명의 내가 등을 구부리고" 있다. 화자에게 펼쳐진 길을 이해하고 걷는다는 것은 현재로선 불가능하다. 어떠한 방법을 강구해도 현실은 안개에 덮여 모호하다. 결국, 화자는 고통스럽게 "거기에 시체가 있었습니다"라고 고통을 확인한다.

삶의 난해성과 모호성은 물자체와 같다. 우리가 가는 길이 잘 아는 길 같지만, 안개는 알지 못할 근원으로부터 몰려와 길을 점령한다. 자연 또는 하늘로부터 부여받은 심부름을 하러 가는데 무슨 심부름인지 기억나지 않는다. 안개가 끝나는 곳, 삶은 끝난다. 그곳에 '나'의 시체 즉 죽음이 있다는 것을 깨닫는다. 상상력이 그려 내는 원본 없는 직관에 의해서이다. 그러므로 죽음은 삶의 끝이며 완성이다.

3. 날아라, 하이퍼리얼리티여

실재보다 더 실재 같은 하이퍼리얼리티는 끊임없이 확장되는 동력을 가지고 있다. 그리고 장 보드리야르가 말한 시뮬라시옹의 영역을 넘어서며 진화를 거듭한다. 그가 말한 모사할 실재가 없어진 시뮬라크르가 우리를 지배하며 극실재를 생산해 낸다는 이론은 설득력이 있다. 하지만, 극실재의 현상은 시뮬라크르 현상에만 있는 것이 아니다. 우리가 자면서 꾸는 길몽이나 악몽도 꿈이 실재를 지배하는 현상이다. 더 확장해 본다면, 경험이나 기억에서 오는 특별한 사유도 때론 하이퍼리얼리티로 우리를 지배한다. 이러한 가상 실재가 현실의 실재를 점령하는 것은 어색하지 않고 자연스럽다. 사유의 날갯짓 속에 실재는 언제나 묻힌다. 하이퍼리얼리티는 오히려 우리의 삶을 더욱더 깊고 풍부하게 하는 요소로 작용한다. 실재와 가상 실재 모두 내 삶의 영역에 포함되는 것은 자명하기 때문이다. 지금 시간에도 하이퍼리얼리티의 꽃은 피었다가 지기를 반복한다. 극실재에 지배받는 시간이 너무 자연스럽다.

하이퍼리얼리티는 맹목적으로 피는 꽃이 아니다. 부드럽고 따뜻한 감성으로 공허한 현실을 끊임없이 가공하는 불꽃이다. 극실재는 실재와 가상 실재를 가로지른다. 더 나아가 우리가 자는 잠 속으로 잠입한다. 따라서 가상 실재와 실재, 현실과 꿈, 행동과 상상 모두가 자아로 수렴된다. 가상 실재로 대체된 시간에 우리가 꾸는 꿈은 달콤하다.

여긴 전에 와 본 적이 있다. 나의 浮上을 두려워하는 자의 숨소리를 듣는다. 여긴 햇빛이 따갑군요.

그리고 당신의 머리는 浮沈을 반복하는군요. 당신의 음성이 곧 당신을 놀래킬 것입니다.

당신은 이미 딴 사람 같습니다. 당신의 목젖에 걸린 피라미가 반짝, 몸을 뒤채는군요.

나는 거대한 여자다. 인간적인 차원의 부피가 아니다. 나는 거의 물이다. 내게 기댄다면 나는 잠시 튜브다.

당신의 벌어진 입으로 따뜻한 물이 흘러드는군요. 은빛 호수 가운데 나는 떠오른 여자다. 그러므로 여긴 전에 와 본 적이 있다.

—「당신의 악몽 1」 전문

그들은 내게 질문을 하지 말고 대답을 하라고 합니다. 깨진 진실의 한 조각을 그날 밤 내가 보았다고 합니다. 그걸 쥐면 칼을 쥐는 거라고, 칼을 쥐면 찌를 수 있다고, 드디어 우리는 세계의 거대한 고름 주머니를 폭죽처럼 터뜨리는 거라고, 너는 위대한 목격자라고 유혹합니다. 내가 마지막 한 조각을 맞추면 아름다운 항아리가 완성되는 거라고, 우리는 거기에 한 아름

불타오르는 장미를 꽂을 거라고, 준비한 꽃이 시들면 안 된다고, 실망시키지 말라고 했을 때, 나는 사랑에 빠진 자의 무서운 얼굴을 보았습니다.

그들은 내가 무엇을 보았는지 알고 있는 것 같아요. 내가 무엇을 보았습니까?

—「공범자들」 부분

인간의 삶은 실재를 이성적인 감각으로 인지하고 경험하는 실제적 현실과 수면 중에 체험하는 환각적 현실로 나뉜다. 때로 꿈은 현실을 반영하기도 하지만 그것은 파편화되어 있거나 경험의 통일성이 없다. 현실과 연결이 안 되기 때문에 화자는 오히려 확신에 차서 말할 수밖에 없다. 깨어 있는 의식을 강조하며 "여긴 전에 와 본 적이 있다. 나의 浮上을 두려워하는 자의 숨소리를 듣는다."고 꿈속의 상황을 기시감 있게 말한다. 꿈속의 특이한 "당신의 머리는 浮沈을 반복하는" 것을 자아의 욕구로 이해한다. 이러한 시각적 영상을 "당신의 음성이 곧 당신을 놀래킬 것"이라고 음성적 청각으로 바꾸어 꿈을 환기한다. 욕구가 어느 방향으로 가는지를 점검하기 위한 행위이다. '나'는 꿈을 깨지 않아 꿈속의 가상 현실에 지배받는다. 화자의 시각적인 꿈은 "은빛 호수 가운데 나는 떠오른 여자다"라는 진술에서 환각적 진실이 된다. 잠을 자는 것도 우리의 삶이다. 이것을 부정할 수는 없다. 그렇다면 시적 화자의 "그러므로 여긴 전에 와 본 적이 있다"는 진술은 실제적 진실이 된다.

우리가 지금 이곳에서 보는 것은 무엇인가. 금지된 욕구가 자유분방하게 이미지를 만드는 꿈속처럼 현실도 모호하기는 마찬가지이다. 꿈속의 욕구처럼 현실의 욕구도 이해하기 어려운 의미를 만들어 간다. 타자들이 '나'의 욕구를 알아내려고 "질문을 하지 말고 대답을 하라고" 강하게 압박한다. '내' 욕구를 그들 앞에서 감춘 것처럼 타자들은 '나'의 영역에 주목하고 있다. 현실과 연결할 수 있는 욕구를 찾기 위한 그들의 행동은 가혹하리만큼 집요하다. '나'를 특수한 세계에 있다고 믿는 그들은 "그걸 쥐면 칼을 쥐는 거라고, 칼을 쥐면 찌를 수 있다고" 무서운 주문을 한다. 타자의 강요를 볼 때 우리의 욕구는 꿈속뿐만 아니라 현실에서도 동일한 무게를 갖는다. 우리는 하나의 욕구 앞에 사고의 원시성과 행동의 원시성을 드러낸다. 그러기에 화자의 "그들은 내가 무엇을 보았는지 알고 있는 것" 같다는 진술은 억제되어 있던 욕구이다. 이처럼 욕구가 만들어 내는 가상 실재로 실재를 대체하는 것이 삶의 지속성이다.

입술들의 물결, 어떤 입술은 높고 어떤 입술은 낮아서 안개 속의 도시 같고, 어떤 가슴은 크고 어떤 가슴은 작아서 멍하니 바라보는 창밖의 풍경 같고, 끝 모를 장례 행렬, 어떤 눈동자는 진흙처럼 어둡고 어떤 눈동자는 촛불처럼 붉어서 노을에 젖은 회색 구름의 띠 같고, 어떤 손짓은 멀리 떠나보내느라 흔들리고 어떤 손짓은 어서 돌아오라고 흔들려서 검은 새 떼들이 저물녘 허공에 펼치는 어지러운 군무 같고, 어떤 얼굴은 처음 보는 것 같고 어떤 얼굴은 꿈에서 보는 것 같고 어떤 얼굴은 영원히 보게 될 것 같아서 너의 마지막 얼굴 같고, 아, 하고 입을 벌리면 아, 하고 입을 벌리는 것 같아서 살아 있는 얼굴 같고,

─「에코의 초상」 전문

하이퍼리얼리티는 소리로 이미지를 만들어 우리를 지배하기도 한다. 청각적 이미지는 시각적 이미지보다 더 강하게 감정을 흔든다. 이

토록 강한 파장으로 현실 세계를 다양한 감정으로 물들게 한다. 「에코의 초상」 화자가 "입술들의 물결"에 신비스러운 듯 집중한다. 정수리를 때리고 가슴을 파고드는 소리는 언제나 극적인 감정으로 인간을 묶어 놓는다. 소리는 우리를 두렵게도 하고 기쁘게도 하는 능력이 있다. 그런 소리가 물체에 부딪혀 되돌아올 때는 특별한 진폭으로 피부에 달라붙는다. 에코가 만들어 내는 감정은 "어떤 가슴은 크고 어떤 가슴은 작아서 멍하니 바라보는 창밖의 풍경"이 되어 '나'를 야릇한 세계에 던져 놓는다. 소리만큼 우리의 감정을 요동치게 하는 것은 없다. 소리가 허공 속을 떨면서 달려갈 때 우리의 가슴도 고유의 떨림으로 허공을 가른다. 소리가 만드는 현실은 "아, 하고 입을 벌리면 아, 하고 입을 벌리는 것 같아서 살아 있는 얼굴"과 닮아 하이퍼리얼리티이다. 이 때문에 소리는 에코로 표정을 바꾸며 현실을 지배한다.

우리가 발을 딛고 있는 공간에서 극실재가 끊임없이 날갯짓한다. 이러한 극실재의 날갯짓은 길몽이나 악몽으로도 현실을 지배하게 만든다. 그리고 잠을 자는 것도 '내' 삶의 연속이므로 꾸는 꿈 또한 하나의 현실이다. 이렇게 확장된 하이퍼리얼리티는 금지된 욕구를 펼쳐 보이며 또다시 소리로 '나'를 지배한다. 그러므로 우리는 시뮬라크르에 지배받기 위해 하이퍼리얼리티를 지속적으로 생산해 내는 존재이다.

4. 현실 밖을 재현하다

김행숙의 시는 현실 밖을 재현하려는 욕구가 강하다. 시각으로 확인되는 현실 밖의 의미를 찾아내려는 고통이 깊이를 껴안고 드러난다. 현실은 웃음으로 상대를 편안하게 하지만, 웃음 이면에는 주름이 도사리고 있다. 언제나 밝은 웃음 뒤에는 먹구름이 끼어 맴돈다. 웃음은 시간과 공간 또는 상황에 따라 다양한 의미를 갖는다. 먹구름이 낀 밝은 얼굴을 밝게만 읽는다면 기표 안쪽의 기의를 놓칠 수 있다. 이런 이유로 웃음에 담긴 주름을 읽고, 주름의 상처 조각을 직관할 수 있어야 한다. 얼굴에 드러난 표정은 음성 언어보다 더 깊고 복잡하여 가늠하기 어렵다. 왜냐하면 표정은 감정과 기억으로 만들어졌기 때문이다. 따라서 우리는 표정의 기표 너머를 보아야 한다. 인간의 뇌에는 거울 신경세포가 있다. 이 세포로 인해 우리는 타자의 표정을 보고 감정을 그대로 받아들일 수 있다. 그러나 간과해선 안 된다. 표정 안쪽에서 아직 발달하지 않은 감정이 꿈틀댄다는 것을.

코로부터 넘친 코, 코에서 코까지 앞만 보고 달려가면 결국 코가 없고

귀로부터 넘친 귀, 귀에서 귀까지 귀를 막고 뛰어가면 세상은 온통 귓속 같고

입을 꽉 다물면 이빨은 자라지 않고, 편도선은 부풀지 않는가. 거품은 일지 않는가.

사진 속의 파도처럼 내 혀는 꼬부라져 있네.

얼굴을 침실처럼 꾸미고, 커튼을 내리고, 나는 혀를 달래서 눕히네. 나는 사탕 같은 어둠을 깔고

나는 당신이 모르는 표정을 짓지만

내 얼굴엔 무언가 남아도는 게 있을 거야.

—「해변의 얼굴」 부분

내 기억이 사람을 만들기 시작했다

나는 무엇으로 구성되어 있는가, 그래서 나는 무엇인가

사람처럼 내 기억이 내 팔을 늘리며 질질 끌고 다녔다, 빠른 걸음으로 나를 잡아당겼다, 촛불이 바람벽에다 키우는 그림자처럼 기시감이 무섭게 너울거렸다

사람보다 더 큰 사람그림자, 아카시아나무보다 더 큰 아카시아나무그림자

그러나 처음 보는 노인인데…… 힘이 세군, 내 기억이 벌써 노인을 만들었다면 나는 어떻게 되었을까

나는 생각을 할 수 없었다, 생각을 하는 누군가가 나를 돌보고 있었다

기억이 나를 앞지르기 시작했

—「잃어버린 시간을 찾아서」 전문

지나가 버린 풍경이 지금 시각에도 몰려온다. 순간적으로 공간 이동을 하듯 어느새 화자는 지난 풍경 속에서 알 수 없는 표정을 짓고 있다. 시간의 흐름에 따라 기억은 변화를 겪으며 가슴에 눌어붙는다. 시적 화자가 "코로부터 넘친 코, 코에서 코까지 앞만 보고 달려가면 결국 코가" 없다며 해변의 기억을 떠올린다. 우리의 기억은 감각기관에 의해 만들어진다. 감각은 현실과 허구를 구별하는 능력이 있다. 끝없이 펼쳐진 푸른 바다를 볼 수 있는 것은 시각이지만, 바다의 독특한 냄새와 분위기를 느끼는 것은 후각이다. 냄새는 까마득히 잊고 있었던 기억을 불러오기도 한다. 시적 화자의 과거에 대한 기억은 "귀로부터 넘친 귀, 귀에서 귀까지 귀를 막고 뛰어가면 세상은 온통 귓속 같고"처럼 코에서 귀로 바뀐다. 바다가 일으키는 파도를 알아차리는 것은 청각이다. 파도가 내는 에너지를 감지하는 것은 귀이기 때문이다. 지나간 풍경은 이제 "사진 속의 파도처럼" 굳어 있다. '사진'을 보는 시각으로부터 확인된 풍경이 더욱더 세밀한 모습으로 다가온다.

기억이 없다면 '나'도 없다. 기억의 연속성과 통일성으로 '나'의 정체성은 만들어지고 가야 할 길이 환해진다. 이런 이유로 시적 화자의 "내 기억이 사람을 만들기 시작했다"의 진술은 진정성이 있다. 우리가 기억을 저장하는 능력이 없다면 우리(나와 타자)는 만들어지지 않는다. 그냥 낯선 존재에 지나지 않을 것이다. 그렇기 때문에 망각이나 기억을 변조하는 기억착오증은 사람을 잃는 것과 같다. 어릴 적의 '나'와 성인이 된 '내'가 같은 것은 "내 기억이 내 팔을 늘리며 질질 끌고" 다녔고, "빠른 걸음으로 나를" 잡아당겨 현재의 정체성을 만들어서이다. 시적 화자는 '나'를 망각의 구렁텅이에 빠뜨리는 기억 이상에 대해 두려워한다. 심각한 기억력 손상은 '나'를 파괴하는 것이기 때문이다. 따라서 화자가 "그러나 처음 보는 노인인데…… 힘이 세군, 내 기억이 벌써 노인을 만들었다면 나는 어떻게 되었을까"라는 두려움을 갖는 것은 당연하다. 기억이 만들어지지 않는다면, 우리는 차츰 자아를 잃고, 결국 삶의 흔적으로 남을 수밖에 없다. 그러나 인간은 누구나 삶의 끝에서 자신을 잃는 길로 접어드는 존재이다.

김행숙은 시로 시뮬라시옹하는 데 열중이다. 시 쓰기로 실재가 가상 실재로 전환하는 일을 지속해서 한다. 김행숙이 만들어 놓은 시적 가상 실재가 우리의 뇌에 극실재로 무늬를 만든다. 물신화되어 삶의 가치를 상실하고 사는 현대인에게 시적 이미지의 소비는 중요하다. 그것은 새로운 진실로 우리를 지배하기 때문이다. 그러므로 김행숙의 시(詩)뮬라시옹하는 시간은 정신적 명품인 시적 시뮬라크르를 만들어 내는 행위이다.

이성 너머의 조각난 사유들
　—최하연의 시*

1. 이성을 지우는 시간

　이성은 인간에게 선악(善惡)과 미추(美醜)를 정확하게 분별하는 능력을 부여했다. 따라서 우리는 이성적 행위가 유토피아로 가는 길을 열 것이라 믿었다. 이성은 밝은 빛 그 자체로 표상되기 때문이다. 하지만, 이성은 식별 능력에서만 밝은 빛이었지, 사물의 본질을 드러내지는 못한다. 그러므로 이성 너머의 조각난 사유들은 중요한 의미가 있다.

　최하연 시의 주체는 거대하고 맹목적인 이성을 지우는 데 열중이다. 이성을 무너뜨린 자리를 딛고 "그림을 가져온 소년은 짝짝이 신발을 신고 있어요 문이 열리고 그림 속으로 내가 들어가네요"(「엘리베이터 안에서 그림을 샀어요」)와 같이 현실 너머의 자아를 드러낸다. 시적 화자는 이성적 행동으로는 도저히 할 수 없는 짝짝이 신발을 신은 '나'를 응시

---

*최하연의 시집 『피아노』(문학과지성사, 2007), 『팅거벨 꽃집』(문학과지성사, 2013), 『디스코팡팡 위의 해시계』(문학실험실, 2018)에 발표된 작품들을 대상으로 한다. 이 글에서 다루게 될 최하연의 시는 언급한 세 권의 시집에 담긴 작품들이다.

한다. 왜 응시하냐면 응시하는 대상은 이성적 자아가 아닌 이성 밖의 또 다른 자아이기 때문이다. 제2의 자아는 현실에서는 꿈도 꾸지 못하는 그림으로 들어간다. 데카르트 이후 만들어진 이성의 세계보다 이성 밖의 세계를 거리낌 없이 수용한다. 이성에 대한 불신은 "두 눈 부릅뜬 색색의 만신들이/피 뚝뚝 떨어지는 심장을 움켜쥐고 달려간다"(「지하철 예술 무대」)고 이성 이전의 원초적 문화를 그리워한다. 이성으로 세운 차가운 도시가 예술이라는 뜨거운 행위로 더워지고 있다. 화자는 근대 이후의 문명에 취한 우울한 도시인에게 예술적 행위로 치료한다. 이처럼 시인은 이성에 의한 생각과 행동을 시적으로 해체하는 데 몰두한다.

인간은 이성으로 만든 사물에 대해 질문한다. 어찌할 수 없이 도시의 우울을 직시하는 행위가 안쓰럽다. 화자는 우울을 사라지게 할 처방을 고심 끝에 내린다.

> 엘리베이터는 일어나, 걸었다
> 해 뜨고 해 질 때까지 걸었다
> 엘리베이터는 별자리를 헤어 가며 걸었고
> 왼발이 지치면 오른발로
> 오른발이 지치면 그냥 걸었다
> 자전거를 만날 때마다 골목을 한 번씩
> 바꿔 가며 걸었다, 막다른 곳에 다다르면
> 자신의 배에서 골목을 꺼내 또 걸었다
> 걸어가는 엘리베이터에게 인사를 해도
> 엘리베이터는 그냥 걸었다
> 거미가 거미줄에 매달렸다
> 거미줄이 천장에 매달렸다

오랜 세월이 흘렀다
엘리베이터는 걷다가 생을 마쳤다
엘리베이터의 봉분은
엘리베이터 모양으로 만들어졌고
그 무덤 깊숙이 막다른 골목이
끝없이 펼쳐졌다

—「내수동과 적선동 사이」 전문

이성으로 만들어진 편리한 기계가 걷기 시작한다. 자신을 탄생시킨 인간을 보며 자신을 따라 걸으라 한다. 이성 안에 있으면 근대 이전의 직관적 사유가 사라진다고 생각한다. 화자의 이성에 대한 성찰은 "엘리베이터는 일어나, 걸었다"고 진술하는 순간 시작된다. 존재론적 해답을 찾기 위해 "해 뜨고 해 질 때까지" 걷는다. 과거에는 없었던 '엘리베이터'라는 기표가 새로운 기의를 만든다. 목적지를 설정하지 않고 걷는 행위를 지속하는 것은 유목민의 유전자가 지시한 것으로 볼 수 있다. 잠재의식으로 내재한 유전자는 이성의 그늘진 면을 이미 알고 있다. 따라서 걷다가 길이 끊기면 "자신의 배에서 골목을 꺼내" 가야 할 길을 만들어 낸다. 화자는 '걸었다'를 반복함으로써 유목민의 이미지를 만들어 내는 데 성공한다. 그리고 이성에 사로잡혀 있는 현대인의 표정을 살피고 있다. 이성은 불안도 함께 만들어 놓았다. 문명의 단계가 올라갈수록 필연적으로 불안도 상승한다. 이것은 문명과 과학이 낳은 후유증이다. 우리는 이성을 조금도 의심하지 않았으므로 이성이 공포일 수 있다는 것을 의식하지 않는다. 하지만, 화자는 시적 진실을 찾아가는 과정에서 "그 무덤 깊숙이 막다른 골목이/끝없이 펼쳐졌다"고 성찰의 시간을 갖는다. 걷다가 생을 마친 것은 엘리베이터인가? 아니면 인간인가? 시인의 질문은 끝이 없다. 엘리베이터는 걷다가 생을 마쳤기 때문에 유목민의 유전자를 닮았다.

이성을 지우는 시간이 도래했다. 근대 이전에 꿈꾸었던 상상이 실현된 현실을 성찰해야 한다. 우리가 꾸었던 꿈들을 계량해 보아야 한다. 이제 그 '꿈을 이루어서 우리는 행복한가?' 스스로 답할 시간이다.

2. 현상에 관한 오독 놀이

삶의 주체는 주관적 시각에 의존하여 현상을 판단한다. 시각은 확신에 차서 우리가 지각할 수 있는 사물의 모양과 상태를 이해한다. 시각에 대한 믿음이 강한 주체는 사물의 외면에 나타난 상만으로 사물을 온전히 이해한다고 믿는다. 이러한 믿음은 자기 강화를 거쳐 현상은 곧 실재한다는 확신으로 발전한다. 그러나 이데아의 개념으로 보면 현상은 모상에 불과하다. 감각을 넘어선 곳에 실재가 존재하기 때문이다. 즉 감각 너머가 이데아이다. 이러한 이데아를 꼭두각시로 만든 것은 경험주의자들이다. 이들은 시각에 사로잡힌 현상을 핵심으로 보았다. 칸트에 이르러서는 물자체는 알 수 없는 것으로 판단한다. 그리고 후설은 "현상이란 전적으로 의식에 지각된 현상을 뜻"하는 것으로 본다. 이와 같은 논의의 핵심은 현상에 대한 오독의 문제이다.

최하연 시인이 극복하고자 한 것도 현상에 대한 오독이다. 시각적으로 보이는 사물을 참된 인식으로 보고 자기감정에 취한 시인들에게 최하연은 시의 위기를 느꼈다. 전통적 문법으로 창작되는 서정시가 잘못되었다는 것이 아니다. 시각에 절대적 가치를 부여하다 보면 서정시는 시인도 모르게 감정의 과잉에 빠지게 된다. 이러한 감정의 과잉은 또 다른 의식적 세계의 부정으로 나타난다. 따라서 최하연은 역설적인 오독 놀이를 통해 시각 너머의 유의미한 것을 찾아 떠난다.

책장을 넘기며 바람이 부네요, 아파트 절개지 담벼락에서 마르지 않은 잉크 냄새가, 오랫동안 퀴퀴하기만 한 창 아래로, 문맹의 기억을 으르렁거리며 달려오네요, 책장을 닫으며 다시 바람이 부네요, 저 오동나무 잎들은 누가 흘리고 간 대출 증서인가요, 너무 오래 읽어 낱장 뜯긴 셋방은 또 누가 물어내야 하나요,

새 책은 한 번도 슬어 보지 못한 아버지와, 태어나지 않을 자식들, 제대로 된 문장은 한 번도 만들어 보지 못한 이 골목의 글자들은 이제 다 어디로 가나요, 한꺼번에 폐기되나요, 아님, 박스에 봉해져 구석진 저곳 선반 아래 숨겨지나요,

마침 활자의 아랫도릴 적시며 비가 오네요, 이 문장은 태풍이래요, 애칭은 루사인데요, 그녀는 참, 요란하게도 책장을 넘기네요, 너무 오래, 침 묻어 반들반들해진 이 골목의 다음 페이지가 궁금한 듯, 이 페이지는 너무 지겹다는 듯,

—「오래된 서가」부분

심장과 손톱 사이에
가시나무 한 그루를 심고는
밤새 말을 더듬는다

모로 누울 때마다
사랑 같은 것들이 따가웠다

손톱 끝에 가시나무꽃이 피고

가시에 걸린 바람의 살점을 뜯어먹으며
구름은 또 밤새 비를 내렸다

꿈의 뿌리가 젖는 동안

손톱 끝에서 꽃송이가 사라지고
머리끝에서 머리카락이 사라지고
혀끝에서 입술이 사라지고

—「심장과 손톱 사이」 부분

　「오래된 서가」에는 곧 사라지고 말 것들에 대한 안타까움이 드러나
있다. 시적 화자가 바라보고 있는 곳은 재개발 지역이다. 형성된 지 오
래되어 낡을 대로 낡은 이곳엔 검은 고양이들이 산다. 재개발하는 주
최 측에서 본다면 이곳은 낡았기 때문에 더러운 곳이다. 고양이가 살
기 좋게 쥐들도 많을 거라고 추론한다. 하지만 시적 화자는 당신들이
골목에 대하여 오독을 하고 있다고 생각한다. 화자는 재개발 지역을
오래된 서가로 본다. 그러기에 "책장을 넘기며 바람이 부네요"와 같은
진술이 가능해진다. 바람은 재개발로 이익을 보려는 사람들의 은유이
다. 그들의 인식에 이곳은 "오랫동안 퀴퀴하기만 한 창"이므로 버려야
할 카드이다. 오래되었기에 재산 가치가 없는 이곳은 "한꺼번에 폐기
되"거나 아니면, "박스에 봉해져 구석진 저곳 선반 아래" 숨겨져야 한
다. 이처럼 삶의 냄새가 깊게 밴 오래된 동네는 경제 가치 척도에 의해
자연스럽게 오독된다. 그리고 자본을 추구하는 그들은 "이 페이지는
너무 지겹다는 듯" 부끄러움 없이 오독을 즐긴다.

우리의 현상에 대한 오독은 일상적이다. 인간은 가슴속 감정의 과잉을 안고 살기 때문이다. 오독은 지속적으로 행위를 점검하게 만든다. 따라서 화자는 "가시나무 한 그루를 심고는/밤새 말을 더듬"을 수밖에 없다. 자기감정이 지시하는 대로 우리는 심장의 박동 소리를 듣는다. 심장 뛰는 소리는 또 다른 감정을 불러일으켜 고양이처럼 손톱을 세운다. 지금 여기에서 솟구치는 감정은 현상에 대한 오독 때문이다. 이 때문에 화자는 "손톱 끝에 가시나무꽃이" 피는 것을 현실로 받아들인다. 손톱의 공격적 이미지와 가시나무꽃의 방어적 이미지가 섞여 또 하나의 낯선 이미지를 만든다. 감정은 현실을 정확하게 이해하려 하지 않는다. 시적 화자는 자신의 감정에 취해 "꿈의 뿌리가 젖는 동안"을 지켜본다. 감정이 일어나는 곳에 가시나무꽃이 핀다. 갈무리되지 않은 감정은 밤새 내리는 비를 온몸으로 견딘다. 화자는 자신의 감정을 "혀끝에서 입술이 사라지고"처럼 다스리기 시작한다. 이와 같은 현상에 대한 오독은 감정이 낳은 결과이다.

천장에 붙어 내려다본다
롤러스케이트를 신은 소년을 지나
신호등 아래 오래 머무르던 유모차를 지나
캄보디아 버뮤다 포클랜드 홍콩을 차례로 들러
돌아온 곳은 2층 창가였다
뜨는 달을 바라보며 하루의 태양이 잠시
머물렀다, 오렌지색 태양은
과녁처럼 빛났다, 한 방 맞았다
실패를 두려워하지 않았다
실패는 먼저 간 실패보다 강했다

정말로 먼 곳까지 왔다, 무지막지했다

(중략)

밤이 와도 새는 날개를 접지 않았다
모래를 뒤졌지만, 달팽이는 없었다
쥐며느리는 천장에서 천장으로 돌아갔고
나는 비로소 바닥에 매달렸다
첫잠이 들었다

　　　　　　　　　　　　　―「쥐며느리의 시간」 부분

　시적 화자는 자신의 감정을 쥐며느리에 투영한다. 혐오의 대상으로
쥐며느리를 대한 것이 아니라 자신과 동일시하여 가치를 격상시켰다.
이제 화자가 새로운 오독 놀이를 시작한다. 그러자 시각으로 모든 사
물이 미끄러져 내리기 시작한다. 아직은 위협을 받기 전이라 몸을 둥
글게 마는 습성을 발휘할 필요는 없다. 다만 "천장에 붙어 내려다"볼
뿐이다. 현상에 대한 오독은 "캄보디아 버뮤다 포클랜드 홍콩을 차례
로 들러/돌아온 곳은 2층 창가"라고 확신에 차서 진술한다. 화자의 또
다른 자아인 쥐며느리의 시각은 오독투성이다. 삶의 어느 지점을 딛고
"실패는 먼저 간 실패보다 강했다"고 감정에 취해 말한다. 시적 화자
는 자신을 약자로 보아 쥐며느리에 투영한 자아를 거두어들인다. 이것
또한 현상에 대한 오독이 분명하다. 왜냐하면 화자는 "쥐며느리는 천
장에서 천장으로 돌아갔고/나는 비로소 바닥에 매달렸다"고 지각했
기 때문이다. 마디마다 한 쌍의 다리를 가진 쥐며느리와 인간은 태생
적으로 다르다. 그 이유는 화자가 쥐며느리의 시각을 빌려 사물 깊숙

이 파고드는 오독의 시간을 가져서이다.

우리에게 현상이란 의식의 지각 작용이다. 최하연 시인이 사물을 바라보는 시각은 비유적 방법을 통해서이다. 비유는 사물과 사물 사이로 끊임없이 미끄러져 내린다. 미끄러져 내리며 오독을 통해 사물의 본질을 보려 부단히 노력한다.

3. 조각난 기억과 기억 사이

최하연의 시는 이성 너머의 조각난 기억을 모으고 있다. 우리는 이성의 분별하는 능력으로 사유하고 행동하는 것이 아니다. 우리가 사유하고 행동하는 것은 머릿속에 저장된 사물과 현상에 대한 기억이다. 머릿속에 저장된 쾌와 불쾌의 기억들이 나를 움직이는 기제로 작용한다. 머릿속에 꽉 찬 정보로 우리는 현재 어려운 문제를 슬기롭게 해결한다. 나를 나답게끔 하는 것은 기억이다. 몸과 마음은 변하지만, 기억은 저장된 채로 온전한 나를 만든다. 우리는 태어나서 현재까지 자신의 머릿속에 저장된 정보로 세계를 이해한다. 하지만, 이 기억은 때로 기억을 변조하고 윤색하여 우리를 속이기도 한다. 기억에 관한 뇌의 용량은 제한 없고, 지속 시간은 영구적이다. 지나간 경험을 되살려 내는 것은 자신을 찾아가는 방식이다. 우리에게 기억이 없다면 '내'가 없는 것과 같다.

최하연 시인은 기억을 되살려 자신을 드러내고 있다. 또한 시간이 흐를수록 자신의 정체성이 흐려질 수 있으므로 과거를 불러온다. 시인은 정보를 불러내는 과정이 괴롭지만, 기억의 목록을 만드는 데 열중이다.

당신을 부르는 소리
당신이 부르는 소리

열차가 쇠 긁는 소리
미세먼지가 참새 이마에 부딪히는 소리
대륙의 가장자리가 뭉근하게
어긋나는 소리
애국가 뒤에 찾아오는 빅뱅의 잔향 같은
소리 소리에 심지를 돌돌 말아
저기 저 먼 귓속 우주에 꽂아 놓고
혀를 축인다
불을 댕긴다

—「기억 소음」 부분

새벽 다섯 시에 찾아온
생식기의 수전증
빵빵한 허무주의
등을 민다
안개의 등짝을 민다
공갈 안개는
젖어서
부풀지만
안개의 사상 따위는 물컹하게
쪼그라든다
생식기의 고도가 심장보다
낮아서
안개의 아랫도리를 따라
뒷산의 아랫도리도 젖는다

안개의 아버지는 퇴화했고

안개의 어머니는 타락했다

─「기억 군락」 부분

시적 화자는 '나'의 정체성을 규명하기 위해 "당신을 부르는 소리/당신이 부르는 소리/열차가 쇠 긁는 소리"의 순간들을 이곳으로 불러낸다. 과거의 순간을 점화하자 기억은 서로의 공간을 이으며 구체적으로 펼쳐진다. 소리는 '당신'과 '나'를 연결한다. 그리고 '당신'과 '나' 사이에 열차를 연결하여 하나의 서사를 만들어 낸다. 그렇게 과거의 시공간은 점화되어 이곳에서 기억의 존재를 증명한다. 몸은 순간마다 변하지만, 기억은 본래의 뼈대를 구축한 채 커 가거나 작아진다. 이 점이 현재의 '나'를 만드는 기제이다. 우리의 기억은 매우 정교하게 머릿속에 저장되어 있다가 필요에 따라 의식 밖으로 용수철처럼 튕겨 밖으로 나온다. 이처럼 기억을 불러오는 것은 적절한 자극을 전제로 한다. 그러기에 화자는 오늘도 "애국가 뒤에 찾아오는 빅뱅의 잔향 같은/소리 소리에 심지를 돌돌 말아" 불을 붙인다. 한 개념을 자극하자 개념은 날개를 펴고 새로운 개념을 불러온다. 기억이 나는 곳으로 '나'의 정체성은 끊임없이 확장되고 있다.

몸은 하염없이 크기를 늘리거나 줄여 간다. 과거의 '나'와 지금의 '나'는 이 점 때문에 다르다. 몸을 만드는 세포는 "새벽 다섯 시에 찾아온/생식기의 수전증"처럼 쉼 없이 죽고 다시 생성된다. 과거의 '내' 몸과 현재의 '내' 몸은 다르다. 우리 몸을 구성하는 뼈와 살은 일정한 시기가 지나면 새롭게 교체된다. 몸으로 '나'를 증명할 수는 없다. 만약 몸으로 '나'를 증명한다면 그것은 유전자 때문이다. 과거의 몸과 현재의 몸이 다른 것처럼 과거의 '나'와 현재의 '나'는 다른 존재이다. 하지만, 기억은 몸과 다르다. 과거의 기억과 현재의 기억은 "안개의 사상 따위는 물컹하게/쪼그라든다"는 것을 공유하기 때문에 과거의 '나'와 현재의 '나'는 동일한 '나'이다. 파편화되어 저장되었던 기억을 하나의 서사로 만들면 '내'가 탄생한다. 서사 과정에서 조각난 기억은 서로 연결된다. 기억은 과거를 호명하며 끊임없이 의미망을 확장한다. 기억의 불꽃이 피어오르는 곳에 '내'가 존재한다.

계단에서 구두 소리를 지운다
바위에서 바람 소리를 지운다
용서하면 용서받을 줄 알았디
낭떠러지에서 물러난다
디딜 수 없는 바닥들이 있다
이를테면
우주의 검은 항아리
뚜껑을 열면
검은 얼굴의 내가
짠내 나는 눈동자가
검은 하늘을 베고 누우면
소리 없는 바다가
내 안으로 일렁거려

— 「기억 풍랑」 부분

시적 화자가 기억의 연결 고리를 찾아내는 과정이 안쓰럽다. 과거의 '내'가 저지른 잘못이 현재의 '나'를 괴롭히기 때문에 화자는 의식적으로 망각의 힘을 빌린다. 화자가 과거를 성찰하며 지우려 노력한 "구두 소리"와 "바람 소리"는 끝내 지워지지 않는다. 기억은 매우 정교하고 복잡하게 '나'를 만들었다. 기억을 지운다는 것은 과거의 '나'를 지우는 것과 같다. 과거부터 현재까지 행해 온 행위는 기억으로 남아 활성화하기 쉬운 상태를 만든다. 따라서 기억은 "우주의 검은 항아리" 같은 것이다. 언제든지 과거의 "뚜껑을 열면" 활성화하기 쉬운 상태로 그곳에 "검은 얼굴의 내가" 웅크리고 있다. 기억이 조각나 위치한 곳에 '나'는 "소리 없는 바다가" 되어 하염없이 일렁인다. 수없이 많은 파도가 서로 연결되어 있듯이 '나' 또한 기억으로 연결된 존재이다. 파도가 바람에 의해 지배받는 것처럼 '나'는 기억에 지배받는다. 바람은 오늘도 바다를 가로질러 파도를 만든다. 잇따른 기억의 파도가 '나'에게로 온다.

최하연 시인은 조각난 기억과 기억 사이를 이어 '나'를 만난다. 기억은 이성 너머에서 '나'를 관통한다. 기억이 강할수록 '내' 행동의 보폭은 커진다. 화자는 조각난 기억의 입자들을 현재의 시공간으로 방출하기 시작한다.

4. 복기하는 소리 안쪽의 세계

최하연은 과거의 조각난 사유들을 하나로 연결한다. '나'를 규명하지 못한 현재는 언제나 미완으로 넘쳐난다. 소리를 통해서 과거를 불러들이는 일은 복잡한 사유 행위이다. 기억을 끄집어내어 사유하는 것은 '나'를 찾아 떠나는 순수한 여행이다. 막힌 길 앞에서 이성은 힘이 되지 못한다. 기억은 조각나 있고 연결 고리는 잘 보이지 않는다. 이성이 중요시하는 시각 너머에 '나'의 정체성이 존재하기 때문이다. 이때 이성에 보냈던 무한한 신뢰는 무너진다. 이성의 심장에서 꺼낸 시각이 길을 밝게 비출 것이라는 믿음은 올바름 그 자체가 아니다. 시각은 눈

앞의 길을 환히 비추지만, 현상 안쪽의 세계를 비추지 못한다. 바람에 흩날리는 백만 개의 나뭇잎처럼 한없이 조각난 기억은 시각에 온전히 잡히지 않는다. 이 때문에 '나'를 찾아가는 과정은 쉽지 않다. 기억을 모아 정체성을 만드는 일은 어긋날 가능성을 전제로 한다.

시적 화자가 복기하는 소리 안쪽의 세계가 흐릿하다. 이제 이성의 적자인 시각이 소리 안쪽의 세계에선 필요 없는 존재가 된다. 시각은 언제나 어긋나는 시공간만 들춰낸다.

눌러도 소리가 나지 않는 건반을 책상 위에 그려 놓고, 가만 귀 기울이고 있어요, 당신이 소원은 검은건반에서 뛰어내리는 것, 그리하여 일생일대의 화음으로 나를 부활시키는 것, 당신의 경전마다 엉터리 활자를 찍어 놓고, 페이지를 봉인하고 있어요, 나는 나의 다음 페이지가 무조건 될 수 없다는 것, 우주를 한 바퀴 돌아 신발을 벗으며 '그것참'이라고 고백할 수 있다면, 당신이 떨어지고 있는 바로 그 순간, 나도 당신이 있던 그곳을 향해 뛰어오를 수 있다면, 당신의 멈칫함이 나를 일깨우는 바로 그 주문이길, 두들겨라, 두들겨라, (나의 건반은 아직 완성되지 않았어요) 나의, 나를 위한 마침표는, 언제나 나의 시작 전에 찍히고 있어요, 도돌이표 마디마다 당신은 돌아오고 있겠지요, 가로지르는 모든 것들로 하여금, 당신을 향한 나의 좌표를 잃게 만들고 싶어요, 당신은, 또다시 그 높은 절벽, 검은건반에 올라서서 눈을 감고 있네요,

— 「피아노」 전문

소리로 점화해도 기억이 반응하지 않는다. 기억이 조각나고 잘게 부서져 경험의 시공간이 사라졌기 때문이다. 경험의 배경이 되었던 것들을 원래대로 복기했을 때, 과거는 현재 부름에 호응한다. 지금 여기

에서 화자는 "눌러도 소리가 나지 않는 건반을 책상 위에 그려 놓고, 가만 귀 기울이고" 있다. 과거의 '내'가 기억의 그물에 온전히 걸려 현재의 '내'가 되어야 한다. 당시 그곳의 배경이 되었던 것을 놓치지 않고 건져 올려야 한다. 그렇게 사라졌던 기억의 조각을 불러오면 "일생일대의 화음으로 나를 부활시키는 것"이 가능해질 것이다. '내'가 부활하기 위해서는 '나'를 철저히 비껴갔던 기억의 조각이 하나의 형상으로 드러나야 한다. 과거의 조각을 맞춰 하나의 그림을 완성해야 잃어버린 '나'를 찾아 성찰할 수 있다. 때로는 조각난 기억 때문에 고통이 증폭되어 행위를 멈추기도 한다. 그러나 행위 중지를 선언하면 "나는 나의 다음 페이지가 무조건 될 수 없다는 것"은 자명해진다. 시적 화자는 건반을 두드리며 '당신'으로 가는 길을 연다. 그곳에 '당신'과 '나'는 기억으로 하나의 세계를 완성한다.

'나'를 찾아가는 길은 고통을 동반한다. 석류의 붉은 알처럼 뜨거운 햇볕 앞에 서게 한다. 기억을 연결하는 고통은 가슴에 깊은 주름을 새겨 넣는 일이다.

　　꽃잎이 꽃잎을 덮고는 잠이 들었다

　　날이 밝으면
　　꽃잎이 꽃잎을 덧칠해 내려갔다

　　허공 한 잎이
　　허공 밖으로 떨어졌고, 그 밖엔
　　　　　　　　　　　　　　　　　ㅡ「지워지는 화원 1ㅡ빈센트에게」 부분

화자가 시각으로 확인된 것들을 지우자, 표면이 사라진다. 아주 편안하게 망각의 숲으로 화자의 기억을 데리고 간다. 격렬했던 내면세계는 "꽃잎이 꽃잎을 덮고는 잠이" 드는 모습으로 드러난다. 고흐가 사용한 색은 대상의 모습을 그려 내는 수단이 아니었다. 가슴 내면에서 들끓고 있는 감정을 드러내는 기제였다. 고흐의 감정을 기억하는 화자는 "날이 밝으면/꽃잎이 꽃잎을 덧칠해" 내려가는 것을 본다. 고흐는 시각을 완전히 무너뜨렸다. 자신이 심취했던 풍경을 무너뜨리자 그 자리에 감정의 색이 솟아오른다. 고흐가 표현의 대상인 "허공 한 잎"을 시각에서 지워 버린다. 그러자 감정의 내면이 서서히 드러난다. 그때 표현해야 할 내상은 "허공 밖으로 떨어졌고, 그 밖엔" 환상과 착란이 앉아 있다. 그토록 믿었던 시각을 지우고 나자, 고흐의 정체성이 온전히 드러난 것이다. 격렬한 내면세계의 발현은 자신과 타자에 대한 깊은 애정이다. 그러므로 화자는 고흐가 복기하는 소리 안쪽의 세계에 천착한 표현주의자인 것을 깨닫는다.

최하연 시인은 이성 너머의 조각난 사유들을 불러낸다. 그것은 시각으로 대상을 표현하는 것이 아니라 시각 너머의 기억에 대한 탐구로 대상을 표현하는 행위이다. 기억과 표현을 연결하자 그곳에 자신의 정체성이 과거와 현재의 경계선에서 서성이고 있다.

현상을 치유하는 착란의 순간들

—조연호의 시[*]

1. 아름답고 슬픈 착란

현상은 인간에게 끊임없이 상처받는다. 현상을 지각하는 것은 인간의 시각이다. 겉으로 드러난 사물의 상태는 시각으로 판단할 때 객관적 보편성을 유지한다. 좀처럼 자신의 본질을 드러내지 않는 현상은 인간의 시각 밖에서 끊임없이 미끄러진다. 이 때문에 인간의 사유는 사물 밖에 머물러 있지 그것의 본질에는 가닿지 못한다. 그러므로 사물의 민낯을 보지 못하는 인간의 시각은 언제나 객체의 외면에 꽂혀 현상에 상처를 입힌다.

시인이 현상을 시각에 의존해 바라보면 사유는 본질 밖에 머문다. 조연호 시인은 현상의 민낯을 보기 위해 감각을 끊임없이 착란시킨다. 의도적으로 감각 능력을 상실하자 혼미한 상태에서 새로운 감각이

---

[*]조연호의 시집 『죽음에 이르는 계절』(문학동네, 2021), 『천문』(창비, 2010), 『암흑향』(민음사, 2014)에 발표된 작품들을 대상으로 한다. 이 글에서 다루게 될 조연호의 시는 언급한 세 권의 시집에 담긴 작품들이다.

살아난다. 이때 시적 화자는 "색약인 너는 여름의 초록을 불탄 자리로 바라본다"(「배교」)거나, 때로는 "바다를 창틀에 눌려 죽게 하는 관조의 천박으로/시는/물결이 흔들어 버린 우리를 책망치 마라 너는 수면에 한 장의 수의(壽衣)를 씌우고"(「시」) 있는 상태가 된다. 이처럼 착란한 감각에 의지해 현상을 보자 좀 더 본질에 가까워진다.

부인이 괄태충처럼 사라질까 봐 두렵다

그는 이러한 종류의 산문과 운문을 생의 모든 부분에서 반복했다

회색이 만든 아름답고 슬픈 시대

내가 그대에게 하루에 하나씩의 문밖을 던지던 것에 아직 방문객이 없던 시절

그늘을 잃었고 그날의 그림자를 모두 잃었다

괄태충처럼 사라질까 봐 두렵다

하지만 자고 나면 이것이 어떤 점이었는지를 알 수 없게 되리라

멀리서 들려오는 타인의 쇼팽에게 먼지를 묻혀 주는 밤

보다 더 굵고 긴 악몽에

향기 나는 콘돔을 씌우고

아버지와 하녀 사이에 도착하기 전에 비는 죽는다

이 계절에 구름을 위쪽 단추까지 채우고 또 이 계절에

우린 젖은 우리를 풍향계 앞에 꺼내 놓고

괄태충처럼 사라질까 봐 두렵다

—「고전주의자의 성」 부분

사라진다는 것은 한곳에 정착하지 못한다는 것이다. 화자가 두려워하고 있는 것은 아내가 자신을 버리고 떠나는 행위이다. 아내가 언제

떠날지 모른다. 화자의 이러한 의심은 '자존감에 관해 자신 없음'을 인식하고 있기 때문이다. 아내가 거처해야 할 '나'라는 집은 한없이 빈약하고 보잘것없다. 그렇기에 화자는 "부인이 괄태충처럼 사라질까 봐 두렵다"고 자기 자신을 청자로 만들어 고백한다. 괄태충은 집이 없으므로 사라지는 데 망설임이 없다. 언제든 떠나기 좋은 상태로 공간을 이동한다. 화자는 자존감을 키우기 위해 "향기 나는 콘돔을 씌우고" 있지만, 아내는 언제나 괄태충 같은 존재이다. 자존감을 억누르고 있는 우리 문화의 은폐성을 위 시는 드러내고 있다. 존재가 자존감의 문제로 위협을 느끼는 상황은 괄태충의 모습처럼 느리지만, 분명하게 진행된다. 은폐된 자존감은 화자의 감각을 착란시키며 불안 증세를 증폭시킨다. 두려움은 '사라짐'이라는 상실의 시간을 만든다.

하늘이 녹물처럼 붉게 일었어. 모든 기억이 한 개의 덩어리였어. 새들이 신중하게 생명 이전으로 날아간다. 나는 다기점(茶器店)에서 기다리는 애인을 데리러 슬리퍼를 끌고 자취방을 나와 좁은 골목 낮은 담벽을 걸었다. 벽지는 썩고 벽은 자꾸 물을 품고 달관한 듯 세상 쪽으로 기울었다. 그 벽 한 구석에 나는 달력 대신 뭉크의 판화(죽음의 집)를 붙여 놓았다. 창밖은 비극적 세계관이지 않은가. 죽은 사람을 흰 천으로 덮어 놓고 여자가 손으로 입을 가렸다. 끌칼이 지나간 자리로 매섭게 파인 바람이 불어온다. 나는 되도록 자세하게 어둠과 대추나무와 이름 없는 마룻바닥들에 대해 말하려고 애썼다. 아니, 나는 바닷가로 가서 뜨거운 모래 위에 수많은 바다거북의 알을 낳고 행복하게 죽어 가고 싶었다.

—「죽음의 집」전문

이성적인 감각으로 볼 때 해가 지는 저녁 무렵은 붉은 노을로 아름답다. 서쪽 하늘에 꽃들이 만개하여 나부끼는 것 같기도 하고, 새들이 붉은 꽃밭을 날갯짓으로 흩트리며 날아가는 것 같기도 하다. 그러나 시적 화자는 이성적인 감각을 무너뜨린다. 시각을 착란시키자 "하늘이 녹물처럼 붉게" 일어나는 것을 보게 된다. 그리고 착란의 상태는 "모든 기억이 한 개의 덩어리였어"라는 깨달음을 얻게 만든다. 이러한 진술은 증폭을 거듭하여 "벽지는 썩고 벽은 자꾸 물을 품고 달관한 듯 세상 쪽으로 기울었다"는 기이함을 드러낸다. 이제 이 집은 편히 쉴 수 없는 공간이 돼서 달력이 필요 없다. 따라서 화자는 벽에 "달력 대신 뭉크의 판화(죽음의 집)를" 걸어 놓았다. 그러자 실재하는 집은 죽음의 이미지로 꿈틀대기 시작한다. 집 안과 집 밖의 세계가 서로 맞물려 죽음을 연주한다. 실재하는 존재는 창을 통하여 "죽은 사람을 흰 천으로 덮어 놓고 여자가 손으로 입을" 가리는 허구의 존재와 마주한다. 이성과 착란이 맞물리자, 화자는 바다거북처럼 죽고 싶었다.

현상의 민낯을 껴안는 시인의 착란이 아름답고 슬프다. 은폐의 베일을 벗고 포획된 현상은 사물을 품에 안고 있다. 더는 은폐하고 싶지 않은 표정이다. 이때 시인이 현상을 보는 시각은 착란 상태이다.

2. 하늘의 문자

우리가 사는 세계는 하늘의 문자로 가득하다. 모든 현상은 보이지 않는 착란으로 만들어진다. 자연 세계는 이성의 감각으로는 볼 수도 들을 수도 없다. 기계론적 사유로 현상을 파악하는 데는 한계가 있다. 이성적 머리가 정령 숭배적 현상을 이해했다고 생각한다. 하지만 우리 마음속 유전자는 현상에 대해 확실한 개념적 사고를 하지 않는다. 눈앞에 펼쳐진 현상은 감각적으로 이해되어 매우 친근한 표정을 짓는다. 다양하지만, 현상의 낯익은 모습으로 인해 우리는 판단을 내리지 못한다. 볼 수는 있지만, 알 수 없는 현상은 지금도 자기 모습을 끊임없이 바꾼다. 애니미즘이 강력하게 작동하던 시대의 사유는 대부분 사라졌다. 왜냐하면 인간은 애니미즘적 사유를 과학적 사유로 대체시킨지 오래되었기 때문이다. 하지만, 우리는 여전히 현상의 겉모습만 붙잡고 있다.

하늘의 문자는 미스터리 그 자체이다. 하늘을 빼곡히 수놓은 별들의 문자를 우리는 이해하지 못한다. 별들이 움직이며 만들어 내는 모습은 이성 밖의 영역으로 여전히 신비롭게 빛난다. 그 별 중 일부가 지구로 떨어지는 현상도 감각적으로는 이해하지만, 본질은 판단하지 못한다. 그러니 우리는 정령 숭배적 사고로 하늘의 문자를 마냥 바라볼 뿐이다.

팔뚝 위를 눌러 희미하게 돋는 실핏줄에 입 맞춘다. 감사한다. 펄펄 뛰는 피톨들도 가져 보지 못하고 이제 입춘. 산책길의 태양은 헐렁한 양말처럼 자꾸 발뒤꿈치로 벗어져 내리고 붉은 잇몸을 보이며 어린 연인이 웃는다. 그날은 군대 가서 죽은 사촌 형이 내 뺨을 쳤고 물 빠진 셔츠 얼룩을 닮은 구름이 빨랫줄 위를 평화롭게 걸어갔다. 마지막 인과라 생각하며 문 열어 두었던 붉은 봄날, 감사한다.

—「죽음에 이르는 계절」 부분

하늘의 문자에서는 분무 살충제를 뒤집어쓴 벌레처럼 소름 끼칠 정도로 아름다운 소리가 들려왔다

고전주의자로서의 나는 별의 운동을 스스로 지켜볼 수 있기 때문에 별과 나 사이가 투명하지 않다고 여긴다

전달에 대한 의문은 거기서부터 시작해서

성난 가족의 얼굴을 보는 것만으로도 분노에서는 평화로운 멜로디가 떠
올랐다

달 앞의 우리는 외양간 같은 영혼을 숨기기 위해 작은 관이 되어 있었다
내가 너를 갚아 줄 것이다
물 밖에서 자기의 이해되지 않는 몸을 바라보았던 흔적이 밤에겐 적혀
있다
내가 너에게 겨를 묻혀 줄 것이다

—「천문」부분

시적 화자는 "팔뚝 위를 눌러 희미하게 돋는 실핏줄에" 입 맞추는
행위를 한다. 그리고 화자는 "감사한다"고 진심에서 우러난 말을 꺼낸
다. 실핏줄이라는 팔뚝 위의 현상이 본질의 판단 이전에 감각으로 확
인된 것이다. 시각적으로 확인되는 '살아 있음'의 징표가 실핏줄로 빛
난다. 세계의 혼란함과는 관계없이 나는 실핏줄로 살아 있다. 이러한
판단은 죽은 사람들을 떠올리는 착란의 순간을 마련한다. 그런데 시공
간을 초월하여 "군대 가서 죽은 사촌 형이 내 뺨을" 쳤다. 화자의 착란
현상은 원시적 정령의 세계와 현대과학이 충돌한 것으로 이해해야 한
다. 비물질적인 영혼이 물질적인 '나'의 뺨을 치는 행위는 죽음과 삶의
만남이다. 그 순간 하늘은 "물 빠진 셔츠 얼룩을 닮은 구름이 빨랫줄 위
를 평화롭게" 걸어가는 문자를 허공에 쓴다. 죽은 사촌 형에게 '내'가
맞았는데 세계는 아무렇지도 않은 평정심을 유지한다. 화자는 이렇게
죽음에 이르는 문자를 보여 준 형이상학적 착란의 순간에 휩싸인다.
화자는 조화와 균형을 이루는 형식미를 중시하는 고전주의자이다.
따라서 화자는 "하늘의 문자에서는 분무 살충제를 뒤집어쓴 벌레"가

존재한다는 것과 그 벌레가 "소름 끼칠 정도로 아름다운 소리"를 낸다는 것을 안다. 그는 고전주의자이므로 정령이 조화와 균형을 이루는 원시적 자연 세계를 이해한다. 하늘은 신의 절대주의적 이념이 문자를 만들어 내는 곳이다. 하늘은 이성적으로 사유하는 현대인들을 철저하게 소외시키며 세계를 조화롭게 움직인다. 화자는 원시적 정령에 종속되는 자여서 "별의 운동을 스스로 지켜볼 수" 있다고 자신한다. 하지만, 그는 자신이 미립화된 것 같아 "별과 나 사이가 투명하지 않다고" 여긴다. 그러나 하늘의 발화는 인간의 이해 밖에 존재한다. 하늘은 원래부터 인간 시야 밖에서 거대한 그림을 그려 왔다. 따라서 화자의 "전달에 대한 의문은 거기서부터 시작"한다는 깨달음은 합리적이다. 하늘은 지금도 "물 밖에서 자기의 이해되지 않는 몸을 바라보았던 흔적"을 문자로 만드는 중이다. 그러므로 하늘의 문자는 화자가 현상에서 느끼는 설명할 수 없는 감정이다.

> 하반신과 말벗이 되어
> 여(余)는 발자국 속의 우리를 돌아나와라
> 여는
> 숲에 내리는 여의 심장을 불쌍할 정도로 열심히 밟아라
>
> 외진 자여
> 고독이 남겨 준 붉은 천체를 물고 있는 자여
> 사모하고 있겠습니다
> 조용히 싹터 가는 시체여
>
> —「조용히 싹터 가는 시체여」 부분

우리가 살아서 가는 여정의 끝엔 죽음이 있다. 그러므로 누구나 삶은 죽음으로 끝난다. 그 죽음 이후에 형이상학적인 세계가 있다. 그곳은 우리가 알지 못하는 영역이다. 현대적 과학이 날 선 이성으로 사유해도 비물질적인 세계는 알지 못한다. 다만 우리는 직관적으로 죽음 이후를 상상한다. 이런 인식의 바탕 위에서 시적 화자는 "심장을 불쌍할 정도로 열심히" 밟는다. 자연과 하나가 되어 뛰는 심장은 죽음을 향하여 쉬지 않고 에너지를 만든다. 비물질의 세계로 가는 여정은 존재 이후로 가거나 존재 없음을 마주하는 일이다. 이곳은 불완전한 꽃잎이 난분분 떨어지는 세계이다. "외진 자여"라고 자신을 부르는 화자의 목소리가 젖어 있다. 화자는 존재의 영원성이 담보되지 않은 자신의 유한성을 바라본다. 그러자 "고독이 남겨 준 붉은 천체를 물고 있는" 자신과 대면한다. 화자가 이곳이 아닌 천체를 물고 있으므로 "조용히 싹 터 가는 시체"일 수밖에 없다. 여정의 끝에 시체가 있지만, 시체에서 싹이 튼다는 것은 죽음 이후의 세계이다.

하늘의 문자를 사유하다 보면 존재의 내부에서 들끓는 의미를 찾아낼 수 있다. 하늘은 더 이상 인간의 문자로 물리학적 설명을 하지 않는다. 인간의 사유를 삭제한 문자로 허공에 의미를 새긴다. 인간에게만 유일하게 존재하는 천문은 끊임없이 생성과 소멸을 거듭한다.

3. 고독한 심장

절망한 자들은 온몸으로 통각을 느낀다. 현실을 자각한 존재들은 자신이 어떤 방향으로 탈출구를 뚫으려고 하든 그 행위의 결과가 좋아질 수 없을 때 절망한다. 그래서 심장은 고독하고 머리는 뜨겁게 녹아내린다. 세상과 연결된 것들이 아주 완벽히 끊어져 발악하는 상태가 된다. 그렇지만, 우리는 절망과 희망을 두 손에 들고 현재의 상태에 변화를 주려 한다. 자기 행동과 선택에 따라 두 손에 든 절망과 희망은 가능성의 에너지로 바뀔 수 있다. 절망이라는 선택지를 집으면 에너지가 사라지고, 반면에 희망이라는 선택지를 집으면 에너지가 살아난다. 이를테면 반전의 기회가 생기는 것이다. 이때 우리의 심장은 고독감으로 세상에 혼자 존재하는 쓸쓸한 상태가 된다.

우리의 심장은 사월과 오월을 지나며 심하게 뛴다. 우리에겐 사월의 제주가 있고, 오월의 광주가 있다. 죽은 시체 위에서 사월과 오월에 꽃이 핀다. 따라서 우리에게 사월과 오월은 잔인한 달이다.

그쪽으로 가지 마라. 사람들이 개처럼 엎어진 곳이다. 나는 산도 끝도 아닌 한곳을 가리키며 할아버지가 무섭게 속삭이는 것을 보았다. 집 뒤로 자란 무화과나무 암자색 열매가 붉디붉게 벌고, 날파리들이 그 위를 무심하게 걸어갔다. 무화과(無花果), 꽃 없이 열매 맺는 나무. 할아버지는 술 담배를 끊고 교회 다니며 십일조를 냈다. 오래전의 죽음들이 흘러 내게 꽃 없는 나무의 다디단 지붕을 만들어 준다. 무화과; 봉오리도, 만개(滿開)도 없는 지루한 삶이 툭, 하고 붉게 터져 나간다. 개처럼 엎어진, 할아버지는 또 술을 썩 혀 먹고, 어느 날 아버지가 할아버지를 위해 회개했다.

―「꽃 없는 나무, 제주(濟州)」부분

비 내리던 오월이 그쳤다. 숲이 가난한 자들의 빈 그릇 속으로 들어왔다. 나는 모서리에 몰려서 심장이 저울질당하는 소리를 들었다. 부드러운 비에 꽂혀 하늘이 아프게 하수구까지 걸어온다. 쥐들의 지붕 타는 소리가 엄마의 재봉틀을 굴리는 소리만큼 크다.(뜻도 없이 문이 밀쳐지고, 한 번쯤 분노해야 할 일이 없을까. 나는 그리다 만 그림에 붉은 명암을 넣었다.) 어쩌면 세상은 평안하고, 이렇게 될 줄 예감하면서 주일이면 동네 확성기에서

찬송이 쏟아졌을 것이다. 죽은 꽃과 죽은 바람을 차마 볼 수 없어 등을 켜지
않았다.

―「오월」 부분

「꽃 없는 나무, 제주」의 화자는 사월이 가장 잔인한 달이라는 것을
안다. 처참하게 사라진 희생자의 영혼들이 봄 들녘에 유채꽃으로 하염
없이 나부꼈기 때문이다. 할아버지가 "산도 끝도 아닌 한곳"을 가리키
며 "사람들이 개처럼 엎어진" 곳이라고 무섭게 속삭인다. 피로 물든 제
주의 비극은 미군정기에 시작해 정부 수립 이후까지 계속되었다. 3만
여 명의 사람들이 희생당한 비극은 "무화과나무 암자색 열매가 붉디
붉게" 벌어지며 지금도 진행 중이다. 하루살이가 시체 위로 모여드는
것처럼 무화과 열매 위에서 날갯짓한다. 그런데 할아버지가 수상하다.
다니지 않던 교회를 다니고 십일조도 착실히 낸다. 죽음 이후를 준비
하는 태도이다. 무화과 열매가 붉어질수록 할아버지는 술에 취해 개처
럼 엎어진다. 그날의 기억은 가슴속에 상처를 키우고 있었다. 할아버
지는 가해자 편에 섰는지 모르겠다. 아마도 그럴 것이다. 이런 생각을
하게 된 것은 "어느 날 아버지가 할아버지를 위해 회개"했기 때문이
다. 위 시는 제주의 비극이 그곳에 살던 사람들의 가족사와 깊은 관계
가 있다는 것을 보여 준다.

이렇게 우리 현대사에 진입한 사월의 비극은 오월에도 발생한다.
신군부에 의해 학살이 시작된 잔인한 달이 오월이다. 그러기에 오월
은 누구에게나 비 내리는 우울한 정서로 기억된다. 오월에 피는 꽃을
바라보면 아물지 않은 상처가 떠오른다. 그러므로 화자의 "나는 모서
리에 몰려서서 심장이 저울질당하는 소리를 들었다"는 진술은 오월의
정서를 대변한다. 제주의 봄에 피는 노란 유채꽃이 우리의 가슴을 옥

죄고, 오월에 피는 모란이 마냥 매력적이지 않다. 유채꽃과 모란이 바람에 흔들릴 때마다 우리의 아물지 않은 상처도 붉게 피어오르기 때문이다. 자연스럽게 피고 지는 꽃은 우리의 상처 위에서 유채꽃으로 흔들리다가 모란꽃으로 흔들리기도 한다. 저토록 아름다운 꽃들이 나부낄 때 사라져 간 목숨이 우리의 역사를 성찰하게 만든다. 화자는 상처를 내면화하여 "한 번쯤 분노해야 할 일이 없을까"라고 현대사를 떠올린다. 제대로 된 치료도 없이 상처가 쌓이고 쌓였다. 이렇게 현대사의 비극은 집단 트라우마로 자리 잡았다. 자기 내면에 도사리고 있는 상처를 확인한 화자는 "죽은 꽃과 죽은 바람을 차마 볼 수 없어 등을 켜지 않았다"고 나지막하지만 단호하게 말한다. 이처럼 비극적 현대사의 압박이 화자를 지배하고 있다.

나의 어린 시인은 엄마와
성가퀴 너머 적과 부둥켜
변심의 코흘리개가 되었다

살아 낫지 않기를 바라는 갓은자의 날에
필멸에 곧장 이르는 복된 광견병은 없다
형제이기 때문에 시체를 달라는 익명의 사람과 바로 그렇기 때문에 시체를
줄 수 없다는 기명의 사람 간의 싸움으로 인해
상복을 입고 나서야 대개 사람은 잡념이 되었다

깜부기 계절이 지나가면
회전 시소와는 깊은 오해를 사소히 풀었던 기억
네 마디가 외로우냐? 네 토막이 어두우냐? 검둥개는 석연히 풀리고

오래도록 요강에 담겨

우리는 서로를 헤아려 갈 것이다

─「성가퀴 너머」 부분

품은 무릎은 부화를 앞두고 있었다

기우는 등(燈)은 근시가 되어 허공을 착유(搾乳)합니다 그러자

밖을 구분 못 하는 모녀는 이번에도 공황하기로 결심한 것이 됩니다 그
러자면

수의사는 감춰 온 뿔로 아이들을 꿰뚫었습니다 그러므로

수탉에서 암탉으로 이틀이나 달린 사람을 위한 벙어리가 필요하게 됩니다

빼 버린 발톱은 균형이 맞지 않는 하루의 한쪽 발에 괴어 놓았다

─「꿇어 엎드리는 자」 부분

「성가퀴 너머」의 화자는 고독한 심장을 부여잡고 있다. 세상은 성
벽 위에서 담장으로 나를 보호하지만, 적은 언제든지 성을 넘을 가능
성이 있다. 아무리 시야를 넓게 확보하더라도 세상을 환하게 꿰뚫어
볼 수는 없다. '나'를 숨기고 바라보는 성가퀴 너머의 풍경은 아름답
고 우울하다. 이제 '나'를 방어하는 성을 무너뜨리고 "성가퀴 너머 적
과 부둥켜/변심의 코흘리개가" 되고 싶다. 성가퀴 안쪽의 '나'와 성가
퀴 너머의 '나'는 착란 상태에 빠져 있다. 이토록 정신이 어지러운 순
간은 "형제이기 때문에 시체를 달라는 익명의 사람과 바로 그렇기 때
문에 시체를 줄 수 없다는 기명의 사람 간의 싸움" 갈피를 잡을 수 없
게 된다. 현상과 현상이 분절되고 혼란하여 사물이 가지고 있는 이미

지가 어지럽게 변형을 거듭한다. 화자의 착란은 "네 마디가 외로우냐? 네 토막이 어두우냐?"처럼 머리로 그려지는 세상의 혼란이다. 어쩌면 이성이 일시적으로 상실된 상태가 현상의 본질에 더 가깝게 다가갈 수도 있을지 모른다.

「꿇어 엎드리는 자」에서 화자는 "품은 무릎은 부화를 앞두고 있었다"고 착란 상태에 빠져 모호한 진술을 한다. 이러한 진술이 가능한 것은 시인이 이미지로만 현상을 표현하려고 했기 때문이다. 시인은 시에 의미를 담아내려 하지 않는다. 시각이 확보한 현상을 찢고 사물을 불태운다. 그래서 재만 남은 우울한 자리에 드러난 이미지를 가시화한다. 시인은 청자인 독자에게 현상의 의미가 아니라 이미지를 보여줄 뿐이다. 우리는 아무리 노력해도 사물의 본질에 가닿지 못한다. 사물의 민낯을 보지 못할 바에야 "근시가 되어 허공을 착유"하는 방식을 선택하는 것이 좋겠다고 생각한다. 우리는 어차피 "밤을 구분 못 하는 모녀"일 뿐이다. 현상과 사물을 보는 시인의 마음은 고독하다. 그래서 시인은 파편화된 이미지로 세상을 보았다고 말한다.

시인은 현상 안으로 직진해 들어가지 않는다. 시인의 심장은 고독하므로 현상을 분절하여 쪼갠다. 그리고 무작위로 해체된 사물의 이미지를 다시 짜깁기한다. 그러자 새로운 현상의 이미지가 그의 시에서 조화를 이루어 가시화된다.

4. 무채색의 이미지와 허공

시인은 세상을 드러내는 현상이 무채색이라는 걸 잘 안다. 이런 인식을 바탕으로 시인의 시적 촉수는 무채색 특유의 독특한 뉘앙스를 찾아내어 현상의 민낯을 보여 준다. 세상은 무채색처럼 색상의 지각을 갖지 않기 때문에 오히려 스펙트럼으로 요동친다. 시인은 시적 촉수를 이용해 세상의 색을 분산하여 무지갯빛을 본다. 이미지의 파장이 시인의 시에서 선으로 살아난다. 시인에게 있어서 발을 딛고 있는 땅도 무채색이고 하늘도 무채색이다. 이미지의 파장을 선택하는 촉수가 세상의 빛을 흡수하기 시작한다.

현상 속으로 빛을 통과시키자 이미지가 나타난다. 연속적으로 나타나 선명해지는 이미지는 하나의 독특한 현상이 된다. 이미지가 사라지기 전에 시인은 하나의 조직화한 스펙트럼을 만들어 낸다.

자신의 성에서 뛰어내린 막내에겐 무언가 하나씩이 시려지고 있었다
'나는 인간의 화괴이 아니야, 나는 장티푸스다' 붕대를 풀어 버린 흙도
그 무렵 태양에게 새 걸레를 얹었다
줄기 아래 포도송이보다 붉게
조금 처진 혹에 매달리기를 원했던 막내는
지려 버린 바지 속에 세상의 모든 부르주아를 초대했다
목이 떨어지자
앵두의 블러썸
'어리석어진 머리가 흐린 날을 수려하게 했다' 떠도는 회전목마를 골고루 만지고
비틀리는 팔다리 속에서 막내는 행복하게 뉘우쳤다
사교의 아름다움에 가위눌려 감참관(監斬官)에게 모두의 긴 장대를 찔러 두어야 했던 건
무채색의 이념이 어떤 높이의 노을이어도 좋았기 때문이다
　　　　　　　　　　　　　　　　　　　　　—「나는 장티푸스다」 부분

「나는 장티푸스다」에서 화자는 삶을 무채색으로 그려 낸다. 삶에

명도는 있으나 색상과 채도가 존재하지 않는다. 무채색의 특징은 밝을수록 차갑고 어두울수록 따뜻하게 느껴진다. 무채색의 논리로 보면 "자신의 성에서 뛰어내린 막내에겐 무언가 하나씩이 시려지고 있었다"의 진술이 당연해진다. 무채색이므로 하나씩 시려지는 독특한 뉘앙스가 가능해지기 때문이다. 우리의 삶은 선험적으로 자리 잡은 어떤 색도 가지고 있지 않다. 이러한 인식을 바탕으로 화자는 "나는 인간의 화관이 아니다, 나는 장티푸스다"라고 선언한다. 무채색인 삶의 파장이 만들어 내는 의미가 조금씩 자라난다. 현상 안에 존재하는 사물은 우리의 감정에 따라 다양한 이미지를 만든다. 삶은 "줄기 아래 포도송이보다 붉게" 피어나 흔들린다. 화자의 감정은 오직 무채색에서 천천히 살아나는 이미지에 머문다. "목이 떨어"지는 것이나, "비틀리는 팔다리 속에서" 막내는 행복하다. 우리의 본디 삶은 무채색이다. 그러므로 무채색의 이념은 언제든지 파편화되어 사라질 수 있다.

현상은 시인이 프레임을 가지고 다가오는 것을 거부한다. 수많은 사물을 앞세워 프레임을 막아선다. 현상 속 사물들은 프레임 안에서 상처를 입고 두 세계의 경계선에서 서성인다. 조연호 시인은 상처 입은 현상을 치유하는 방식으로 감각을 착란시킨다. 그러자 현상 안의 사물들이 본래의 모습으로 돌아온다. 착란의 순간들은 일시적으로나마 선명하게 사물의 이미지가 부각된다. 이때마다 뜨겁고 열정적으로 현상을 치유하는 착란의 시편들이 나부낀다. 그러므로 조연호의 시는 빛을 파장에 따라 분산한 착란적 이미지의 스펙트럼이다.

원초적 공간을 걷는 감각적 주체
—안희연의 시[*]

1. 감각이 붙잡는 것들

2020년대의 젊은 시인들은 시적 화자를 통해 세계와의 갈등을 더욱더 강하게 일으키고 있다. 세상과의 불화는 커졌고, 파편화의 양상은 다양해졌다. 해체적 사유는 낯선 길을 만들며 끊임없이 지속된다. 이처럼 새로운 문법의 시들은 시의 영역을 넓히는 데 열중이다. 이는 레비나스가 지적한 것처럼 "모든 것들과 모든 사람에 대한 권태가 존재"하기 때문일 것이다. 시인들 또한 이러한 권태에서 벗어나고자 하는 욕망이 강하다. 전통적 서정성에 대한 권태는 탈서정으로 가는 기제를 만든다. 새로운 서정이란 새로운 환경과 특별한 형식을 요구한다. 낯선 발화 지점을 찾아가려면 낯선 접점이 필요하다. 시인들은 전통적 서정시를 연소시켜 버리며 대체적 개념을 찾기 위해 노력한다. 이러한 발화의 순간은 이제 새로운 문법으로 수렴된다. 안희연에게 시

---

[*]안희연의 시집 『너의 슬픔이 끼어들 때』(창비, 2015), 『여름 언덕에서 배운 것』(창비, 2020)에 발표된 작품들을 대상으로 한다. 제목만 표기된 경우는 시집에 실려 있는 작품이다.

쓰기란 원초적 공간을 만드는 작업이다. 시인은 자신이 확보한 공간에서 낯선 주체가 되어 감각적 발화자로 등장한다.

자크 랑시에르는 『감성의 분할』에서 "어떤 공통적인 것의 존재 그리고 그 안에 각각의 몫들과 자리들을 규정하는 경계 설정을 동시에 보여 주는 이 감각적 확실성의 체계를 나는 감성의 분할이라고 부른다."고 갈파한 적이 있다. 이러한 확실성의 체계를 인식한 시인들은 세계와 끊임없는 갈등을 일으킬 수밖에 없었다. 시인이 바라보는 주체는 파편화되어 공간에 내던져진 존재이다. 안희연은 공통적인 것으로부터 분할된 자기 몫을 원초적 공간에서 찾는다. 오로지 감각적 주체가 되는 것만이 사물의 움직임을 포착하는 길이라 믿는다. 따라서 문학에 대한 욕구로 초현실적 꿈을 꾸는 것이 아니라 배타적 몫을 챙기는 데 열중한다. 안희연에게 시 쓰기는 현상의 내면으로 파고드는 일이다. 시인은 현실에서 재현할 수 없는 것들을 원초적 열정으로 재현한다.

버려진 페이지들을 주워 책을 만들었다

거기
한 사람은 살아 있을지도 모른다는 생각을 하면
한 페이지도 포기할 수 없어서

밤마다 책장을 펼쳐 버려진 행성으로 갔다
나에게 두 개의 시간이 생긴 것이다

처음엔 몰래 훔쳐보기만 할 생각이었다
한 페이지에 죽음 하나

너는 정말 슬픈 사람이구나

언덕을 함께 오르는 마음으로

그러다 불탄 나무 아래서 깜빡 낮잠을 자고

물웅덩이에 갇힌 사람과 대화도 나누고

시름시름 눈물을 떨구는 가을

새들의 울음소리를 이해하게 되고

—「역광의 세계」 부분

역광의 세계는 금지된 것들로 가득하다. 흑과 백의 분명한 대비 때문에 버려져야 할 것들이 많다. 시적 화자는 어둠 속에 버려진 것들을 떠올린다. 누군가는 검은색으로 칠해진 누추로 시달린다. 희망의 초월이 가능하다면, 그것은 역광의 세계에 있을 때이다. 그렇기에 "버려진 페이지들을 주워 책을 만들" 수 있다. 버려진 것에 생생한 숨결을 불어넣는 일은 하나의 가능성이다. 역광의 세계에 있어도 '나'는 '나'로 남아 정체성을 유지할 수 있다. 역광 안의 '나'는 '나'를 유지하며 "밤마다 책장을 펼쳐 버려진 행성으로" 갈 수 있는 존재이다. 이 순간은 원초적 의미를 찾아 삶의 이면을 탐구하는 시간이다. 시적 화자는 중심이 되지 못한 주변의 삶에 촉수를 댄다. 그곳에 삶의 무게에 눌린 슬픔이 있다. 강렬한 햇볕 때문에 짙어진 어둠은 "언덕을 함께 오르는 마음"을 갖게 한다. 안희연은 시적 화자를 통해 사물에 부여된 의미를 지운다. 그러자 "불탄 나무 아래서 깜빡 낮잠을" 자는 여유가 생긴다. 금지된 것들 사이에 감각적 주체가 된 화자는 "새들의 울음소리를 이해하게" 되는 존재로 거듭 태어난다. 이렇듯 역광의 세계는 새로운 가능성을 찾는 곳이다.

그는 커다란 가방을 들고 왔다
그것은 너무 검고 너무 무거워 보여서

가방 속에 무엇이 담겨 있을지 자꾸만 상상하게 된다
미래가 담겨 있다고 해도 믿어질 것 같다

늘 가지고 다니는 겁니다
그는 땀을 뻘뻘 흘리며 대수롭지 않다는 표정을 지어 보인다
그때 나는 홀로 믿어지다,라는 말에 붙들려 있었는데

믿을 수도 있었는데 왜 믿어진다고 생각했을까
어쨌든 그는 믿어질 것 같은 눈을 갖고 있었다

—「검침원」부분

　사물은 인간이 개입하지 않으면 원초적 의미로 존재한다. 인간이 만든 모든 것을 초월할 줄 아는 게 사물이다. 시적 화자는 검침원이 들고 온 커다란 가방을 보고 있다. 가방을 바라보자 가방은 현실을 벗어나 미래로 도주한다. 검침원의 가방은 현실적이며 동시에 미래적이다. 화자는 가방을 원초적 공간에 배치하고 가슴으로 밀려오는 비현실적 세계를 본다. 시적 화자의 감각에 포획된 가방엔 '미래'가 담겨 있다. 안희연의 시에 드러난 사물은 이렇듯 세계를 초월하는 알 수 없는 물자체이다. 검침원이 땀을 뻘뻘 흘리는 것은 미래라는 무게 때문이다. 가방에서 미래를 유추하는 방법이 초월적 사유이다. 현실과 미래는 불확실성 때문에 늘 규정 밖으로 밀려난다. 하지만, 검침원은 여전히 현실에 발을 딛고 초월 의지를 불태우는 자이다. 시적 화자가 바라보는

검침원은 집 안을 살피는 것으로 현실과 연결된다. 그러나 화자의 투영된 감각은 현실 초월을 가능하게 한다. '나'는 점검의 대상이다. 이렇듯 검침원은 믿을 수 있을 만큼 현실을 점검하며 미래로 가는 길을 고집스럽게 연다.

안희연은 감각 대상을 포획하기 위해 물리적인 것을 초월해야 한다고 생각한다. 그렇다고 정신적인 것에만 사로잡히지 않는다. 알 수 없는 사물은 감각의 그물을 언제나 피해 간다. 이 때문에 안희연은 원초적 공간을 만드는 작업을 시도한다. 그곳에서 정동적 촉수로 사물은 포획된다.

2. '몸'을 위한 공간의 발견

안희연은 시적 사유의 새로움을 위해 노력한다. 이 결과가 몸을 위한 공간의 발견이다. '나'의 몸은 공간 안에 존재하며 개별적 경험에 따라 다른 세계를 펼쳐 보인다. 몸은 공간에 의지하기 때문에 대체로 기억과 함께 존재한다. 하지만, 특별한 경우에 몸은 공간에 있고, 기억은 공간 밖에 있을 수 있다. 공간은 현실적이어서 몸과 일체가 된다. 그러나 기억은 몸이 활동하고 있는 공간을 순간적으로 지워 버릴 수 있다. 몸과 기억이 나뉘고 파편화되어 서로 다른 비대칭의 세계로 향한다. 안희연은 시공간이 일치된 곳이 아니라 몸이 있는 몽유적 공간에 집중한다. 시인은 자신이 기억하고 있지 않은 몸이 있었던 공간을 시적 에너지로 삼는다. 이처럼 시인은 낯선 실험이 힘을 얻는 시대에 몸이 있었던 공간을 확보하는 것으로 독자에게 다가간다. '나'를 형성하던 몸을 따라가면 그곳에 낯선 공간이 펼쳐져 시는 스스로 지향점을 찾는다.

몸은 '나'를 만드는 물리적 실체이다. 실체인 몸이 있는 곳에 몽유적 기억도 존재한다. 감각은 삶의 체험과 맞물려 있다. 몸이라는 실체가 있어야 구체적 기억을 떠올릴 수 있다. 시인에게 몸이라는 요소는 시를 쓰는 에너지이자 적극적으로 끌어안아야 할 개념이다. 우리의 욕망과 상상력도 몸이라는 플랫폼이 있으므로 가능해진다.

두 발은 서랍에 넣어 두고 멀고 먼 담장 위를 걷고 있어

손을 뻗으면 구름이 만져지고 운이 좋으면
날아가던 새의 목을 쥐어 볼 수도 있지

귀퉁이가 찢긴 아침
죽은 척하던 아이들은 깨워도 일어나지 않고

이따금씩 커다란 나무를 생각해

가지 위에 앉아 있던 새들이 불이 되어 일제히 날아오르고
절벽 위에서 동전 같은 아이들이 쏟아져 나올 때

—「몽유산책」 부분

시적 화자의 몸은 의식과 분리되어 특별한 사건을 재현하는 데 열중이다. '나'는 "두 발은 서랍에 넣어 두고" 독자적인 표현을 위해 "멀고 먼 담장 위를" 아주 편안한 자세로 걷는다. 어렸을 적 꾸었던 꿈이 실현되는 기분을 즐기는 '나'는 과거의 기분을 이곳으로 불러온다. 옛적 아름다웠던 시간은 수면보행증으로 불완전하게 재현된다. '나'는 불완전하고 위태롭게 걸어 다니지만 꿈이 실현되었다는 것 때문에 행복하다. 삶이 꿈으로 가는 여행이라면 "손을 뻗으면 구름이 만져지고

운이 좋으면/날아가던 새의 목을 쥐어 볼 수도" 있는 이 순간은 기쁨
으로 충만한 시간이다. 그러니 몽유 속 산책은 꿈이 실현되어 허공을
걷는 기쁜 '나'의 모습이다. 현실에서는 볼 수도 경험할 수도 없는 순
간이 성숙의 시기에 '나'를 찾아왔다. 이 순간은 아름답다. 왜냐하면
"가지 위에 앉아 있던 새들이 불이 되어 일제히" 날아오르는 모습을
볼 수 있어서이다. 몽유의 걷기 방식은 시각이 지배하고 있는 현실에
균열을 낸다. 시공을 초월한 바람처럼 걸어가는 화자의 발걸음이 투명
한 소리를 흩뿌린다.

온전히 나를 잃어버리기 위해 걸어갔다
언덕이라 쓰고 그것을 믿으면

예상치 못한 언덕이 펼쳐졌다
그날도 언덕을 걷고 있었다

비교적 완만한 기울기
적당한 햇살
가호를 받고 있다는 기쁨 속에서

한참 걷다 보니 움푹 파인 곳이 나타났다
고개를 들자 사방이 물웅덩이였다

나는 언덕의 기분을 살폈다
이렇게 많은 물웅덩이를 거느린 삶이라니
발이 푹푹 빠지는 여름이라니

무엇이 너를 이렇게 만든 거니

　　　　　　　　　　　　　ㅡ「여름 언덕에서 배운 것」 부분

　여름의 태양은 열기로 푸른 행성을 자신처럼 붉게 만든다. 뜨거운 계절의 언덕에 오르면 모든 풍경은 감당할 수 없는 표정을 짓는다. 그래서 시적 화자는 "온전히 나를 잃어버리기 위해" 무작정 걸어간다. 여름의 푸른색은 붉은 열기로 끊임없이 표정을 바꾼다. 태양의 고도가 높아질수록 열기를 견디고 있는 생명체들은 필사적이다. 어떤 생명은 태양을 외면하고, 또 어떤 생명은 태양에 순응한다. 뜨거운 열기와 강렬한 빗줄기가 번갈아 행성을 난타한다. 여름과 마주하는 순간은 불과 물로 생명을 담금질하는 시간이다. 따라서 시적 화자가 "예상치 못한 언덕이 펼쳐졌다"는 진술은 당연하다. 언덕은 삶의 고비이며 견뎌야 하는 순간이다. 고통과 상처를 지워가며 "한참 걷다" 보면 빗줄기가 만들어 놓은 "움푹 파인 곳이" 나타난다. 여름은 생명에게 필요한 불과 물로 극단적 순간을 만든다. 끝없이 오르는 기온의 상승과 함께 빗줄기도 강해져 "사방이 물웅덩이"로 변한다. 열정적 순간은 "이렇게 많은 물웅덩이를 거느린 삶"처럼 고통으로 바뀐다. 뜨거운 열기와 강렬한 빗줄기로 표정을 한순간 바꾸는 여름 언덕은 삶의 주름과 불안을 상징한다.

　　그 방에선 나무가 자라고 있다
　　온몸이 뒤틀린 나무가 온몸을 비틀며 자라고 있다
　　몸속에 갇힌 태양
　　찬란했던 물의 기억을 태우며
　　겁에 질려 뒷걸음질칠 때마다 시퍼런 이파리가 돋아났다
　　나는 황급히 문을 닫고 뒤도 돌아보지 않고 도망쳤다

자물쇠를 가지고 그곳으로 갔다

방 안에는 웅크린 나무가 있다
곤한 잠에 빠진 거인처럼
벽을 움켜쥐던 손을 거두어 가슴팍에 얌전히 모으고 있다
물도 햇빛도 없이
침묵이 고이면 얼마나 깊은 두 눈을 갖게 되는지

—「백색 공간」 부분

　　화자는 의도적인 의미를 찾기 위해 여백을 만드는 것이 아니라 "그 방에선 나무가 자라고 있다"고 비워진 공간을 뚜렷하게 그려 놓는다. 그리고 삶의 순간에 닥친 위기를 극복하기 위해 "온몸을 비틀며" 자란 다고 선명하게 진술한다. 이것은 여백을 잘 이용해 아름다움을 찾는 행위가 아니다. 화자의 예상치 못한 어두운 삶을 "백색 공간"으로 드 러낸 것이다. 우리는 불행을 계획하지 않고, 그것에 맞설 준비도 하지 않는다. 이 때문에 "백색 공간"은 두려운 현실이 된다. 화자는 "몸속에 갇힌 태양"을 확인한다. 분명하게 만져지는 태양은 화려함을 잃은 존 재이다. 그러한 태양은 "찬란했던 물의 기억을 태우며" 과거의 시간을 되새김질한다. 삶의 여백으로서의 여유가 아닌 불행과 상처로 깊은 주 름을 보여 준다. 자신을 위로하며 앞으로 나아가야 할 길이 보이지 않 는다는 것은 슬픔이다. 화자는 굳게 닫힌 아포리아를 열기 위해 "자물 쇠를 가지고 그곳으로" 갈 수밖에 없다. 삶의 계획표 어디에도 없었던 웅크린 나무가 방 안에 있다. 방은 휴식이며 삶의 에너지를 주는 공간 이어야 한다. 그런데 이 방엔 "물도 햇빛도" 없는 "백색 공간"이 무표

정하게 펼쳐져 있다.

몸은 공간을 발견하고, 공간 또한 몸을 발견한다. 발견은 삶의 원초적 현실이다. 그러므로 우리는 몸을 공간에 두고 실존적 질서 속에 정신을 둔다.

3. 기억이 시작된 곳

몸의 감각이 살아날 때 기억은 시작된다. 주체의 감각은 환경 변화에 민첩하게 반응할 수 있게 돼 있다. 우리가 인위적인 것들을 제거해 낸 원초적 공간에서 적절하게 반응하는 것은 메커니즘 때문이다. 공간 안에 있는 몸은 자극에 언제든지 반응한다. 다양한 자극에 대한 반응은 기억과 맞물려 자신의 정체성을 만든다. 공간은 주체로 하여금 개인의 기억을 서술할 수 있는 능력을 준다. 그러므로 주체에게 공간은 환경 변화가 이루어지는 곳이며 개인사가 써지는 시간을 제공하는 곳이다. 공간에서는 환경 변화에 대응하는 능력을 키워야 한다. 자극을 수용하는 몸은 기억 속에서 구체성을 띠며 삶을 안정시킨다. 감각한다는 것, 반응한다는 것은 몸의 실존이다. 공간에서 반응하는 주체는 기억으로 자신을 지키며 확장한다.

몸이 환경 변화에 반응하는 공간에서 기억은 시작된다. 시적 화자가 변화에 자극받을 때마다 기억은 낯선 일들로 확장되기를 거듭한다.

네가 아는 가장 연약하고 보드라운 것을 생각해 봐

그때 내 머릿속에 떠오른 건 한 마리
작은 양이었다

너는 그것을 잘 돌봐 줄 것을 당부했다
절대로 잃어버려서는 안 된다고

그날 꿈속에서 너를 본 이후로
나는 양과 함께 살아간다

목이 마르거나 춥진 않을지
간밤 늑대의 습격을 받은 것은 아닌지

그러다가도 잔뜩 별이 니
있지도 않은 양 따위, 중얼거린다

—「양 기르기」 부분

그가 나에게 악수를 청해 왔다

손목에서 손을 꺼내는 일이
목에서 얼굴을 꺼내는 일이
생각만큼 순조롭지 않았다

그는 초조한 기색이 역력했다
자꾸만 잇몸을 드러내며 웃고 싶어 했다

아직 덩어리인데 괜찮으시겠습니까?

나는 할 수 없이 주먹을 내밀었다

얼굴 위로 진흙이 줄줄 흘러내렸다

―「액자의 주인」 전문

「양 기르기」의 화자는 "네가 아는 가장 연약하고 보드라운 것을 생각해 봐"라고 머릿속에 새겨 두었던 것을 떠올리게 한다. 지난 시간의 한순간을 떠올리는 것은 과거로의 여행이다. 그리고 과거의 공간에 자리했던 '나'를 확인하는 작업이다. 당시 그곳의 공간에 있었던 '나'와 현재 이곳의 공간에 있는 '나'는 동일하다. 화자는 같은 정체성을 가지고 있기에 "머릿속에 떠오른" 사물이 "한 마리/작은 양"이라는 것을 안다. 기억 속에 존재하는 것의 가치는 자신이 경험하면서 만들어진 결과물이다. 과거의 공간에서 솟아난 어떤 일에 대한 애정은 현재의 공간에서 꽃을 피운다. 일이나 사물에 대한 애정은 "절대로 잃어버려서는" 안 되는 소중한 것이다. 과거에 실현되지 못한 것들은 시간이 흘렀다고 해도 사라지지 않는다. 결정적인 순간에 솟아났던 열정은 "그날 꿈속에서" 본 것처럼 흔적으로 존재하지만, 시간이 갈수록 또렷해진다. 그렇기에 화자는 "나는 양과 함께 살아간다"고 진술할 수 있다. 세상에 존재하는 다양한 존재자들은 저마다 꿈을 꾼다. 시적 화자는 양을 기르며 세상이라는 강물을 건너는 것에 의미를 둔다.

현재의 몸과 과거의 몸은 물리적으로 다르다. 끊임없이 새롭게 생성되는 세포는 현재의 '나'를 과거의 '나'와 다르게 만든다. '내' 얼굴을 구성하는 이목구비도 이렇게 새것으로 교체된다. 하지만, 과거의 공간에 몸이 있을 때의 경험은 시간이 흐른 현재에도 변하지 않고 동일하다. 경험은 기억이 되어 과거의 '나'와 현재의 '나'를 연결해 준다. 시적 화자는 「액자의 주인」에서 과거의 기억을 현재 이곳으로 불러온다. '주인'은 아직 망각곡선으로 사라지지 않은 중요한 인물이다. 조금씩 무너지기 시작한 액자의 '주인'을 꺼내는 일은 통증을 동반한다. 화자는 이러한 통증을 "손목에서 손을 꺼내는" 일과 "목에서 얼굴을 꺼내는" 일로 표현한다. 과거의 '나'를 지배했던 액자 속 '주인'은 현재 존재하지 않는다. 이러한 사실이 '나'를 괴롭힌다. 절망하는 '나'를 다독이는 일은 "생각만큼 순조롭지" 않다. 장기 기억으로 영원히 잊히지 않는 액자의 '주인'이 '나'에게 "자꾸만 잇몸을 드러내며" 웃는다. 현재의 '나'를 만드는 것은 기억이다. 액자의 '주인'도 현재의 '나'를 만드는 중요한 역할을 한 존재이다. 화자가 파편화된 현실을 견디는 힘도 액자의 '주인'에게서 나왔다.

우리는 덜컹이는 기차 안에 있었다 올라탄 기억은 없지만

가고 있다고 믿었다 저마다 마음속으로 빛나는 운석을 상상했다

불길이 시작된 곳
흰 눈 속에 흰 개를 묻을 때 울려 퍼지던 낮은 종소리

창밖은 새하얗고 아무것도 보이지 않는 날들이 계속됐지만 진짜는 원래 보이지 않는다고 생각했다

누군가 의문을 제기했다 선로를 벗어난 게 아닐까요 애초에 운석이 존재하긴 했던 겁니까 사람들은 내놓으라고 말했다 흰 것을 의심하기 시작했다
—「그럼 이건 누구의 이빨 자국이지?」 부분

현대인에게는 자신이 정한 목적지가 저마다 존재한다. 이 시대가 만

들어 놓은 자본이라는 욕망이 목적지인 사람도 있고, 생의 어느 시기 자신에게 각인된 독특한 욕망이 목적지인 사람도 있다. 자신이 빚어 낸 꿈을 꾸며 의미를 확장해 가는 모습은 모두에게 동일하다. 목적지로 가는 행위를 화자는 "우리는 덜컹이는 기차 안에 있었다 올라탄 기억은 없지만"이라고 확인한다. 현대성이 강요하는 목적지는 물화의 가치에 반응한다. 이러한 현대성이 증폭될수록 현대인의 불안은 커진다. 이곳 아닌 저곳 어딘가에 우리가 꿈꾸는 것들이 존재할 것이라는 막연한 생각에 몰두한다. 현대성에 온전히 동화되지 못한 화자는 "마음속으로 빛나는 운석을 상상"하는 양상을 드러낸다. 우리가 숨 쉬고 꿈꾸는 도시는 불안하여 강렬한 믿음이 필요하다. 믿음을 바탕으로 자기최면을 걸어야 한다. 왜냐하면 이곳의 "창밖은 새하얬고 아무것도 보이지 않는 날들이" 계속되었기 때문이다. 이렇게 철저하게 파편화되고 익명화된 구조 속에서 우리는 꿈꾸며 미래로 달려간다. 어둡고 우울한 현실에서 벗어나기 위해 열차를 탔지만, 이 열차가 선로를 벗어난 것 같아 불안하다. 우리가 찾는 운석이라는 물질은 꿈의 다른 이름이다.

마음의 언저리에서 싹튼 꿈은 색깔이 결여된 현대인의 모습이다. 이제 우리의 새로운 기억은 만들어져야 한다. 새롭게 솟아난 기억은 '나'의 아이덴티티를 형성할 것이다.

4. 사실과 해체의 시간

현대를 사는 주체는 몸과 함께 실제로 있었던 일들을 기억한다. 우리가 딛는 공간을 현실적인 '나'는 감각적 주체가 되어 지배하기 때문이다. 그러나 우리는 때로 입증할 수 있는 진실을 해체하고 싶은 욕망에 사로잡힌다. 이러한 해체적 욕망이 나타나는 것은 우리를 둘러싼 현실을 근원적으로 비판하고 싶어서이다. 현재 주어진 물화 중심의 질서를 부정하겠다는 심리가 작동하기 시작한다. 현대성의 구조는 주체의 주변화와 꿈의 상실을 부추겼다. 그래서 이것을 의식하는 주체는 굳건하게 솟은 사상적 축대를 허물고 싶어 한다. 받아들이기 힘든 물화를 중심에 두고 작동하는 세계는 우리의 의지와는 상관없이 돌아간다. 계절이 바뀔 때마다 서로 다른 시간대와 공간에서 꽃은 피고 지기를 거듭한다. 물화의 세계도 이처럼 파편화된 누군가의 꿈을 피고 지게 한다. 견고하게 질서 잡힌 곳에서 전체성에 흡수당하는 '나'를 관조하는 것은 언제나 힘든 일이다.

따라서 '나'는 '나'를 해체하는 시간을 마련한다. 물화가 폭력이 되는 순간이 반복 적으로 니다닌다. 그 순간 '나'는 카오스의 공간으로 빠져드는 부작용에 휩싸인다. 고립은 우리 시대의 불행한 선물이다. 이때마다 '나'는 '나'를 해체한다.

밀가루를 뒤집어쓰고 거리로 나왔다
슬픔을 보이는 것으로 만들려고

어제는 우산을 가방에 숨긴 채 비를 맞았지
빗속에서도 뭉개지거나 녹지 않는 사람이라는 것을 말하려고
퉁퉁 부은 발이 장화 밖으로 흘러넘쳐도
내게 안부를 묻는 사람은 없다

비밀을 들키기 위해 버스에 노트를 두고 내린 날
초인종이 고장 나지 않았다는 것을 말하기 위해
자정 넘어 벽에 못을 박던 날에도

시소는 기울어져 있다
혼자는 불가능하다고 말한다

나는 지워진 사람
누군가 썩은 씨앗을 심은 것이 틀림없다
아름다워지려던 계획은 무산되었지만
어긋나도 자라고 있다는 사실

—「소동」 부분

　해체의 욕구가 물화 중심을 근원적으로 부정하는 기제라면, 화자의 해체는 어떤 식으로 나타날까? 화자는 "밀가루를 뒤집어쓰고 거리로" 나오는 것으로 해체를 시작한다. 그런 행위는 "슬픔을 보이는 것으로" 만드는 전략이다. 지금 이곳의 사람들이 물화 중심주의로 사고하고 행동할 때, 화자는 구조화된 질서를 파괴하고 싶었다. 따라서 화자는 우산을 숨긴 채 비를 맞는다. 이것은 타자화된 욕망을 꿈꾸는 현대성에 대한 반항이다. 이제 파편화된 반항으로 "퉁퉁 부은 발이 장화 밖으로 흘러넘쳐도" 사람들은 '나'에게 관심이 없다. 사람들의 편향된 심리는 '나'에게 비폭력적이지만, 그것은 견디기 힘든 폭력으로 다가온다. 이미 지금 이곳의 "시소는 기울어져" 질서 잡힌 불안 상태가 지속된다. 화자가 인식하는 것은 "나는 지워진 사람"이다. 시대의 가치로 환원하고자 하는 욕망이 커질수록 개인은 파편화된다. 고립된 개인은 시대와 불화하며 "어긋나도 자라고 있다는 사실"로 자기 위안을 삼는다.
　안희연은 현대성의 공간이 아닌 원초적 공간을 걷기 시작했다. 레비나스가 지적한 권태를 벗어나기 위해 감각적 주체가 되어 고통의 언어로 현대성을 성찰한다. 이러한 시적 질문의 방식은 공감을 자아내기에 충분하다. 시인의 시는 원초적 공간에서 태어나는 에피파니이기 때문이다.

아포리즘 푸른 그늘 아래서
—박찬일의 시[*]

> 나는 손도 발도 머리도 없는 인간을 상상할 수 있다. 머리가 발보다 더 필요한 것임을 가르쳐 주는 것은 오직 경험밖에 없기 때문이다. 그러나 생각하지 않는 인간은 없다고 믿는다. 만약 있다면 그것은 인간이 아니라 돌이나 짐승일 것이다.
>
> —파스칼, 『팡세』

1. '질문'의 탄생

시의 핵심은 발견하는 것, 즉 발견을 압축하는 형상화에 있다. 치열한 질문 끝에 오는 발견을 구체화할 때, 새로운 존재 의식을 가진 시가 탄생한다. 우리는 어떤 존재이고 어떻게 살아야 하는가. 죽은 신의 백골화를 확인하며 질문의 꽃은 화려하게 핀다. 그러니까 스스로 몰락하겠다는 의지를 가져야 한다. 붉은 꽃이 피자 아포리즘 푸른 그늘 아래 빈 의자가 놓인다. 박찬일이 천천히 의자에 앉는다.

박찬일의 시적 발화는 일찍 노숙해진 시인들처럼 지적 자만심에 차 있지 않고, 그렇다고 겸손이 지나쳐 서정의 나약함에 빠져 있지도 않다. 지금 여기의 시각에서 본다면, 박찬일의 시는 2000년대 미래파

---

[*]박찬일의 시집 『화장실에서 욕하는 자들』(세계사, 1995), 『나비를 보는 고통』(문학과지성사, 1999), 『나는 푸른 트럭을 탔다』(민음사, 2002), 『모자나무』(민음사, 2006), 『하느님과 함께 고릴라와 함께 삼손과 데릴라와 함께 나타샤와 함께』(뿔, 2009), 『아버지 형이상학』(예술가, 2017)에 발표된 작품들을 대상으로 한다. 이 글에서 다루게 될 박찬일의 시는 언급한 여섯 권의 시집에 담긴 작품들이다.

이후 나누어진 두 가지 경향 어디에도 서 있지 않다. 미래파를 중심으로 하는 시인들이 비선형적 세계로 치달았다면, 전형적 서정시를 중시하는 시인들은 선형적 세계를 붙잡았다. 선형적 길은 멀리까지 코스모스가 가꾸어져 있었고, 비선형적 길은 잡풀만 무성하였다. 박찬일의 발길은 두 갈래 길을 외면하고 제3의 길로 접어들었다. 그의 시는 미래파처럼 질서를 파괴하지도 않으며, 전통적 서정시처럼 질서의 프레임에 갇히지도 않는다. 그의 인식이 가닿는 곳에 독창적인 아포리즘이 높고 푸른 파도처럼 일렁인다. 시편마다 압축된 형식으로 발화된 아포리즘이 고유한 날개를 편다.

박찬일의 시는 아름답지 않으나 깊은 체험적 진리로 빛난다. 세계를 바라보는 새로운 인식 과정에서 그는 존재론적 체험을 진술한다. 존재론적 경험의 대상에는 성인과 범인, 낯익은 것과 낯선 것 그리고 삶과 죽음, 토피아와 유토피아 등 다양하다. 그는 수많은 층위에서 세계를 이해하고, 시적 블루오션을 개척하는 의식의 치열함을 보여 준다. 그의 시는 세계에 대한 존재론적 질문을 통해 존재론적 체험을 형상화한다. 그런 세계와 삶을 향한 질문의 치열성이 시의 정체이다. 누군가에 의해 정의되고 선언된 발화를 해체하고 다시 조립할 줄 안다. 그 과정에서 우리가 인식했던 세계가 무너지고 발화의 감옥에 갇혔던 존재가 해방된다. 즉 그는 우리 시대의 진정한 단독자로 시적 실존을 발화한다. 시의 '발화'는 말이 시작되는 지점이 아니라 진리의 불꽃이 피어나는 지점이다. 높고 푸른 아포리즘이 지금 이곳으로 밀려온다.

예수는 너무 일찍 죽었다.
예수가 더 오래 살았더라면
그의 학설을 철회했을 것이다.

내가 나의 학설을 철회했던 것처럼

지구는 태양을 돌지 않는다고 했던 것처럼

천국은 어디에 있는가

물었을 것이다.

가난한 자의 복은 어디에 있는가

물었을 것이다.

―「갈릴레오 1」 전문

위 시는 세계에 대한 근원적 질문으로 가득 차 있다. 깊은 사유와 체험 끝에 시적 화자는 아포리즘이라는 붉은 꽃 한 송이를 든다. 그런데 자세히 보니 그 꽃이 한 송이가 아니다. 시편마다 아포리즘의 붉은 꽃이 군락을 이루어 피어나고, 그 군락이 모여 더 큰 군락을 이룬다. 위 시에는 두 명의 인물이 나온다. 예수와 갈릴레오가 그들이다. 예수는 인간의 모습으로 나타난 신이라 불리는 존재이고, 갈릴레오는 신의 존재를 몰아내고 근대과학을 태동시킨 학자이다. 이 둘은 서로 대척점에 있는 존재이다. 시적 화자는 "예수는 너무 일찍 죽었다./예수가 더 오래 살았더라면"이라고 가정을 한다. 치열한 질문을 하기 위한 전제이다. 전제했기 때문에 "그의 학설을 철회했을 것이다"라는 주장이 설득력을 얻는다. 종교인도 진리를 추구하고, 학자도 진리를 추구한다. 다만 진리의 지향성이 다를 뿐이다. 이들처럼 시인도 시적 진리를 추구한다. 시적 화자는 "천국은 어디에 있는가" 묻는다. 자연과학적으로 보면 천동설은 천체가 지구를 중심으로 도는 것이고, 지동설은 지구가 태양을 중심으로 도는 것이다. 이것을 다시 사상적으로 보면 천동설은 우리를 굽어살피는 신이 있다는 것이고, 지동설은 우리를 굽어살피는 신이 없다는 것이다. 시적 화자는 "가난한 자의 복"을 묻는다. 이것은 세계에 대한 근원적 질문으로서 '복'을 물은 것이다. 이처럼 시편마다 간결하게 압축된 아포리즘이 붉은 꽃을 피운다. 페이지를 넘길 때마다 군락을 이룬 아포리즘이 활짝 피어 나부끼고 짙은 향기가 흘러나온다.

위 텍스트에서의 질문은 다음의 텍스트로 삼은 시에서 스스로 답을 찾는다. 데카르트는 갈릴레오와 동시대를 살았다. 그는 갈릴레오에 의해 진리가 무너지는 것을 보고, 진정한 진리를 찾기 위해 모든 것을 의심하기 시작한다. 이들처럼 시인 또한 아포리즘을 찾으려는 생각에 몰두한다.

> 몸뚱이리가 죽으면
> 날개도 따라 접힌다는 것을.
> 내 진작 알았더라면
>
> 혼자 다니다가
> 흙에 뒹굴다, 흙에 뒹굴다 죽는 나비에
> 나비의 운명에
> 내 가까이하지 않았을 것이다.
>
> ―「나비를 보는 고통 1」 부분

나비는 혼자서 꿈꾸는 존재이다. 허공에 떠서 하늘 가까이 날지만, 나비는 항상 이 땅의 꽃 위를 난다. 자신의 꿈을 향하여 날갯짓하는 나비가 의지하는 것은 오직 허공뿐이다. 뭉게구름 흘러가는 허공 아래 나비는 날개를 편다. 그러므로 나비의 날개는 이상을 향하여 흔드는 치열한 깃발이다. 나비는 꿈을 좇다가 죽을 때는 흙에서 뒹군다. 날개를 펴면 이상이고, 접으면 현실이다. 시적 화자는 아무것도 없는 푸른 허공에 나비를 데칼코마니한다. 그러자 허공을 좇던 인간이 나타난다. 허공에 던진 자신의 질문이 "혼자 다니다가/흙에 뒹굴다, 흙에 뒹굴다 죽는 나비"라는 답이 되어 돌아온다. 나비는 허공을 날지만, 신에 의지하지 않는다. 나비가 한 쌍의 더듬이로 좇는 것은 이 땅의 꽃을 찾아 꿀을 빠는 것이지 허공에 뜬구름이 아니다. 나비는 신이 준 시간대를 살다가 죽는 것이 아니라 자신의 시간을 살다 가는 것이다. 갈릴레오는 나비를 꽃밭에 던져 버리고 사라졌다. 근대과학의 허공을 날던 나비도 갈릴레오처럼 사라진다. 나비를 보는 것은 '나'를 보는 것이기에 고통스럽다.

시적 화자는 첫 번째 시에서 '천국'에 대한 질문을 던지고, 두 번째 시에서 자신이 던진 질문에 '나비'로 답한다. 갈릴레오가 틀렸고 예수가 옳았다. 신이 없기에 나비를 보는 우리는 모두 고통스럽다. 갈릴레오의 진리가 인간을 고통 속에 몰아넣었다. 나비처럼 인간도 꿈을 향해 날개를 편다. 그렇게 혼자 꿈을 좇다가 흙에 뒹굴 것이다.

2. 그러니까, 몰락

갈릴레오는 신을 죽였다. 그는 코페르니쿠스가 가공할 만한 이론인 지동설로 신에게 치명상을 입히자 다시 확인 사살하여 절명케 했다. 신이 죽은 시대의 인간은 망망대해에 떠도는 표류자에 지나지 않는다. 탐욕스러운 인간이 구축해 놓은 세계는 생존을 위해 무한 경쟁하는 자연 상태이다. 서로가 적이 된 시대, 우리는 모두 서로를 향한 저격수이다. 생존 게임은 다양한 층위에서 시작되고 무한 반복된다. 사랑과 자비는 저격수의 덕목이 아니다. 오직 악덕과 권모술수만이 살아가는 방식이 되어야 한다. 헤게모니를 쥔 자가 신의 자리를 대체한다. 지향해야 할 목적도 없고 가야 할 방향을 잃은 채 떠도는 존재는 얼마나 불행한가. 시간을 낭비하다가 광활한 우주로 소실점이 되어 사라지는 존재가 인간이다. 갈릴레오가 신을 죽이지 않았다면 신은 인간의 삶과 죽음, 그리고 죽음 이후까지도 책임졌을 것이다. 따라서 인간은 신의 품에서 행복했을 것이다.

박찬일은 모든 이성적 맹목에 대해 불편한 발화를 한다. 주도적 삶을 살기 위해 질서를 어떻게 무너뜨리는가를 고민한다. 비통한 마음으로 자기만의 아포리즘을 찾아 떠나는 시인, 치열하게 의심하고 사유하다가 스스로 몰락하는 자가 박찬일이다. 시적 몰락을 꿈꾸고 몰락을 실행할 수밖에 없는 지점에서 그의 시는 탄생한다.

> 사라지는 것을 지켜보는 것이 있나면
> 너무 슬프다
> 사라지는 것은 그냥 사라지는 것이 된다
> 태양이라는 등불을 들고
> 이쪽을 환하게 비춰 주는 자가 우리가 볼 수 없는 자가
> 당신 말대로 정말 없다면
> 우리가 이름 없는 별의 이름 없는 존재라면
>
> 너무 일찍 죽은 자가 너무 일찍 죽은 것이라면
>
> —「갈릴레오에게」전문

> 아버지는 모르셨을 리 없다
> 몰락해 주리라, 자발적 몰락 의지가 유일한 수순인 것
> 동일한 것이 영원히 반복되어도 봄 여름 가을 겨울
> 똑같은 순서로 영원히 반복되어도
> 영원히 반복해서 살아 주리라 영원히 반복해서 기꺼이 몰락해 주리라

아버지가 평소 안 하셨을 리가 없다

하늘이 부정되는 지역, 하늘이 하늘이 부정되는 것 말고

더 가르쳐 주지 않았을 때

영원한 몰락에의 의지가 유일한 수순인 것을

아버지가 모르셨을 리 없다

—「아버지 형이상학」 부분

　신을 죽인 자들, 즉 이성주의자들에 의해 인간은 고아가 되었다. '나'를 창조한 어버이 같은 신은 이 세상 어디에도 없다. 신을 죽인 자들 때문에 우리는 세계에 던져진 고아가 되어 힘들게 살다가 혼자서 죽는다. 우리가 저승에 대한 불안감에 떨고 있을 때, 저승이 새로운 삶의 시작이라는 것을 말해 줄 신이 없다는 것은 불행이다. 이와 같은 인식 위에서 시적 화자는 신을 죽인 자인 갈릴레오에게 "사라지는 것을 지켜보는 것이 없다면/너무 슬프다"고 말한다. 모든 생명체는 사라지지 않으려는 부단한 노력으로 현재를 산다. 하지만 사라질 수밖에 없기 때문에 자신의 형상과 마음을 닮은 유전자를 남기고 떠난다. 그로 인해 세계는 새롭게 유지된다. '내'가 몸 벗고 가는 곳을 따뜻하게 안내해 줄 신을 갈릴레오가 죽였다. "태양이라는 등불을 들고" 우리를 축복해 주는 신은 이제 없다. 신을 죽인 자의 말처럼 신이 인간의 부모가 아니라면 우리는 고아임이 분명하다.

　신을 죽이고 자연을 타자로 만든 인간은 한동안 기계론적 자연관을 내면화하며 만족했다. 하늘에 떠 있는 별보다 이성이 더 밝게 반짝인다는 생각에 지적 오르가슴을 느꼈다. 아이가 장난감을 분해하고 조립하듯 우리는 사물을 분해하고 조립하는 것을 즐긴다. 이런 실험은 이념과 제도와 문화에도 적용되었다. 합리적으로 연역할 수 있는 논리적

세계인 이성은 이제 신이 되어 다양한 것들을 창조해 낸다. 이성이 만들어 낸 사회구조 안에서 우리는 완벽해야 한다. 그런데 주어진 삶과 규격화된 길이 마음에 들지 않는다. 사회가 강요하는 방식으로 내 삶을 이상적으로 만들 수 없다. 완벽하다고 믿었던 신이 죽었기에 신을 대체하는 인간도 완벽해야 한다. 시적 화자는 "아버지는 모르셨을 리 없다"고 진술한다. 아버지는 신이 죽은 시대를 먼저 산 초인이다. 그러므로 아버지는 "자발적 몰락"과 "영원히 반복해서" 사는 삶을 알았을 것이다. 아버지는 초인이었기에 강력한 생을 실현하기 위해 스스로 몰락의 독배를 마셨을 것이다. 몰락하며 자신을 둘러싼 허위가 벗겨져 나가는 것을 경험한 아버지가 속삭인다. 삶의 진정한 주인이 되기 위해 너도 기꺼이 몰락하라고.

> 이렇게 끝날지도 모른다는 생각에 사로잡혔다.
> 연습을 하느라고 했는데…….
> 유일한 수순이 기꺼이 몰락해 주리라
> 신이 죽은 지방—신이 죽은 시대
> 계속 되풀이되더라도 계속 되풀이 살아 주면 되잖아
>
> 자발적 몰락 의지에 충만한 삶을 살아
> 삶이 무상한 게 아니라 죽음이 무상하게 되는 그날까지
> 깔끔하게 살아 주면 됐잖아
>
> 몰락 연습을 하느라고 했는데……,
>
> —「몰락이 늘 이르다」 부분

사람들아 미안하다 나는 푸른 트럭을 탔다 푸른 트럭에서 팔러 다닌다 푸른 트럭을 팔러 다닌다 푸른 트럭만 빼고 팔러 다닌다 푸른 트럭에서 마신다 붉은 포도주를 마신다 그와 함께 붉은 포도주를 마신다 미안하다 사람들아

—「나는 푸른 트럭을 탔다」 부분

시적 화자는 '나는 기꺼이 몰락하리라' 다짐한다. 사회가 만들어 놓은 타자화된 욕망을 붙잡고, 기쁨과 절망 사이를 시계추처럼 오가지 않을 것이다. 그곳엔 진정한 삶이 없고 행복이 없다. 이제 화자는 감각 운동기에 있는 아이가 감각에 반응하는 것처럼 감각 놀이에 빠져 살리라. 가혹한 운명의 끝에서 "신이 죽은 지방—신이 죽은 시대"와 대면하리라. 화자 안에 있는 욕망을 "삶이 무상한 게 아니라 죽음이 무상하게 되는 그날까지" 몰아내리라. 그런데 '내' 삶의 결정권을 스스로 쥐기 위해 "몰락 연습을 하느라고 했는데……" 몰락이 이른지 매번 몰락하지 않은 '나'를 만나 불안하다. 타자들은 모르는 화자만 알고 있는 꽃을 들고 꽃향기를 맡는다. 꽃과 화자가 하나가 되는 물아일체의 상태에서 다시 몰락 연습을 한다. 꽃향기가 너무 강해 어지럽다. 신은 죽었고 화자는 살아 있다. 신은 나약한 인간이 만들어 낸 허구다. 그렇기에 신은 인간의 형상을 하고 있다. 화자는 타자가 환하게 비춰 주는 내비게이션을 끄고 자발적 몰락 의지가 지향하는 토피아로 간다. '나'만의 꽃을 피우러.

이제 시적 화자는 위험하고 험난하게 살기 위해 푸른 트럭을 탄다. 자발적 몰락이다. 화자는 삶의 결정권을 스스로 쥐고 타자가 말하는 삶의 방식을 거부한다. 욕망으로 가득 찬 타자의 머리를 밟고 바라볼 수 있는 한 가장 먼 곳을 본다. 그곳에 자연의 일부인 자아가 있고, 그

냥 던져진 자아가 있다. 시적 화자는 트럭에 올라 "사람들아 미안하다"고 외친다. 미안함은 부서진 가슴 한복판으로부터 솟구친다. 삶의 주인이 되기 위해 화자는 푸른 트럭을 탔다. 트럭을 타고 과일, 야채, 생선을 팔자 기쁨이 넘치기 시작한다. 삶은 긍정으로 바뀌고 활력이 넘친다. 화자는 고난을 만들며 고난을 즐긴다. 그리고 푸른 트럭에서 "붉은 포도주를" 마신다. 그러자 붉은 포도주를 마시는 현재의 순간이 영원한 가치로 계속된다. 이와 같은 일회성의 연속은 영원히 반복된다. 화자가 야채를 팔고 과일을 팔고 계란을 팔고 생선을 파는 것은 세계와의 맞섬이다. 그러므로 붉은 포도주를 마시는 것은 주체적 삶의 확립이다.

　신을 죽였으니까 우리는 자발적으로 몰락해야 한다. 몰락의 끝에서 자아를 둘러싼 욕망을 털어 내야 한다. 그래야 기존의 질서가 무너지고, 신념이 무너지고, 욕망이 무너질 것이다. 모든 것이 무너진 자리에서 자아는 주체적인 존재로 일어서야 한다. 이처럼 자발적으로 몰락하는 자들에 의해 세계는 새롭게 변한다. 그러니까 몰락이다.

3. 고통을 견디는 방식

　신이 죽은 후, 신의 자리에 인간은 서 있다. 신성시되었던 자연도 타자가 되었고 비인간화되었다. 이성주의가 물리적 자연으로부터 정신을 분리하면서 인간은 논리적 세계에서 행복해질 것 같았다. 하지만, 삶은 고통과 슬픔으로 가득 채워져 있다. 창조주가 없는 세계에 홀로 던져진 인간이 만들어 낸 사회가 결함투성이다. 자본은 전쟁을 낳았고, 사상은 인종 간 차별을 낳았다. 질병과 죽음을 진단하고 위로해 줄 신이 없다는 것은 견디기 힘든 고통이다. 밤하늘에 빛나는 별은 이제 신의 목소리를 내지 않는다. 스스로 빛을 내는 가스 덩어리일 뿐이다. 너무 일찍 소년 소녀 가장이 된 인간은 무기력하게 슬픔을 받아들인다. 꽃이 피고 지듯이 인간도 태어나고 죽지만, 일회성의 삶 때문에 학습된 무기력에 빠진다. 삶과 죽음 이후를 관장하던 신이 없다. 꽃 진 자리에 맴도는 공허가 견딜 수 없다.

내가 죽으면
어머니를 記憶하는
나도 사라진다

살아야겠다

아우슈비츠 이후
죽는 것은
야만적이다

— 「낮술」 전문

소가 인류와 다른 式으로 통증을 자각할 때,
문어가 말이야, 개와 비슷한 지능을 지녀, 우리와 다른 式으로 통증을 자각할 때,
펄펄 끓는 물에 산 채로 넣어질 때 말이야.
어류가 다른 式의 통증으로 타원형 접시에서 눈을 껌벅껌벅거릴 때
그 죄를 어떻게 감당할 거나?

— 「속수무책 당하는 것으로 판명 났을 때」 부분

이성은 우리를 행복하게 하지 않았다. 이성 안에서 모든 것이 해결될

것으로 생각했던 믿음은 일찍이 무너졌다. 우리는 자연을 수학적으로 계량하고, 정신을 논리적 세계로 구축했다. 하지만, 야만적이었다. 이성의 이름으로 전쟁을 하고 이성의 이름으로 특정 인종을 집단 학살하였다. 이제 이성이 선이 아니란 것을 깨닫는다. 신은 죽음 이후를 말하지만, 이성은 죽음 이후를 말하지 않는다. 체념은 빠르고 절망은 깊다. 현재도 보이지 않고 미래도 보이지 않는다. 더구나 죽음 이후는 이성 밖의 세계이므로 존재하지 않는다. 따라서 시적 화자는 "내가 죽으면/어머니를 記憶하는/나도 사라진다"고 절망에 차서 진술한다. 해결책이라고 내놓은 것이 "살아야겠다"는 다짐이다. 천국이든 지옥이든 죽음 이후의 세계가 있어야 하는데 그곳이 없다. 합리석으로 연역할 수 있는 저세상이 없다는 사실 때문에 불행하다. 아우슈비츠에서 유대인들이 집단 학살당하여 사라졌다. '이성'이 유대인들의 몰살을 시도했다. 매우 야만적으로.

신이 살아 있을 때 우리는 신이 자연과 인간을 창조했다는 것을 알고 있었다. 그 때문에 신과 인간과 자연은 분명한 계층적 질서로 존재했다. 초월적 존재인 신에 의해 인간과 자연은 창조된 피조물이다. 하지만, 인간이 신을 죽인 순간부터 인간은 신의 지위를 얻었다. 자연은 타자가 되어 인간에 의해 참혹한 고문을 당하는 존재로 전락한다. 자연의 일부인 생명체들도 인간에 의해 처참히 무너진다. 신을 중심으로 구축한 질서가 무너지자 인간은 세계를 헤게모니 쟁탈전으로 만들어 놓았다. 사회적 소수자 개념 안으로 수렴된 '소'나 '문어'가 느끼는 고통이 너무 치명적이다. 헤게모니를 쥔 자들은 소수자의 삶을 살아 보려 하지 않는다. 그러므로 타자의 고통은 온전히 타자의 몫으로 남는다. 시적 화자는 "그 죄를 어떻게 감당할 거나?" 묻는다. 마땅한 해결책이 없어 그냥 묻는다.

땅속에 계신 하느님들이 맹렬히 솟아오르고 있다
부활이다

매년 매년 부활하는 하느님들
가장 잔인한 것은 삼월 末부터 시작한다
사라지는 것은 사라지는 것이 아니라는 것을 보여 주시는 하느님들

사라져서 다시 돌아오지 않는 사람들
땅속으로 들어가서 다시는 땅 위로 올라오지 못하는 내 사랑

—「삼월 末」부분

　무엇이 생명을 창조하는가. 신들로 가득 찬 자연과 자연을 창조한 신은 처참하게 분쇄되었다. 하지만, 잘 보아라. 신은 없는데 생명은 창조된다. 시적 화자는 생명의 탄생을 "땅속에 계신 하느님들이 맹렬히 솟아오르고 있다"고 진술한다. 인간이 사살한 신이 봄이 되어 부활한 것이다. 겨울엔 죽은 신이 폭설에 덮여 하얗게 은폐되어 있다. 하늘은 죽은 신이 발견되지 않도록 폭설로 세상을 덮는다. 폭설은 인간이 무기로 삼고 있는 감성적 직관까지 마비시킨다. 그런데 봄이 되자 "매년 매년 부활하는 하느님들"을 만난다. 지성의 페르소나까지 분쇄했던 땅 위로 초록이 촉발한다. 신의 부활을 목격한 시적 화자는 "사라지는 것은 사라지는 것이 아니라는 것을" 깨닫는다. 하지만 모든 사물이 그 자체로 생명을 얻는 삼월 말은 가장 잔인한 계절이다. 왜냐하면 "사라져서 다시 돌아오지 않는 사람들"을 기억하기 때문이다.
　신의 죽음으로 세계는 아수라가 되었다. 이타적 인간들은 이기적 유전자로 사유하고 행동하는 인간들에 맞서 싸운다. 그들이 말하는 방식

을 거부하며 나만의 사고방식을 찾는 데 주력한다. 기존의 제도를 분쇄하고 부서진 마음을 껴안는 방식으로 고통은 극복될 것이다. "땅 위로 올라오지 못하는 내 사랑"을 견디는 화자의 눈동자에 눈물이 맺힌다.

4. 일각(一角)의 세계

신이 지배하던 땅과 바다와 하늘을 인간은 과학과 기술로 지배한다. 신이 타고 다니던 구름보다 더 빨리 인간은 하늘을 날아 공간을 이동한다. 시간과 공간을 축소하며 활동 반경을 넓혀 간다. 공간을 관통하며 주변부의 공간을 모두 살해해 버린다. 목적에 의해 공간을 살해히는 인긴에게 속도는 생명만큼 중요하다. 인간은 속도에 매몰되자 더 이상 자신을 성찰하지 않는다. 공간을 관통할 때 나타나는 쾌감에 만족하는 자극적인 상태만 즐긴다. 속도는 더 많이 소유하기 위한 욕망에서 나타난다. 우리는 현대문명이 조종하는 대로 움직이고 반응한다. 참된 자아를 사라지게 하는 욕망을 털어 낼 줄 모른다. 전자화된 문명의 물결은 정확성과 속도를 이데올로기화하는 데 성공했다. 이제 우리는 일각의 세계를 볼 줄 모르는 존재이다.

박찬일의 시적 화자는 일각의 세계에서 깊은 체험적 진리를 찾는다. 유비쿼터스 시대에는 시간과 장소에 관계없이 언제 어디서든 빠르게 반응해야 한다. 유비쿼터스가 실현된 사회에 사는 주체는 소통과 교감을 게임처럼 즐긴다. 우리는 자극과 반응이 즉각적이어서 스마트한 인간이 되었다. 따라서 스마트한 우리는 세계에 대해 질문하지 않는다. 그냥 시뮬라크르에 지배당하며 역동적으로 반응할 뿐이다.

모자가 걸려 있다
중절모 바스크모 빵떡모 베레모

할아버지 증조할아버지

할머니 증조할머니

외할머니 외할아버지

어머니 외삼촌

모자가 걸려 있다

─「모자나무」 부분

그러고 보니 김상용의 예가 적당하다. "공"은 수리산 아래 사람들에 대한 위협이다. "함께" 나누어 먹는 것도 수리산 아래 사람들에 대한 위협이다. 대답하지 않고 "웃"는 것도 수리산 아래 사람들에 대한 위협이다. 수리산 사람들은 위협하는 사람들이다. 박정희를 위협하였고, IMF를 위협하였다. "산골로 가는 것은 세상한테 지는 것이 아니다/세상 같은 건 더러워 버리는 것이다"(白石).

─「수리산에서─노자의 가르침 4」 부분

모자는 상징이다. 예부터 예의와 신분과 실용의 상징으로 존재했다. 예의의 측면에서 모자는 자신을 성찰할 기회를, 신분의 측면에서는 사회적 질서를, 실용의 측면에서는 기후를 이길 수 있게 해 주었다. 그러므로 모자를 안다는 것은 아날로그의 가치를 안다는 것과 같다. 시적 화자는 상징으로서의 "중절모 바스크모 빵떡모 베레모"를 발화한다. 다양한 종류의 모자는 다양한 주체들이며 삶이다. 감각적 직관으로 보면 세계는 "모자나무"들로 가득 차 있다. 가족사는 "모자나무"의 가지이며 국사는 줄기이다. 그리고 세계사는 "모자나무"가 가지로 동그라미를 만드는 과정이다. 구멍 뚫린 철모에 우리는 예의를 갖추고, 철모를 나무에 걸어 가꾸는 것에 열중한다. "할아버지 증조할아버지/할머니 증조할머니"의 모자가 걸린 "모자나무"를 우리는 감각적 직관으로 본다. 그러므로 죽음은 모자로 완성되는 삶이다. 이것은 일각의 세계에 대한 깨달음이다.

서양에 반골 기질을 가진 니체가 있다면 동양엔 노자가 있다. 반골 의식은 사회가 강요하는 방식으로 살지 않겠다는 자의식이 강할 때 생겨난다. 신을 죽인 자들이 이데올로기를 만들고 제도를 만들어 다수의 인간을 프레임에 가둬 놓았다. 칠흑처럼 어두운 프레임에 갇혀서 도구화된 맹목의 인간들은 현대판 노예에 지나지 않는다. 니체가 자발적 몰락으로 진징한 자신을 찾았듯이 노자도 생존경쟁의 시대에 주체를 확립하고자 스스로 몰락했던 자이다. 제도의 프레임에서 벗어난 시각으로 보면 김상용과 백석이 노자이다. 그들은 제도의 프레임을 만들었던 박정희와 IMF를 위협하였기 때문이다. "세상 같은 건 더러워 버리는" 백석의 자의식이 자발적 몰락이다. 제도라는 일각을 꿰뚫어 보는 시적 화자의 체험적 진리가 빛을 발한다. 따라서 김상용과 백석은 니체와 노자의 유전자를 갖고 허무주의를 극복한 존재자들이다.

옛날 옛날 사람들은 돼지를 먹었는데 요즈음 사람들은 돼지고기를 먹는다. 돼지가 죽는 줄 모른다. 돼지 비명 소리, 돼지 멱따는 소리를 듣지 못한다. 있는 힘을 다해 도망치다가 팍 찔려 죽는다는 것.

아, 돼지가 죽는 것을 못 본다.

　　　　　　　　　　　　　　　　　　　　　—「돼지! 그리고 비디오」 부분

내 머리는 잡식성 동물의 머리답게 잡생각으로 가득 차 있다

우주의 한 공간을 할당받아 이것저것 챙겨 넣는다

일부는 죽은 자들로부터 일부는 산 자들로부터
일부는 미래로부터 전송받는다
(내 머리는 잡식성 동물의 머리답게 미래를 잡생각한다)
　　　　　　　　　　　　─「잡생각으로 가득 찬 존재의 詩」부분

아포리즘 하나를 말해 볼까. 사실, 자연에 가득 차 있던 신을 죽인
건 창조주인 유일신이었고, 유일신을 죽인 건 근대과학을 연 학자들
이었다. 신을 죽이고 자의식으로 충만한 지금 이곳의 우리는 행복한
가. 이 질문에 대해 시적 화자는 "돼지 비명 소리, 돼지 멱따는 소리를
듣지 못한다"고 답한다. 화자가 말하는 저 불쌍한 돼지가 우리 인간이
다. 우리 삶 전체를 관장하고 죽음 이후를 지시해 주던 신이라는 부모
가 없는 현실에 대한 지적이다. 신이 자연에 내재한다는 생각을 했던
시대가 행복했었다. 그리고 그 시대는 생태계 측면에서 모두가 평등했
다. 모든 생명체는 형제이기 때문에 생존을 위해 돼지를 잡을 때는 신
에게 기도드렸다. 하지만, 요즈음은 돼지를 대량 학살하여 상품으로
만들어 먹는다. 우리는 생명을 죽였다는 떨림도 신에 대한 기도도 없
이 돼지고기를 포식한다. 이성에 의해 만들어진 계층적 질서는 돼지를
죽이고, 그 연장선상에서 상대적으로 약한 사회적 소수자를 죽인다.

파스칼은 인간을 "생각하는 갈대"라고 체험적 진리를 말했다. 그는
이 주장에 대해 인간이 우주보다 고귀한 것은 우주가 인간을 죽인다
해도 우주는 그 사실을 모르지만, 인간은 그 사실을 알기 때문이라고
말한다. 인간 사고의 위대함을 역설한 것이다. 박찬일은 파스칼의 아
포리즘처럼 「잡생각으로 가득 찬 존재의 詩」에서 "내 머리는 잡식성

동물의 머리답게 잡생각으로 가득 차 있다"고 진술한다. 이러한 사고 과정에서 태생적 불안감으로 휩싸여 있는 '나'를 발견한다. 이와 같은 사고 작용이 가능한 것은 "우주의 한 공간을 할당받아 이것저것" 챙겨 넣을 수 있기 때문이다. 우리의 존재는 우주에 던져졌지만 한 공간을 빌려 일각의 세계를 사유한다. 인간 사유를 동력으로 우주는 팽창과 수축을 거듭한다. 이처럼 박찬일은 우주를 인간이 사유할 수 있는 공간을 제공한 친밀한 동질자로 본다.

5. 푸른 아포리즘

감각에 이존한 주체는 햇살을 받들고 피어나는 꽃과 흘러가는 구름을 보며 존재를 드러낸다. 모든 감각기관을 활짝 열어 웃고, 떠들고, 슬퍼하고, 심각한 표정을 지으며 인식의 범위를 넓혀 간다. 그렇게 결정 지어지는 타자를 동일자로 수렴하려는 시도로 안도와 평화, 대립과 갈등을 겪는다. 감각이 지시하는 대로 떠돌던 우리는 불현듯 체험적 진리와 맞닥뜨린다. 이때마다 삶의 주체들은 압축적인 형식으로 진리를 노래하는 견자를 기다린다. 신이 살해당하기 전처럼 간절하게.

박찬일은 2000년대 이후 우리 앞에 놓인 두 갈래 길 어디에도 없었다. 그는 꽃들이 나부끼는 질서 잡힌 아름다운 길도, 잡풀이 무성하여 무질서한 혼돈의 길도 선택하지 않았다. 그가 간 길은 파스칼이 '생각'이라는 화두를 들었던 아포리즘이라는 낯선 길이다. 그는 아포리즘으로 기존의 다양한 현상적 프레임을 분해하고 다시 조립해 보인다. 사물의 현상 뒤에 웅크린 진리를 끄집어내기도 하고, 이념의 프레임에 갇힌 고정관념을 해방하기도 한다. 박찬일 시의 주체는 형이상학과 형이하학의 학설을 분해하고 다시 조립해 사유적 체험의 위대성을 드러낸다. 이 과정에서 무수히 많은 관념 자아가 소멸하고, 체험 자아가 살아난다. 이처럼 사유의 끝에서 비통하게 몰락하는 '자아'를 만나 생의 지를 척박한 땅 깊숙이 박는다. 사유의 과정에서 탄생한 주체는 자신을 스스로 소유하기 위해 끊임없이 세계를 분해하기 시작한다.

박찬일이 아포리즘 푸른 그늘 아래 놓인 의자에서 천천히 일어난다. 자발적 질문은 새로운 아포리즘을 낳는다. 지구를 분해하고 조립하는 사유 과정에서 매우 깊이 있게. 초록 무덤이라고.

무덤은 빙산의 一角이란다

거대한 무덤이란다, 지구가.
무덤 위에 무덤이
무덤 위에 무덤이
쌓이고 쌓여

단단해졌단다.
동글동글해졌단다.

그 위에 초록 풀이 입혀졌단다.

—「초록 무덤」부분

제4부 서로 다른 파편화된 고백

파편화(fragmentation)된 주체의 고백

─하린의 시[*]

1. 거울

파편화된 주체는 다양한 모습으로 세상에 등장한다. 한쪽이 해체와 자유의 표정을 짓는다면 다른 한쪽은 세계화에 대응하는 결연한 표정을 짓는다. 현재를 견디는 주체는 전체성(totality) 밖에서 깨어져 부서진 조각을 끌어안고 세상과 맞서는 존재이다. 하지만 세계가 만들어 내는 파편화된 다양한 주체들은 거울에 비친 자기 모습에 절망한다. 전체로 환원되기를 거부하는 비동일성의 표정이 거울에 일그러져 나타나기 때문이다. 그러므로 주체가 거울을 보는 시간은 내면의 의식을 풀어놓는 고백이라 말할 수 있다.

거울은 서양의 가치관인 존재론을 닮았다. 우리가 소유한 거울은 자신 이외의 사람과 함께하기를 거부하는 파편화된 공간이다. 서양의 그림들이 인물 중심으로 화폭을 꽉 메우듯이 거울은 자신의 존재감을

*이 글에서 다루어지는 모든 시는 「현대시가 선정한 이달의 시인─하린」, 『현대시』, 2016.6, 234-243쪽에서 인용한다.

분명하게 드러내 준다. 낯선 타자의 등장을 거울은 극도로 거부한다. 그것은 어쩌면 '믹소포비아(mixophobia) 즉, 뒤섞임에 대한 두려움 때문일 것이다. 대부분 거울은 한정된 공간을 담아낼 뿐이다. 이 때문에 거울은 자신 이외의 타자를 입장시키기를 거부한다. 가끔 그곳으로 타자가 들어올 수도 있으나 그것은 언제나 한시적이다. 타자가 들어서는 시간이나 공간 측면에서 그렇다. 거울 속의 주체는 그곳이 자신의 왕국임을 선언하는 자세를 취한다. 하지만, 그는 동시에 타자가 들어설 수 없는 공간 때문에 파편화되어 소외된다.

당신도 어려운데 당신 거울은 더더욱 힘들군요

투명엔 왜 찢어지거나 접힌 페이지가 없습니까?

—「간극」부분

거울 속의 주체는 자신의 왕국에서 한동안은 정체성을 분명히 하며 즐거워할 수 있었다. 그러나 그러한 자의식의 존재론은 거울이 갖는 타자성 때문에 세상의 주체는 한정된 공간에서 떠도는 존재자가 된다. 더 자명한 것은 거울 속의 '나'는 타자의 시선에 비친 '나'라는 점이다. 현재를 사는 주체들이 힘든 것은 비동일적 존재인 타자 때문에 발생한다. 타자는 그 자체로 주체에게는 견디기 힘든 존재이다. 그런데 그 타자가 비동일적인 가치관과 관점으로 '나'를 바라보게 되면 "당신도 어려운데 당신 거울은 더더욱 힘들군요"처럼 주체는 세계를 향하여 절망적인 표정을 지을 수밖에 없다. 이처럼 절망적인 것도 관계성 안에서 '우리'를 성찰하지 못했기 때문이다. 근대의 가치관이 펼쳐 놓은 투명한 거울에는 "찢어지거나 접힌 페이지가" 없다. 따라서 접힌 곳으로 자신을 은폐하려 해도 세상은 투명하여 그 공간을 쉽게 내주지 않는다.

> 어느 쪽이 진짜 나인지 모른다
> 가능성이 있다고 믿는 인기척을 제일 먼저 구석에 밀쳐놓는다
> 그림자를 삼킨 거울이 깨지려는 기색을 감추고 있으니
> 어떤 그림자가 나에게 더 가까운지 알 수 없다
> 발목이 없는 유령
> 온기가 남아 있는 시체
> 알몸으로 존재하는 기짓말
> 그들 중 어떤 것이 더 나한테 은밀한 패배인가
> 이것은 당신을 만나기도 전에 외면당한 목소리 같은 거다
>
> ─「관계망상 2」부분

'나'는 누구인가. 타자와 구별되는 '나'의 정체성은 무엇인가. 세상의 주체는 어릴 적 거울을 통해서 자신의 모습을 머릿속에 강렬하게 각인시켰다. 이목구비가 어떻게 얼굴에서 조화를 이루는지 알게 되었고, 그렇게 각각의 이목구비에 관한 특징도 파악하게 되었다. 타자와 구별되는 얼굴이 자신의 것임을 확신할 수 있는 것은 시각이라는 감각을 통해서이다. 그 시각을 적나라하게 확인시켜 주는 것이 거울이다. 사실 '내'가 '나'라는 것을 진리로 만들어 주는 거울은 타자의 시선이지 진정한 의미에서 '나'의 시선이 아니다. 그러므로 인간은 거울을 들여다보는 순간부터 자신의 정체성을 잃는 존재로 전락하고 만다. 타자의 시선에 비친 현실적 자아와 내면의 자아가 충돌하는 거울 속은 갈등을 생산하는 공간이다. 거울에 반사된 이미지는 내면의 아우라

(aura)를 상실하고 만다. 따라서 하린의 시적 화자는 "그림자를 삼킨 거울이 깨지려는 기색을 감추고" 있는 시적 좌표를 확인하고 파편화된 자신을 돌아본다.

2. 은폐

하린 시인은 세상을 견디기 위해서 외로운 은폐를 시도한다. 구체적인 세상의 압박 앞에 주체가 전체로 환원당하지 않으려면 존재론적 방어기제를 만들어야 한다. 인간은 자신을 지키기 위해 보호색을 필요로 한다. 세계는 파편화된 존재의 조각들이 조화를 이룰 때 가장 이상적이다. 하지만 세계화는 전체로 환원하고자 하는 폭력성을 보이기 때문에 문제가 끊임없이 발생한다. 헤게모니를 가진 자들은 현실을 힘겹게 견디는 '나'에게까지 다가와 설득한다. 거대한 명분은 저인망식 그물로 세상의 '나'를 훑는다. '나'는 전체주의에 압사당하지 않기 위해 그들로부터 달아나야 한다. 세상의 제도 안으로 내던져진 '내'가 세상과 맞서려면 '나'는 기꺼이 파편화되어야 한다. 파편화된 상태에서 '나'는 세상을 바라보는 '나'만의 표정으로 맞설 것이다.

겨울잠 자기에 가장 좋은 곳은 통조림 속이다
이렇게 완벽한 밀봉은 처음
모든 수식어가 바깥에 머문다

이곳에서 1인극은 생리적 현상
숨이 막혀도 웃을 수 있고 들키지 않게 울 수도 있다
그대로 멈춰서 극한의 목소리를 삼키면 그뿐

(중략)

미발견종으로 1000년쯤 살다가
우연히 발견되는 고고학적 취향을 즐기자
미라가 돼서 타인의 꿈속을 유령처럼 걸어 다니자

누구든 통조림 안이 궁금해서 서성이게 만들면 된다
한참 후에 발견될 유언 몇 줄을 빗살무늬로 새긴 상태면 족하다

―「통조림」 부분

가끔 세상이 싫어질 때, 우리는 자신을 은폐시키며 놀았던 숨바꼭질을 떠올린다. 그 놀이는 약자인 우리에게 세상의 폭력으로부터 어떻게 보호색을 띠어야 하는지 가르쳐 주었다. 놀이가 갖는 의미 속에 세상의 잔인성이 내포되어 있다. 네 발로 걸었던 시절의 '내'가 그랬고, 직립 이후의 '나' 또한 그랬다. 그리고 인본주의를 무참하게 짓밟던 근현대의 양대 이데올로기가 그랬다. 홀로코스트를 우리가 동의할 수 없듯이 우리는 동의할 수 없는 불길한 징조가 보이면 "겨울잠 자기에 가장 좋은 곳은 통조림 속이다"처럼 은폐를 은밀히 생각한다. 인간에게도 겨울잠 같은 게 필요하다. 만약 인간이 생득적으로 겨울잠을 자는 존재였다면 인간에 의해 저질러진 홀로코스트는 그만큼 줄어들었을 것이다.

'나'는 "숨이 막혀도 웃을 수 있고 들키지 않게 울 수도 있다"고 현실의 불길한 징후를 읽는다. 자명한 것들 앞에서 "그대로 멈춰서 극한의 목소리를 삼키면 그뿐"이라고 안개처럼 밀려오는 공포를 견딘다. 통조림 속이 겨울잠이라면 "미발견종으로 1000년쯤" 세계로부터 도피할 수 있을 것이다. 이념의 푯대를 들고 정치가들이 현실에 구현시

키고자 했던 저 계몽의 시간, 그 시간을 견디는 방식은 "고고학적 취향"으로 나타난다. 통조림으로 들어가는 파편화된 고립은 현대문명에 대한 시적 자아의 조롱이다. 이성 밖으로 던져 버렸던 '유령'과 같은 가치들에 대한 새로운 호명이다. 아, 세상의 타자들이 통조림을 두드리는 소리가 들리지 않는가. 그들은 파편화된 존재가 궁금할 것이다. '나'는 은폐에 성공할 수 있다는 확신으로 세상의 타자를 조롱한다.

> 네가 그린 빌딩 사이로 갈증이 흐른 뒤
> 혀를 늘어뜨리는 프레임은 견고하다
>
> 처음도 선이고 마지막도 선인데
> 아이들은 너무나 일찍 놀이터를 그만뒀다
>
> 액자 속 잉어가 팔딱거리고
> 교차로에선 속보들이 제멋대로 충돌한다
>
> ─「달아나는 레슨」부분

"네가 그린 빌딩"이라는 세계 또한 화자에겐 '갈증'일 수밖에 없다. 너희들은 끊임없이 욕망을 만들어 '나'의 갈증을 유도한다. 하지만 그 욕망이란 화자 속의 지순한 욕망이 아니라 너희들이 만든 타자화된 욕망일 뿐이다. 그러므로 너희들이 건설한 견고한 빌딩을 벗어나 '나'는 메마른 사막을 지나는 한 마리 파편화된 낙타가 된다. 그러니 화자에게 사막을 건너는 방법을 물으면 안 된다. 너희들이 만들어 놓은 '프레임'이 너무 견고하여 '나'는 오늘도 보헤미안이 되어 세상을 떠돈다. 다시 한번 부탁하지만, 화자의 입 가까이 네 혀를 늘어뜨리지 마라. 혀의 동선에 따라 세상에 꽃이 피고 진다고는 더욱 생각하지 마라. 너희가 만들어 놓은 세계로 입장하기를 거부하는 '아이들'이 보이지 않느냐. 아이들이 버린 놀이터는 세상의 어떤 좌표로도 표상될 수 없다. 화자의 이와 같은 고백은 "제멋대로 충돌"하는 반골 기질에서 나온다. 그곳의 발화 지점은 은폐를 시도하는 지극히 윤리적인 공간이다.

3. 투사

세상을 힘겹게 사는 주체는 사물에 감정을 투사하는 것으로 생의지를 얻는다. 세상의 폭력을 받아들일 수 없을 때, 우리는 세상을 견디기 위해 노래를 듣는다. 그 노래에는 투사된 감정이 끊임없이 흐른다. 우리에게 주술처럼 현재를 견디는 에너지를 주는 노래 중에 「아리랑」이 있고 「새야 새야 파랑새야」가 있다. 소리의 심연으로부터 소외된 사람들의 집단 투사가 선율과 장단이 되어 솟구쳐 오른다. 허공에서 눈물 꽃이 피고 지기를 거듭한다. 노래의 발화 지점을 알고 싶은가. 그 노래는 심장 한복판에서 나온 것이므로 우리는 그것을 한의 정서라 부른다. 그리고 하린 시인이 시적 프레임 속에서 "공중을 부추기는 새들"을 보는 것은 끊임없는 감정의 투사이다. 그의 시가 파편화된 주체의 자의식을 건드릴수록 우리 또한 파편화되어 자의식을 만든다. 화자의 판타지 같은 고백은 실존을 견디는 방식으로 공간을 끝없이 확장한다.

가끔 위로가 되는 건 공중을 부추기는 새들

먹먹한 기분으로 날고 있는 것이 분명 까마귀만은 아닐 테니까

바라보는 것들은 모두 젖은 풍경이 되지

자본이 피워 낸 꽃과 나비가 잡식성으로 활개 치는 시간엔

빈민가의 관절들이 모두 무너져 내리게 되고

푸석푸석한 단어를 씹으며

어제와 같은 태도로 기침을 여러 번 한 나는

난세를 견디는 오르막을 가파르게 완성해 가지

　　　　　　—「말해 볼까, 이미 나를 빠져나간 것들에 대해」 부분

　울고 싶을 땐 울어야 하는데 울음이 나오지 않는다. 울음도 홀로코스트 앞에선 사치가 될 수밖에 없다. 홀로코스트를 경험한 '나'는 "자본이 피워 낸 꽃과 나비가 잡식성으로 활개 치는 시간"의 터널 앞에서 경직된다. 우리는 타자가 만들어 놓은 거울 속 '자본'이 욕망으로 피워 낸 '꽃'의 향기에 자신도 모르게 감각을 마비당한다. 자본으로 혁신을 꿈꾸는 그곳엔 우리의 '관절들'이 모두 닿아 있다. 자본이 손짓하는 그곳을 따라가다 보면 무지갯빛 행복이 있다고 믿는 세상의 수많은 '나'를 만나게 된다. 그러나 열두 줄 팽팽한 가야금 현에 귀를 기울이는 주체는 "푸석푸석한 단어를 씹으며" 감정을 투사할 대상을 찾아 헤매는 방랑자가 된다. 저 역동적인 감정의 투사가 외부 세계로 가는 출구를 찾는 데 열중하는 기제로 작용한다.

　하린 시인은 파편화된 주체의 고백을 통해 한국시의 한복판을 관통하는 중이다. 하린의 시적 화자가 "어제와 같은 태도로 기침을 여러 번" 한다. 그리고 우리는 "난세를 견디는 오르막을 가파르게 완성해" 갈 수 있다고 말한다. 따라서 파편화된 자의식은 한데 어울려 존재론적 견딤의 미학을 완성해 가는 데 기여한다. 자본은 욕망을 낳고, 욕망은 홀로코스트를 낳고, 홀로코스트는 감정의 투사를 낳고, 투사는 현재를 견디는 힘을 낳는다. 그러므로 하린 시인의 시 쓰기는 감정의 투사이며, 지금 이곳의 아포리아(aporia)를 건너는 파편화된 주체의 고백이다.

비선형적 질서에 관한 메타 시선
—안미옥의 시*

1. 질서의 상실

전통적 서정시가 아름다운 것은 선형적 질서에 대한 코스모스(cosmos)적 예찬이기 때문이다. 코스모스란 '질서 정연한 우주'라는 의미로 우주의 근본은 불가사의한 어둠과 혼돈의 카오스(chaos)가 아니라 질서 정연하다는 생각으로 확립되었다. 이러한 사상은 피타고라스부터 현재의 호킹에 이르기까지 이어진다.

시 또한 이와 같은 생각 위에서 창작되었고, 선형적 질서 안에서 끊임없는 에너지를 얻었다. 서정주가 자연의 질서에 대한 확신으로 "한 송이 국화꽃을 피우기 위해/봄부터 소쩍새는/그렇게 울었나 보다"라고 노래한 것이라든지, 함형수가 생명력의 충만함으로 "푸른 보리밭 사이로 하늘을 쏘는 노고지리가 있거든 아직도 날아오르는 나의 꿈이라고 생각하라"고 노래한 것은 선형적 질서에 대한 이해이다. 하지만

*이 글에서 다루어지는 모든 시는 「이 신인을 주목한다—안미옥」, 『시로 여는 세상』, 2015. 봄, 278-287쪽에서 인용한다.

선형적 질서만이 아름다운 것은 아니다. 전통적 서정 시인들이 선형적 질서 위에서 현상과 실재를 이성으로 포착하며 코스모스적 예찬을 할 때, 김행숙, 진은영, 강정, 김선우, 김민정, 황병승 등의 시인들은 코스모스적 지평 위에서 카오스로 가는 길을 여는 중이다. 전통적 서정시에 균열을 가하는 이들의 시도는 다양한 색깔로 명명할 수 있겠지만, 자아와 세계와의 동일시를 지우며 그것을 맥락적으로 비틀어 버리는 시 쓰기를 보여 준다는 점에서 동일하다.

안미옥은 질서의 상실을 시로써 구현한다. 하지만 그것은 카오스와 코스모스를 같은 시적 공간 안에 접목시키는 새로운 시도이다. 이성 중심으로 동력을 찾은 근대화는 감각적이고 알 수 없는 것들을 보편적이고 필연적인 것들로 모두 변화시킨다. 그래야 우연적이고 가변적인 것들로부터 마음의 평화를 얻을 수 있다. 하지만 모든 것을 근대적 과학관으로 바꾸는 선형적 질서의 확립은 2000년대 이후 더욱 뚜렷해진 전위시를 쓰는 젊은 시인들에 의해 도전받기에 이른다. 지금 이곳의 세계는 무수한 다양성과 끊임없는 사물의 운동으로 변화하는 가변적인 공간이다. 안미옥 시인은 선형적 질서의 상실 위에서 혼돈 속의 질서인 카오스모스(chaosmos)의 시 세계를 구현하고 있다.

선형적 질서 위에 발을 딛고 있는 우리는 질서와 혼돈이 기묘하게 동거하는 안미옥의 시가 불편할 수 있다. 하지만 알 수 있는 것은 알 수 있고, 알 수 없는 것은 알 수 없는 것이 아닌가. 우리의 이성 안으로 모든 것이 수렴될 수 있다는 이성주의가 더 문제이다. 알 수 없는 현상이나 물자체도 한순간 에피파니(epiphany)를 드러낼 수 있다. 그러므로 비선형적 질서에 관한 메타 시선은 새로운 질서의 구현이다. 바로 이 지점에서 안미옥의 시는 시작된다.

2. 표상되는 비선형적 세계

호명되는 사물이 꽃 피는 공간으로 스며들든 아니면 꽃 지는 공간에서 소멸하든 이성 안에서 분명해진다는 점은 동일하다. 그러나 이러한 근대 과학관에 기초한 사유는 영원불변하는 진리가 아니다. 이것이 진리라면 안미옥의 시는 혼돈을 모자이크했기 때문에 오해의 소지가 생긴다. 그렇게 되면 선형적 질서 밖의 것을 드러내는 데 한계를 지닐 수밖에 없다. 세계는 우리가 이성으로 알 수 없는 물자체가 존재하고 그것들의 에너지가 끊임없이 생성되는 공간이다.

안미옥의 시는 초현실주의 화가 마그리트가 눈동자 안에 푸른 하늘을 그려 넣은 것처럼 시적 자아와 세계가 동일시되지 않는다. 화자의 진술은 끊임없이 자아와 세계가 대립적인 상태로 비선형적이다.

날지 못하는 새의 이름을
녹슨 나사,
깨진 창문에 비치는 얼굴을

나는 없는 것에 대해서만 말했다

무너지고 있는 집에서
오랫동안 살면서

큰비가 올 것이라는 소문을 들었다

나는 창밖을 보지 않기로 했다
얼굴이 벗겨질 것 같았다

죽은 비둘기 떼의 펼쳐진 날개

뒤집힌 우산들이 쌓여 있는 곳

-「온-천국 3」 부분

"날지 못하는 새의 이름"과 "깨진 창문에 비치는 얼굴"은 이성 밖에 존재하는 타자이다. 네거티브적으로 표상되는 거꾸로 서 있는 상은 선형적 질서를 물구나무 세운다. 시적 화자는 이해가 되지 않는 관점으로 "녹슨 나사"를 중간에 끼워 넣는다. 이제 이 한 연으로도 선형적 질서는 완벽하게 무너진다. 인용된 첫 연은 시인의 자각적인 행위규범 밖에 존재하는 심연이고 그림자만 가득한 동굴이다. 시적 화자가 숨 쉬고 있는 이곳은 어둡고 알 수 없는 카오스의 세계로부터 명징하고 합리적 이해가 가능한 코스모스 세계로 넘어왔다. 하지만 안미옥은 코스모스 공간에서 발을 딛고 알 수 없는 혼돈으로 펼쳐진 공간으로 침잠해 "나는 없는 것에 대해서만 말했다"고 비선형적 진술을 한다. 시인은 확실한 진실을 진술하지 않는다. 왜냐하면, 확실한 지식이나 사물은 이성을 무오류로 보는 인간의 오만함에서 나오는 현상이지 실제 확실한 지식은 존재하지 않기 때문이다.

세상의 주체는 이미 죽어 버린 별빛 아래서 별을 노래하는 비선형적인 존재이다. 당신과 '나'는 확실한 지식의 토대도 마련하지 않고 확실성을 찾는 잘못을 범한다. 선형적 질서 위에 서 있는 것 같지만 우리는 세계에서 여러 가지 장애를 만난다. 우리가 거주하고 있는 이곳은 무엇 하나 확실한 것이 없다. 시적 화자는 "무너지고 있는 집에서" 오랫동안 살고 있다. 이런 부조화 속의 소문에 의존하는 삶은 늘 불안하다. 무너지고 있는 집으로 큰비가 내리면 '나'의 존재는 실재를 지우는 과정을 밟게 될 것이다. 예측 가능한 불안으로 시적 화자는 "창밖을 보지 않기로" 결심하고, 공포의 잉여성 때문에 "얼굴이 벗겨질 것 같았다"고 진술한다. 지금 이곳은 육안으로 확인되는 "죽은 비둘기 떼"와 "뒤집힌 우산들이" 실재의 판단을 유보하게 하는 비선형적 공간이다.

> 네 손에서 꽃병이 깨진다. 흰 꽃병이다. 그네는 흔들린다. 지진 없이. 먼 곳에서 그을음이 흘러왔다. 그을음이 벽을 가뒀다. 집이 벽에 갇혔다. 불난 곳 없이. 벽에서 벽으로 번져 가는 검정. 긁으면, 긁히는 마음처럼. 안에 있는 것이 보였다. 만져지지 않고 보이기만 했다. 그것에 마음을 두었다. 투명함 속에 투명함이 있듯이. 흔들린다는 것의 힘을 믿었다 그네에는 줄이 있고, 줄에는 기둥이 있다. 겁먹은 표정들, 두려워 떠는 손등 위에도. 깨진 꽃병을 달라고 했는데. 너는 줄 수 없다고 했다. 꽃병이 깨져서 줄 수 없다고. 두 손을 돌 속에 감췄다. 필요한 것을 원하는 마음을 갖게 될 때까지. 바람이 솟구치고, 흙이 떠올랐다 가라앉았다. 나는 오랫동안 서서 기다린다. 나의 깨진 꽃병을.

—「O」 전문

꽃병이라 해서 선형적 질서 안에 있는 것이 아니다. 실재의 모양은 우리가 판단할 수 있는 꽃병이지만, "네 손에서 꽃병이 깨진다"고 진술함으로써 비선형적 질서 안에서 혼돈의 양상을 보여 준다. 우리의 신뢰는 저 홀로 "그네는 흔들"리는 것처럼 인과성 없이 무너진다. 시적 화자는 "집이 벽에" 갇히고, 더욱 우울하게 "벽에서 벽으로 번져 가는 검정"으로 세상의 압력을 느낀다. 그것은 지각되는 것을 믿었던 감각에 대한 불안이다. 집과 꽃병이 불이 나지 않았는데도 그을리고 '네' 손에서 '내' 꽃병이 깨진다는 것은 무엇인가. 화자가 지금까지 믿었던 물질의 존재는 정신과 대립하는 무엇이 아니다. 그것은 알 수 없는 혼돈 속에서 서로 독립해 상호 보완적인 존재로 공간을 차지한다.

우리의 사고와 의식이 '나'를 둘러싸고 있는 물질을 기호로 받아들인다고 해서 세상의 투명함이 유지되는 것은 아니다. 그것은 'O'으로 회귀한다는 의미에서 전적으로 닫힌 아포리아(aporia)이며 동시에 표상되는 비선형적 세계이다.

3. '아포리아'라는 환영

메타 시선으로 사물과 세상을 보면 사물의 움직임이 비선형적인 그래프를 그리는 것을 보게 된다. 즉, 자아와 세계가 동일시되어 평화로운 조화를 이루기보다 "점점 더 제어할 수 없게 될" 끊임없는 사물의 운동으로 불화한다. 아포리아로 굳게 닫힌 문 앞에서 우리는 불길한 꿈처럼 둥근 무덤을 만난다. 화자 앞에서 아포리아는 빵처럼 끊임없이 부풀어 오르기만 한다.

진창이라면
늪에 빠졌다면

도와줄 수 있는 것이 없다는 말과 도와 달라는 말을 반복해서 듣는다. 내가 했던 말들이 쏟아진다.

나는 발목에서 무릎, 허리까지 차오르는 물살. 수초에 걸린 새의 발.
다 담을 수 없는 그릇.

― 「정결」 부분

유토피아적 꿈은 자아와 세계가 동일시되고 편안할 때 코스모스의 표상으로만 만들어지는 한계 개념이다. 그것은 우리의 이성으로 프레임 안에 가둘 수 있는 보편적이고 필연적인 이상 세계이다. 그런데 세상이 자기 동일성 밖에서 '나'를 혼돈으로 끌어들이는 "진창이라면" 어떻게 하겠는가. 시적 화자는 이미 고립되어 스스로 소멸하는 자기를 명확히 파악한다. 그러므로 화자는 "도와줄 수 있는 것이 없다는 말과 도와 달라는 말을 반복해서 듣는다"고 불투명하게 진술한다. 화자 안을 달콤한 언어로 파고들었던 햇볕과 바람은 이제 아포리아 속으로 휩쓸려 간다. 따뜻한 햇볕 아래 걸어가는 '나'는 이전의 '나'이다. 햇볕 아래 웃음 짓는 '나'는 없고 "히리끼지 차오르는 물살"에서 심연으로 가라앉기를 기다리는 아포리아만 있다. 밝은 햇볕과 어두운 심연은 질서와 혼돈의 양상으로 한 공간 안에서 영속성을 갖고 존재한다. 그것은 현실에 발을 딛고 있는 불길한 꿈이다. 시적 화자는 천천히 햇볕에 녹아들 수 있다. 이 때문에 화자는 아포리아 한복판에 가을 벌판의 허수아비처럼 서 있다.

검정과 바꿀 수 있는 빛깔을 찾아보자고 약속했었지. 너는 날아갈 준비를 하고 있다.

한 사람이 물에 빠진 자기 발을 꺼내지 못해 쩔쩔매고 있을 때. 우리는 그 옆을 지나쳤다. 그의 검은 신발, 너의 검정은 그런 것이 아니다.

씨앗이 전부 썩어 버린 빈 밭에 서 있는 것이 네가 아니듯. 겹겹의 그림자를 찢고 있는 것이 네가 아니듯.

너는 나를 믿는다고 했다.

귀가 밝아 슬퍼지는 마음처럼, 나는 찾은 적 없던 것을 찾게 될 것 같다.

머뭇거리면서, 계단을 뒤적이는 손끝.

—「까마귀와 나」 전문

우리는 모두 코스모스 공간에서 놀이를 즐기는 것을 좋아한다. 그 때문에 우리는 수많은 카오스 공간을 코스모스 공간으로 만들었다. 세상의 주체들은 형이상학적인 추리로 우주를 알 수 있는 공간 안에 둘 수 있다고 믿었다. 그러나 모든 현상을 수렴할 수 있다는 생각은 "검정과 바꿀 수 있는 빛깔을" 찾는 것처럼 힘들다. 주체는 빛깔 찾기의 욕망으로 "날아갈 준비를" 하지만, 약속을 지키기가 쉽지 않다. 우리는 빛깔을 찾을 수 있다는 믿음으로 길가에 피어 있는 꽃향기에 취한다. 그렇게 꽃길을 가다 보면 죽어도 좋은 기분에 젖는다. 그러나 곧 "물에 빠진 자기 발을 꺼내지 못해 쩔쩔"매는 혼돈을 만난다. 화자는 혼돈 상태를 "그의 검은 신발, 너의 검정은 그런 것이" 아니라고 진술한다. 이렇게 우리의 형이상학적 추리는 허망한 꿈으로 남는다.

우리가 형이상학적 추리에 확신을 가진다면 세상은 아름다워질 수 있다. 하지만 계절 따라 피는 꽃들의 이름과 색깔과 냄새를 아는 것만으로 우주의 진리를 찾았다고 볼 수는 없다. 식물학자가 꽃잎 한 장을 보고 꽃의 성질과 특성과 이름을 알았다고 해서, 식물계 전체를 안다고 말할 수 없지 않은가. 시적 화자는 이성의 프레임으로 포착할 수 있는 "귀가 밝아 슬퍼지는 마음처럼" 명료한 의식 작용을 한다. 또한 "나는 찾은 적 없던 것을 찾게 될 것 같다"고 불완전한 사유로 희망을 품는다. 우리는 코스모스적 질서 안에서 "부서지고 열리는 어린잎을" 만져 보는 것으로 새로운 세계를 인식한다. 끝내 혼돈 속의 질서가 있다는 것을 직감한다. 그것은 아포리아 속에서도 가능한 깨달음이다.

4. 질서에 관한 메타 시선

　안미옥 시인은 질서에 관한 메타 시선으로 풍경을 바라본다. 우리가 바라보는 풍경이 아름다운 것은 풍경을 이해해서가 아니다. 우리누구도 진달래꽃 피어 있는 산허리나, 파도가 달빛에 부서지는 밤바다가 어떻게 아름다운지 분석적으로 확신에 차서 말할 수는 없다. 붉은노을이 이 땅의 슬픔을 어떻게 표현하는지 보편성의 논리로 말하기도쉽지 않다. '질서 정연한 우주'라는 의미로 확립된 코스모스는 형이상학적 과학관이다. 이런 측면에서 풍경을 보면 그것은 질서 잡힌 아름다움이고 인과에 따른 법칙으로 설명할 수 있다. 그러나 풍경은 자연속에 존재하는 개별자가 부단한 운동으로 만들어 내는 불가해성의 질서와 혼돈의 결합으로 보아야 한다. 안미옥 시인의 시적 화자들은 선형적 질서 위에서 자연을 예찬하지 않는다. 그뿐만 아니라 견자의 눈으로 사물을 보지도 않는다. 단순하게 근대의 과학관으로 사물을 보고자연을 노래하는 것이 아니라, 전체 체계 안에 혼돈을 삽입시킴으로써혼돈 속의 질서를 시로 체화한다.

　안미옥 시인은 질서 잡힌 세계 밖에서 추방당한 현상을 바라보고있다. 사물은 아직 누구도 범접하지 못한 순수성을 유지하며 스스로변화한다. 존재의 고정성을 확립하는 것은 사물의 본질이 아니다. 사물은 부단한 운동 과정으로 언제나 즉자적 위치를 벗어난다. 이 때문에 안미옥은 서정시의 전통적 문법이 가지고 있는 미학을 파괴하고새로운 미학을 건설한다. 시적 화자가 '녹슨 거울'과 '아파트 놀이터'와 '사람'으로 비선형적 질서를 만든다. 착륙 직전이라고.

내부로 들어가지 못하는 거울은 녹슨다.

아파트 놀이터

먼저 오는 사람을 거절하지 못하고. 나는 아직 사람의 피를 흘리고 있다.

—「착륙 직전」 전문

서로 다른 합목적성
 ―임승유의 시[*]

> 모든 삶의 주체는 합목적성에 맞게 활동한다. 목적을
> 향해 행위의 시간을 늘렸다가 줄인다. 따라서 이 땅의
> 주체들은 서로 다른 목적으로 들숨과 날숨을 쉬는 존
> 재이다.

1. 존재론적 장소성

산세베리아가 알맞은 장소에 있으면, 살아가는 데 아무런 장해를
받지 않는다. 아열대 지역인 아프리카에선 합목적성에 맞게 꽃을 피우
는데 거침이 없다. 하지만, 화분에 담겨 장소를 이동하면 상황은 달라
진다. 오래 사는 관엽식물이지만, 추운 장소에선 존재가 위협받는다.
수직으로 곧게 자라는 성질도 장소에 따라 변화를 거듭한다. 식물뿐만
아니라 인간도 마찬가지이다. 태어나 발을 딛고 있는 곳이 어느 곳이
냐에 따라 일반적으로 세계를 보는 가치관이 달라진다. 각각의 장소는
독특한 성격을 갖고 있다. 존재자는 특정한 장소에서 존재론적 가치를
발한다. 장소는 구체적이고 독특하여 그에 맞는 성격을 갖는다. 장소
안에서 주체는 개인으로서 행동할 수도, 집단적 행위를 할 수도 있다.
이때 사회적 의식이 표출되어 주체는 자신의 존재를 드러낸다.

---

[*]이 글에서 다루어지는 모든 시는 「아토포스가 주목하는 시인―임승유」, 『아토포스』, 2023.
여름, 134-154쪽에서 인용한다.

겨울에 제대로 관리하지 않으면 산세베리아는 죽는다. 이처럼 장소성을 생각하지 못한 인간의 욕심이 산세베리아의 운명을 바꾼다. 지구촌은 세계화를 맞이해 무한 경쟁 상태로 들어섰다. 시장을 하나로 통합하여 강자의 이익을 추구하는 자본주의는 화려하게 피어나는 꽃처럼 모두가 행복한 유토피아가 존재한다고 속삭인다. 그러나 경쟁에서 낙오하는 사회적 약자의 우울한 표정은 어두운 그림자로 저녁 하늘에 걸리기 시작한다. 도시화한 장소에 잘 적응한 사람들은 물질로 행복을 사는 착각을 즐긴다. 온갖 라벨 효과를 즐기며 찬란한 도시라는 장소에서 낙관적인 미래를 떠올린다. 안전망 밖에서 파편화하고 고립된 소수자의 상황을 애써 무시한다. 자본주의 사회는 매우 빠르게 장소를 나누었다. 밝은 지역과 어두운 지역으로 장소를 나누어 사람들을 가둔다. 공생의 명분은 없고 힘의 논리만 매력적으로 포장되어 이데올로기를 만든다.

임승유의 시적 장소는 파편화되어 있다. 장소가 파편화되어 나뉘자, 마음도 파편화되어 고립 상태로 굳어진다. 이제 나누어진 장소들끼리 독특한 장소성으로 반감을 형성한다.

어디에 있었어

부엌 책장 위 하얀색 바구니에

그 바구니라면 내가 어제 비누칠까지 해 가며 씻은 후에 오후 햇볕에 말려서 올려놓은 것 그전에는 베란다 한구석에서 겨울을 났지 그전에는 서로 다른 세 가지 색깔의 꽃을 피워 내던 화초가 심겨 있었고 그전에는 요즘엔 안 쓰는 그린 초크가 가득 담겨 있어서 내가 쏟아 낸 것 더 전에는 내가 모

르는 것

모르겠어 그게 어쩌다 거기 들어가 있었는지

　　　　　　　　　　—「그녀는 거의 자기 집에 있는 것 같았다」전문

　시적 화자가 "어디에 있었어" 묻는다. 장소성을 묻는 이 물음은 구체적이고 독특한 곳을 지칭한다. 네가 있었던 그곳이 중요한 역할을 할 수 있는 장소였는지를 묻는 것이다. 이처럼 타자가 있는 곳을 살펴봄으로써 화자가 안주할 장소를 탐색한다. 질 높은 생존을 위해선 환경의 중요성을 생각하는 것은 당연하다. 이러한 사실 때문에 화자는 "그전에는 베란다 한구석에서 겨울을 났지"라고 지리적 위치와 공간을 환기한다. 화자의 물음은 익명화되어 사라진 정체성에 대한 확인이다. 언제든지 지금 여기는 정체성이 무너질 수도 있는 곳이다. 정체성을 확인하는 방식은 "그전에는 서로 다른 세 가지 색깔의 꽃을 피워 내던 화초가 심겨 있었고"처럼 간절하다. 고립된 화자의 순수자아는 세상 밖으로 나올 기미를 보이지 않는다. 밝은 햇볕 앞에 모습을 드러내지 않는 '그녀'는 언제나 집 안에 갇혀 있다. 스스로 숨죽이고 있는 모습이 물화의 세계에서 비인간화되어 있다. 화자가 "부엌 책장 위 하얀색 바구니에" 있다는 것은 존재의 은폐이다. 세계라는 무한 공간에 자신도 모르게 던져진 자의 슬픔이다.

　세계화 시대, 우선 장소를 달리하는 국가가 파편화되고 국가 안에서 시민은 또다시 장소를 달리한다. 그리고 한 장소에 사는 가족도 능력에 따라 파편화된다. 이 상태에서 누군가는 쾌락의 목소리를 높일 수 있지만, 누군가는 아주 철저하게 고립될 수도 있다.

2. 꿈꾸는 미완의 시간

현대를 사는 주체는 미완의 시간 때문에 늘 괴롭다. 자신이 꿈꾸는 세계에 도달하려는 노력은 시간 밖으로 미끄러지기 쉽다. 생의 모든 것을 걸고 이루거나 도달하려는 대상은 쉽게 가닿을 수 없다. 그곳은 자신이 처한 특별한 이유로 최후의 대상이 된다. 또는 시간상의 한계 때문에 꿈꾸는 것으로 의미를 부여하기도 한다. 의미를 추구하는데 현실의 벽은 견고하다. 벽을 바라보며 단단한 분할선 밖을 상상한다. 그곳에 합목적성으로 피어난 붉은 꽃이 존재하는 것 같다. 깨어 있을 때 추구하는 것들은 잠자는 동안에도 계속 진행된다. 심리적 현상의 연속 선에서 꿈은 또 하나의 현실이다. 목표를 이루고자 하는 주체에게 낮과 밤의 분할선은 중요하지 않다. 합목적성의 열망이 높으면 높을수록 삶의 목표는 낮에서 밤으로 패러다임의 전환을 꾀한다. 꿈꾸는 시간은 단절과 연속성을 갖고 주체의 의식에 녹아든다.

임승유의 시적 화자는 '삶은 꿈꾸기의 연속이다'라는 말을 증명하려는 것 같다. 낮과 밤으로 꿈꾸기의 패러다임이 바뀌어도 화자는 멈추지 않는다. 보들레르가 자신의 시 「취하라」에서 "언제나 취해 있어야 한다"라고 외친 것처럼 시간의 노예가 되지 않기 위해 임승유는 시적 화자도 취해 있어야 한다고 믿는다.

죽은 듯 누워 있었을 뿐인데

여름 속에 여름이 햇빛 속에 햇빛이 나뭇가지에 매달린 벌레 먹은 열매가

툭

툭

떨어지는 꿈. 여기가 어딘지 안 물어봤다면 끝도 없이 떨어졌겠지. 손가락에 묻힌 침을 코에 바르고 두 다리를 있는 대로 펴고

그래 여기야

어디서 출몰할지 모르는 몸뚱이 조심하면서

밟으면 물컹하니까

흐물거리는 육체로 바닥을 짚으며 일어난다. 내가 태어나던 기억. 기억 못 하는 게 또 뭘까. 들어 올린 발을 어다다 내려놓을지 생각하는 동안에 맥락 무시하며 따옴표를 여기저기 갖다 붙이는 애도 있었지만

나무줄기 잡아당겨

훑어 낸 꽃잎으로 식사한다. 두 손은 향기로워지고 다 먹고 나면 원래대로 돌아가는 거야. 벌써 마을에서는… 저기 위에서부터… 까마득한 옛날로부터…

—「크고 작은 애들」부분

합목적성의 꿈은 잠을 자면서도 계속된다. 잠 속에서 꾸는 꿈은 "여름 속에 여름이 햇빛 속에 햇빛이 나뭇가지에 매달린 벌레 먹은 열매가//툭//툭//떨어지는 꿈"처럼 또 하나의 장소에서 시작한다. 삶의 목

적을 이루기 위해 "여기가 어딘지 안 물어봤다면 끝도 없이 떨어졌겠지"와 같이 자신을 단속한다. 주체는 잠을 자면서도 발을 딛고 있는 장소를 확인하고, 합목적성으로부터 멀어지는 자신을 경계한다. 시적 화자는 '나'를 움직이고 있는 것이 의식이 아니라 잠 속의 무의식이라는 생각을 하는지 모른다. 잠을 자는 무의식 속에서도 "내가 태어나던 기억"이 궁금하다. 가능하지 않은 것을 꿈꾸는 화자의 꿈은 맥락이 무시되어 존재한다. 아주 오래된 방식대로 화자는 "훑어 낸 꽃잎으로 식사"를 하며 흡족해한다. 이제 화자가 딛고 있는 장소는 현실과 꿈속에서 특별한 의미가 있다. 개인사의 삶은 깨어 있을 때의 경험이나 잠을 자면서 꾸는 꿈이나 동일하다. 꿈을 꾸는 주체는 타자가 아니다. 그러므로 꿈속의 삶도 자신의 개인사에 포함해야 한다. 낮과 밤에 걷던 장소가 꽃향기를 날리고 있다.

꿈속에서 친구는 혼자 나왔다. 그때 못 봤던 거 보러 가자. 빛이 빛을 벗어나는 방법

얼굴이 얼굴을 달아나는 방법

제라늄의 도움을 받아 빛으로 색깔을 만들었다. 나중에 밝혀지겠지만

신발 한 짝을 마저 벗지도 못한 채 집 안으로 뛰어들어 가

자식을 감싸안고서 흉기에 찔려 죽은 여성. 찔러 죽인 남자는

남편이라는 사람. 가족을 떼어 내자 색깔이 분명해졌다.

찢어 죽일 놈. 어디 가서 지가 혀를 깨물고 죽지. 자기가 무슨 말을 하는지 아는 걸까. 엄마는

남편 잡아먹은 여자

옛날 사람들은 두려움도 없이 저런 말을 잘도 했다. 내 앞에서 했다면 그 말을 찢었을 것이다. 엄마 혼자서 얼마나 많이 들었는지

모른다.

아버지란 사람이 너한테 가장 잘한 일은 일찍 죽어 버린 거라고 말하던 엄마는 가장 잘 이해했다.

—「제라늄의 도움을 받아」 부분

시적 화자는 가족사를 말하는데, 제라늄의 향기가 필요하다. 다양한 색깔의 제라늄은 색깔만큼 다양한 향기가 난다. 제라늄은 비누와 연고제를 만드는 데도 쓰인다. 화자는 제라늄으로 "신발 한 짝을 마저 벗지도 못한 채 집 안으로 뛰어들어 가"처럼 지옥 같은 가족사를 씻는다. 그리고 "자식을 감싸안고서 흉기에 찔려 죽은 여성. 찔러 죽인 남자"와 같은 깊게 난 상처를 치료해야 한다. 인간의 상처를 식물로 치유하는 방식은 인류의 오래된 경험에서 얻은 지혜이다. 삶의 주체는 각자 합목적성을 갖고 살아간다. 시 속의 엄마 또한 자신이 원하는 방식의 삶을 원했을 것이다. 하지만, 남편에 의해 합목적성은 억압당하고 결국 미완의 시간으로 남는다. 엄마의 꿈은 꺾였다. 이제 그녀는 "남편

잡아먹은 여자"가 되었다. 불명예스러운 낙인은 유교 문화의 힘으로 어두운 그림자를 드리운다. 시적 화자는 유교 문화의 바깥에서 "내 앞에서 했다면 그 말을 찢었을 것이다"라고 소리친다. 지금 여기 유교 문화를 물구나무 세운 화자는 제라늄 잎을 으깨어 향기를 몸에 문댄다. 이제 화자의 엄마도 "아버지란 사람이 너한테 가장 잘한 일은 일찍 죽어 버린 거라고" 유교 문화의 절대성에서 빠져나와 말한다.

1.

저기 세탁조 안에 이상한 물체가 있어요. 머리를 처박고 있는데 곧 이쪽을 쳐다볼 것 같아요. 꼬리를 살살 흔들 것 같아요.

베란다 한쪽에서 뭔가를 찾던 엄마가

아이고 걔가 거기 있었구나. 요즘 내가 키우고 있는 애인데 축축한 해초를 주면 얼마나 잘 먹는지 모른다.

엄마 말이 끝나기 무섭게

물체는 생명력으로 빛나기 시작하고 내가 그렇게 느끼자마자 막 사랑스러워지는 것이었는데

2.

꿈속에서 일어난 일입니다.

「양육」의 화자는 시적 장소인 꿈속에서 합목적성을 강조한다. 화자의 엄마는 자신의 목적인 아이를 잘 양육하기 위해 노력하는 존재이다. 다만 그 상황이 비유로 전개될 뿐이다. 화자는 "아이고 개가 거기 있었구나"와 같이 엄마에게서 벗어날 수 없는 존재이다. 꿈속의 상징 체계가 정밀하게 화자를 타격하기 시작한다. 화자의 꿈속에서도 "물체는 생명력으로 빛나기 시작"한다. 이처럼 엄마는 나에게 생명력을 불어넣는다. 아이를 자신의 시야에 묶어 놓고 끊임없이 자양분을 공급하려 한다. 엄마의 합목적성은 아이를 훌륭하게 기워 내는 데 있나. 사랑으로 키워야 할 아이라는 대상은 자신의 요람 안에 있어야 안심된다. 아이가 떨어져 있으면 언제나 강박이 몰려온다. 그것은 커다란 상실감으로 무엇으로도 채워질 수 없다. 아이라는 대상과의 분리는 아이뿐만 아니라 엄마에게도 견딜 수 없는 불안을 안긴다. 엄마는 상실 없는 지대를 만들기 위해 꿈속에서도 합목적성을 향해 보호의 갑옷을 입고 있다.

인간은 꿈꾸는 미완의 시간을 견디며 앞으로 나아간다. 개별적이고 고립된 존재이지만, 끊임없이 관계성을 추구한다. 때로는 자기희생을 즐기면서 합목적성 바깥으로 미끄러지는 상처를 딛고 일어선다.

3. 기억 속의 장소

자신이 꿈꾸는 목적지로 가기 위해 기억과 장소의 관계성은 중요하다. 어느 장소에서 꿈꾸었느냐에 따라 합목적성의 꽃을 피울 수도 있고, 상실과 절망의 늪으로 빠질 수도 있다. 우리는 장소 속에서 활동하는 주체이다. 과거의 경험을 간직하는 것은 자신의 정체성을 일관되게 하는 과정이다. 특정한 장소에서 만들어진 기억은 과거에서 현재로 그리고 미래로 연결된다. 이러한 질서가 미래의 꿈과 섞여 합목적성의 장소로 바뀐다. 꿈을 꾸는 자는 늘 충만한 에너지를 만든다. 새로운 힘으로 낯선 장소를 지향한다. 드디어 주체는 미래의 어느 시점을 향해 직진해 가는 과정에서 자신을 지배하는 능력자로 변한다. 우울한 표정을 애써 지우며 절망을 희망으로 바꾸는 작업은 고통이 따른다. 장소가 옮겨질 때마다 새로운 기억이 만들어진다. 당시 그곳의 기억을 떠올려 현재의 삶을 성찰하는 자세는 중요하다. 주체는 장소를 바꾸면서 진실로 원하는 새로운 기억을 만든다.

임승유에게 있어서 장소는 특별한 기억이 생성되는 곳이다. 일이나 사건이 분명하지 않지만, 조각난 기억으로 인지할 수 있는 결과물을 만든다.

그녀는 머리를 말리고 밖으로 나갔다. 그녀는 이제 막 열여섯이 되었다. 무슨 생각 하는지는 모르지만 티셔츠를 입었다는 건 알 수 있다. 청바지를 입었다는 건 알 수 있다. 그녀는 밖으로 나갔고 피가 흘러서 다시 들어왔으며 피가 흐르기 시작한 지는 몇 달 되었다. 나는 오이를 베어 먹으며 그녀를 보고 있다. 그녀는 서랍을 열었다. 그녀는 오버나이트를 반으로 잘랐다. 반으로 자른 그것을 속옷에 붙일 때 싹둑 가위 소리가 지나가는

두 다리는 힘이 세다. 그녀는 충북대학교 가는 버스를 탔다. 반장이 충북대학교 정문으로 나오라고 했기 때문이다. 그녀가 탄 버스는 그녀를 충북대학교 후문에 내려놓았다. 버스를 잘못 탔기 때문이다. 나는 그녀를 보고 있다. 그녀는 정문을 향해 걷기 시작했다. 나는 다 먹은 오이 꼭지를 창밖으로 던졌다.

매미가 울었다. 매미가 울면 소리가 나고 소리는 어느 순간 멈추겠지. 하지만 매미가 한 번만 울지 않고 여러 번 울어서 소리가 어디까지 가서 끝나는지 확인할 수 없었다. 사람도 별로 없었다. 땀이 흘렀다. 피가 흘렀다. 잔디밭 사이로 난 길을 따라 걸었다. 가위가 지나간 자리로 솜이 삐져나오고 있었다. 솜이 삐져나오듯 그녀가 충북대학교 정문에서 빠져나오고 있었다.

—「충북대학교」 전문

이 마을에 오래 산 노인이 있어 문득 하늘을 올려다보며 주머니를 뒤지듯 기억을 헤집다 보면 부랴부랴 트럭에 이삿짐 싣고 마을을 떠난 여성을 떠올려 볼 수는 있겠지.

수돗가에 앉아 빨래하다가 날아온 미친놈의 돌멩이에 입술 한쪽이 터져서 꿰맨 자국이 있다거나, 저녁마다 집 안 곳곳에 만연한 폭력을 피해 동네 으슥한 공간으로 스며들어 별을 헤아렸다거나

동네가 기억하는 것도 있겠지. 집의 기억 속에는

며칠째 계속해서 쏟아지는 비를 바라보는 여자애도 있다. 부엌 문간에서서. 한 손에는 거대한 집게를 들고

활활 타오르는 아궁이

김이 푹푹 나는 가마솥

여자애 기억 속을 옮겨 다니며 살고 있는 나도 가마솥에서 끓고 있는 게 뭔지 모른다. 다만 들은 게 있다면

이렇게 며칠째 비가 쏟아지는데 이 집에는 왜 나밖에 없는가. 다들 어디 갔는가.

—「비 오는 날 물 끓이기」 부분

「충북대학교」의 시적 화자는 '그녀'를 장소성의 측면에서 기억하고 있다. 독자는 화자의 진술을 따라가며 '그녀'를 볼 수밖에 없다. 시 속의 '그녀'는 이제 열여섯 살이고 급하게 밖으로 나갔다가 생리혈이 터져 집으로 들어온다. 이때 화자인 '나'는 오이를 베어 먹는다. 왜 화자는 오이를 먹을까. 아마 여름이었고 땀을 많이 흘려 더위를 식히고 갈증을 해소하기 위해 오이를 먹었을 것이다. 그러면 반장은 '그녀'를 왜 "충북대학교 정문"으로 불러냈을까. 시적 상황이 선명하지 않다. 다만 시상의 전개 과정에서 드러나는 이미지로 이해해야 한다. 생리혈과 반으로 자른 오버나이트, 잘못 탄 버스와 충북대학교 후문 그리고 반장, 오이와 매미, 땀과 피 등등의 키워드는 매우 어두운 폭력적 이미지를 만든다. 특히 "매미가 한 번만 울지 않고 여러 번 울어서 소리가 어디까지 가서 끝나는지 확인할 수 없었다"는 진술은 '그녀'가 학폭의 대상자라는 느낌이 들게 한다. 시의 마지막 부분 "솜이 삐져나오듯 그녀가 충북대학교 정문에서 빠져나오고 있었다"의 진술은 '솜'으로 인해 삶의 회의에서 오는 멜랑콜리한 감정이 흐른다. 「충북대학교」의 시적 화자는 언어의 원초적 이미지를 부각하여 '그녀'에 대한 폭력의 기억을 전달한다는 점이 독특하고 특이하다.

「비 오는 날 물 끓이기」의 화자는 관찰자 시점으로 시적 장소를 기

억하고 있다. 시적 화자는 노인의 시선으로 "트럭에 이삿짐 싣고 마을을 떠난 여성을 떠올려 볼 수는 있겠지"라고 진술하여 '마을'이라는 장소를 분명히 한다. 농경 중심주의 사회에서 마을을 떠난다는 것은 매우 큰 사건이다. 자기 삶의 행로를 바꾸어야 할 사건이 아니면 마을을 떠나지 않는다. 시의 제목이 「비 오는 날 물 끓이기」라는 점을 상기하면 매우 어둡고 우울하다. 비가 오는 상황의 우울함에다가 물 끓이기라는 분노가 시너지 효과를 얻는다. 노인이 떠올려 본 것은 "미친놈의 돌멩이에 입술 한쪽이 터져서 꿰맨 자국"이라는 상처와 계속되는 "폭력을 피해 동네 으슥한 공간으로 스며들어 별을" 헤아리던 가정폭력이다. 노인이 폭력을 기억하는 장소는 '집'이라는 특별한 곳이다. 집은 가속이 거주하는 따뜻한 장소여야 한다. 마을 안의 집은 가족을 감싸고 합목적성을 꿈꾸어야 이치에 맞다. 하지만, 때로 집은 「비 오는 날 물 끓이기」의 상황처럼 폭력을 고스란히 견뎌야 하는 비극의 장소가 된다.

입술 위쪽으로 솟아오른. 손가락으로 누르면 만져지는. 혀를 이와 살가죽 사이로 밀어 넣어 봉긋하게 만들면 보이는. 하루에도 몇 번씩 만져 보고 느껴 보고 살피느라 내가 뭘 하고 있었는지도 모르게 만드는. 더는 안 되겠어. 벌떡 일어나 거울 앞에서 면봉 두 개로 짜내면 영원할 것처럼 길고 가늘게 새어 나오는 길이 있다. 너도 올래? 모여서 떠드는 애들 옆을 지나다가 다리에 걸려 넘어지는 바람에 가게 된. 짧은 반바지 입고 물속에도 들어가고 서로의 얼굴에 물을 뿌리면 너 가만 안 둔다 맘 놓고 협박도 해 보며 여름 야채 썰어 넣은 찌개를 후후 불어 가며 먹는다는. 냄비와 튜브 들고 걷는다. 높이 뜬 해가 점점 더 높아지면서 늘어질 대로 늘어진 아스팔트길. 저만큼 앞에 그때는 알았지만 지금은 기억 안 나는 애가 있다. 그 애도 걸려 넘어진 걸까. 열심히 걷고 있지만 언제 도착할지 몰라서 영원히 끝나지 않을

것 같은

－「화양동」 전문

「화양동」의 시적 화자는 타자와의 관계성으로 어떻게 합목적성이 지연되고 유린당하는지 보여 준다. 얼굴에 솟아올라 "손가락으로 누르면 만져지는" 것이 있다. 그것은 '내' 속에 잠자고 있는 폭력성을 일깨우는 역할을 한다. 왜냐하면 시적 화자가 "면봉 두 개로 짜내면 영원할 것처럼 길고 가늘게 새어 나오는 길"로 들어서기 때문이다. 화자는 친구가 은근히 유혹하는 "너도 올래?"라는 말에 쉽게 넘어간다. 폭력이 일어나는 특별한 장소에서 "너 가만 안 둔다 맘 놓고 협박도 해 보며" 여름을 보낸다. 삶의 목적을 향해 직진하던 화자는 "늘어질 대로 늘어진 아스팔트길" 위에서 꿈을 하염없이 지연시킨다. 이때 시간은 삶의 주체에게 '꿈의 지연'이라는 폭력을 가한다. 화자는 자신이 가치를 두고 있는 꿈의 장소로 가기를 염원한다. 하지만, 그곳은 생각해 보면 "열심히 걷고 있지만 언제 도착할지 몰라서 영원히 끝나지 않을 것 같은" 생각이 든다. 화자 스스로 환경에 몸이 묶여 꿈을 지연시켰기 때문이다. 「화양동」은 삶의 길에서 한순간 허물어지던 기억 속의 장소이다.

위 세 편의 시는 폭력이 발생하는 특별한 장소에 대한 기억이다. 학교폭력과 가정폭력 그리고 시간에 의해 폭력을 당하는 장소의 기록을 펼쳐 보인다. 우리가 꿈꾸는 장소가 어떤 폭력성으로 변형되어 가는지를 형상화하고 있다. 타자와의 관계 속에서 자아는 상승과 하강을 거듭하는 존재이다.

4. 관계와 감정

인간은 합목적성을 이루기 위해 사회적 존재로서 타자와 다양한 관계를 맺는다. 가족이라는 혈연적인 작은 집단에서부터 시작해 점차 큰 집단으로 관계를 넓혀 간다. 이러한 관계는 상황에 따라 다양한 감정을 유발하게 한다. 모든 관계는 자신이 정해 놓은 목적에 맞추어져 있다. 자신의 욕구는 합목적성을 효과적으로 이룰 수 있도록 동기를 부여한다. 타인과의 관계가 이루어지는 현장에서 나타나는 심정이나 느낌은 사건에 대한 지각 현상이다. 우리는 삶의 목표라는 미지의 땅에 도착하기를 원하는 존재이다. 그곳에 대한 그리움 가득한 감정의 편지를 띄우며, 합목적성을 위해 생을 바치는 수행자이다. 타인과의 관계는 뜨겁게 도래할 합목적성의 시간이며 순간이다. 원하는 곳에 도착하기 위해 우리는 타인과 밀접한 관계를 맺는다. 그때 생성되는 감정은 끊임없이 지연되고 유보되는 것들에 대한 가능성의 타진이다.

임승유의 시에서 타인과의 관계는 특별한 감정으로부터 시작된다. 이는 성사될 수 없는 만남을 계획하고 실행하는 일에 대한 감정이다.

수족관 앞에서 만나기로 했어요 수족관 앞에서 기다려 보고 싶어 그 사람이 그렇게 말했거든요 수족관 앞에서 만나면 콜라를 한 캔씩 사서 마시고 마주 보며 웃다가 수족관은 이런 곳이구나 백 센티미터가 넘는 은갈치가 전시되어 있으면 백 번도 넘게 수족관에 다녀 본 사람처럼 수족관을 돌아다녔겠지만요 그 사람이 그러니까 수족관 앞에서 기다려 보고 싶다던 사람 말이에요 내가 일요일에 수족관에 나타나면 더 이상 기다릴 수 없게 되잖아요 그래서 일요일만 되면 수족관 앞에서 만나기로 하고 수족관 앞에서 기다리는 그 사람을 생각하는 사람이 되어 갔답니다 백 번도 넘게 일요일에 말이에요

—「부끄러움」 전문

"수족관 앞에서 만나기로" 했는데, 시적 화자의 남자는 "수족관 앞에서 기다려 보고" 싶다고 말한다. 사랑의 감정이 싹트고 있는 사람에게 데이트 신청을 받고 화자는 "콜라를 한 캔씩 사서 마시고 마주 보며 웃다가 수족관은 이런 곳이구나 백 센티미터가 넘는 은갈치가 전시되어 있으면 백 번도 넘게 수족관에 다녀 본 사람처럼 수족관을" 돌아다니는 상상을 하며 즐거워한다. 둘의 관계는 남녀 간의 사랑이라는 특별한 목적이 있다. 사랑을 꽃피우기 위해 생각과 행동은 합목적성을 띠어야 한다. 둘의 중요 목적은 사랑이고 이를 유지 발전시켜야 하기 때문이다. 이러한 목적을 이루기 위해 노력해야 하는 화자는 "내가 일요일에 수족관에 나타나면 더 이상 기다릴 수 없게 되잖아요"라고 엉뚱한 생각을 한다. 이것은 사랑의 발전이라는 목적을 앞에 두고 있는 사람의 태도가 아니다. 둘의 친밀한 관계를 형성하며 더 높은 단계로 발전해야 하는 관계를 부정하는 행위이다. 화자는 내적 감수성으로 침투한 '부끄러움'이라는 감정을 은밀하게 즐기고 있다. 사랑이라는 특별한 관계로 맺어진 그 남자를 생각하고 느끼며 내면 상태를 감지하는 행위에 몰두한다. 즉 '부끄러움'이라는 감정에 대한 가역성 놀이를 하고 있는 것이다.

임승유의 시는 합목적성으로 작동되는 세계를 보여 준다. 모든 살아 있는 생명체는 합목적성을 갖고 있다. 자신의 목적에 맞게 행동하고 꿈꾸는 존재이다. 칸트는 개념 없는 맹목성은 야만적이라 했다. 주체는 타자와 관계를 맺으며 타자화된 욕망을 꿈꾸는 저급한 모방 기술자가 되기도 한다. 하지만, 우리는 근원적으로 서로 다른 합목적성을 꿈꾸는 존재이다. 임승유의 시 속에서 시적 주체는 삶의 목표에 맞게 가장 적합한 사유와 행동을 하며 오늘을 살고 있다.

제5부 영화가 던지는 상처적 질문

춤으로 통(通)하다
— 이준익 감독 「사도」

춤은 가족사를 스토리텔링한다. 부채를 펼 때는 한 마리 신령스런 용이 하늘로 치솟는 것 같은 희망이, 부채를 접을 때는 먹물로 그려진 검푸른 얼룩 같은 절망이 뛰논다. 춤은 만개하는 꽃의 리비도를 흉내 내다가, 세찬 비바람에 장단을 맞추며 피어나기도 전에 떨어지는 꽃을 표상한다. 왕이 된 사도 세자의 아들이 비통한 가족사를 부채로 펴고 접을 때마다 춤사위 곳곳으로 배경음은 비에 젖은 듯 슬프게 스며든다. 왕은 몸의 움직임으로 비통한 가족사를 펼쳐 보이며 아버지와 소통을 시도한다. 그리고 주름을 접어 아포리아의 문을 두드린다. 부채 속에 비극의 가족사가 눈물꽃으로 한없이 흔들린다. 그러므로 엔딩 시퀀스에서 왕이 추는 춤은 아버지와의 눈물겨운 소통이다.

심리학자 로저스(Rogers)는 대화의 조건 세 가지를 성실성, 무조건적 수용, 내적 이해라고 강조한다. 대화가 원활하게 이루어지기 위한 태도를 설파한 것이다. 하지만 영화 「사도」에서 대화는 실종되어 있다. 왕과 신하가 대화하지 않으며, 아버지와 아들이 대화하지 않는다. 소통이 막힌 국가는 편이 갈려 집단극화되고, 대화하지 않는 가정은 사도 세자를 미치게 하여 비극으로 치닫는다. 이준익 감독의 「사도」는 대화 단절이 비극의 시작임을 우리에게 말해 주고 있다.

무덤 속 관에 누워 있다가 일어나서 칼을 들고 왕에게로 가는 오프닝 시퀀스는 충격적이다. 무덤과 관이라는 두 개의 층위로 구성된 죽음의 이미지와 칼을 들고 왕에게로 향하는 역모 행위 때문에 충격의 강도는 무게를 더한다. 배경음은 '나무아미타불'을 반복하여 주름진 비장감을 끊임없이 돋운다. 소통되지 않아 쌓인 눈물이 쏟아지는 듯 굵은 빗줄기는 숨 가쁘게 피사체를 적신다. 결국, 역모는 영조의 말처럼 "내가 죽으면 나라가 망하지만 네가 죽으면 삼백 년 종사를 보존할 수 있다"로 정리되어 사도 세자는 뒤주에 갇혀 죽게 된다. 영조의 입장에서는 세자의 행위를 나랏일이 아니라 집안일로 만드는 것이 최선이었다. 왕권과 신권의 집단극화가 트라우마로 작용하여 극단적 결정을 내린 것이다.

영조의 트라우마는 신하들과 진실하게 대화하지 못하는 것에서부터 시작한다. 당파 간의 견제는 민주적 소통의 길을 열기도 했지만, 때로는 집단극화가 심하여 당파 간 목숨을 건 권력 쟁탈전 양상을 띠기도 했다. 권력의 비정함을 성장 과정에서 체득한 영조는 언제나 완벽한 왕이고자 노력했다. 그런데도 영조는 경종 독살설과 천민 자식이라는 태생적 한계에 시달렸다. 왕의 외면은 강하게 보이지만 내면은 한없이 나약하다.

가장 완벽한 왕을 만들고자 아들이 태어나자마자 세자 책봉을 한 것은 비극의 시작이 되었다. 세자 책봉이 되었다는 것은 부모 곁을 떠나 세자 교육을 받아야 한다는 점을 의미한다. 왕이 되기 위한 수업 과정에서 순수한 자아의 욕망은 철저하게 제거될 수밖에 없다. 성장 단계에 맞는 대화는 없고 오직 가장 높은 단계인 과업을 외우고 행해야 한다. 특히 대리청정은 '나'를 완전히 버려야 하므로 부자간의 갈등은 심해지고 아버지에 대한 세자의 트라우마는 커져 감당할 수 없는 지경에 이른다. 결국, 세자는 내관을 죽이고 중들과 어울려 기행을 일삼은 끝에 희대의 비극적 스캔들 속으로 빠져든다.

엔딩 시퀀스에서 왕이 추는 춤은 흥에 겨워 장단을 맞추는 율동이 아니다. 그것은 생사를 건 전쟁터에서 북소리에 맞추어 추는 춤도 아니고, 즐거운 잔칫날 흥을 돋우기 위해 추는 춤도 아니다. 왕의 춤은 아버지가 아들을 뒤주 속에서 참혹하게 죽인 역사상 가장 비극적인 가족사의 스토리텔링이다. 폈다가 접은 부채는 사도 세자의 말처럼 허공으로 날아간 화살의 떳떳함이다. 그러므로 왕의 춤은 아버지의 마음속으로 들어가 하나가 되는 통(通)의 춤이며 내적 이해로 시작하는 성실한 대화이다.

페르소나(persona)의 자의식 혹은 균열
— 오승욱 감독의 「무뢰한」

1. 감각적 가면의 자의식

사회적 존재로서의 인간은 모두 코드화될 수 없는 가면을 쓰고 단단하게 닫힌 아포리아(aporia) 앞에 선 존재자이다. 가면을 쓴 주체는 푼크툼(punctum)하게 지속적인 열정의 작용으로 타자를 끌어안고 상처를 전경화시킨다. 지금 여기의 생의지 때문에 주체는 더욱 단단히 가면을 쓰며, 디제시스(diegesis)가 상상계에서 만드는 미장센은 적나라하게 현실로 환원된다.

가면의 자의식에 있어서 오승욱의 「무뢰한」은 투사된 파토스(pathos)로 자아를 드러내기도 하고, 사회적 위치를 확인하고 타자와 동일시하는 아비투스(habitus) 속으로 잠입하기도 한다. 자본주의가 특수한 환경으로 주체를 밀어 넣을 때, 우리는 운명처럼 주어진 구조와 자신을 연결해 특별한 성향을 만들어 낸다. 오승욱의 영화 속 주체들은 자신이 속한 계급적 위상에 맞는 기질로 형사 정재곤과 마담 김혜경처럼 가면을 쓰고 감정을 촉발하여 진짜 자아를 은폐시킨다. 그들은 가슴속에서 뭉게구름처럼 생성되는 연민을 억누른다. 그리고 가면은 자아를 끊임없이 확장할 수 있다는 환각에 빠져 주체를 사회적 요구에 충실히 따르게 한다. 형사 정재곤이 범인을 잡기 위해선 수단과 방법을 가리지 않는 것도 가면을 쓰고 있기 때문이다. 이처럼 칼 융이 언급한 '가면을 쓴 인격'인 페르소나는 영화 「무뢰한」에 성실하게 녹아든다.

「무뢰한」에 펼쳐진 세계는 가면의 자의식이 분명한 자들에 의해 길항 관계를 유지하는 자본주의적 메커니즘이다. 현재를 사는 우리는 텐프로이었다가 빚 때문에 변두리 단란주점 마담으로 전락한 혜경처럼 자본의 명령에 순종하는 가면을 써야 안전해진다. 가면을 쓴다는 것은 자신의 사회적 계급을 인식한다는 것이고, 자신이 발을 딛고 있는 위치에서 살아남기 위한 최선의 행위이다. 가면을 쓴 '나'는 철저하게 순수한 자아를 은폐하기 때문에 가면은 '나'로 지각되고 표상된다. 오승욱의 「무뢰한」에는 영화 내부에 내재한 주체의 살고자 하는 생의지가 거센 파도처럼 일렁인다. 니체의 "나는 힘센 자와 법률과 재산의 힘을 파괴하려 한다"는 의지를 감독은 디제시스로 만들어 놓는다. 힘센 자들은 법의 냉혹함으로 '나'를 둥근 공간 안에 가둔다. 이처럼 자본주의 메커니즘이 재현되는 영화 속에서 등장인물 각자는 가면을 쓴다. 가면은 '나'에게 갑옷이며 계급이다. 이제 '나'는 감각적 가면의 자의식으로 충만하다.

오승욱 감독이 보여 주는 영화 속 리비도(libido) 또한 성적 충동을 넘어선 진정한 사랑이며 살고자 하는 강한 욕망이다. 관객은 자본주의 프레임에 잡힌 미장센에서 정념을 극복하다가 무너져 가는 무수히 많은 '나'를 본다. 그것은 형사, 살인자, 마담이라는 감각적 가면에 충실하다가 자의식이 생성되는 에피파니(epiphany)의 발견이다. 그렇게 균열이 생성되는 가면이야말로 세상의 주체가 살아가고 있는 모습이며,

자본주의 메커니즘에서 살고자 하는 리비도를 생성시키는 원동력이다. 오승욱 감독의 「무뢰한」에 등장하는 각각의 주체들은 페르소나를 쓴 사회적 역할뿐만 아니라 그 속에 은폐된 본래의 자아를 찾아가는 매우 어려운 행위를 보여 준다.

2. 나르시시즘(narcissism)적 동일시

자본주의 원칙을 성실히 따르는 세상의 주체들은 치열하게 전개되는 경쟁 때문에 생의 의지가 강력해질 수밖에 없다. 우리는 모두 소리 없는 전쟁을 치르는 전사이다. 생산수단의 사유제 아래에서 인간도 상품이 되어 불특정한 시장 수요를 목표로 전시된다. 허공과 허공을 잇는 찬란하고 선명한 무지개 위에서 우리는 궁극적인 아포리아와 싸워야 한다. 그러므로 때로 폭력은 자신이 처한 운명의 한계를 넘어서는 행위가 될 수 있다. 이러한 특성으로 상류층은 그들이 가지고 있는 재화로 인해 수백만 송이 장미꽃이 바람에 나부끼는 꽃길을 걷게 되고, 하층민은 재화가 없어 몸뚱이를 상품으로 내놓는 가시밭길을 걷게 된다. 오승욱 감독의 「무뢰한」은 자신의 몸뚱이를 상품으로 내놓고 살아가는 술집 마담과 범인을 잡겠다는 의지가 강렬한 형사가 각자에게 주어진 세상에 맞서는 하드보일드 통속극이다.

「무뢰한」에 등장하는 인물들, 즉 살인자와 살인자의 애인 술집 마담, 그리고 거친 형사 간에는 나르시시즘적 동일시가 가면을 쓴 채 나타난다. 마담과 형사의 리비도는 자기 자신에게 쏠려 있는 일차적 나르시시즘에서 외부 대상인 이성으로 향한다. 그리고 이차적 나르시시즘이 「무뢰한」에 등장하는 인물들에게 투사된다. 주체는 사회적 역할에 맞는 가면을 쓰고 세상과 맞서다가 입은 상처를 상대에게 투사하여 자기애에 빠져든다. 술집 마담 김혜경은 리비도를 살인자 애인인

준길에게 투사하여 나르시시즘에 빠져들고, 준길은 김혜경에게 리비도를 투사하여 역시 나르시시즘에 빠져든다. 또한, 형사 정재곤도 살인자의 애인인 김혜경에게 자신의 리비도를 투사하기에 이른다. 이에 감응된 듯 김혜경은 정재곤이 쓰고 있는 가면을 벗겨 보려 한다.

이러한 나르시시즘적 동일시는 오승욱 감독이 각본을 썼던 「8월의 크리스마스」(1998)에서도 나타난다. 시한부 삶을 사는 변두리 사진관 주인 '정원'은 주차 단속원 '다림'을 만나면서 투사된 나르시시즘에 빠지기 시작한다. 서로에게 특별한 감정을 갖게 되는 것은 리비도가 자기 자신으로부터 떠났기 때문이다. 따라서 일차적 나르시시즘처럼 동일시된 자기애에 빠져든다. 이와 같은 연장선상에서 오승욱 감독의 데뷔작 「킬리만자로」 또한 나르시시즘적 동일시를 확장한 영화이다. 막판 인생들이 처절한 몸부림으로 파멸해 가는 과정에서 살고자 하는 생의지를 발견했기 때문이다. 우리 자신으로부터 떠난 생의지는 피바다를 이루는 미장센 속에서 이차적 나르시시즘으로 발전한다. 그것은 감독의 가학적 취향이 아니라 세상을 사랑할 수 없게 된 우리 모두가 투사한 생의지이다. 이처럼 욕망이 강할수록 대상에게 투사되는 감정 또한 강렬하게 나타난다.

사회적 계급이 낮은 사람들은 자신의 계급에 맞는 사람에게 리비도를 투사한다. 자본주의의 안전망 밖으로 밀려나지 않기 위한 노력이 처절할수록 미장센은 어둡고 우울하고 거칠어진다. 따라서 나르시시즘적 동일시는 강렬하며 그들 방식대로 사랑할 때는 거칠게 목숨을 건다. 오승욱 감독의 「무뢰한」은 등장인물 각자가 서로에게 접근하는 방식도 악덕과 권모술수라는 '무례한' 방식을 택한다. 살인자 박준길과 술집 마담 김혜경의 사랑도 무례하고, 형사 정재곤이 김혜경에게 접근하는 방식도 무례하다. 하지만 더 무례한 것은 오승욱 감독이 관객에게 희망 없는 등장인물들을 향하여 연민을 투사하게 했다는 점이다. 그렇게 나르시시즘적 동일시에 빠진 우리는 딛고 서 있는 현재 이곳이 불안하다.

자본주의 사회에는 유아기 때 우리를 행복하게 했던 근원적 나르시시즘이 존재하지 않는다. 자아 속에 고인 리비도는 자본주의 메커니즘에 의하여 세상 속으로 여행을 떠나는 비운의 존재가 된다. 고통스럽고 장애가 많은 여행일수록 자아에 집중하던 리비도는 외부의 대상에 투사되어 동일시되기 쉽다. 자기 자신으로부터 떠난 리비도로 인해 자기애에 빠지듯 사랑은 거세게 불타오른다. 기름을 붓는 것처럼 리비도를 투사하지만, 사랑이 아름답다고 느낄 수 없는 위기에 빠지게 되면, 그 갈등 또한 거친 파도로 주체와 타자를 덮친다. 동일시가 강할수록 실연했을 때의 증오는 강렬하다. 동일시는 '나'로 환원하고자 하는 리비도의 욕망이다. 타자가 '나'로 환원되지 않았을 때 우리는 자아 속에 있는 리비도 때문에 우울한 감정을 경험한다. 세상의 주체가 생의지를 가지고 떠나는 곳에 타자가 '나'의 모습으로 애처롭게 바라본다. 타자의 눈길에 사로잡힌 '나'는 나르시시즘적 동일시에 빠져 근원적 환각 여행을 하는 존재로 상처와 고통을 껴안는다.

박준길이 얼굴에 묻은 피를 닦고 혜경과 성관계를 갖는 것은 서로에게 리비도를 투사하고 이차적 나르시시즘에 탐닉하는 행위이다. 리비도가 투사되는 곳, 허공은 아늑한 물안개로 피어나고 자기 자신에게로 가는 사랑은 파도처럼 넘실댄다. 리비도의 화살을 맞은 연인은 '나'를 확장하여 얻은 애증이다. 함께 죽어도 좋을 것 같은 충동이 비바람을 몰고 오는 폭풍처럼 거세다. 사랑은 이렇게 리비도로부터 와서 몸을 휘돌며 완성된다. 리비도의 발산이 너무 절실하여 숨소리는 거칠어지고 둘은 하나가 되어 서로의 살내음에 취한다. 그러므로 박준길의

"미안하다, 혜경아—"라는 말은 나르시시즘적 동일시를 표상한다.

3. 가면과 실체 사이의 고통

영화 속 인물들은 각자에게 맞는 가면을 쓰고 사회적 역할을 충실히 수행한다. 범인을 잡기 위해선 마키아벨리가 『군주론』에서 지적한 '악덕'을 수행할 줄 아는 형사 정재곤은 자신의 가면에 대한 자의식이 강하다. 형사가 쫓는 살인자 박준길 역시 『군주론』의 키워드를 일찍이 체득한 인물로 거친 에너지를 발산한다. 오승욱 감독은 형사와 범인 사이에 술집 마담 혜경을 퇴폐적이고 거칠지만 지순한 눈물의 캐릭터로 설정해 놓는다. 이처럼 영화는 술집 마담 혜경을 축으로 거친 형사와 산인한 살인범이 지탱하는 삼각형의 구도를 갖는다. 세상에 던져진 삼각형의 구도는 외재적 관점으로 볼 때 단단해 보이지만, 순수한 자아를 가면 속에 숨기고 있다는 점 때문에 내재적 관점으로 보면 항상 위태롭다. 영화의 화면에 일렁이는 감정의 시뮬라크르(simulacre)는 외로움과 눈물로 화려하게 피었다가 지는 꽃들의 흔적으로 허공에 남는다. 감정이 응고된 꽃들의 향기가 너무 짙어 허공이 수축한다. 피었다가 지는 꽃들 속에서 세 개의 가면이 결절점을 만든다. 그들의 감정은 단단한 가면으로 인해 인과성과 상관성을 의식하지 못한 채 서로의 마음을 흔들고 있다.

오프닝 시퀀스의 첫 신은 주변에 신축 아파트 공사가 한창인 어느 건물의 옥상 주차장이다. 들고양이 한 마리가 어슬렁거리는 모습은 길을 잃고 헤매는 영화 속 주인공들을 상징한다. 자본주의 사회가 만들어 놓은 질서에 복종하거나 저항해야 하는 세계에서 자본은 우리 모두에게 자신에 맞는 가면을 쓰게 한다. 반사회적으로 자본주의에 잘 적응한다고 볼 수 있는 이들은 밤의 세계에서 살아가는 존재들이다.

오프닝 시퀀스는 형사가 승용차에서 내리는 신과 사건 현장의 신, 그리고 살인을 저지른 박준길이 얼굴의 피를 닦으며 혜경의 아파트에서 성행위를 하는 장면으로 연결된다. 남성 상위의 자세로 박준길이 혜경에게 "미안하다, 혜경아. 황충남이를 죽였다."고 나지막하게 소곤거린다. 이 쇼트(shot)는 여린 듯 강렬하여 준길에게 살인자라는 가면을 쓰게 하고, 혜경에게는 살인자의 애인이라는 가면을 쓰게 한다. 이제 그 가면에 맞는 역할을 해야 한다. 가면에 투사된 '나'를 보며 나르시시즘적 노래를 부른다. 천박한 자본주의에서 가장 천박하게 사는 방법을 연구하고 실행에 옮기는 이들은 질서 밖에 존재하는 아나키스트다.

가면을 썼다는 것은 극단의 상황에서 세상에 저항하는 자세를 갖추었다는 의미이며 동시에 삶의 외부에 대한 전략적 모색의 강화이다. 벌거벗은 생명이라고 불리는 호모 사케르(homo sacer)가 되지 않기 위한 극단의 방식으로 세상과 맞서려는 것이 지금 여기의 몸부림이다. 자본의 질서 밖으로 던져진 자들이 시대를 읽는 문법은 파괴적이며 치킨 게임의 주자처럼 무모한 저항의 연속이다. 이 사회가 '나'에게 형벌을 내려 본래의 삶을 전복시키려 할 때, '나'의 상태는 호모 사케르로 재현되어 수면 위로 드러난다. 세상의 질서를 집행하는 '형사'가 쓰고 있는 가면의 거친 눈으로 보면, 살인을 저지른 범죄자는 살해가 가능한 절대적 타자일 뿐이다. 황충남을 죽였다고 준길이 말하는 순간, 혜경은 자신의 얼굴에 저항할 수 없는 힘으로 씌워진 가면의 실체를 느낄 수밖에 없다. 그녀는 초점 잃은 눈동자로 애증의 빛을 발하다가 붉은 손톱을 세워 준길의 등을 짓누르듯이 애무한다. 눈동자 속에 무엇이 떠서 흐르는가. 초현실주의 화가 마그리트의 「허위의 거울」에 형상된 눈동자처럼 푸른 하늘을 키우고 있는가. 그 푸른 하늘에 떠 있는 뭉게구름은 은밀하게 위선과 허구를 만들어 놓는다. 준길의 등에 박힌 붉은 손톱은 미장센 밖으로 튀어나온다. 그것은 이 세상으로 쏘아 올린 붉은 눈물이다.

현실적 상황이 우리에게 준 가면은 순수한 자아를 억누르고 있어서 고통스럽다. 준길은 살인을 저지른 범죄자라는 가면이 정의롭게 살고자 하는 욕망을 억누르고 있어 답답하고, 재곤은 법의 질서 안에서 살아야 하는 형사라는 가면이 순수하게 사랑하고자 하는 욕망을 짓누르고 있어 답답하다. 그리고 혜경은 살인자의 애인이라는 가면이 평범한 여자로 한 남자를 사랑하고 싶은 열망을 무화시켜 슬프다. 오승욱이 이들에게 씌운 가면은 코스모스적인 질서와 카오스적인 혼돈의 대결처럼 보이지만, 오승욱 감독의 절대적 타자인 준길과 재곤, 그리고 혜경에게 있어서 가면은 현실에 집착해야 살아남을 수 있는 방어기제와 같다. 이들에게 있어서 가면은 자아를 소유한다. 그것은 순수한 내면의 자아가 아니라 외면적으로 보이는 제2의 자아이다. 따라서 또 다른 '나'인 가면은 타인과의 관계 속에서 우울하게 존재감을 드러낸다. 오승욱의 영화에 등장하는 인물들은 가면 때문에 우울하다고 해서 무기력에 빠지지 않는다. 오히려 살고자 하는 강한 욕망으로 자신이 쓰고 있는 가면을 더욱 강렬하게 붙잡는다.

자본주의 세계관은 구성원들의 욕망 때문에 무너지지 않는다. 욕망은 직접 경험인 감각 소여(semse data)로 인해 더욱 단단한 갑옷을 입는다. 오승욱 감독은 가면과 실체 사이의 고통이 얼마나 심한지 혜경이 절규처럼 내뱉는 말 "나, 김혜경이야. 이 바닥 10년 만에 빚이 5억이야. 술집 외상값 때문에 인생 종칠래!"를 관객에게 지각시킴으로써 증명한다. 한 마리의 회색늑대로부터 다양한 종류의 개가 만들어졌듯이 인간 또한 자본의 유전적 DNA 때문에 다양한 종류의 가면을 쓰고 세상과 맞서는 존재이다. 김혜경도 수많은 우리 중 한 사람으로서 자신이 처한 환경을 딛고 몸부림친다. 그러나 살고자 하는 열망이 강할수록 자본의 본래 모습은 물자체 같은 것이므로 생존 가능성은 희박해진다. 그 어둠과 암울한 아포리아 앞에서 혜경은 독백처럼 재곤에게 "도망쳐서 보통 사람처럼 살 거예요. 나는 요리도 잘하고……" 가면 속 순수한 자아로 말한다. 이에 감응되어 화답하듯 박준길 또한 "그 돈 내가 해 줄까?"라며 아주 잠깐 가면을 벗는다. 그런데 그뿐이다. 그들은 자본주의의 복잡한 메커니즘을 이해하는 데 아직은 미흡하다.

감독은 영화 속 등장인물에게 명령한다. 디제시스 안에서 네가 쓰고 있는 가면은 너의 퍼스낼리티(personality)라고, 그러니 고유의 퍼스낼리티를 완성하라고 부추긴다. 리비도가 멜랑콜리(melancholy)한 제2의 자아로 전이될 때, 가면과 실체 사이의 고통은 비등점을 향해 치닫는다. '나'는 순수자아를 찾아가고자 하지만, 물질이 초자연적인 힘으로 억누르기 때문에 그 목적은 불가능하다.

4. 혼돈, 그리고 아포리아

주체들은 각기 다른 저마다의 방식으로 세상과 맞서 싸운다. 하지만 자본주의 메커니즘은 본질적으로 이해하기 힘든 구조로 되어 있다. 그런 이유로 세상의 '주체'는 끊임없는 혼돈 속에서 길이 막힌 아포리아에 직면한다. 특히 박준길이 혜경의 문제로 황충남을 죽였다는 것은 질서를 스스로 파괴한 것이기 때문에 이제 이 둘은 질서 밖에 던져진 운명이다. 따라서 박준길과 혜경은 살인 행위로 인해 서로 매개되어 동일시된다. 질서 잡히지 않은 혼돈과 아포리아가 이들 앞에 놓여 있는 길이다. 좀처럼 풀릴 것 같지 않은 '아포리아'가 이 둘을 하나로 묶어 흔든다. 거친 감각을 피부로 느끼며 준길과 혜경은 아직 오지 않았지만 도래할 미래에 대해 거친 방식으로 조롱한다.

푸코가 개념화를 시도했다가 포기한 헤테로토피아(heterotopia)처럼 영화 속 등장인물들은 굳게 닫힌 아포리아라는 문 앞에서 현실 세계가 언캐니(uncanny)하여 포기하고 싶어진다. 은폐된 진리를 밝히려는 듯 재곤이 "준길이가 혜경 씨 약점이죠?"라고 묻자, 혜경은 "이혼한 와이프가 재곤 씨 약점이죠?"라고 되묻는다. 이들의 물음은 서로의 얼굴에 씌워진 가면에 대한 감각적 인식의 결과이다. 주체가 소수자의 가면을 쓰게 되면 자본의 광기로 인해 목숨을 담보로 한 모험이 시작된다. "아포리아에 의한 놀라움에서 철학이 시작된다"고 한 아리스토텔레스의 말이 진리라면, 오승욱 감독의 「무뢰한」에 등장하는 주인공들은 현실적 철학으로 삶을 시작한 것이다. 그래서 혜경은 존재의 난관을 극복하기 위하여 "영준 씨 사기꾼이죠? 내가 더 사기꾼일지 몰라요."라고 아포리아 앞에서 출구를 찾기 위해 노력한다.

박준길의 살인은 순수한 사랑의 관점으로는 해명되지 않으며, 그렇다고 해서 이타적 행위의 발현이나 윤리적 명령에 따른 필연성의 결과도 아니다. 그의 극단적 행위는 근원적으로 혜경을 소유하고자 하는 수컷의 본능이다. 그렇지만 그 수혜를 입은 것 같은 착각에 빠진 혜경은 결국 살인자의 애인으로 자신을 환원한다. 자기를 정립시켜야 할 자아는 은폐되고 혜경은 준길로부터 떠날 수 없다는 우울한 사실을 확인할 수밖에 없다. 수컷의 본능이 나타나는 욕망의 층위에서 보자면, 준길의 살인은 소유를 위한 욕망으로, 타자를 도구화하려는 통속적 행위로 이해된다. 준길이 혜경을 도구화했다는 것은 3천만 원을 준비해 달라는 그의 부탁에서 드러난다. 따라서 준길의 살인 행위는 그가 속한 세계 안에서 정당화된다. 준길은 스스로 길이 막힌 통로에 균열을 가하고 현실화되는 빛을 보았다는 착각에 빠진다. 그는 자본주의가 쌓아 놓은 모래성을 향하여 파도가 된 자신이 철썩인다고 생각한다. 하지만 현대사회가 쌓아 놓은 성은 결코 모래성이 아니므로 파도가 아무리 철썩인다 해도 무너지지 않는다.

"3천만 원을 내가 해 줄 테니 나랑 같이 살면 안 될까?" 재곤은 아포리아 앞에서 닫힌 문을 열기 위한 열쇠를 꺼낸다. 밝은 별빛이 은총처럼 내리는 것 같다. 하지만 재곤이 꺼내 든 열쇠는 "진심이야?"라고 묻는 혜경의 물음에 "그걸 믿냐"고 답함으로써 닫힌 문을 열 수 없음을 깨닫는다. 혜경은 재곤이 꺼내 든 열쇠가 아포리아의 문을 열 수 있다는 것을 믿고 싶어 하지만 이내 범죄자의 애인으로 돌아온다. 그렇게 귀속된 세계에서 벗어나 운명을 바꾸어 보려 했지만 '순간' 벗어날 수 없다는 감정에 지배당한다. 혜경은 자신을 짓누르고 있는 세계의 횡포에 스스로 무너져 가면이라는 프레임을 분쇄하는 데 실패한다. 혜경의 체념은 가면에 대한 인식을 '사회적 역할'로 전환했음으로 은폐된 순수자아를 살해한 것이다. 이렇게 우리는 가면을 쓰고 세계에서 떨어져 나가는 것이 아니라 세계의 일부가 된다. 이제 세상의 주체들은 빛을 찾아가는 부나비처럼 날개를 펼쳐야 한다. 내가 서 있는 곳이 아포리아라는 것을 인식하고 힘차게 알레테이아를 호명해야 한다.

화면에 펼쳐지는 미장센은 이미지에 감정을 불어넣기 위해 사운드를 활용한다. 눈을 감고 있어도 사운드는 눈동자를 관통하여 특별한 감성을 전달한다. 준길이 재곤의 총에 맞는 시퀀스에서 사운드는 우울하고 비정하다. '방아쇠에 손가락을 거는 소리─ 총소리─ 칼 떨어지는 소리─'가 추적추적 내리는 비처럼 가슴에 젖어 든다. 차 안에서 떨고 있는 혜경을 사운드는 사이코패스가 강간하는 것처럼 감싸고 있다. 그것은 눈물이 되고, 분노가 되고, 끝내는 체념이 된다. 비장미가 흐르는 사운드는 감각적으로 세상에 드러나 리비도를 발산하는 주체를 의도대로 조종하는 기능을 한다. 그러므로 사운드는 자명해 보이는 특정 상황을 더욱 선명하게 실재적 순간으로 만들어 놓는다. 사운드에 이끌려 우리는 영화 속에서 전개되는 허구의 세계로 발을 내디딘다. 화면을 경계로 분리된 자아와 타자는 하나가 되어 생의지를 획득한다.

허공을 가득 채운 청각적 사운드가 화학작용을 일으킨다. 영준이라고 알고 있었던 총을 들고 있는 형사 재곤을 보고 혜경은 심한 배신감을 느낀다. 재곤의 가면을 날것 그대로 목격한 혜경은 수치와 공포로 몸을 떤다. 그들의 눈빛과 표정은 사운드가 특정 감정으로 버무려 놓는다. 지금 너희가 있는 공간은 혼돈, 그리고 아포리아라고.

5. 페르소나의 균열

영화는 본질적으로 '디제시스'라는 허구의 세계를 묘사하는 것으로부터 시작한다. 그것은 현실 세계를 실물과 아주 비슷하게 미메시스(mimesis)하지만 미장센 속에서 순간적으로 피어오르는 시뮬라크르와 사운드의 화학작용으로 현실 세계보다 더 현실적인 리얼리티를 확보한다. 그렇게 있을 수 있는 가능 세계로 우리는 맞대어 비교할 각자의 페르소나, 즉 가면을 가지고 입장한다. 현대사회 속에 들어 있는 재화의 내재성 때문에 즉자가 되어 썼던 가면을 만지작거리며 불쌍하고 가련한 연민에 빠진다. 그러므로 영화 속 등장인물과 세상의 '나'는 이질적인 차이를 딛고 동일자가 된다. 우리는 모두 특정 피사체가 되어 풀샷(full shot)으로 화면 가득 채우고 있는 가면이 '나'를 응시하는 것 같아 불편하다. 세상과 불화할수록 가면은 안으로부터 균열이 간다. 세상의 '내'가 당한 확실성으로 강하게 나타난 균열은 매우 감각적이다. 아무리 가면을 쓰고 있다 하더라도 감각 소여에 의해 나는 내면의 소리를 듣게 된다.

오승욱 감독은 오프닝 시퀀스에서 들고양이를 롱 테이크(long take)로

잡아 등장인물이 썼던 가면에 투사했으며 균열의 조짐이 되는 복선을 깔아 놓았다. 외부 세계와 내부 세계의 길항 관계로 고통스러웠던 '가면'에 감독은 어떻게 균열을 가하고 그 안의 자아를 드러낼지에 대해 고민한다. 화면을 가득 채우는 생의지와 우울한 미장센의 중심에서 불꽃이 인다. 보장받을 것 같았던 행복은 자극 없는 상태에서 환각과 환청을 만들어 내고, 영화 속 주체는 '가면'을 벗기 위해 몸부림친다. 가능한 것들은 끊임없이 특별한 감정을 촉발하지만 뛰어넘을 수 없는 가능성으로 미장센은 불측지연의 어둠 속으로 가라앉는다.

디제시스 안에서 에피파니를 찾고자 했던 감독은 등장인물들을 향하여 이제 그만 가면을 벗으라고 부탁하는 듯하다. 영화는 모든 사건을 인과성으로 해결하고자 하는 이성을 닮았다. 칸트가 『순수이성 비판』에서 이성이 자신을 비판하게 했듯이 오승욱 감독은 가면이 자신을 비판하게 한다. 그러한 의도는 결말부의 시퀀스에서 마약 중독자의 간호인이 되어 있는 현장으로 재곤이 나타난 것을 보면 알 수 있다. 결정적 순간을 기다리며 그는 비에 젖는다. 자신이 쓰고 있는 페르소나가 비에 젖어 알 수 있는 세계로 가고자 하는 과정은 시간과의 길항 관계이다. 현장을 덮치는 과정에서 보여 준 재곤의 살인적 폭력은 세상의 견고한 프레임을 깨고자 하는 분노의 발산이며, 멜랑콜리한 프레임에 갇힌 혜경을 구하기 위한 행위의 과정이다. 감독은 재곤을 통해 "잘 들어. 난 형사고 넌 범죄자의 애인이야. 난 내 일을 한 거지 널 배신한 게 아냐."라고 이미 균열이 간 가면을 움켜쥐게 한다. 재곤이 움켜쥔 가면이 강할수록 혜경은 "나쁜 새끼!"로 재곤을 규정한다. 따라서 은폐된 자아에 대한 의식이 증가했기 때문에 두 사람 사이는 양의 상관관계가 성립된다. 이윽고 균열이 난, 가면 속의 자아가 손톱을 세운다.

영화감독으로서 오승욱은 '가면 벗기' 즉, 인간 구원을 시도한다. 그러므로 자신과 자신이 아닌 가면은 분리되어야 한다는 신념을 확고히 한다. 그것이 현실적 의미의 인간 구원이다. 영화 안에서 등장인물이 가면을 쓴 채 몸부림치고, 통곡하고, 분노하고, 허탈하게 웃는 것은 도래할 미래로 가고자 하는 몸부림이다. 감독은 재곤과 준길과 혜경이 허공을 향해 쏘는 생의지를 알 수 없는 물자체로 보지 않는다. 그와 같은 한계개념을 넘어서는 방식으로 혜경에게 식칼을 들게 한다. 혜경은 재곤을 불러 포용하는 자세로 깊게 찌른다. 재곤의 몸속으로 들어와 박힌 식칼은 가면의 균열을 더 크게 벌리는 결정적 계기로 작용한다. 그때 경찰차의 경적이 울리고 재곤은 복부에 식칼이 꽂힌 것을 숨기며 그들에게 가리고 손짓한다. 그 손짓은 재곤이 가면을 완전히 벗었다는 것을 의미하고, 그것을 알아챈 혜경은 무너지듯 주저앉아 하염없이 오열한다. 인과성으로 엮인 세상에 대한 참회는 자신을 정립하는 과정으로 무르익는다.

자신이 지향하는 삶과는 무관하게 모험할 것을 강요했던 한 세계가 무너져 내린다. 내면의 자아로부터 솟아나는 울음은 세계가 지니는 의미를 찾아 그것이 주름으로 존재하는 상처라는 것을 알아차린다. 주름 안에 지금 이곳의 야만적인 온갖 욕망이 똬리를 틀고 있다. 우리는 웅크려 두려움에 떨며 울고 있는 '나'를 다정하게 호명하며 술잔을 기울여야 한다. 조금 빨리 당겨야 할 미래가 그립기에 폭력은 도덕적인 몸짓으로 한순간 바뀐다. 그러나 미래 때문에 오승욱은 절대적인 창조자로서 재곤과 준길에게 초인적인 폭력을 허용한 것은 문제가 있다. 폭력으로써 퍼스낼리티를 표상하고 통로가 막힌 길을 뚫는 것이 아니라 인과적 폭력으로써 생의지를 정치하게 드러냈어야 한다. 이제 '나'는 가면이 '나'를 흡수해 버리는 공간 밖으로 나온다.

오승욱 감독은 노련한 칼잡이가 되어 「무뢰한」의 두 주인공인 재곤과 혜경이 썼던 가면에 식칼을 꽂는다. 모든 프레임과 욕망에 대한 권한의 행사는 냉정하게 진행된다. 감독은 디제시스 안에서 사회적 역할을 위해 가면을 수용했거나, 아니면 알 수 없는 운명에 순응했거나 가능 세계의 창조자가 되어 그들이 쓴 가면을 벗긴다. 결국, 은폐되었던 자아는 세계 속에 드러나며 동시에 가면은 공중에서 분해되어 도래할 미래의 제단에 바쳐진다. 자발성의 코나투스(conatus)와 함께 미장센 밖에서 찬란한 거짓말처럼.

레퀴엠(requiem), '소수자'라는 분열증적 상처
—신수원 감독의 「마돈나」

1. 비너스와 학습된 무기력

　신은 누워 있으면 인간이 된다. 오직 직립해서만 신은 존재감을 드러내는 것이므로 티치아노가 그린 「우르비노의 비너스」처럼 침대에 누운 비너스는 이제 신이 아니다. 세상의 주체들은 신의 죽음을 예견한 이후 신을 침대에 누이고 장미꽃을 손에 쥐여 주었다. 그렇게 여인이 된 신은 아포리아의 문 앞에서 고통받는 소수자를 바라보기만 할 뿐 계시의 손길을 내밀지 않는다. 따라서 세상에 홀로 맞서야 하는 사회적 약자들은 분열증적 상처를 키울 수밖에 없다. 신수원 감독은 티치아노가 비너스를 쓰러뜨린 것처럼 마돈나를 현실이 재현된 디제시스 속에서 쓰러뜨림으로써 신을 무기력하게 만들어 놓는다. 「마돈나」는 통로가 없는 현실의 아포리아 앞에서 힘겹게 몸부림치다가 심연 속 깊은 어둠으로 사라질 수밖에 없는 사회적 소수자를 화면에 담아내 감응시킨다. 캄캄하고 텅 빈 공간을 힘겹게 딛고 질서 정연한 공간으로 가고자 하는 삶의 욕망은 냉정하게 벌린 카오스의 입에 의해 찢기고 부서진다.

신수원 감독의 「마돈나」는 경제적 약자가 사회적 억압과 횡포로부터 어떻게 길들고 굴복하는지 그리고 항거하는지 보여 줌으로써 세상에 본질적인 질문을 던진다. 인도의 불가촉천민과 같은 계급의 사회적 약자에게 타자와의 만남에서 발생하는 '주름'은 치명적인 상처이다. 디제시스 속의 미나는 젖가슴이 커서 마돈나라는 별명을 갖게 된 만삭의 의식불명 환자로 상우에 의해 희생당할 운명에 처한다. 그의 아버지인 철오의 생명 연장을 위해 그녀의 심장을 적출해야 하기 때문이다. 사회적 강자들에게 세상은 호모루덴스로서 한번 춤추어 볼 만한 공간이다. 불가촉천민들이 경제적 안전망 밖에서 사회적 타살을 당해도 그것은 불쌍하고 가련한 연민의 대상이 아니라 공감 밖에 존재하는 인과의 결과물일 뿐이다. 그러므로 강렬한 아비투스(habitus)를 내뿜는 강자가 사회적 약자를 바라보는 눈은 차가울 수밖에 없다.

현대의 불가촉천민은 파놉티콘 안에 영원히 사는 존재이다. '나'의 생존권을 쥐고 있는 지배계급은 언제든지 '나'를 관찰하고 감시하는 위치에 있으므로 '나'는 그들이 보지 않는 곳에서라도 철저하게 자기 검열을 해야 한다. 그리고 열심히 살고자 하는 욕망이 너무 강해서 때로는 작은 친절에도 쉽게 감동한다. '내' 안의 자존감이 떨어질 때마다 타자 앞에서 '나'는 습관처럼 '나'의 문제점을 점검한다. 경제적 강자들은 '내' 안에 있는 본래적 불손을 찾아 그것을 뿌리째 뽑는 것을 즐긴다. 흉기로 동물을 길들이기 위하여 무자비하게 폭행하는 것처럼 그들의 가슴은 차갑고 머리는 광기로 뜨겁다. 경제적 소수자가 자본주의 사회라는 카테고리 안에 있는 이상 영화는 알레테이아를 펼쳐 보이려 노력한다. 신수원 감독은 알레테이아를 선명히 하기 위해 우리에게 텔링해야 할 스토리들이 많다는 듯 멜랑콜리한 사운드와 미장센으로 현실을 재현한다.

「마돈나」에 등장하는 미나는 사회구조적 문제로 인해 학습된 무기력을 내면화한다. 자신의 의지와는 관계없이 불가촉천민이 된 미나는 자신이 극복할 수 없는 환경에 처해 있음을 확인한다. 그것은 셀리히만이 전기 충격으로 개를 실험하여 학습된 무기력이라는 이론을 만들었듯이 자본주의 사회의 빅 브라더는 현재 불가촉천민을 대상으로 전기 충격을 가하고 있다. 전기 충격을 가해야 할 사회적 소수자들이 너무 많아 실험하는 과정도 사회적 강자들에겐 극심한 노동이다. 하지만 그들은 불가촉천민들의 내면에 존재할지도 모르는 의지를 말살하고자 전기 충격의 강도를 더욱 높이는 중이다. 이러한 불가촉천민에 대한 전기 충격은 영화 「도가니」에서도 동일하게 나타난다. 「도가니」는 허구적 세계를 그린 디제시스가 아니라 실제 일어난 사건을 영화화했다는 점에서 관객까지도 학습된 무기력에 빠지게 한다. 청각장애인을 대상으로 성폭력을 자행한 가해자가 그들을 보호할 의무가 있는 교장과 교사들이었다는 사실은 충격적이다. 사회적 소수자에 대한 전기 충격은 「한공주」에서도 끔찍하게 가해져 우리가 사는 사회를 가장 부정적인 암흑세계인 디스토피아로 만들어 놓는다. 따라서 학습된 무기력을 영화로 확인하는 과정은 비너스를 침대에 눕히는 행위와 동일한 의의를 갖는다.

신수원 감독은 이처럼 은폐된 사실을 디제시스 속에서 경험하게 하여 우리가 모두 사회의 일원으로 그리운 에티카(ethica)를 부르지 않을 수 없게 한다. 그것은 계급의 다양성 때문에 혼재향으로 결합된 멜랑콜리한 니힐리즘으로 부르는 지금 여기의 레퀴엠이다.

2. 주름진 믹소포비아(mixophobia)

마돈나는 타자와 만나면서 받은 상처로 순수한 자아를 스스로 은폐시킨다. 이미 경제적 빈곤으로 인해 사회 안전망 밖으로 밀려난 마돈나는 동일성의 범주 안으로 들어가고자 타자들을 향해 촉수를 곤두세운다. 하지만 그럴수록 순수한 자아는 은폐되고 굴절되어 그녀는 이질적인 존재가 된다. 마돈나라는 이름이 갖는 시니피에적 이미지는 화려하고 섹시하지만, 스크린에 나타나는 시니피앙적 이미지는 동일성 밖에 존재하는 낯선 사람일 뿐이다. 그러므로 마돈나는 '우리'라는 동질성의 감정으로 회피의 대상이 되어 사회에서 버려진 존재가 된다. 마돈나의 내면에도 믹소포비아에 대한 두려움이 존재한다. 따라서 그녀의 '오럴 섹스'는 스스로 동질성 안으로 들어가고자 하는 처절한 방어기제로 보아야 한다. 그렇게 마돈나는 살기 위해 언제나 최선을 다했다. 그녀는 동일성의 논리로 끊임없이 환원하고자 하는 우리 사회가 낳은 주름진 타자이다.

다르다는 것은 선형적 시간 위에서 보면 언제나 위험하다. 그들은 다르므로 전체로 환원될 수 없고, 전체 이익이 향하는 방향성도 읽지 못한다. 언제 어떻게 동질성 밖으로 튈지 모르므로 범주 안에 있는 사람들을 언제든지 위험에 빠뜨릴 수 있는 존재로 인식된다. 만약, 전체의 생존이 걸린 상황이라면 더욱 그렇다. 마돈나는 동질성 안에 있는 사람들 시각으로 보면 언제나 낯설고 이질적인 위험한 존재이다. 그러므로 우리는 마돈나를 전체 밖으로 강하게 밀어내야 한다. 설령 그것이 강간이나 폭력과 같은 악마적 힘일지라도 그것을 빌려 희생시키는 것이 당연하다고 생각한다. 영화 속의 마돈나는 '우리' 안으로 입장시키면 안되는 집단 이미지를 추락시키는 존재에 지나지 않는다. 신수원 감독의 「마돈나」는 심장이식을 받아야 할 환자를 위해 희생물로 바쳐도 될 사회적 약자 미나가 어떻게 주름을 만드는지 스크린 속에 녹여 낸다.

믹소포비아에 대한 공포증은 유사성과 동질성으로부터 멀어지면 멀어질수록 사회 구성원 간 권력 거리 척도는 아주 높게 나타난다. 우리 사회가 어떠한 프레임을 거느냐에 따라 구성원들은 분절되고 세분화되어 인도의 카스트 제도처럼 신분이 나뉜다. 문제를 안에 재화를 넣게 되면 신분은 카스트보다 더 세분화된다. 경제적 안전망 밖으로 밀려난 약자인 마돈나는 이런 측면에서 본다면 인도의 불가촉천민보다 더 계급이 낮다. 별이 진 자리에 물질을 올려놓은 현대인들에게 경제적 소수자는 신이 된 물질 때문에 너무 쉽게 제물의 대상이 될 처지에 놓인다. 신수원 감독의 「마돈나」는 '우리' 안으로 입장하려 노력하나 끝내는 입장이 허용되지 않은 채 폭행당하고 버려지는 그녀를 그로테스크하게 화면에 담아낸다.

마돈나는 낯선 자로서 타자와 만나는 것에 대한 두려움을 무의식적으로 내면화하고 있다. 그녀는 '우리'라는 카테고리 안으로 들어가기 위해 약간의 친절에도 감격한다. 우리와 같아야 한다는 동화주의적 사고방식은 강한 동일성의 자장 안으로 모든 것을 흡수하는 방식으로 나타난다. 오프닝 시퀀스에서 다리 밑 하천에 버려진 마돈나의 모습은 '우리'라는 동질성 밖으로 던져진 존재를 표상한다. 또한, 여울이 지는 강물에 가방을 던지는 해림의 행위는 '우리'라는 동질성 안에 있고자 하는 적극적 행위를 표상한다. 두 장면은 동일성 안으로 들어가지 못하면 도태된다는 믹소포비아의 공포를 핍진하게 보여 준다.

붉게 피어난 꽃 군락지에서 홀로 나부끼는 전혀 다른 꽃처럼 스크린에 등장하는 마돈나는 무리와 섞이지 못하는 심리적 강박에 사로잡혀 있다. 한 사람의 건강한 사회인으로 살아가고자 하는 마돈나의 의지는 학교와 직장에서 유사성 안으로 들어가려는 노력에도 불구하고 실패를 거듭한다. 그러므로 타자와의 만남에서 얻은 주름은 강한 믹소포비아의 공포가 되어 언제나 그녀는 불안하다. 가끔은 "전 최선을 다했어요… 언제나!" 소리쳐 보기도 한다. 하지만 그것은 외부 요인을 조금도 바꾸지 못하고 폭식과 같은 인격 붕괴 양상의 방어기제로 나타난다. 광범위하게 퍼져 있는 믹소포비아의 공포증은 결국 마돈나로 하여금 자신에게 맞는 '우리'를 찾아가게 한다. 길거리 여인들이 호객을 하는 다리 위 장면에서 우리는 경제적 약자들이 선택한 사회 안전망 밖의 세계를 적나라하게 보게 된다.

동일성으로 이루어진 꽃 군락지는 종이 다른 '나'에게 더는 아름다움의 공간이 아니다. '나'는 '나'와 유사한 '우리'를 찾아 군락을 이루어야 한다. 동화되지 못한 '나'는 동질적인 영토를 찾아 떠나야 한다. 그곳에서 믹소포비아의 두려움을 떨쳐 내야 '나'는 생의 자양분을 공급받을 수 있다. 이와 같은 생의지 때문에 마돈나는 유곽의 여자들이 호객 행위를 하는 다리 위에 앉아 있다. 스크린을 흔드는 목소리는 "야, 너 거기 있으면 안 돼! 여긴 각자가 구역이 있거든. 야, 귀먹었냐. 여긴 다 저 언니 자리야."라고 공간 밖으로 밀쳐 내려 한다. 하지만 두껍고 낡은 옷을 걸치고 앉아 있는 마돈나는 지금 이곳이 자신에게 맞는 동질성의 장소임을 인식한 듯 자리를 지킨다.

언니라 불리는 유곽의 포주가 '우리'의 감정이 촉발되어 "무슨 일이야. 애, 누구니?"라며 동질성의 시각으로 보기 시작한다. 길거리 여자의 "자리가 필요한가 봐요."라는 말은 마돈나를 '우리' 안으로 끌어들이는 적응기제로 작용한다. 하지만 마돈나의 주름진 믹소포비아는 이곳에서도 또 다른 양상으로 나타난다. 아무리 주위를 살펴보아도 자신을 구해 줄 초인은 존재하지 않아 그녀는 기이하게 뒤틀린 모습으로 부상한다. 햇살을 보지 못한 상처는 허공에 앉아 니힐리즘의 파도를 탄다. 그러므로 마돈나에게 '우리'라는 공간으로 들어가는 문은 언제나 닫혀 있어 비실체적 현상이 된다.

3. '자연 상태'를 체화한 도시

홉스는 자연 상태의 무법과 혼돈을 "만인 대 만인의 투쟁"이라고 말한 바 있다. 인간을 '적자생존'의 법칙에 지배받는 야만으로 본 것이다. 이러한 정의롭지 못한 자연 상태를 극복하기 위해 우리는 사회와 계약을 맺는다. 그러나 우리가 계약을 맺은 국가는 오히려 자연 상태를 시장 원리로 하고 있어 문제이다. 따라서 국가는 적자생존의 문제를 안으로 사회 구성원을 급속히 편입시킨다. 자연 상태란 법과 원칙이 없는 사회이므로 심장이식이 필요한 강자인 철오를 위해 정체불명의 약자인 마돈나를 희생시키는 것을 허용한다. 이러한 허구적 사고로 인해 우리는 모두 동물이 갖는 자연권 안으로 들어왔다고 착각한다. 그러므로 재벌 2세 상우의 위험한 제안을 경제적 약자인 해림이 "전 하루라도 이렇게 살다 죽었으면 좋겠어요"라며, 자신의 사회적 계급을 인식하고 수용하는 것은 당연하다. 이와 같은 '나'의 행위는 자연 상태에서 비참해지지 않기 위해 지금 여기를 확실히 하는 탁월한 적응기제가 된다.

따라서 원초적 자연을 떠도는 한 마리 교활한 여우처럼 마돈나 가족을 찾아 장기 기증 동의서를 받아 오는 간호조무사 해림의 행위는 자연 상태에서의 만인에 대한 만인의 투쟁적 성격을 띠게 된다. 우리는 모두 죽이거나 죽임을 당할 수 있는 외로운 하이에나이기 때문에 잔혹한 힘의 사용과 교활한 꾀를 이용하여 불행을 끝없이 확장하는 데 욕망을 발산한다. 해림은 마돈나의 과거를 추적하는 과정에서 그녀의 불행과 자신의 불행이 병치되어 몸부림치고 있음을 느낀다. 그것은 감정적 동일시로 선형적 질서를 끝없이 교란하며 뒤튼다. 자신이 살기 위해 아이를 죽인 해림은 아이를 선택한 마돈나의 생존 방식에 동화되어 간다. 이것은 적자생존의 법칙이 지배하는 자연 상태에 관한 역설이다. 야만과 폭력과 살인이 묵인되어야 하는데 또 다른 자아는 새로운 메커니즘으로 우리를 인도한다.

자연 상태를 지배하는 적자생존의 법칙은 강한 에너지로 세상의 '나'를 압박한다. 폭력과 혼돈이라는 카오스로 얼룩진 길을 걷다 보면 약자들이 희생의 제물로 만들어지는 것을 익숙한 프레임 안에서 체화하게 된다. 그렇게 차가운 머릿속으로 스며들어 오는 공포는 약한 자 앞에서 두려운 유령으로 떠돈다. 우리는 이것을 비껴갈 어떠한 방식도 존재하지 않음을 잘 알고 있다. 병원 안의 호화 침실에서 철호의 아들 상호와 간호사가 벌이는 정사 행위도 자연 상태의 체화이며, 상호가 간호조무사인 해림 가까이 코를 들이밀면서 "오늘 향수 안 뿌렸네요. 해림 씨한테 이런 게 어울려요. 싸구려 말고."라며 건네는 샤넬 향수도 자연 상태의 체화이다. 또한, 마돈나가 "과장님 감사해요. 저 인바운드 배정해 주신 거요. 아웃바운드는 진짜 힘들거든요. 고객에게 친절 베풀면 돌아오는 게 있어야 되는데 힘들어요."라는 하소연도 자연 상태의 디테일한 체화이다. 이러한 체화는 인식론적 지도를 읽게 하고 그 지도 속에서 자신의 계급적 좌표를 보게 한다. 구름은 고유의 결과 무늬로 허공에 떠서 수시로 자리를 옮긴다.

신수원 감독은 지금 여기의 자연 상태를 스크린 속 등장인물을 통해 끝없이 발화한다. 우리를 불편하게 하는 자연 상태의 체화는 거부할 수 없는 몸짓으로 펼쳐진다. 따라서 스크린을 보고 있는 것은 상처를 견디는 행위이다. 마돈나를 회상하는 동료 여자의 "처음엔 애를 지우려고 병원을 갔는데, 아기가 꼼지락거리는 것을 보고 펑펑 울다가 그냥 나왔대."라는 전언에서 우리는 자연 상태의 역설을 경험한다. 그와 같은 행동은 적자생존의 법칙이 지금 여기에서 해야 할 행위와 부딪치기 때문이다. 자연 상태에서 살아남기 위해선 간호조무사 해림처럼 설령 그것이 아이를 희생시켜야 하는 살인일지라도 '나'를 최적화하여 프레임 안에 가둬야 한다.

해림은 적자생존의 법칙을 너무도 잘 알고 있으므로 자신이 처한 현실을 냉정하게 볼 줄 안다. 그래서 지금 여기의 옳고 그름 같은 것은 푼크툼(punctum)하게, 현실 밖으로 밀어낼 줄 안다. 타자의 사정이야 다양하게 변주되는 구름 같은 것이므로 내 가슴속에서 발음되는 감정일 수 없다. 간호조무사 해림이 혼수상태로 침대에 누워 있는 마돈나의 배를 만지며 "당신 인생도 참 기구해. 저승 가서 잘 살아요."라고 즉자적인 사물로 바라본다. 이것은 자신과 비슷한 처지의 마돈나를 가슴속에서 밀어내는 대자적 의식이나. 그때 환청처럼 들려오는 "불쌍해!"라는 말이 그로테스크하게 불측지연의 가슴속으로 파고들어 해림의 위치를 확인할 수 있도록 파문을 일으킨다.

비정한 도시는 스크린 속에서 자연 상태를 실제적 현실로 바꾸어 놓는다. 카메라를 통해 현시되는 체화는 간헐적으로 '나'로 접합된다. 만인 대 만인의 투쟁에서 '재화'는 가장 강력한 화력이기 때문에 부정하고 싶어도 '나'는 화력 앞에 무력해진다. 하지만 체화되는 적자생존의 흔적이 데칼코마니의 접힘선 안에서 상처로 쌓여 간다. 그러자 그것은 계속해서 균열을 일으키게 된다. 우리는 자존감이 무너지는 어느 지점에서 한순간 에포케를 경험하고, 결국 데칼코마니의 접힘선에 시퍼런 칼날을 들이밀 것이다. 우리의 실체는 재화이고 비실체는 상처이다. 그러므로 강자가 눈치를 채지 않는 범위 안에서 세상의 주체들은 교활해진다. 우리는 자신의 힘으로 나와서 자란 인과의 흔적이므로 스스로 '나'를 도모해야 한다. 겉으론 꽃을 흔들어 '너'를 안심시키지만, '나' 또한 '자연 상태'를 체화한 도시의 부분이다.

4. 아포리아, 상처의 결절점

삶의 주체인 '나'는 재화에 의해 평가되지만, 재화로 지탱되는 '나'는 가장 낮은 심연 속 아포리아에 갇혀 있다. 따라서 지금 여기에서의 '나'는 한없이 가벼워져야 한다. 금빛 재화가 아름답게 수놓아져 있는 표면으로 부상하기 위해 '나'는 '나'를 최대한 가볍게 만들어 떠올라야 한다. '내'가 발을 딛고 있는 이곳에서 날마다 비정한 살해의 음모가 만들어진다. 따라서 우리 각자는 정의라는 가면을 쓰고 서로에게 총구를 겨누는 저격수가 되지만, 그것이 결코 정의가 아니라는 것을 '나'는 안다. 그런데도 '나'는 물신적 부인을 끊임없이 '나'에게 주입하며 표면으로 부상하는 데 힘을 쏟는다. 주체가 심연 밖 물의 장력 위에서 밝은 태양을 바라볼 때 주체의 감각 소여는 오감을 흔드는 행복으로 나부낄 것이다.

간호조무사 해림의 경우는 자연 상태를 이성적으로 분석하고 방향성을 찾는 데 심혈을 기울인다. 그녀는 재화의 프레임에 걸려 하루하루가 치킨 게임을 벌이는 것같이 절망적이다. 비실체적 도덕이나 에티카는 어떤 식으로든지 외면하고자 한다. 그래서 해림은 상우의 위험한 제안을 받아들여 교활한 방법으로 장기 기증서를 받아 온다. 이처럼 심연 밖으로 부상하고자 하는 생의지가 깊어질수록 그녀는 마돈나와 동일시되는 자신을 발견한다. 사장 상우에게 "아기는 어떻게 되는 거죠?"라는 해림의 물음에서 '절대적인 자연 상태'로의 회귀는 불가능하다는 것이 암시된다. 상우는 아포리아 앞에서 "해림 씨! 내가 제일 싫어하는 게 뭔 줄 알아. 질문하는 거!"라고 소리쳐 해림은 상처가 생성되는 지점을 확인하게 된다.

자연 상태에서의 철학 원리는 '세상에 대해 질문하지 않는 나'로 인격 주체를 만들어야 한다. 따라서 해림은 이 세상의 법칙인 '적자생존'

에 대해 본질적 질문을 하지 않는다. 다만 그 재화의 프레임 안에서 동화되는 모습을 보인다. 시대의 프레임에 세뇌된 시각으로 세상을 보고 생각하는 것이 우리가 사는 '최선'의 생의지이다. 병원 안의 호화로운 방에서 "해림 씨, 내가 사장님한테 웃음 흘리고 다니는 것 우습지?"라는 간호사의 질문에 간호조무사인 해림이 "아니요, 잘하면 한몫 챙길 수도 있는 거잖아요."라고 대답함으로써 그것을 증명한다. 회색빛 차가운 도시는 살기 위해 모든 수단이 허용되는 규정적 공간이다. '너'의 목에 포식자처럼 날카로운 이를 박고 있으므로 '나'는 이 시간 희망을 꿈꾸는 존재로 부상한다. 지금 여기의 주체는 서로 버티어 대항하는 길항관계 속에서 아직 발현되지 않는 선험직 무지개를 환각처럼 본다.

마돈나의 경우, 자연 상태에 대한 인식은 해림과 같지만, 생체 내의 유전적인 DNA가 다르다. 그렇게 다른 DNA를 간직한 마돈나는 적자생존의 법칙을 무기력하게 따라가지 않는다. 그녀는 자연 상태 속에서 스스로 결정하는 자의식을 보인다. 늑대들이 우글거리는 벌판에서 나약한 토끼가 생존하는 방식은 너무나 위태롭다. 학창 시절을 보여주는 시퀀스에서 머리를 염색했다는 영어 교사의 오해로 마돈나는 손바닥을 맞지만 아프다는 표정을 짓지 않는다. 그녀는 맨눈으로 상처의 결절점을 본다. 그리고 영어 교사의 "내일 당장 검정색으로 바꿔 와!"라는 지시에 잉크로 머리를 염색한다. 하지만 하필 체육 시간에 소나기가 쏟아져 손바닥으로 잉크 물이 떨어지고 옷이 검게 물든다. 이 장면은 마돈나 고유의 생존 방식을 보여 주었다는 점에서 유의미하다. 잉크 물은 그 검은 얼룩으로 인해 마돈나가 살아가야 할 세상을 표상한다. 이러한 마돈나의 생의지는 축복받지 못할 태아를 위해 생명의 알레테이아를 촉발하는 것으로 드러난다. 결국, 영혼의 진액이 허공으로 솟구치며 '고통'의 날갯짓을 한다.

마돈나가 다닌 보험회사는 자연 상태의 적자생존 법칙이 잘 작동하고 있었다. 회사 과장에게 오럴 섹스로 충성을 다했는데도 이용당하여 퇴출당할 때, "저 항상 최선을 다했어요. 언제나! 그런데 왜 저한테 이러세요!"라고 절규한다. '나'의 파괴를 목격하고 부르짖는 분노가 펄, 펄, 날린다. 그리고 옮겨 간 회사에서도 박 기사에게 온몸으로 울부짖으며 저항하다가 겁탈당한다. 행위 끝에 그가 '아다 기념' 사진을 찍으려 휴대전화를 켜자 마돈나는 거칠게 밀쳐 내며 병으로 머리를 가격한다. 그녀는 다시 쇠로 된 연장을 들어 거칠게 내리치며 "내가 뭘 그렇게 잘못했는데, 왜, 왜!" 소리친다. 그녀의 분노는 자연 상태의 심장 한복판을 야만적으로 관통한다. 자연이 펼쳐 놓은 폭력의 시간은 문제틀 안의 법칙으로 인해 끝없이 아포리아를 만든다. 이런 이유로 사회적 약자는 고열로 압축하여 만들어지는 예가체프 커피와 닮았다. 마돈나가 좋아하는 커피가 예가체프이다.

마돈나는 상처가 난 주름을 펼쳐 보이며 태아의 아이에게 감응된 상태에서 에포케를 외치고, 해림은 굳게 닫힌 아포리아의 문을 열기 위해 자기 아이까지도 희생시키며 새로운 가능 세계를 찾는 중이다. 그것은 다양한 이질적인 항들로 구성된 아장스망처럼 함께 작동하는 상처이다. 해림은 자연 상태에서 야만과 폭력에 시달리는 상처의 결절점을 확인하고 마돈나와 자신을 동일시한다. 그러므로 비선형적 자연 상태는 존재자의 처절한 비명으로 아포리아를 만듦과 동시에 균열이 가기 시작한다.

5. 주체의 자의식

신수원 감독은 「마돈나」에 등장하는 인물을 통하여 소수자라는 분열증적 상처를 핍진하게 보여 준다. 마돈나와 해림의 상처를 데칼코마니적으로 밀착시킴으로써 두 사람 사이에 나타난 상처의 상관관계를 메타포화하고 있다. 이러한 'A는 B이다' 식의 은유로 해림이 마돈나와 자신을 동일시하고 우리는 공통적인 무늬 때문에 해림과 자신을 동일시한다. 그리고 미장센은 파토스(pathos)로 가득 차 우리의 감정을 투사하게 한다. 해림이 의식불명으로 누워 있던 마돈나가 침대에서 일어나는 환상을 본 것이나 "난 별로 사랑받아 본 적이 없었어요. 근데 이 아이가 날 사랑해 주었어요."라는 환청을 듣는 것도 자신의 감정을 투사하여 나타나는 심리 상태의 표현이다.

버스 안의 사건이 시차적으로 교차하는 끝부분의 시퀀스는 타자인 마돈나를 자신으로 동일시하는 의식 작용이 일어나는 것을 표상한다. 카메라는 마돈나가 버스 안에서 폭행당하는 장면을 담아내다가, 버스 밖에서 롱 테이크로 윤간당하는 장면을 잡는다. 그렇게 윤간당하고 개처럼 버려졌다는 마돈나 동료의 말에 해림은 버스 안에서 양수가 터졌던 자기 모습을 떠올리며 마돈나와 자신을 동일시한다. 갈대가 우거진 벌판에 혼자 누워서 아이를 출산할 때, 그 처절함을 알리는 사운드가 화면 밖으로 솟아오른다. 카메라는 마돈나가 희생당하는 버스를 촬영했던 기법처럼 벌판 한가운데 누워 있는 해림을 롱 테이크로 잡는다. 이와 같은 촬영 기법으로 감독은 상처의 결절점이 만나는 지점을 확실하게 미장센에 담아낸다. 신수원 감독은 아이를 넣은 가방을 강물에 던지고 해림이 숨죽여 통곡하는 순간에 방점을 찍는다. 그리고 우리에게 "이 아이를 죽인 것은 누구인가?" 묻는다. 이에 대한 우리의 답은 '사회적 타살'이라고 말해야 한다. 그래야 '자연 상태'라는 동굴의 우상을 깰 수 있다.

주체의 자의식이 파토스적인 비장감으로 솟구쳐 레퀴엠을 수놓기 시작한다. 자연 상태는 생존을 위해선 모든 수단이 허용되기 때문에 공포감과 피로감은 성난 파도처럼 출렁이며 증폭된다. 이제 타자와의 관계는 '적자생존'의 법칙 아래서 투쟁하는 관계로 정립된다. 사회적 약자인 해림은 일상화되어 있는 폭력 앞에 분열증적 상처가 깊어져 "난 내가 살려고 아기를 죽였다"고 고백하며 그리운 에티카를 부른다. 그러자 심연 깊숙이 숨죽이고 있었던 해림의 자의식이 내적 촉발로 나타나기 시작한다. 그것은 이미 달걀부침 장면에서 "불쌍한 년!"이라는 환청을 들을 때부터 예고되었다. 감독은 달걀노른자에서 터져 나오는 붉은 피를 클로즈업시키는 것으로 은폐된 존재의 진리를 찾아 기호적 의미를 만드는 그만의 방식을 보여 준다.

만인 대 만인의 투쟁 과정에서 학습된 무기력에 균열을 내기 위해 해림이 반응한다. 균열의 시작은 아직 태어나지 않은 아기로부터 시작한다. "이것 보세요. 아기가 탯줄로 자기 목을 감고 있어요. 뱃속의 아기라고 모를 거 같죠? 엄마가 곧 죽을 거라는 걸 알고 있어요. 그래서 같이 죽으려나 봐요!" 이와 같은 태아의 반응은 엄마를 위하여 태아가 부르는 레퀴엠이다. 동시에 아직 태어나지 않은 태아의 죽음충동이기도 하다. 때로는 한 방울의 눈물이 세계를 변증법적으로 바꾸게 할 수도 있다는 것을 마돈나를 쳐다보는 해림의 눈에서 우리는 깨닫는다. 해림은 회장 병실로 들어가 "아저씨, 곧 수술이 시작될 거래요. 그런데 그 여자 뱃속의 아기, 세상 구경도 못 하고 죽게 돼요." 의식이 또렷한 철오에게 속삭인다. 이처럼 우리는 디제시스 공간에서 에티카로 가는 선형적 길이 있음을 본다. 그것이 진리의 본질이라면 이제 해림은 망설일 필요가 없다.

입에 꽂힌 호스를 제거하는 해림의 행동은 분명 살인이지만, 은폐성에서 비은폐성으로 가고자 하는 인식 작용의 결과이다. 해림 자신을 넘어서는 이타적 생존을 위한 돌연변이가 자연 상태를 바꾸는 중이다. 기계음이 멈추자 한 생명이 죽고 또 다른 한 생명이 태어난다. 마지막 시퀀스에서 해림은 검은 모자를 눌러쓰고 버스를 타고 어디론가 떠난다. 삶이란 버스를 타고 가는 여행과 같다. 수많은 타자를 그곳에서 만나고 각자의 상처가 그곳에서 은폐되어 출렁인다. 버스에서 우리는 타자의 삶에 관해 묻지 않는다. 차창 밖 사진관에 걸려 있는 마돈나의 웃는 사진은 신수원 감독이 펼쳐 보인 환각적 헤테로토피아(heterotopia)이다. 그렇게 시뮬라크르화되어 있는 공간을 우리는 결코 포기할 수 없다. 그래서인가? 우리는 그 옆 부부 사진에서 눈을 뗄 수가 없다. 버스는 끊임없이 '나'를 태우고 달리면서 결절점의 매듭을 잡아당기고 있다.

소수자라는 분열증적 상처는 레퀴엠의 가사가 되어 결절점을 만들지만, 헤테로토피아에서 무리를 지어 피어나는 꽃은 그 자체로 아름답다. 자연 상태의 법칙에 굴복했거나 아니면 살기 위해 이성적으로 유착했거나 결국 사회구조 속에서 존재하는 구성원끼리 아비투스를 만든다. 신수원 감독은 영화 속 주체에게 피할 수 없거나 극복할 수 없는 자연 상태는 없다고 주지시킨다. 분열증적 상처가 만나는 지점에서 꽃은 핀다. 달걀의 핏줄처럼 리비도의 나르시시즘으로, 붉게, 붉게.